피안지날때까지 彼岸

피안 지날 때까지

초판 1쇄 | 인쇄 2009년 9월 10일
초판 1쇄 | 발행 2009년 9월 15일
지은이 | 나쓰메 소세키
펴낸이 | 이승은
펴낸곳 | 예옥
등록 | 제 2005-64호(등록일 2005년 12월 20일)
주소 | 서울시 마포구 동교동 200-16 101호
전화 | 02.325.4805
팩스 | 02.325.4806
ISBN 978-89-93241-07-5 (03830)

* 이 도서의 국립앙도서관 출판시도서목록(CIP)은 e-CIP 홈페이지(http://www.nl.go.kr/cip.php)에서 이용하실 수 있습니다.

피안 彼岸 지날 때 까지

나쓰메 소세키 장편소설

심정명 옮김

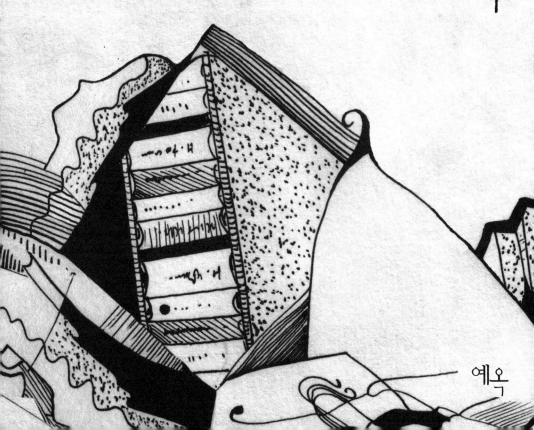

예옥

차 례

『피안 지날 때까지』에 대해

독자에게 사실대로 고백하면, 작년 8월 무렵 내 소설을 신문에 연재하기로 되어 있었다. 그런데 더위가 한창인 데다 크게 앓고 나서도¹⁹¹⁰년 8월 소세키는 지병이 악화되어 다량의 피를 토하는 등 위독한 상황에 처했다 몸을 계속 혹사하는 것은 좋지 않다며 걱정해 주는 친절한 사람들이 생겼다. 이걸 좋은 기회 삼아 다시 두 달 동안 휴가를 얻었지만, 결국 두 달이 지나 10월이 됐을 때도 붓을 들지 못하고 11, 12월도 그만 지상紙上과는 아득히 거리를 둔 채 지내고 말았다. 내가 당연히 해야 할 일들이 이런 식으로 파도가 부서지면서 다시 이어지는 듯한 상태로 헤프게 늘어지는 것은 결코 기분 좋은 일이 아니다.

　해가 바뀌는 설날부터 드디어 쓰기 시작할 실마리가 잡힌 것처럼 일이 정해졌을 때에는 오래 억눌려 있던 무언가가 펴지는 즐거움보다는 등에 짊어지고 있던 짐을 내려놓을 시기가 왔다는 생각에 무엇보다 기뻤다. 하지만 오랫동안 내팽개쳐둔 이 의무를 어떻게 하면 평소보다 솜씨 좋게 해치울 수 있을지 생각하니 또 새로운 고통을 느끼지 않을 수 없다.

오랜만이니 되도록 재미난 글을 써야겠다는 기분이 든다. 내 건강 상태나 그 밖의 사정에 대해 관용으로 대해 준 회사 동료들^{아사히 신문사의 동료들}의 호의나 내 글을 매일 일과처럼 읽어주는 독자의 호의에 보답해야만 하겠다는 마음이 더해진다. 그런 고로 어떻게 해서든 훌륭한 작품이 나오기를 간절히 바란다. 하지만 마음만 가지고는 아무래도 작품의 완성도를 결정할 수가 없다. 좋은 결과를 바라지만 뜻대로 될지 안 될지 나 자신도 예언할 수 없는 것이 저술의 법칙이니, 이번에야말로 오랫동안의 휴식을 벌충할 작정이라고 공언할 용기가 생기지 않는다. 여기에 일종의 고통이 숨어 있는 것이다.

이 작품을 세상에 내놓을 즈음하여 나는 그저 위에 쓴 내용만을 말해두고 싶다. 작품의 성격이니, 작품에 대한 내 견해니 주장이니 하는 것은 지금 언급할 필요가 없다고 본다. 사실 나는 자연주의 작가도 아닐뿐더러 상징주의 작가도 아니다. 요즘 자주 귀에 들리는 신낭만주의 작가는 더욱 아니다. 나는 이런 주의들을 드높이 표방하여 길 가는 사람들의 주의를 끌 정도로 내 작품의 색깔이 고정되어 있다고 자신할 수 없다. 또 그런 자신감을 필요로 하지도 않는다. 그저 나는 나 자신이라는 신념을 가지고 있다. 그리고 내가 나 자신으로 있는 이상 자연주의건 아니건, 상징주의건 아니건 혹은 '신新' 자가 붙는 낭만주의건 아니건 개의치 않을 생각이다.

나는 또 내 작품이 새롭다 새롭다 하고 퍼뜨리고 다니는 것도 좋아하지 않는다. 요즘 세상에 무턱대고 새로운 걸 좋아하는 것은 미쓰코시 양장점미쓰코시 백화점의 예전 명칭과 양키 그리고 문단에 있는 일부 작가와 평자들뿐이라고 나는 진작부터 생각하고 있다.

나는 문단에서 남용하는 모든 공허한 유행어를 가져다가 내 작품의 상표로 삼고 싶지 않다. 그저 나다운 글을 쓰고 싶을 따름이다. 재주가 모자라 나 이하인 것이 완성되거나 뽐내는 마음 때문에 나 이상인 체하는 것이 쐬어져서 독자에게 죄송한 결과를 내놓게 될까 우려할 뿐이다.

도쿄, 오사카를 통틀어 계산하면 우리 아사히朝日 신문의 구독자는 실로 몇십만을 헤아린다. 그 중에서 내 작품을 읽어주는 사람이 몇이나 될지 모르지만, 그들 대부분은 문단의 뒷길이나 골목을 들여다본 경험이 없을 것이다. 그저 인간으로서 진솔하게 대자연의 공기를 들이마시면서 조화롭게 살아가고 있을 뿐이라고 생각한다. 교육을 받았으면서 평범하기도 한 이러한 교양인들 앞에 작품을 내놓을 수 있는 나 자신이 행복하다고 믿는다.

『피안 지날 때까지』는 설날에 시작해서 피안彼岸, 춘분 또는 추분 절기의 전후 7일간이 지날 때까지 쓸 예정이었기 때문에 그렇게 이름 지었을 뿐인, 사실상 공허한 표제다. 예전부터 나는 각각의 단편을 포갠 뒤 그 단편들을 한데 합쳐서 하나의 장편으로 구성해 쓴다면 신문소설로 재미있게 읽히지 않을까 하는 생각을 하고 있었다. 그러나 그것을 시도할 기회도 없이 오늘까지 지내왔으니, 내 재주가 허용한다면 이 『피안 지날 때까지』를 의도했던 대로 완성하고 싶은 바람이다. 하지만 소설은 건축가의 도면과는 달리 아무리 서툴러도 활동과 발전을 포함하지 않을 수 없기 때문에, 설령 내가 쓴다고는 해도 계획대로 진행하기 어려운 경우가 곧잘 생긴다. 이것은 평범한 실제 세상에서 우리가 기획한 것이 예상

밖의 장애에 부딪치는 바람에 기대한 대로 마무리되지 않는 것과 같다. 따라서 이것은 계속 써 나가지 않으면 쉽게 알 수 없는, 전적으로 미래에 속하는 문제일지도 모른다. 하지만 잘 안 되더라도, 떨어져 있는지 붙어 있는지 확실치 않은 단편의 연속이라는 예상은 할 수 있다. 그래도 지장 없으리라고 생각한다.

—1912년 1월 이 작품을 아사히신문에 공개할 때의 머리말

목욕 후

게이타로敬太郎는 별 성과도 없이 분주히 일을 구하러 다니는 데 싫증이 나기 시작했다. 원래부터 건강하게 태어난 몸이라 단순히 뛰어다니는 정도의 노력은 크게 부담되지 않다는 것을 알고 있지만, 마음먹은 일이 어딘가에 붙들려 꼼짝 못한다든지 또는 잡으려고 손을 내미는 순간 쑥 빠져나가는 실패가 거듭되다 보니 몸보다는 머리가 점점 말을 듣지 않게 되었다. 그래 오늘 밤에는 좀 부아도 나고 해서 마시고 싶지도 않은 맥주를 일부러 퐁퐁 따 마시면서 가능한 한 호쾌한 기분을 내보려고 했다. 하지만 아무리 시간이 흘러도 부러 남의 옷을 빌려 입고 쾌활해지려는 듯한 느낌이 가시질 않아 급기야는 하녀를 불러 치우게 했다. 하녀는 게이타로의 얼굴을 보더니 "어머, 다가와 씨" 하고는 또 "어머, 정말" 하고 덧붙였다. 게이타로는 제 얼굴을 쓰다듬으며 말했다.

"빨갛지? 이런 좋은 색깔을 언제까지나 전등 밑에 놔두는 건 아깝잖아. 이제 자련다. 치우는 김에 요도 좀 펴줘."

그러고는 하녀가 뭐라 대꾸하려는 것을 피해 복도로 나갔다. 그리고 변소에서 돌아와 이부자리 속으로 파고들 때, 당분간은 휴식을 취해야겠다고 속으로 중얼거렸다.

게이타로는 밤중에 두 번 눈을 떴다. 한 번은 목이 말라서, 또 한 번은 꿈을 꾸었기 때문이다. 세 번째 눈이 떠졌을 때에는 이미 날이 밝아 있었다. 세상이 움직이기 시작했다는 걸 깨닫자마자 게이타로는 휴식, 휴식 하면서 다시 눈을 감아버렸다. 그러나 나중에는 눈치 없는 괘종시계의 커다란 타종 소리가 무심하게 귓전을 때렸다. 그 뒤로는 도통 잠을 잘 수 없었다. 어쩔 수 없이 드러누운 채 궐련을 한 대 피웠더니 반쯤 탄 시키시마敷島, 담배의 상품명 끄트머리가 부서지면서 하얀 베개를 재투성이로 만들었다. 그래도 그냥 있을 작정이었지만 동쪽 창으로 강한 햇살이 비쳐 들었고 두통도 조금 나는 바람에 결국 고집을 꺾고 일어났다. 그러고는 이쑤시개를 입에 문 채 수건을 두르고 목욕하러 갔다.

목욕실 시계는 벌써 열 시 조금 넘어서고 있었지만 욕탕 안은 싹 치워져서 바가지 하나 나와 있지 않았다. 다만 탕 속에 한 사람이 드러누워서 유리창 너머로 비쳐드는 햇빛을 바라보며 태평스레 철벙대고 있었다. 그는 게이타로와 같은 하숙집에 있는 모리모토森本라는 사내로, 게이타로가 잘 주무셨느냐고 말을 건네자 그쪽에서도 잘 잤냐며 인사하더니 이렇게 덧붙였다.

"뭡니까, 이 시간에 이쑤시개 따윌 입에 물고 있다니 장난도 아니고. 그러고 보니 어젯밤 당신 방에 불이 안 켜져 있는 것 같던데요."

"불이야 초저녁부터 훤하게 켜져 있었지요. 나는 당신과는 달라서 품행이 방정해서 밤놀이 같은 건 잘 안 하거든요."

"그렇고말고. 당신은 건실하니까요. 부러울 정도로 건실하죠."

게이타로는 조금 겸연쩍었다. 상대방을 보니 여전히 가슴 아래를 물에 담근 채 지겹지도 않은지 계속 철벙거리고 있다. 그 얼굴은 비교적 진지하다. 게이타로는 속 편해 보이는 이 사내의 콧수염이 물에 젖어

칠칠치 않게 아래쪽으로 가닥가닥 늘어진 모양을 보면서 물었다.

"나야 어쨌든 상관없지만, 당신은 어쩐 일이십니까? 관청은 어쩌고요?"

그러자 모리모토는 노곤한 듯이 탕 가장자리에 양 팔꿈치를 얹고 그 위에 이마를 올려 엎드린 채 머리가 아픈 사람처럼 대답했다.

"관청은 쉽니다."

"왜요?"

"왜고 뭐고, 내가 그냥 쉽니다."

게이타로는 동지라도 발견한 듯한 마음에 무심코 이렇게 말했다.

"역시 휴식입니까?"

"그렇죠, 휴식이죠."

상대방은 이렇게 대답하고는 곧 원래대로 탕 가장자리에 푹 엎드렸다.

2

게이타로가 대야 앞에 앉아서 목욕탕 일꾼에게 때를 밀게 할 때쯤 되어서야 모리모토는 모락모락 김 오르는 벌건 몸뚱어리를 탕 밖으로 내놓았다. 그러고는 '아, 기분 좋다' 하는 표정으로 씻는 곳으로 와서 철퍼덕 양반다리를 하고 앉더니 게이타로의 몸을 칭찬하기 시작했다.

"당신, 체격이 좋은데."

"요즘은 꽤 안 좋아진 편입니다."

"엥? 그게 안 좋은 거면 나 같은 사람은……."

모리모토는 스스로 제 배를 통통 두드려 보였다. 그 배는 푹 들어가서 등에 딱 달라붙은 것 같았다.

"어쨌거나 생업이 생업이다 보니 몸이 자꾸 망가지기만 해요. 하긴 건강관리를 안 하긴 했지만."

그러고는 갑자기 생각났다는 듯 와하하하 웃었다. 게이타로는 장단을 맞추듯이 말했다.

"오늘은 나도 한가하니까 오랜만에 당신 옛날이야기라도 들어볼까요?"

"그래요, 들려드리죠."

모리모토는 곧바로 호응했다. 하지만 활발한 건 대답뿐이고 동작은 느릿한 정도가 아니라 모든 근육이 물에 삶겨져 활동을 일시 중지하고 있는 듯했다.

게이타로가 비누칠한 머리를 박박 씻거나 딱딱하게 군은 발바닥이나 발가락 사이를 문지르는 동안 모리모토는 여전히 양반다리를 한 채 씻으려 하지 않았다. 마지막으로 야윈 살덩어리를 탕 속에 풍덩 던져 넣듯이 담갔다가 게이타로와 거의 동시에 물기를 닦으면서 나왔다.

"가끔 아침에 목욕하러 오면 기분이 맑아지는 게 좋죠?"

"네. 당신 같은 경우는 씻는 게 아니라 말 그대로 탕에 들어가니까 더 그렇겠지요. 실용을 위한 목욕이 아니라 쾌감을 느끼기 위한 목욕이니까."

"그렇게 복잡한 이유가 있는 게 아니라 아무래도 이런 시간에 몸을 씻는 게 귀찮아서요. 멍하니 몸을 담갔다가 멍한 상태로 나와버리지요. 그에 비하면 당신은 몇 배나 꼼꼼하군요. 머리부터 발끝까지 한 군데도 빠트리지 않고 구석구석 잘 씻으니. 더구나 이쑤시개까지 써가면서. 그 주도면밀한 모습에는 감탄밖에 안 나오네요."

두 사람은 함께 목욕탕을 나섰다. 모리모토가 큰길까지 가서 담배 마는 종이를 사야 한다고 해서 게이타로도 같이 따라 나섰는데, 골목에서 동쪽으로 발길을 옮기자 갑자기 길 사정이 나빠졌다. 어제 저녁에 내린 비가 흙을 몹시 불려놓은 데다 오늘 아침부터 말이니 차니 사람들이 지나다니면서 밟아 뒤집고 차올리고 한 진흙길을 두 사람은 꺼리듯 경멸하듯 피해갔다. 해는 높이 떠 있지만 지면에서 올라오는 수증기는 여전히 지평선 위에 희미하게 깔려 있는 듯한 느낌이었다.

"오늘 아침 경치는 잠꾸러기인 당신한테 보여주고 싶더군요. 글쎄, 해가 쨍쨍 비치는데도 안개가 자욱하지 뭡니까. 전차를 보니까 장지문에 비친 그림자처럼 승객 한 명 한 명을 뚜렷이 분간할 수가 있더라구요. 반대편에 태양이 있으니까 그 한 명 한 명이 하나같이 회색 괴물로 보이는 게 퍽 기이한 광경입디다."

모리모토는 이런 이야기를 하면서 종이가게에 들어가더니 담배 마는 종이와 봉투로 불룩해진 주머니를 누르면서 나왔다. 밖에서 기다리고 있던 게이타로는 왔던 길로 발길을 돌렸다. 그 길로 두 사람은 하숙집으로 왔다. 게이타로는 슬리퍼 뒤축 소리를 내면서 계단 두 층을 올라와 자기 방 장지문을 재빨리 열고는 모리모토를 불러들였다.

"자, 들어오시죠."

"이제 곧 점심때잖아요."

모리모토는 이렇게 말하면서 주저하는 듯했지만 의외로 자기 방에 들어가기라도 하듯 거침없는 태도로 따라 들어왔다.

"당신 방에서 보는 경치는 언제 봐도 좋다니까."

그러고는 직접 창문 장지를 열면서 난간이 딸린 마룻장 위에 젖은 수건을 놓았다.

3

여위었으나 큰 병치레 없이 매일 신바시 역으로 나서는 이 사내에 대해 평소 게이타로는 호기심을 품고 있었다. 그는 이미 서른이 넘었다. 그런데 여태 혼자 하숙을 하면서 역으로 통근하고 있다. 하지만 역에서 무엇을 담당하고 또 어떤 사무를 다루는지는 지금껏 물어본 적도 없고 또 본인도 얘기한 적이 없기 때문에 게이타로로서는 모든 것이 미지수였다. 어쩌다 사람을 배웅하러 역에 갈 경우도 있지만 그럴 때에는 혼잡한 데 정신이 팔려서 역과 모리모토를 동시에 떠올릴 만한 여유가 없었고, 모리모토 역시 자신의 존재를 상기하게끔 게이타로의 눈에 띄는 곳에 얼굴을 내밀 기회도 없었다. 그저 오랫동안 같은 하숙집에 틀어박혀 있다는 인연 때문인지 동정심 때문인지 어느새 인사도 나누고 세상 돌아가는 이야기도 하는 사이가 되었을 뿐이다.

그러니까 모리모토에 대한 게이타로의 호기심이란 그의 현재보다는 오히려 과거에 대한 것이라고 하는 편이 적당할지도 모르겠다. 게이타로는 언젠가 모리모토에게서 그가 어엿한 한 가정의 가장이었던 시절의 이야기를 들었다. 그의 아내에 대한 이야기도 들었다. 두 사람 사이에 태어난 아이가 죽었다는 이야기도 들었다. "아귀餓鬼, '어린아이'를 뜻하는 속어로도 쓰인다가 죽어준 덕에, 뭐 살았다고 할까요. 산신山神, '여신'으로 알려져 있으며 '무서운 아내'를 뜻하기도 한다이 내리는 재앙에는 사실 겁을 먹고 있었으니까요"라고 했던 그의 말을 게이타로는 여태 기억하고 있다. 더구나 그때 '산신'이라는 말을 이해할 수 없어 그게 뭐냐고 되물었더니 산에 있는 신의 한자말 아니냐고 가르쳐주던 일도 기억하고 있다. 그런 일들을 떠올려봐도, 게이타로가 보기에 어쩐지 모리모토의 과거에는 낭만적인 냄새가 혜성의 꼬리처럼 희미하게 감돌면서 괴상한 빛을 뽑고 있다.

　여자랑 만났느니 헤어졌느니 하는 일화 말고도 그는 다양한 모험담의 주인공이었다. 아직 가이효토海豹島, 러시아 사할린의 동쪽에 있는 섬으로, 물개 서식지로 유명하다에 가서 물개를 사냥한 적은 없는 모양이지만, 홋카이도 어딘가에서 연어를 잡아 돈을 번 것은 확실한 듯하다. 그리고 시코쿠四國 부근의 어떤 산에서 안티몬antimony, 청백색의 광택이 나는 금속 원소. 주로 휘안광輝安鑛으로 산출하며, 활자 합금, 도금, 반도체 따위의 재료로 쓰인다이 나온다는 말이 있었는데 실제로는 전혀 나오지 않았다고 그가 말한 석도 있다. 그러나 가장 기발한 것은 '꼭지' 통에 꽂아서 안에 든 액체가 나오게 하는 기구 회사 계획이었다. 술통 꼭지를 만드는 장인이 도쿄에 많지 않은 데서 발상을 얻었다는데, 오사카에서 모처럼 불러들인 장인匠人과 충돌하는 바람에 성사되지 못했다며 그는 여태 원통해하고 있다.

　돈벌이를 떠나 세상 이야기를 할 때도 그는 자신이 풍부한 소재의 소유자라는 사실을 간단히 증명해 보였다. 지쿠마筑摩 강 상류의 어떤 곳에서 강 건너편 산을 보니 바위 위에서 곰이 뒹굴거리며 낮잠을 자고 있더라는 이야기 따위는 평범한 편이고, 이야기가 한층 무르익으면 신슈信州에 있는 도가쿠시戶隱 산의 암자는 보통 사람도 좀처럼 오를 수 없는 험난한 곳에 있는데 맹인이 그 꼭대기까지 올라가는 모습에 깜짝 놀랐다는 이야기도 들려주었다. 그 절에 참배를 하려면 아무리 다리가 튼튼한 사람이라도 하룻밤 묵어가지 않을 수 없기 때문에 모리모토도 할 수 없이 반쯤 올라갔을 때 모닥불을 피워 밤 추위를 견디고 있는데 밑에서 방울 소리가 들려왔다고 한다. 이상하다 하던 중에 방울 소리가 점점 가까워지더니 마침내 머리를 박박 깎은 맹인이 올라와 모리모토에게 안녕하시냐 인사하고 다시 총총걸음으로 올라가더라는 것이다.

게이타로가 참 묘하다 싶어서 재차 물어봤더니 안내인 한 명이 붙어 있었다는 것이다. 즉 안내인 허리에 방울을 달아 뒤따라오는 맹인이 그 방울 소리에 의지해서 올라오게 했다는 말에 다소 납득할 수는 있었지만, 게이타로에게는 꽤 놀라운 이야기이다. 심할 때에는 거의 괴담에 가까울 만큼 묘한 이야기가 단정치 못한 그의 콧수염 밑에서 지극히 정중하게 발표된다. 야바耶馬 계곡을 지나는 길에 라칸지羅漢時, 오이타 현 야바 계곡에 있는 절에 올라간 적이 있었는데, 해질녘에 삼나무 가로수 길로 서둘러 내려오던 중 별안간 한 여인이 스쳐 지나갔다. 그 여인은 연지를 바르고 분을 칠하고 혼례 때처럼 머리를 묶고 무늬 있는 긴 소매옷에 두꺼운 띠를 매고 있었는데, 혼자서 짚신을 신은 채 총총걸음으로 라칸지 쪽으로 올라갔다. 절에 볼일이 있을 리도 없고 또 절문은 이미 닫혔는데 곱게 차려 입은 여자가 어두운 산길을 홀로 올라가더라는 얘기였다. 게이타로는 이런 이야기를 들을 때마다 '허어' 하고 믿을 수 없다는 뜻으로 웃음을 짓지만 어쨌거나 상당한 흥미와 긴장으로 그의 언변을 받아들이곤 했다.

4

이날도 평소와 다를 바 없는 이야기가 나오겠거니 하는 기대에 일부러 길까지 에둘러 가며 함께 목욕탕에서 돌아왔다. 나이는 많지 않지만 세간의 여러 관문들을 통과한 것처럼 보이는 모리모토 같은 사내의 경험담이란 올 여름에 학교를 갓 졸업한 게이타로에게는 무척 흥미롭기도 하거니와 때로는 꽤 유익하기도 했다.

게다가 게이타로는 유전적으로 평범한 것을 거부하는 로맨틱한 청년이었다. 일찍이 도쿄의 아사히신문에 고다마 오토마쓰兒玉音松인가 하는 사람의 모험담이 연재되었을 때 그는 스물도 안 된 중학생처럼 날마다 열심히 읽었다. 그 중에서도 오토마쓰가 동굴 속에서 뛰어나온 거대 문어와 싸웠다는 기사를 특히 재미있게 읽고는 같은 학과 학생에게 들뜬 마음으로 들려준 적이 있다.

"너, 문어의 커다란 머리를 겨냥해서 피스톨을 탕탕 쏘았는데 총알이 주르르 미끄러지고 아무런 반응도 없었다는 거야. 그새 대장 뒤로 줄줄이 따라 나온 작은 문어들이 둥글게 원을 만들고 둘러씨기에, 뭘하나 했더니 누가 이기나 구경을 하고 있더래."

그러자 그 친구가 반쯤 놀린답시고 "너같이 익살맞은 녀석은 도저히 문관시험 따위를 쳐서 세상을 견실하게 살아갈 마음이 없을 테니, 졸업하면 숫제 남양南洋, 태평양에서 적도를 경계로 해서 남북으로 걸쳐 있는 지역에라도 가서 좋아하는 문어 사냥이나 하는 게 어때?"라고 했다. 덕분에 그 뒤로 '다가와田川의 문어 사냥'이라는 말이 친구들 사이에서 꽤 유행하게 되었다. 졸업한 뒤 세상으로 나가는 문을 찾아 다리가 뻣뻣해지도록 돌아다니는 게이타로를 볼 때마다 그들은 "어떠냐, 문어 사냥은 성공했냐?"라고 물어보는 게 관례가 되었을 정도였다.

아무리 게이타로라도 남양의 문어 사냥은 지나치게 기발했기 때문에 진지하게 실천할 용기가 없었지만, 싱가포르의 고무나무 재배 사업 같은 것은 학생 때 계획한 적이 있다. 당시 게이타로는 끝없는 광야를 뒤덮을 기세로 울창하게 자란 몇 백만 그루의 고무나무 한가운데에 일층짜리 방갈로를 마련하고 재배 감독자인 자신이 그 안에서 아침저녁으로 자고 일어나는 모습을 상상해 보았다. 그는 방갈로 바닥을 벗기고 그 위에 커다란 호랑이 가죽을 깔 작정이었다. 벽에는 물소 뿔을 박아

넣은 다음 거기에 총을 걸고, 그 밑에는 비단 주머니에 싼 일본도를 놓을 셈이었다. 그리고 새하얀 터번을 머리에 둘둘 말고 널찍한 베란다에 놓인 등의자에 누워 향이 강한 하바나산 궐련을 유유자적 뻐끔거릴 계획이었다. 그뿐이랴, 그의 발밑에는 수마트라산 검은 고양이—공단 같은 털과 황금 그 자체인 눈 그리고 몸길이보다도 훨씬 기다란 꼬리를 가진 신비한 고양이가 등을 산처럼 높이 세우고 앉아 있을 터였다. 이렇게 그는 온갖 상상 속 광경을 만족스럽게 떠올린 뒤에 마침내 실제로 주판을 퉁겨보았다. 하지만 당장 고무 심을 땅을 빌리는 데에 상당한 품과 시간이 든다. 그리고 빌린 땅을 개간하는 일도 쉬운 일이 아니다. 땅을 고르고 나무를 심는 데 지출해야 하는 금액도 의외로 많다. 게다가 인부를 써서 끊임없이 잡초를 뽑아주어야 하고 육 년 동안 묘목이 생장하는 것을 바보처럼 손가락 빨며 지켜봐야 한다는 생각에 이르자 게이타로는 후퇴하기에 충분하다고 판단했다. 그런 참에 그에게 이런 저런 속사정을 가르쳐준 고무 전문가의 말에 따르면, 이제 앞으로 그 지역 일대의 고무 공급이 세계 수요를 초과하기 때문에 재배자는 엄청 난 공황을 맞게 될 거라는 소식이다. 그 후로 그는 고무의 '고' 자도 입에 담지 않게 되었다.

5

하지만 이상한 것에 대한 그의 흥미는 이런 정도로 가라앉지 않았다. 그는 수도首都 한복판에 있으면서 먼 곳의 사람들이나 나라를 상상 속으로 불러들여 즐거워할 뿐 아니라, 매일 전차 안에서 마주치는 평범한 여인이나 또 산책길에서 스쳐 지나는 사내를 볼 때조차도 예사롭지 않은 괴이한 무언가를 망토 속이나 코트 소매에 숨기고 있지는 않을까 생각한다. 그리고 단 한 번만이라도 그 망토나 코트를 뒤집어서 괴이한 것을 확인한 뒤 모르는 척 지나쳐보고 싶다.

게이타로가 고등학교에 다닐 때 영어 선생이 교과서로 스티븐슨의 『신 아라비안나이트』라는 책을 읽혔는데, 그의 이런 성향은 그 무렵부터 점점 고개를 들기 시작한 것 같다. 그때까지만 해도 영어를 무척 싫어하던 그가 이 책을 읽고 나서는 예습을 한 번도 거르지 않았고, 선생이 시킬 때마다 자리에서 일어나 해석을 해낸 것만 해도 그가 얼마나 이 책을 재미있게 여겼는지 알 수 있다. 한번은 소설과 실제를 구별하지 못하고 너무 흥분한 나머지, 진지한 표정으로 십구 세기 런던에서 진짜 이런 일이 있었는지를 선생에게 물었다. 그 선생은 얼마 전 영국에서 돌아온 사내였는데, 검은 멜턴으로 된 모닝코트 꼬리에서 마로 된 손수건을 꺼내 코밑을 닦으며 십구 세기는커녕 지금도 그러하다고 대답했다. 런던이란 곳은 실제로 불가사의한 도시라고 덧붙였다. 그때 게이타로의 눈에는 경탄의 빛이 감돌았다. 그러자 선생은 의자에서 일어나 이런 말을 했다.

"하기야 저자가 저자인 만큼 관찰력도 뛰어난 데다 보통 사람과는 다른 방식으로 사건을 해석했으니까 이런 작품이 완성되었을지도 모르지요. 사실 스티븐슨이라는 사람은 손님을 기다리는 마차를 볼 때도 로맨스 같은 걸 발견해 낸다고 하니까요."

손님을 기다리는 마차와 로맨스는 조금 이해가 안 되었지만, 설명을 다 듣고 나니 비로소 과연 그렇구나 싶었다. 그 뒤로는 더없이 평범한 도쿄의 구석구석을 다니는 더없이 평범한 인력거를 볼 때마다 어젯밤 살해된 손님과 식칼을 싣고 쏜살같이 달려가는 거라고 생각했다. 또 아름다운 여인을 마차 포장 속에 숨긴 채, 추적자의 예상과는 정반대 방향으로 달리는 기차 시간에 대기 위해 어떤 역을 향해 몰아치는 중이라고 상상하기도 했다. 그러면서 혼자 무서워하거나 재미있어하면서 기쁨을 느끼곤 했다.

그런 상상을 거듭하는 동안, 세상이 이렇게나 복잡하니 자신이 예상한 만큼은 아니더라도 마땅히 한 번쯤은 그의 신경을 곤두세울 만한 새로운 사건과 맞닥뜨리게 될 거라고 믿기 시작했다. 그러나 학교를 졸업한 뒤 그의 생활은 그저 전차를 타거나 소개장을 받아서 모르는 사람을 방문하는 정도이고, 그 외에는 어디 가서 이야기할 만한 소설 같은 일은 전혀 생기지 않았다. 그는 매일 보는 하숙집 하녀 얼굴에 질렸다. 매일 먹는 하숙집 반찬에도 신물이 났다. 하다못해 이 단조로움을 깨기 위해 남만주에 철도라도 생기거나 조선朝鮮 문제가 해결되기라도 한다면 그나마 먹고사는 문제 말고도 얼마간 자극을 얻을 수 있겠지만, 양쪽 다 당분간 희망이 없다는 사실이 이십삼일 전에 분명해지고 보니 점점 더 눈앞의 평범함이 자신의 무능력과 밀접한 관계라도 있는 것처럼 여겨져서 맥이 빠지고 말았다. 게다가 입에 풀칠을 하기 위한 동분서주는 물론이고 길에 떨어진 동전 주우러 다니듯 한가한 마음으로 전차에 올라 멍하니 인간세상을 탐험할 용기조차 없어져서, 어제 저녁에는 좋아하지도 않는 맥주를 잔뜩 마시고 잔 것이다.

이럴 때, 평범한 사람이지만 비범한 경험을 많이 쌓았다고 평가할 만한 모리모토의 얼굴을 보는 것은 진작부터 게이타로에게는 흥분되는 일이었다. 종이 파는 가게에 따라가면서까지 그를 자기 방으로 데리고 온 것은 이 때문이다.

6

모리모토는 창가에 앉아 잠시 아래쪽을 내려다보고 있었다.

"당신 방에서 보는 풍경은 늘 좋지만 오늘은 유달리 좋군요. 물로 씻은 듯한 하늘 밑에 곱게 물든 나무가 군데군데 따뜻하게 모여 있고, 또 그 틈으로 빨간 벽돌이 보이는 저 모양이란 그림 같습니다그려."

"그러네요."

게이타로는 어쩔 수 없이 이렇게 대답했다. 그러자 모리모토는 자기 팔꿈치를 괴고 있던 창으로부터 한 자쯤 튀어나와 있는 마룻장을 보며 말했다.

"여기는 아무래도 분재 한둘은 놔야 어울릴 법한 곳이에요."

게이타로는 과연 그런가 싶었지만 더 이상 '그러네요'를 반복할 마음이 나지 않아 이렇게 물었다.

"당신은 그림이나 분재까지 아십니까?"

"아느냐고 하니 좀 송구스럽네요. 전혀 어울리지 않으니 그렇게 물어보시는 것도 무리는 아니겠지만. 다가와 씨 앞에서 말하긴 좀 그렇지만 이래봬도 분재도 좀 만지고 금붕어도 키워봤고 한때는 그림도 좋아해서 곧잘 그렸답니다."

"뭐든 다 하시는군요."

"팔방미인이 밥 굶는다고, 결국 이렇게 되고 말았지요."

모리모토는 이렇게 잘라 말했다. 그러고는 과거를 후회하는 것도 아니고 또 현재를 비관하는 것도 아닌, 날카로운 구석이라곤 없는 평소의 얼굴로 게이타로를 보았다.

"하지만 저는 조금이라도 좋으니까 당신처럼 변화무쌍한 경험을 해보고 싶은 생각입니다."

게이타로가 진지하게 말을 꺼내자 모리모토는 술에 취하기라도 한 것처럼 오른손을 들어 제 얼굴 앞에서 과장되게 좌우로 흔들어 보였다.

"그게 참 안 좋아요. 젊을 때는, 말은 이렇게 해도 당신과 내가 그다지 나이 차이가 많은 것 같진 않지만, 어쨌든 젊을 때는 뭐든지 색다른 일을 해보고 싶은 법이지요. 그런데 그 색다른 일을 해보고 나면 어쩐지 바보같이 느껴지고 안 하는 게 훨씬 나았다고 생각될 뿐이죠. 당신은 이제부터죠. 점잖게 지내면 어떻게든 발전할 수 있을 텐데 중요한 때에 모험심이니 반항심을 일으키면 불효 아니겠어요. 그런데 어때요, 전부터 물어봐야지 하다가 바빠서 못 물어봤는데, 좋은 자리는 찾았습니까?"

정직한 게이타로는 낙심해서 사실대로 대답했다. 그리고 당분간은 기대할 만한 일이 없으니까 바쁘게 뛰어다니는 건 관두고 일단 휴식을 취할 생각이라고 덧붙였다. 모리모토는 조금 놀란 표정을 지었다.

"허어, 요즘은 대학을 졸업해도 쉽게 자리가 생기질 않나 봅니다. 어지간히 불경기로구먼. 하긴 메이지明治, 일본의 연호. 1868년 9월 8일~1912년 7월 30일. 이 소설이 연재된 것은 1912년, 즉 메이지 45년이다도 벌써 사십 몇 년이나 됐으니 그도 그렇겠지만요."

모리모토는 여기까지 말하고 고개를 갸웃하더니 자신의 철학을 곱씹는 듯한 표정을 지었다. 게이타로는 상대방의 태도를 가소롭게 여기지는 않았지만, 속으로는 그가 소양이 있는데 일부러 이런 식으로 말하는 걸까 아니면 무식해서 이렇게밖에 표현할 줄 모르는 걸까 생각했다. 그러자 모리모토가 갸웃거리던 고개를 갑자기 똑바로 들었다.

"어떻습니까, 싫지 않다면 철도 쪽으로라도 오시는 게? 뭣하면 위에다 이야기해 볼까요?"

아무리 로맨틱한 게이타로지만 이 사내가 좋은 자리를 얻어줄 거라 기대할 수는 없었다. 하지만 자못 가벼운 애교 섞인 그의 말이 자신을 농락하는 말이라고 해석할 만큼 비뚤어지지도 않았다. 어쩔 수 없이 쓴 웃음을 지으며 하녀를 불렀다.

"모리모토 씨 밥상도 이리 가져오너라."

이렇게 명령하고 술을 시켰다.

7

모리모토는 요즘 몸을 생각해서 술을 자제하고 있다고 말해 놓고는 부어주면 바로 술잔을 비웠다. 끝내는 그만 마시자고 하더니만 곧 제 손으로 술병을 기울였다. 그는 평소에 한가로우면서도 어딘지 무사태평한 분위기를 띠고 있었는데 술잔을 거듭함에 따라 그 한가로운 면은 달아오르고 무사태평함도 더 심해지는 듯했다. 스스로도 "이렇게 되면 의연해져야겠다. 내일 해고된다 해도 놀라지 말아야지"라며 배짱을 부리기 시작했다. 술을 잘 못하는 게이타로가 가끔 생각났다는 듯이 잔에 입술을 대는 식으로 분위기 맞추는 것을 보더니 그는 말했다.

"다가와 씨, 당신 정말 못 마십니까? 희한하네요. 술도 못 마시면서 모험을 사랑하다니. 모든 모험은 술로 시작하는 겁니다. 그리고 여자로 끝나지요."

좀 전까지만 해도 자신의 과거가 변변치 못하다고 자책하더니 취하니까 갑자기 정반대로 기염을 토하기 시작했다. 그리고 그러한 시도는 대개 실패로 돌아갔다. 게다가 아까 교육에 대해 다대한 존경을 표했던 사실을 잊어버리기라도 한 듯 게이타로를 앞에 두고 사정없이 말을 내

뱉었다.

"당신 같은 사람은 말이야, 미안하지만 학교를 갓 졸업해서 진짜 세상을 모른다니까. 학사니 박사니 하고 아무리 직함을 휘둘러도 난 겁먹지 않을 거야. 실제로 세상을 살아왔으니까 말이지."

그런가 하면 트림 같은 한숨을 내쉬며 한심하다는 듯 자신의 무식을 원망했다.

"뭐, 간단히 말하자면 이 세상을 원숭이처럼 살아왔다 이 말이야. 이렇게 말하면 웃기겠지만 당신 열 배쯤 되는 경험을 확실히 쌓아왔다고. 그래도 여태까지 해탈을 못하고 이 모양 이 꼴인 건 다 무식해서, 그러니까 배운 게 없기 때문이요. 하긴 교육을 받았다면 이렇게 무턱대고 변화무쌍하게 살 순 없는 법이지."

아까부터 게이타로는 상대방이 딱한 선각자가 되어버린 듯하여 그에 합당한 주의를 기울이며 경청하고 있었다. 하지만 어설프게 술을 먹어서 그런지 오늘은 여느 때보다 더 호기를 부리거나 푸념도 많아져서 평소처럼 순수한 흥미가 솟지 않는 게 아쉬웠다. 적당한 선에서 술자리를 정리했지만 역시 허전했다. 그래서 새로 끓인 차를 권하면서 물어보았다.

"당신 경험담은 언제 들어도 재미있습니다. 그뿐 아니라 저같이 세상물정 모르는 사람은 이야기를 들을 때마다 유익한 것 같아서 감사하고 있지요. 그런데 당신이 지금까지 해왔던 생활 가운데서 가장 유쾌했던 건 무엇입니까?"

모리모토는 뜨거운 차를 후후 불며 조금 충혈된 눈을 두세 번 깜빡거리더니 잠자코 있었다. 이윽고 찻잔을 다 비워버리고는 이렇게 말했다.

"글쎄요. 지나고 나서 생각하면 다 재미있고 다 시시해서 좀 분간이 안 되는데. 유쾌하다는 건 그러니까 여자가 등장하는 걸 말하는 겁니까?"

"그런 건 아닙니다만, 그렇다고 해도 상관은 없죠."

"뭘 또, 사실은 그쪽 얘기를 듣고 싶은 거죠? 하지만 농담이 아니라 다가와 씨, 재미가 있을지는 모르겠지만 세상에 이처럼 무사태평한 생활은 다시 없겠다 싶은 기억이 있어요. 그 이야기나 한번 해볼게요. 차에 곁들이는 과자 대신으로."

게이타로는 두말없이 찬성했다. 모리모토는 그럼 잠깐 소변을 보고 오겠다며 일어났다.

"그 대신 말해 두겠는데 여자는 안 나옵니다. 여자는커녕 당장에 인간이 안 나오는걸."

그는 이렇게 다짐을 받아놓고 복도 밖으로 나갔다. 게이타로는 호기심을 품고 그가 돌아오기를 기다리고 있었다.

8

그런데 오 분을 기다리고 십 분을 기다려도 이 모험가는 얼굴을 보이지 않는다. 게이타로는 결국 더 이상 기다릴 수 없어 밑으로 내려가서 뒷간을 찾아보았다. 하지만 모리모토는 그림자도 보이지 않았다. 혹시나 해서 다시 계단을 올라 그의 방 앞까지 왔다. 그러자 장지문을 대여섯 치 열어젖힌 채 방 한복판에서 팔베개를 하고 드러누워 있는 게 아닌가.

"모리모토 씨, 모리모토 씨."

두세 번 불러보았지만 좀처럼 움직일 것 같지 않아 화가 치밀어오른 게이타로는 안으로 들어가 모리모토의 목덜미를 붙잡고 세게 흔들었다. 그러자 모리모토는 벌에 쏘이기라도 한 듯 '앗' 하며 반쯤 뛰어올랐다. 하지만 게이타로의 얼굴을 확인하더니 다시 또 비몽사몽 반쯤 감긴 눈빛이 되었다.

"어, 당신이었습니까? 너무 많이 마신 탓인지 기분이 이상해져서 좀 쉬려 했는데 잠이 오더라고요."

변명하는 모양이 사람을 우롱하는 것처럼 보이지는 않았기 때문에 게이타로도 화를 낼 수 없었다. 하지만 오매불망 기다리던 모험담은 이것으로 끝났구나 하고 혼자 자기 방으로 돌아가려고 했다. 그러자 모리모토는 게이타로를 뒤따라 왔다.

"이거 미안하게 됐습니다, 수고했어요."

그러고는 좀 전까지 자신이 앉아 있던 방석에 무릎을 꿇고 똑바로 앉으며 말했다.

"그럼 이제 세상에 유례가 없는 무사태평 생활 이야기를 슬슬 시작해 볼까요?"

모리모토의 무사태평 생활이란 지금으로부터 십오륙 년 전, 기술자로 고용되어 홋카이도의 땅을 측량하고 다니던 시절의 이야기였다. 사람이 아예 살지 않는 곳에 텐트를 치고 기거하다가 일이 끝나면 바로 텐트를 거두어 다른 곳으로 향하는 생활이니, 본인이 말했듯이 여자가 등장할 법한 이야기가 결코 아니었다.

"어쨌든 높이가 두 자나 되는 얼룩조릿대 밭을 개척해서 길을 내는 거니까요."

그는 오른손을 이마보다 높이 들어 얼룩조릿대가 얼마나 높이 자라 있었는지를 표현했다. 아침에 일어나보면 그렇게 개척한 길 양쪽에 살

무사가 비늘에 햇빛을 받으며 똬리를 틀고 있었다고 한다. 그걸 멀리서 막대기로 눌러놓고 다가가서는 때려죽인 뒤 구워먹었다고 했다. 게이타로가 무슨 맛이더냐고 물었더니, 모리모토는 잘 기억나지는 않지만 아마 생선과 육류 중간쯤 될 거라고 했다.

텐트 안에다가는 얼룩조릿대의 잎과 가지를 산처럼 쌓고 그 위에 파묻듯이 지친 몸뚱이를 내던지는 게 보통이지만, 때로는 밖에서 모닥불을 피우다가 커다란 곰을 눈앞에서 보는 일도 있었다. 벌레가 많아서 모기장을 하루 종일 쳐두곤 했는데, 어느 날 그 모기장을 지고 계곡물로 내려가 민물고기를 잡아왔더니 그날 밤부터 모기장에서 비린내가 나는 바람에 낭패를 보기도 했다. 이 모든 게 모리모토의 이른바 무사태평 생활의 일부분이었다.

그는 또 산에서 온갖 버섯을 캐먹었다고 한다. 송어버섯이라는 건 널찍한 쟁반만 한 크기인데 잘라서 된장국에 넣고 삶으면 마치 어묵 같다느니, 달맞이버섯이라는 건 한 아름이나 되는 크기인데 유감스럽게도 먹을 수 없다느니, 쥐버섯이라는 건 클로버 뿌리같이 귀엽다는 등 제법 상세하게 설명했다. 커다란 삿갓 안에 개머루를 가득 따서 그것만 게걸스레 먹어대다가 나중에는 혓바닥이 까칠까칠해져서 밥도 못 먹을 만큼 애먹었다는 이야기도 덧붙였다.

먹는 이야기만 하나 했더니 또 일주일간 쫄쫄 굶었다는 비참한 스토리도 있었다. 일행의 식량이 다 떨어져 인부가 쌀을 가지러 마을로 갔는데 그 사이에 호우가 쏟아졌던 때의 일이다. 원래 마을로 나가기 위해서는 계곡을 따라 인가로 내려가는데 소나기로 인해 물이 갑자기 불어난 바람에 쌀 같은 걸 등에 지고 올 수 없었던 것이다. 모리모토는 배가 고파서 어쩔 수 없이 드러누운 채 하늘만 바라보고 있었는데 끝내는 정신이 멍해지기 시작하더니 밤과 낮이 뒤죽박죽되고 말았다고 한다.

"그렇게 오랫동안 먹지도 마시지도 못하면 대소변도 멈추겠네요?"

게이타로가 묻자 모리모토는 매우 속편하게 대답했다.

"뭘요, 역시 나옵디다."

9

게이타로는 웃음이 나왔다. 하지만 그보다 더 웃겼던 것은 모리모토가 강풍의 기세를 묘사한 대목이었다. 그들 일행이 측량을 하고 있을 때 갑자기 드넓은 억새밭에서 엄청난 바람이 불어닥치자 그들은 네 발로 기어 근처 숲으로 피했다. 그런데 한 아름 두 아름이나 되는 나무의 가지와 줄기를 통해 무서운 소리를 울리면서 뒤흔들리는데 그 진동이 뿌리까지 전해져서 그들이 딛고 있는 땅이 지진 때처럼 흔들흔들했다는 것이다.

"그럼 숲속으로 달아났어도 역시 서 있을 수 없었겠네요?"

게이타로가 묻자 "당연히 엎드려 있었지요"라는 대답이 돌아왔지만, 사실 아무리 센 바람이라 해도 큰 나무의 뿌리가 흔들린 게 지진 같았다는 말은 믿기지 않아 게이타로는 무심코 웃음을 터뜨리고 말았다. 그러자 모리모토 역시 남의 일이기라도 한 것처럼 큰 소리로 웃어젖히더니, 갑자기 웃음을 그치며 진지해져서는 게이타로의 입을 막는 듯한 손짓을 했다.

"웃기긴 하지만 정말입니다. 어차피 상식과 동떨어진 남다른 경험을 한 만큼 내가 무뢰한인 건 틀림없지만 정말이라고요. 하긴 당신처럼 학식 있는 사람이 들으면 새빨간 거짓말처럼 들리겠지만요. 하지만 다가와 씨, 세상에는 큰 바람뿐만 아니라 꽤 재미있는 일이 많이 있고 또 당신 같은 사람은 그런 재미있는 일을 경험해 보려는 모양입니다만, 대학을 졸업하고 나면 무리에요. 막상 닥치면 대개 자기 신분을 생각하니까요. 본인은 몸을 내던지는 각오로 덤빈다 한들 그게 부모 원수를 갚는 것도 아니고 또 요즘 세상에 지위를 버리면서까지 방랑할 만큼 호기심 많은 사람도 없으니 말이죠. 당장 주변에서 그렇게 놔두질 않으니, 당연한 일이죠."

게이타로는 모리모토의 이 말에 실망도 하고 으쓱해지기도 했다. 그리고 평범한 학사 따위가 상식을 벗어난 색다른 생활을 하는 건 불가능할지도 모른다고 생각했다. 그런데 스스로 그런 생각을 억누르고 싶었기 때문에 일부러 저항하는 듯한 어조로 내뱉듯이 말했다.

"하지만 전 학교를 나오긴 했어도 이제껏 지위 같은 건 없거든요. 당신은 자꾸 지위 지위 하지만, 사실 지위를 얻으려고 뛰어다니는 것도 이제 넌더리가 납니다."

그러자 모리모토는 엄숙한 표정으로 젊은이를 가르치기라도 하는 태도로 대답했다.

"당신은 지위가 없고도 있습니다. 나에게는 지위가 있고도 없지요. 그거 하나가 다른 겁니다."

하지만 게이타로에게 이 점괘 같은 말은 별 의미가 없었다. 두 사람은 잠시 담배를 피우며 입을 다물고 있었다.

"나도 말입니다."

모리모토가 입을 열었다.

"나도 말이죠, 이렇게 삼 년째 철도 일을 하고 있지만 이제 지겨워져서 그만둘 생각입니다. 하기야 내가 안 그만두면 그쪽에서 그만두게 하겠죠. 삼 년째라면 나한테는 긴 편이지요."

게이타로는 그만두는 게 좋겠다거나 그만두지 않는 게 좋겠다는 말을 하지 않았다. 자기 스스로 그만둔 경험도 상대편에서 그만두게 한 경력도 없기 때문에 남이 뭘 어떻게 하건 상관없다는 생각이었다. 그저 이치에 맞는 말이라서 재미가 없다는 느낌뿐이었다. 모리모토는 그것을 눈치 챘는지 갑자기 분위기를 바꾸더니 십 분쯤 세상사는 이야기를 쾌활하게 떠든 뒤 오십 줄의 노인이라도 된 듯 이런 말을 남기고 돌아갔다.

"야, 이거 잘 얻어먹었습니다. 어쨌든 다가와 씨도 젊을 때 해야지요, 뭐든."

그 뒤로 대략 일주일 동안 모리모토와 차분하게 이야기를 나눌 기회는 없었지만, 같은 하숙집에 기거하기 때문에 아침이나 밤이면 그의 모습을 보곤 했다. 세면장에 갈 때마다 게이타로는 그의 검은 옷깃이 달린 큼직한 솜옷을 볼 수 있었다. 또 그는 관청에서 돌아오면 옷깃이 넓게 벌어진 새로 맞춘 양복에 기묘한 지팡이를 들고 외출하곤 했다. 그 지팡이가 봉당의 도자기로 된 우산꽂이에 있으면 게이타로는 '아, 오늘은 선생이 집에 있구나'라고 생각하면서 하숙집을 드나들었다. 그러는 가운데 언제부터인지 지팡이는 우산꽂이에 확실히 꽂혀 있는데 모리모토의 모습은 보이지 않게 되었다.

10

하루 이틀은 눈치 채지 못하고 지났지만 닷새쯤 되었는데도 모리모토의 그림자가 보이지 않자 게이타로는 이상한 생각이 들었다. 식사 시중을 들러 온 하녀에게 물어보니 그는 관청 일로 출장을 갔다고 한다. 공무원인 만큼 언제 출장을 가도 이상하진 않지만 이 사내의 관상을 볼 때 역 구내에서 화물 발송 담당 정도나 하고 있을 게 틀림없다고 여기고 있었던 게이타로로서는 출장이라는 말이 뜻밖이었다. 하지만 출발할 때 이미 대엿새 걸린다고 했으니까 오늘이나 내일쯤에는 돌아올 거라는 하녀의 말을 들으니 또 그런가 싶기도 했다. 그런데 예정한 시일이 지나도 모리모토의 이상한 지팡이는 여전히 우산꽂이 안에 있을 뿐 솜옷을 입은 모리모토 본인은 세면장에 나타나지 않았다.

마침내 하숙집 주인아주머니가 찾아와 모리모토 씨한테서 무슨 소식이 없었느냐고 물었다. 게이타로는 나 역시 물어보러 내려갈 참이었다고 대답했다. 아주머니는 부엉이처럼 동그란 눈에 다소 불안한 기색으로 나갔다. 그러고 나서 일주일쯤 지나도 모리모토는 여전히 돌아오지 않았다. 게이타로도 다시금 의심스러워졌다. 계산대 앞을 지날 때 일부러 멈춰 서서 아직이냐고 물어볼 때도 있었다. 하지만 그 무렵 게이타로는 다시 마음을 고쳐먹고 일자리를 얻기 위해 돌아다니다 보니 온통 그쪽에 정신이 쏠려 모리모토에 대해서는 관심을 기울이지 않았다. 사실대로 말하면 그는 모리모토의 예언대로 먹고 살기 위해 호기심 많은 사람의 권리를 포기했던 것이다.

그러던 어느 날 밤, 주인이 실례 좀 하겠다며 장지문을 열고 들어왔다. 그는 허리춤에서 오래된 담배통을 꺼내더니 퐁 하는 소리를 내며 뚜껑을 열었다. 그리고 은으로 된 담뱃대에 살담배를 채우고 콧구멍으로 짙은 연기를 솜씨 좋게 뿜어냈다. 확실한 말을 꺼내기 전까지 이렇게 느긋한 자세를 취하고 있는 그의 본심을 알아채지 못한 게이타로는 왠지 이상하다고만 생각하고 있었다.

"실은 좀 부탁이 있어서 올라왔습니다만."

주인은 목소리를 조금 낮추고 난데없이 이렇게 덧붙였다.

"모리모토 씨가 계시는 곳을 가르쳐주실 수 없겠습니까, 절대 당신한테 폐가 될 만한 일은 않을 테니."

게이타로는 예상 밖의 질문을 받고 잠깐 동안 아무 말도 할 수 없었다. 대관절 어떻게 된 일이냐며 가까스로 주인의 얼굴을 들여다보고 그의 진의를 파악하려 했지만, 주인은 담뱃대가 막혔는지 게이타로의 부젓가락으로 대통을 파고 있었다. 그 작업이 끝나자 설대가 잘 통하는지를 폽폽거리며 시험한 후 슬슬 설명에 들어갔다.

주인 말에 따르면 모리모토는 이 집에 하숙비가 여섯 달 정도 밀려 있다. 하지만 삼 년째 지낸 손님이기도 하고 놀고먹는 사람도 아니기에 올 연말까지 어떻게든 해결하겠다는 본인의 말을 믿고 별반 재촉하지 않았는데 이번에 여행 건이 터진 것이다. 주인집 아주머니는 물론 출장이라고 믿고 있었지만 기간이 지나도록 돌아오지 않을 뿐더러 아무 연락도 없었기 때문에 의심을 품지 않을 수 없게 되었다는 것이다. 그래서 본인의 방을 조사하는 한편으로 신바시에 가서 출장지를 조회해 보았다. 방에는 짐도 그대로 있었고 그가 있었을 때와 아무것도 달라지지 않았지만 신바시에서는 뜻밖의 대답이 돌아왔다. 출장 간 줄로만 알았던 모리모토가 지난달을 마지막으로 그만두었다는 것이다.

"그래 당신은 평소 모리모토 씨와 각별한 사이니까 당신한테 여쭈면 어디에 가셨는지 알겠지 싶어서 올라온 거지요. 결코 당신한테 밀린 하숙비를 어떻게 해달라고 말씀 드리려는 생각은 아니니까 어디 있는지만 알려주시지 않겠습니까?"

게이타로는 자신이 행방을 감춘 모리모토의 친구로서 그의 바람직하지 못한 행위와 밀접한 관계라도 있는 것처럼 취급되는 게 불편했다. 물론 사실대로 말하면 얼마 전까지도 어떤 의미에서는 감탄하는 마음으로 모리모토를 가까이한 것이 틀림없지만, 이런 실제 문제에서 모리모토가 자신에게 비밀을 털어놓았을 것이라 짐작되었다는 사실은 미래가 창창한 청년으로서 불명예라고 느꼈던 것이다.

¦¦

정직한 그로서는 주인의 착각에 내심 화가 났다. 하지만 화가 나기 전, 차가운 구렁이를 손에 쥐기라도 한 것처럼 불쾌했다. 묘하게 침착을 유지하면서 고풍스러운 담배통에서 절초를 끄집어내어 대통에 채우는 사내의 오해는 그가 실제 사실을 알고 있기라도 한 듯한 불안을 안겨주었다. 그는 담판을 짓는 데 필요한 예술이라도 되는 것처럼 담뱃대를 능숙하게 다루는 사람이었다. 게이타로는 그의 모습을 잠시 바라보았다. 그리고 모른다는 말 이외에는 상대의 의혹을 풀어줄 길이 없는 현실이 안타깝게 느껴졌다. 과연 주인은 간단히 담배통을 허리춤에 집어넣지 않았다. 담뱃대를 통에 넣었다 뺐다 했다. 그럴 때마다 아까처럼 퐁퐁 소리가 났다. 마침내 게이타로는 어떻게 해서든 이 퐁퐁 소리를 물리치고 싶어졌다.

"나는 말이지, 아시다시피 갓 학교를 나와서 아직 일정한 직업도 쥐뿔도 없는 가난한 서생이지만, 이래봬도 조금은 교육을 받은 사내야. 모리모토 같은 부랑배랑 똑같이 취급하면 내 체면이 깎이지. 하물며 뒤가 구린 관계이기라도 한 것처럼 엉뚱한 추측을 하고선 내가 모른다고 말해도 끈질기게 의심하다니, 괘씸한 노릇 아닌가. 자네가 이 년이나 이 집에 있는 손님을 그런 식으로 대할 생각이라면 좋아, 나도 생각이 있으니. 과거 이 년 동안 자네 집에 신세를 져왔지만 내가 한 달이라도 하숙비를 밀린 적이 있었나?"

물론 주인은 게이타로의 인격에 실례가 될 만한 의심은 털끝만치도 없음을 거듭해서 말했다. 그리고 아무쪼록 모리모토에게 연락이 와서 그가 어디 있는지 알게 된다면 잊지 말고 가르쳐달라는 부탁과 함께 아까 물어본 내용이 심기를 건드렸다면 사죄할 테니 봐달라고도 했다. 게이타로는 주인의 담배통을 빨리 허리춤에 꽂게 하려는 생각으로 그냥 알겠다고 대답했다. 주인은 겨우 담판의 도구를 허리띠 뒤쪽에 챙겨 넣었다. 방을 나가는 그에게서 의심의 기색이 사라진 듯하자 게이타로는 화를 내길 잘했다고 생각했다.

그러고 얼마 지난 후 모리모토 방에 새로운 손님이 들어왔다. 게이타로는 그의 짐을 주인이 어떻게 처리했는지 미심쩍었다. 하지만 주인이 담배통을 차고 담판을 하러 온 뒤부터는 모리모토에 대해서 더 이상 물어보지 않기로 결심했기 때문에 속으로야 어떻든 겉으로는 모르는 척하고 있었다. 그리고 예전처럼 조급히 맘먹지 않으면서도 자신이 해야 할 첫 번째 의무로 삼아 생길 듯 말 듯한 일자리를 끈기 있게 찾아다녔다.

어느 날 밤 그 볼일로 우치사이와이초內幸町, 현재의 도쿄 치요다구에 있는 마을 이름까지 갔지만 만나볼 사람이 집을 비운 탓에 하릴없이 전차로 돌아오는데, 맞은편에 노란 바탕에 줄무늬가 있는 겉옷으로 아기를 업은 부인을 보았다. 그 여자는 눈썹이 가늘고 짙은 데다 목덜미가 아리따워서, 분류하자면 세련된 타입이라서 아무리 봐도 애를 업고 있을 만한 사람으로 보이지 않았다. 그렇다고 해도 등에 업은 아이는 자기 아이가 분명하다고 게이타로는 생각했다. 좀 더 유심히 봤더니 앞치마 밑으로 격자무늬인지 뭔지 바탕이 오글오글한 견직물이 비져나와 있어서 게이타로는 더욱 이상하게 여겼다. 밖엔 비가 내리고 대여섯 명의 승객들은 모두 우산을 접어 지팡이처럼 짚고 있었다. 여자의 우산은 검은 뱀눈 모양이었는데 차가운 것을 쥐는 게 싫은지 우산을 옆에다 세워놓았다. 그 접힌 뱀눈 앞에 붉은 옻칠로 '가루타加留多, 카드'라고 적힌 글자가 게이타로의 눈에 들어왔다.

화류계 여자인지 모를 이 여자와 사생아인지 보통 아이인지 의심스러운 아기, 그리고 짙은 눈썹을 약간 팔자로 모으고 눈을 내리깐 하얀 얼굴과 오글오글한 비단 기모노, 또 검은 뱀눈에 선명한 '가루타'라는 글자가 번갈아가며 게이타로의 신경을 자극하고 있을 때, 문득 그는 모리모토와 하나가 되어 아이까지 낳았다는 여자를 떠올렸다. 모리모토 본인의 입에서 나온 "이렇게 말하면 미련이 남은 것 같아서 우습지만 얼굴 생김새는 나쁘지 않은 편이었지요. 말을 할 때 가끔 짙은 눈썹을 여덟팔 자로 모으는 버릇이 있었어요"라는 말을 띄엄띄엄 머릿속에 떠올리며 '가루타' 우산의 임자를 주의해서 보고 있었다. 머잖아 여자는 전차에서 내리더니 빗속으로 사라져갔다. 뒤에 남은 게이타로는 모리모토의 얼굴과 모습을 떠올리고는 운명이 지금 그를 어디로 데려갔을까 거듭 생각하며 하숙집으로 돌아갔다. 그리고 책상 위에서 발신자가 적히지 않은 편지 한 통을 발견했다.

12

호기심에 게이타로는 이 이름 없는 서신을 찢듯이 열어보았다. 편지 첫 줄에는 '친애하는 다가와 씨' 그리고 밑에는 '모리모토로부터'라고 적힌 글이 먼저 눈에 들어왔다. 게이타로는 다시 봉투를 집어 들었다. 그는 이리저리 돌려보며 소인 찍힌 것을 읽으려고 했지만 인주가 희미해서 알아볼 수가 없었다. 하는 수 없이 본문부터 읽기로 했다. 본문에는 이렇게 적혀 있었다.

"갑자기 사라져서 분명 놀랐겠지요. 당신은 놀라지 않더라도 뇌수腦 獸 상상 속의 괴물와 수리수리부엉이의 약어 (모리모토는 평소 하숙집 주인 부부를 뇌수와 수리라 불렀다) 두 사람은 놀랐을 게 틀림없습니다. 터놓고 말하면 하숙 비가 좀 밀렸는데 이야기를 꺼내면 뇌수와 수리가 귀찮게 할 것 같아서 일부러 아무 말 않고 자유행동을 취했습니다. 내 방에 두고 온 짐을 처리하면, 고리짝 안에는 의류 같은 것들이 다 들어 있으니까 꽤 돈이 될 것입니다. 그걸 팔든지 입든지 하라고 당신이 두 사람에게 말해 주십시오. 하긴 뇌수 그는 아시다시피 보통내기가 아니라서 내 허락도 기다리지 않고 그렇게 처리했을지 모르겠군요. 뿐만 아니라 순순히 상대해 주면 남아 있는 내 뒤처리를 당신한테 맡기면서 당치도 않은 억지를 부릴지도 모르니, 결코 상대해 주면 안 됩니다. 당신처럼 고등교육을 받고 세상에 막 나온 사람은 뇌수 패거리가 먹이로 삼으려 들 테니까 이 점을 꼭 주의하도록 해요. 내가 교육은 못 받았지만 빚을 떼어먹으면 좋지 않다는 것쯤은 아무러나 잘 압니다. 내년에는 꼭 돌려줄 작정이에요. 나한테 놀라운 경력이 많다고 해서 당신에게 이것까지 의심을 받는다면 모처럼 얻은 벗 한 명을 잃어버리는 것과 같을 테니 심히 유감스럽기 짝이 없습니다만 모쪼록 뇌수 따위 때문에 나를 오해하지 않기를 바랍니다.”

그러고는 자신은 지금 다롄大連에 있는 전기공원에서 오락을 담당하고 있다고 썼다. 그리고 내년 봄에는 활동사진을 사들이기 위해 반드시 도쿄에 나올 테니까 그때는 오랜만에 만날 수 있기를 고대하겠노라고 덧붙였다. 그 뒤에는 자신이 여행한 만주 지방의 사정을 자못 재미있게 한마디씩 늘어놓았다. 그 중에서 게이타로를 가장 놀라게 한 것은 창춘長春인지에 있다는 도박장의 광경이었다. 이곳은 일찍이 마적 대장을 했다는 어느 일본인이 경영에 관여하고 있다는데, 도시락 상자에 눌러 담은 음식처럼 빽빽이 들어찬 몇백 명의 더러운 중국인들이 도박에 혈안이 되어 악취를 풍기고 있다고 한다. 게다가 창춘의 부호들 중에서도 반쯤은 심심풀이로 때 묻은 옷을 입고 슬그머니 출입한다고도 하니, 모리모토는 또 무슨 짓을 했을까 하고 게이타로는 생각했다.

편지 말미에는 분재에 대해 씌어 있었다.

“그 매실나무 분재는 도자카道坂 현재 도쿄 분쿄구에 있는 마을에서 산 것이라 줄기는 그리 오래되지 않았지만 하숙집 창문 같은 데 얹어두고 아침저녁으로 바라보기에는 딱 좋습니다. 그걸 드릴 테니 당신 방으로 가져가십시오. 하기야 뇌수와 수리는 둘 다 풍류라고는 모르니까 도코노마床の間, 바닥을 한 단 높여서 정면 벽에는 그림 등을 걸고 바닥에는 장식품이나 꽃병으로 장식하는 곳에 내팽개쳐둔 채 벌써 말려 죽였을지도 모르지요. 그리고 방으로 올라오는 입구의 봉당 우산꽂이에 내 지팡이가 꽂혀 있을 겁니다. 값으로 치면 비싸지 않지만 내가 애용하던 것이니 기념으로 꼭 당신한테 드리고 싶습니다. 아무리 뇌수와 수리라도 그 지팡이를 당신이 가지는 데 이의를 제기하지는 않겠지요. 그러니까 절대 사양하지 않으셔도 됩니다. 들고 가서 쓰십시오. 만주, 특히 다롄은 무척 좋은 곳입니다. 당신같이

전도유망한 청년이 발전할 곳은 당분간 여기밖에 없을 겝니다. 큰맘 먹고 건너오지 않겠습니까? 나는 여기 온 뒤에 남만주 철도회사 쪽에도 아는 사람이 꽤 생겼으니까, 당신이 올 생각이 있다면 도움이 될 거라 봅니다. 단, 그때는 미리 좀 통지를 주시기 바랍니다. 그럼 안녕히."

　게이타로는 편지를 접어서 책상서랍에 넣고 주인 부부에게는 모리모토의 소식에 대해 아무 말도 하지 않았다. 지팡이는 여전히 우산꽂이 안에 꽂혀 있었다. 게이타로는 드나들면서 그것을 볼 때마다 어쩐지 묘한 느낌이었다.

정류소

게이타로에게는 스나가須永라는 친구가 있었다. 그는 군인 아들이면서도 군인을 매우 싫어하고, 법률을 익혔으면서도 관리나 회사원이 될 생각이 없는 지극히 소극적인 사내다. 적어도 게이타로에게는 그렇게 보였다. 물론 그의 아버지는 한참 전에 세상을 떠나고 지금은 어머니와 단둘이 쓸쓸하면서도 정취 있는 생활을 하고 있다. 그의 아버지는 회계 담당으로 제법 높은 지위까지 올라갔을 뿐 아니라 원래 재리에 밝은 사람이었던 터라 모자는 지금도 먹고 사는 데 근심걱정이 없는 처지다. 그의 성격이 소극적인 원인의 절반 정도는 안락한 처지에 익숙해져 애써 노력할 필요가 없었기 때문인지도 모른다. 아버지의 비교적 훌륭한 지위 덕분에 그로서는 세상 사람들 앞에 체면도 세울 수 있을 뿐더러 실제로 도움이 될 만한 친척들이 있어서 출세할 수 있게끔 손을 써주겠다고 하는데도 이러쿵저러쿵 말만 늘어놓으며 꾸물대고 있는 것만 봐도 알 수 있다.

"그렇게 배부른 소리만 하고 있다니 아깝군. 싫으면 나한테 양보하지 그래."

게이타로가 농담 반 진담 반으로 스나가에게 조를 때도 있었다. 그

러면 스나가는 씁쓸하면서도 딱하다는 듯 미소를 흘리며 거절하곤
했다.

"하지만 자네로는 안 되니까 어쩌겠어."

거절당하는 게이타로는 아무리 농담이라도 기분이 좋지는 않았다.
나 혼자서 어떻게 해보겠다는 기개도 세워보았다. 하지만 천성적으로
집념이 강하지 못해서 이만한 일로 스나가에 대한 반감이 지속되지는
않았다. 게다가 신분이 정해지지 않아서 마음이 불안정한 그로서는 아
침부터 밤까지 하숙집 방에 가만히 앉아 있는 고통을 견딜 수 없었다.
볼일이 없어도 반나절은 반드시 나가서 걸어다녔다. 그리고 곧잘 스나
가의 집을 찾아갔다. 무엇보다 언제 가도 그가 집을 비울 때가 거의 없
었기 때문에 찾아가는 게이타로 입장에서도 보람이 있었다.

"입에 풀칠도 문제지만 그보다 뭔가 놀랄 만한 사건과 맞닥뜨리고
싶은데, 아무리 전차를 타고 여기저기 다녀봐도 전혀 소용이 없어. 소
매치기도 못 만나니."

게이타로는 이런 말을 하기도 하고 또 못마땅하다는 식으로 탄식하
기도 했다.

"이봐, 교육은 일종의 권리인 줄 알았더니 완전히 속박이지 뭔가. 아
무리 학교를 졸업해도 먹고 사는 게 힘들면 이걸 무슨 권리라 하겠나?
지위와 상관없이 하고 싶은 대로 살아도 좋은가 하면, 또 그렇지도 않
으니 말일세. 사람을 몹시도 속박해, 교육이."

스나가는 게이타로가 어떤 불평을 하건 별로 동정하지 않는 눈치였
다. 무엇보다도 게이타로의 태도 자체가 진지한 건지 공연히 들떠 있을
뿐인지 분간이 되지 않았을 게다. 어느 날 스나가는 게이타로가 이런
식으로 붕 뜬 이야기에 열중하는 것을 보고 이렇게 물었다.

"그럼 자네는 어떤 일을 해보고 싶나? 의식주 문제는 일단 접어두고."

게이타로는 경시청의 탐정 같은 일을 해보고 싶다고 대답했다.

"그럼 하면 될 게 아닌가, 뭐 별거라고."

"그게 그렇게 말처럼 쉽지 않아."

게이타로는 왜 자신이 탐정 일을 할 수 없는지에 대한 이유를 진심으로 설명했다. 원래 탐정이란 세상의 표면에서부터 점차 바닥으로 파고드는 사회의 잠수부 같은 존재인지라 그만큼 인간사의 불가사의를 파악할 수 있는 직업도 드물 것이다. 게다가 그들은 그저 남의 어두운 면을 관찰할 뿐 스스로 타락할 위험성은 전혀 없으니 나쁘지 않을 것이다. 하지만 어쩌랴, 그 목적이 남의 죄악을 폭로하는 것인 만큼 애초부터 누군가를 함정에 빠뜨리는 의도를 지닌 직업인 것을. 그런 나쁜 일을 자신이 할 수는 없다. 자신은 그저 인간의 연구자, 아니 인간이라는 기묘한 존재가 어둠 속에서 어떻게 움직이는지를 경탄하며 바라보고 싶다. 이런 게 바로 게이타로의 본뜻이었다.

스나가는 가만히 듣고 있을 뿐 이렇다 할 비판은 하지 않았다. 게이타로에게는 스나가의 그런 태도가 성숙해 보이기도 했지만 실제로는 평범한 것으로만 여겨졌다. 더욱이 게이타로를 상대할 필요도 없다는 양 초지일관 침착하게 앉아 있는 것도 밉살스러워 스나가와 헤어졌다. 하지만 닷새도 지나지 않아 그는 스나가의 집에 가고 싶어져 문 밖을 나서면 곧장 간다神田행 전차에 올라타곤 했다.

2

스나가의 집은 예전에 오가와테이小川亭, 메이지 중엽까지 간다 오가와마치에 있던 극장. 만담이나 요술, 노래 등의 대중연예를 공연했다였다가 지금은 덴카도天下堂, 오가와테이가 있던 자리에 신축된 판매장가 된 높은 건물을 표지로 삼아 스다초須田町 쪽에서 오른쪽으로 난 조그만 골목으로 들어선 뒤에 또다시 두세 번 불규칙적으로 꺾어야 하는 찾기 힘든 곳에 있었다. 물론 야마노테山の手, 분쿄구와 신주쿠구 일대의 높은 지대. 에도 시대에는 무사들의 저택이나 사원이 많았다와는 달리 집들이 빽빽이 들어선 뒷길이라 부지가 넓지는 않았지만, 그래도 문에서 현관까지 두 칸쯤 이어지는 화강암을 지나지 않으면 격자문 앞에 있는 벨에 손이 닿지 않을 정도로 번듯한 저택이었다. 원래 자기 집이었던 것을 오래 전에 어느 친척에게 빌려주었는데, 아버지가 세상을 떠나고 나자 모친은 식구가 단출한 생활에 알맞은 장소와 넓이라고 주장하는 바람에 스루가다이駿河台의 본가를 팔고 옮겨왔다. 물론 이사한 뒤 제법 손질을 했으므로 거의 새로 지은 것이나 마찬가지라고 스나가가 설명해 주었을 때, 게이타로는 그런가 싶어서 이층의 도코노마와 선반 사이 기둥이나 천장 널을 둘러본 적이 있다. 이층은 스나가가 서재로 쓰기 위해 나중에 증축하였기 때문에 바람이 세게 부는 날에는 조금 흔들리기도 했지만 그 외에는 별 문제가 없어 보였다. 다다미 넉 장짜리 방과 여섯 장짜리 방이 이어져 있는 깨끗하고 밝은 곳이었다. 그 방에 앉아 있으면 뜰에 심은 소나무 가지와 손질한 자국이 남아 있는 판자 담의 윗부분, 그리고 도둑을 막기 위해 담 위에 박아놓은 꼬챙이가 보였다. 게이타로는 마루로 나가 난간 밖으로 몸을 내밀고는 소나무 뿌리 주위에 핀 해오라기 풀을 가리키며 저 하얀 것은 뭐냐고 스나가에게 물어본 적도 있었다.

그는 스나가를 보러 이 방에 들어올 때마다 서생과 부잣집 도령의 차이를 명확히 느끼지 않을 수 없었다. 그리고 이렇게 아담하게 정돈된

살림을 살고 있는 스나가를 경멸하는 동시에 한가로우면서도 여유 있는 이 벗의 생활을 부러워하기도 했다. 청년이 저 모양이어서는 안 된다는 생각이 들기도 하고 또 저렇게 돼보고 싶다는 생각이 들기도 했다. 오늘도 이 두 모순이 뒤섞인 흥미를 품고 스나가를 방문했다.

그 좁다란 길을 두세 번 꺾어서 스나가의 집이 있는 길모퉁이까지 왔을 때 그보다 한발 앞서서 어떤 여인이 스나가의 집으로 들어갔다. 게이타로는 그 뒷모습을 흘끗 보았을 뿐이지만, 청년들의 공통적인 호기심에 자신만의 로맨티시즘이 더해져 끌려들어가듯 문 쪽으로 발길을 재촉했다. 슬쩍 안을 들여다보니 벌써 그녀의 그림자는 사라지고 없었다. 손잡이에 단풍잎을 붙인 장지문이 평소처럼 한가하게 닫혀 있는 게 조금 놀라운 한편 어쩐지 섭섭한 마음으로 바라보고 있는데, 마침 디딤돌 위에 벗어놓은 나막신이 눈에 띄었다. 물론 여성용인 그 나막신은 예의 바르게 바깥쪽을 향해 가지런히 놓여 있었지만 하녀가 고쳐놓은 듯한 흔적은 보이지 않았다. 게이타로는 나막신의 방향과 생각보다 빨리 들어가버린 여자의 행동을 연결해서 생각해본 후, 하녀에게 주인을 불러달라고 하지 않고 마음대로 문을 열고 들어갈 만큼 각별한 손님일 거라고 추측했다. 그도 아니라면 집안사람이겠지만 그건 좀 이상했다. 스나가의 집은 그와 그의 어머니 그리고 잡일을 하는 하녀 두 명, 이렇게 네 식구뿐임을 잘 알고 있었기 때문이다.

게이타로는 스나가의 집 앞에 잠깐 서 있었다. 담장 밖에서 지금 들어간 여자의 동정을 살피기보다는 스나가와 이 여자 사이의 로맨스를 어떤 식으로 엮을지를 상상할 작정이었지만, 그래도 귀는 쫑긋 세우고 있었다. 하지만 안은 언제나 그렇듯이 괴괴했다. 요염한 여자 목소리는커녕 기침 소리 하나 들리지 않았다.

'결혼을 약속한 사이인가?'

처음에 게이타로는 이렇게 생각했지만, 그의 상상력은 여기서 멈추지 않았다. 어머니는 잡일 보는 하녀를 데리고 친척집에 갔으니까 오늘은 집에 안 계신다. 부엌일 하는 하녀는 제 방에 물러가 있다. 그리고 스나가와 여자는 지금 서로 마주보고 무언가를 속삭이고 있다. 정말 그렇다면 늘 하듯이 격자문을 드르륵 열고 주인을 불러달라고 큰 소리를 낼 수도 없다. 어쩌면 스나가와 어머니, 잡일을 보는 하녀 셋이 같이 나갔는지도 모른다. 식모는 분명 낮잠을 자고 있을 것이다. 그때 여자가 들어간 것이다. 그러면 도둑이다. 이대로 물러가서는 안 된다. 게이타로는 여우에 홀리기라도 한 듯 멍청하게 서 있었다.

3

그러자 이층 장지문이 슥 열리더니 파란색 유리병을 든 스나가가 불쑥 마루로 나오는 바람에 게이타로는 조금 놀랐다.

"뭐 하고 있어? 뭘 떨어뜨리기라도 한 거야?"

위에서 이상하다는 듯이 물어보는 스나가가 목에 하얀 플란넬을 감고 있는 게 보였다. 손에 든 것은 입 안을 헹구는 약인 듯하다. 게이타로는 올려다보며 감기에 걸렸냐는 둥 두세 마디를 주고받았지만 여전히 밖에 선 채 움직이지 않았다. 결국 스나가가 들어오라고 말했다. 게이타로는 들어가도 되겠냐고 짐짓 세심히 주의를 살피고 되물었다. 스나가는 말뜻을 눈치 채지 못한 사람처럼 가볍게 고개만 끄덕이더니 다시 장지문 안쪽으로 들어가버렸다.

계단을 오를 때 게이타로는 안쪽 방에서 희미하게 옷깃 스치는 소리가 들리는 듯했다. 이층에는 지금까지 스나가가 걸치고 있었던 듯한 검고 두꺼운 명주옷이 던져져 있을 뿐 딱히 평소와 다른 점은 없었다. 게이타로의 성격이나 스나가에 대한 우정을 생각할 때 마음에 걸리는 여자에 대해 솔직히 물어보지 못할 이유는 없다. 하지만 지금까지 좀 음흉한 상상을 하고 있었던 게 양심에 걸리기도 하고 또 얼굴을 맞대고 말하기에는 짓궂은 짐작이라는 생각에, 방금 전 이 집으로 들어온 여인이 누구냐고 천연덕스럽게 물어볼 용기가 없었다. 도리어 한 걸음 더 나아가려는 마음을 감추려는 듯이 말했다.

"공상은 이제 당분간 그만두기로 했어. 일단 먹고 살아야 하니까."

그리고 진작부터 스나가에게 몇 번 들었던 우치사이와이초의 이모부에게 일자리를 부탁하고 싶으니까 소개해 달라고 진지하게 부탁했다. 그는 스나가 어머니 여동생의 남편으로, 관리로 지내다가 실업계로 진출해 지금은 너덧 개의 회사와 관계를 맺고 있는 지위 있는 사람이었다. 그런데 스나가는 이 이모부의 힘에 기댈 뜻이 없는지 예전에 "이모부가 이것저것 주선해 주지만 나는 별로 내키지 않아서"라고 했던 이야기를 게이타로는 기억하고 있었다.

스나가는 오늘 아침에 이모부를 만날 예정이었지만 목이 아파서 외출을 미루었다며 사오 일 안으로는 찾아갈 수 있을 테니까 그때 꼭 이야기해 보겠노라고 대답했다. 그러고는 만약을 대비해서인지 이렇게 덧붙였다.

"이모부가 바쁜 몸이기도 하고 사방팔방에서 부탁을 받는 모양이니 꼭 들어주리라 보증은 못하겠지만, 뭐 만나봐."

너무 큰 희망을 품으면 곤란하니까 그렇게 말하는 거라고 게이타로는 생각했지만, 그래도 만나지 않는 것보다 낫겠다 싶어 여느 때와 달리 부탁해 보기로 한 것이다. 하지만 말한 것만큼 걱정하고 있지는 않았다.

물론 그가 졸업한 후부터 지금까지 자리를 얻기 위해 여기저기 뛰어다닌 것은 본인도 공언하듯이 거짓 없는 사실이지만, 여태껏 성공의 빛을 보지 못했다면서 우는 소리를 하는 것은 적어도 반쯤은 과장이다. 그는 스나가처럼 외아들은 아니었지만 (여동생이 시집을 갔으므로) 어머니 홀로 남아 있는 것은 마찬가지였다. 그는 스나가처럼 세 놓을 땅은 없었지만 고향에 전답이 조금 있었다. 수확량이 그다지 많지는 않지만 매년 한 가마니에 얼마라는 정해진 액수에 팔리기 때문에 이삼십 되는 하숙비가 궁할 처지는 아니었다. 게다가 엄하지 못한 어머니를 앞세워 제 살 깎아먹기 식으로 임시비용을 청구한 적도 지금까지 한두 번이 아니었다. 따라서 직업 직업 하고 소란을 떨었던 것이 순전히 헛소동은 아니었지만, 고향사람이나 친구들 그리고 또 자기 자신에 대한 허영심이 부추긴 부분도 있다. 그러면 학교에 있는 동안 공부라도 열심히 해서 좋은 성적을 받았을 법한데, 그는 또 로맨티스트인 만큼 되도록 학업을 게을리하겠노라 애써온 결과 산뜻하지 못한 급제를 하고 말았다.

4

그 뒤로 한 시간쯤 스나가와 이야기하는 동안 게이타로는 직업이나 의식주같이 괴로운 처세 문제를 스스로 꺼내놓고도 아까 본 여자의 뒷모습이 마음에 걸려서 진지하게 대화할 수 없었다. 아래층 방에서 젊은 여자의 웃음소리가 한 번 들렸을 때에는 손님이라도 왔냐고 물어볼까

했다. 그런데 그런 생각을 하는 동안 시간이 흘러버려 애써 질문을 꺼내봤자 엉뚱해질 것 같았기 때문에 끝내 묻지 못했다.

한편 스나가 딴에는 게이타로의 호기심을 충족시킬 만한 화제를 꺼냈다고 생각했다. 자신이 살고 있는 이 전차 뒷길은 작은 집들과 좁은 골목길 때문에 주사위 눈처럼 자잘하게 구획되어 이름도 모를 도시인들의 둥지를 이루고 있는데, 거의 모든 집에서 사회 표면에 드러나지 않는 드라마(희곡)가 벌어지고 있다고 했다.

우선 스나가의 집 대여섯 채 앞에는 니혼바시日本橋 부근에 있는 철물상 영감의 첩이 산다. 그 첩은 또 미야토자宮戸座, 아사쿠사에 있던 극장인지 어딘지에 나가는 배우를 정부로 두고 있다. 영감은 그 사실을 알면서도 입을 다물고 있다. 그 맞은편 골목에는 주인이 변호사인지 중개업자인지 모르겠지만, 격자문 달린 아담한 집이 있어 때때로 '여자 서기 한 명, 여자 요리사 한 명 급구' 같은 광고를 적은 칠판이 밖에 내놓는다. 어느 날 스물일여덟 되는 아리따운 여자가 주름진 긴 감색 능직 망토를 폭 뒤집어쓴 서양 간호사 같은 복장으로 와서는 직업을 주선해 달라고 부탁했다. 그런데 그녀는 바로 그 집 주인이 예전에 서생으로 있던 집의 아가씨라서 주인은 물론 아내도 놀랐다는 이야기도 들려왔다. 등을 맞대고 있는 뒷골목으로 나가면 스무 살쯤 되는 아내를 둔 백발의 고리대금업자가 있다. 사람들 말로는 빚 저당으로 얻은 마누라라고 한다. 근처에서 도박꾼 같은 부류를 불러 모아 핏발 선 눈을 비비고 있을 때면, 잠든 아기를 업은 부인이 승부에 정신 팔린 남편을 찾아 오곤한다. 부인이 제발 돌아가자고 울면서 애원하면 남편은 한 시간만 더 해서 잃은 것을 따가지고 가겠노라고 한다. 부인은 그런 고집을 부리면 부릴수록 잃을 뿐이니까 당장 돌아가자고 매달리듯이 부탁한다. 아니 못 돌아가겠다, 아니 돌아가야 한다며 길이 얼어붙는 오밤중에 주위 사람들의 잠을 깨운다.……

스나가의 이야기를 듣고 있는 동안 게이타로는 이런 소설 같은 실화가 판을 치는 동네에서 수년간 살아온 스나가 역시 남 모르는 연극을 하고 있으면서 입 다물고 있는 걸지도 모른다는 생각이 들었다. 물론 그런 짐작에는 아까 본 여자의 뒷모습이 어른거리고 있었다.

"하는 김에 자네 이야기도 좀 해보지."

이렇게 찔러보았지만 스나가는 그저 희미하게 웃을 뿐이었다. 그러고는 오늘은 목이 아프다고 간단히 덧붙였다. 소설은 있지만 자네에게는 이야기하지 않겠다는 대답처럼 들렸다.

게이타로가 이층에서 현관으로 내려갔을 때 아까 보았던 여자 나막신은 보이지 않았다. 돌아갔는지 신발장에 치웠는지 혹은 재치를 발휘해서 숨겼는지는 짐작할 수 없다. 그는 밖에 나가자마자 무슨 생각에선지 곧장 어느 담배가게로 뛰어들었다. 그리고 거기서 궐련을 한 대 물고 나왔다. 그것을 피우면서 스다초까지 걸어와 전차에 타려는 순간 금연인 것이 떠올라 다시 만세이萬世 다리 쪽으로 걸어갔다. 그는 혼고本郷의 하숙집으로 돌아갈 때까지 이 궐련을 태울 생각으로 천천히 발길을 옮기면서 다시 스나가에 대해 생각했다. 스나가는 여느 때처럼 단독으로는 떠오르지 않고 여자의 뒷모습이 어른어른 따라다녔다. 나중에는 '혼고 다이마치台町 삼층에서 망원경으로 세상을 훔쳐보면서 어떻게 낭만적 탐험 같은 일을 하겠냐'라는 스나가의 야유를 들은 것 같은 심정이었다.

5

지금까지 그는 흔히 말하는 시타마치下町, 도시의 낮은 지대. 도쿄에서는 봉급생활자가 많은 야마노테와는 달리 상가가 많은 아사쿠사, 니혼바시, 교바시, 후카가와 등지를 가리킨다. 에도 시대의 독특한 생활 풍습이 남아 있다 생활에 친숙함을 느끼거나 그런 취미를 갖고 있지 않았다. 이따금 니혼바시 뒷골목 등지를 지나다가 몸을 옆으로 돌리지 않으면 드나들 수 없는 격자문이나 현관 바닥에 까닭 모르게 놓인 쇠 등롱, 마루 밑을 가득 덮고서 예쁘게 빛나는 대나무, 삼나무로 만들었는지 햇빛이 붉게 비칠 정도로 얄팍한 장지문 밑부분 따위를 볼 때마다 꽤 좀스럽다는 느낌이었다. 이렇게 모든 게 빈틈없이 정돈되고 반질반질해서는 갑갑해서 견딜 수 없겠다는 생각도 들었다. 이 정도로 조촐하고 꼼꼼하게 살아가는 것을 보면, 이들은 분명 식사 뒤에 쓸 이쑤시개를 어떻게 깎을 것인가에 대해서까지 일일이 신경 쓰지 않을까 싶다. 그리고 그들이 사용하는 담배합처럼 전통적인 법칙의 지배를 받고 있는 이 모든 것들은 조상 대대로 내려온 관습을 배경으로 무시무시하게 빛나고 있으리라 추측했다. 스나가의 집에 갔을 때도, 쓸모도 없는 소나무에 방설 장치를 해둔 것이나 좁은 뜰에 어리석을 만큼 마른 솔잎을 정성껏 채워넣은 광경을 볼 때 게이타로는 섬세한 에도식 문명개화 속에서 자라난 도련님을 연상하지 않을 수 없었다. 무엇보다 스나가가 허리띠를 꼭 졸라매고 똑바로 앉아 있는 것부터가 그에게는 이상했다. 게다가 나가우타長唄, 에도 가부키의 반주곡으로 발전한 샤미센 음악를 좋아한다는 어머니가 때때로 매끈매끈하면서도 억양이 강한 말씨로 감칠맛 나는 애교를 보일 때면, 오래 전부터 찬합에 담아 곳간 이층에 보관해 두었던 음식을 막 꺼내오기라도 한 듯 깊은 맛이 느껴졌다. 물론 판에 박힌 형식이라고 생각하지는 않지만 그 바탕에는 몇 대에 걸쳐 사람 맞이하는 연습을 통해 쌓인 기교가 있다고 여길 수밖에 없었다.

요컨대 게이타로는 조금 더 자유로운 엇박자를 원했다. 하지만 지금 의 그는 상상 속에서나마 여느 때와 다르다. 그는 에도 시대의 축축한 공기가 떠다니는 검은 광 같은 집들이 늘어선 뒷길에 부모가 물려준 집 이 있어서, 놀자고 부르는 친구들과 도둑놀이나 대장놀이를 하며 자라 고 싶었다. 한 달에 한 번씩 가키가라초蠣殻町의 스이텐구水天宮, 물의 수호신 으로 물난리를 막고 안산을 돕는 것으로 알려져 있다와 후카가와深川의 부동명왕不動明王 에게 참배를 하고 제사도 올리고 싶었다. (실제로 스나가는 자연스럽게 어머니를 따라 이런 고루한 흉내를 내고 있다) 그리고 무늬 없는 쇳빛 겉 옷을 걸치고 요즘도 가부키를 물에 타서 뿌린 듯한 분위기의 마을 안을 황홀하게 걷고 싶었다. 그렇게 관습에 얽매이면서도 그것을 뛰어넘는 매력적인 갈등을 그 속에서 찾아내고도 싶었다.

이때 그는 갑자기 모리모토森本라는 이름 두 자를 떠올렸다. 그러자 그 두 자를 중심으로 지금까지 했던 공상이 묘하게 달라졌다. 그는 호 기심 때문에 뒤가 구린 이 괴짜에게 악수를 청한 나머지 얼토당토않은 피해를 입을 뻔했다. 다행히 하숙집 주인이 그의 인격을 믿어주었기에 망정이지 얼마든지 의심받을 수 있는 입장이었으므로 주인의 태도에 따라 경찰서에 갈 수도 있었다. 이런 생각을 하자 그가 공중에다 펼쳐 놓은 낭만은 순식간에 온기를 잃더니 추한 상상으로 뭉쳐진 뭉게구름 처럼 허무하게 부서지고 말았다. 하지만 콧수염을 단정치 않게 늘어뜨 리고 쌍꺼풀진 눈에 바싹 여윈 모리모토의 모습만은 그 속에 끈질기게 남아 있었다. 그는 그 얼굴을 사랑하고 싶기도 하고 업신여기고 싶기도 하며 또 측은하게 여기고도 싶었다. 그리고 이 평범하기 짝이 없는 얼 굴 뒤에는 불가사의하고 수상쩍기도 한 무언가가 있다는 생각이 들었다. 그가 기념으로 주겠다고 한 기묘한 지팡이도 떠올랐다.

　이 지팡이는 대나무 뿌리 쪽을 구부려서 손잡이로 만든 매우 단순한 물건이지만 뱀을 새겨놓았다는 점이 여느 지팡이와 달랐다. 물론 수출용 지팡이처럼 뱀 몸뚱이를 대나무에 친친 감은 모양의 독살스러운 물건이 아니라 그냥 입을 벌려 뭔가를 삼키려 하는 머리 모양만 새겨서 그 부분을 손잡이로 만든 것이었다. 하지만 손잡이 끄트머리가 둥글고 매끈매끈하게 깎여 있어서 뱀이 삼키려는 게 개구리인지 달걀인지 짐작할 수 없었다. 모리모토는 직접 대나무를 잘라서 이 뱀을 새겼다고 했다.

6

하숙집 문을 들어서자 게이타로는 먼저 이 지팡이에 눈길을 주었다. 아니, 길에서 떠올렸던 생각 때문에 유리문을 열자마자 그의 시선은 도자기로 만든 우산꽂이 쪽으로 끌렸다. 사실 모리모토의 편지를 받았을 무렵 그는 이 지팡이를 볼 때마다 말로 표현할 수 없는 묘한 느낌이 들어서 쳐다보지 않으려고 매번 시선을 돌리곤 했다. 그러다 보니 이제는 일부러 보지 않는 척하면서 우산꽂이 옆을 지나는 게 부담스러워져서, 아주 미미한 정도이기는 해도 이 이상한 지팡이가 재앙을 내리기라도 한 느낌이었다. 결국 그것에 신경을 쓰는 자기 자신이 더 이상하게 느껴지기도 했다. 예전까지 거슬러 올라가 혐의를 받을까 두려운 나머지 그가 일종의 이해관계 때문에 모리모토가 있는 곳은 물론 그의 말조차도 주인 부부에게 전할 수 없다는 약점이 있는 건 분명하지만, 그렇다고 해서 양심의 가책을 느끼지는 않았다. 또한 기념으로 주겠다는 물건을 흔쾌히 받을 용기가 나지 않는 것도 남의 호의를 무시하는 듯해 마땅친 않지만, 마음에 짐이 될 정도는 아니었다. 그저 속세에서의 모리모토의 운명이 가까운 시일 내에 다할 거라고 치자. (아마도 길에 쓰러져 죽음으로써 끝을 고할 것이다) 그 가엾은 최후를 예상하면서 이 지팡이가 우산꽂이 안에 세워져 있다고 하자. 그리고 다방면으로 재주가 좋은 그의 손으로 새겨진 몸뚱이 없는 뱀 머리가 뭔가를 삼키려 하면서도 삼키지 않고 또 뱉으려 하면서도 뱉지 않으며 대나무 막대기 끝에 입을 벌린 채 달라붙어 있다고 하자. 이런 식으로 모리모토의 운명과 그것을 말없이 대신하고 있는 뱀 머리를 연관지어 보고, 또 조만간 길에 쓰러져 죽을 사람으로부터 그 뱀 머리를 들고 다닐 것을 부탁받았다고 가정했을 때, 비로소 게이타로는 묘한 느낌을 받았다. 그는 자기 손으로 이지팡이를 우산꽂이 안에서 꺼내지도 못하고 하숙집 주인에게 눈에 띄지 않는 데로 치워달라고 시킬 수도 없는 현실을 과장 섞어 '업보'로 생각했다. 하지만 성격은 시적일지라도 살아가는 것은 산문적이었기 때문에 지팡이로 인해 하숙집을 옮겨 안정을 찾아야겠다고 생각할 정도는 아니었다.

　오늘도 여전히 지팡이는 우산꽂이 안에 서 있었다. 낫처럼 쳐든 머리는 신발장 쪽을 향하고 있었다. 게이타로는 그것을 곁눈질로 보면서 곧장 자기 방으로 올라갔다. 곧 책상 앞에 앉아 모리모토에게 보낼 편지를 쓰기 시작했다. 우선 소식을 준 데 대한 감사의 말을 쓰고서는 빨리 답장을 보내지 않은 데 대한 변명을 두세 줄 덧붙이고 싶었지만 솔직하게 털어놓자니 '당신 같은 방랑자를 벗이라고 생각한 내 불명예를 생각하면 편지를 주고받을 기분이 아니었다'고 쓸 수밖에 없었기에, 늘 그렇듯이 일자리를 찾느라 정신이 없었다는 한마디로 그 대목을 간단히 얼버무렸다. 그 다음 모리모토가 다롄에서 적절한 직업을 얻게 된

데 대한 축하의 말을 간단히 쓰고는, 도쿄도 점점 추워지는데 만주의 서리와 바람은 오죽 견디기 어렵겠느냐, 특히 당신 체력으로는 틀림없이 벅찰 테니 병에 걸리지 않도록 조심하라는 상냥한 문구를 몇 줄 엮었다. 게이타로 입장에서는 사실 이 대목이 편지를 쓰는 가장 큰 이유였기 때문에 되도록 자신의 동정심이 상대방에게 사무치게끔 길고 꼼꼼히 그리고 누가 봐도 성의 있어 보이도록 쓰려 했다. 하지만 다시 읽어보니 역시 흔히들 계절인사의 글처럼 보일 뿐 별 새로운 점이 없었기 때문에 조금 실망했다. 그렇지만 연인에게 보내는 편지만큼 열렬한 진심을 담을 수 없다는 것쯤은 애초에 알고 있었다. 그래서 어색한 문장은 고쳐봤자 소용없다는 것을 핑계 삼아 그 부분은 그냥 놔둔 채 써 나갔다.

7

모리모토가 하숙집에 두고 간 짐이 어떻게 처리됐는지에 대해서는 의리상 알려줘야 했다. 하지만 주인에게 묻기도 싫고 묻지 않고서는 상세하게 보고할 수도 없어서 게이타로는 붓끝을 허공에 멈춘 채 생각해 보았다.

"당신은 짐을 편할 대로 처리할 것을 부탁하셨지요. 하지만 당신이 천리안으로 내다봤듯이 내가 말하기도 전에 뇌수가 마음대로 조치를 취한 모양이니 그렇게 알고 계십시오. 그리고 매화 분재를 주신다고 하셨는데 이것 또한 보이지 않는 듯하니 받지 않겠습니다. 그저 감사 인사만 드립니다. 그리고……."

이렇게 이어 쓰다가 또 붓을 멈추었다.

드디어 지팡이 이야기를 할 때가 온 것이다. 정직한 성격이라서 매일 산책할 때마다 지팡이를 가지고 다닌다는 식의 빤한 거짓말은 못하겠고, 그렇다고 해서 친절은 고맙지만 사양하겠다고는 더욱 못 쓰겠다.

"그 지팡이는 지금도 우산꽂이 안에 있습니다. 주인이 돌아오기를 매일 밤낮으로 기다리고 있는 것처럼요. 뇌수도 그 뱀 머리에는 굳이 손을 대려 하지 않습니다. 저는 그 머리를 볼 때마다 당신의 조각 솜씨에 감탄을 금할 수 없습니다."

하는 수 없이 이렇게 적당한 겉치레 말을 늘어놓으며 사실을 얼버무리기로 했다.

봉투에 받는 이의 이름을 쓰려는데 모리모토의 한자 이름이 암만해도 떠오르지 않아서 부득이하게 '다롄 전기공원 내 오락 담당 모리모토 님' 이라 썼다. 사정상 편지가 주인 부부의 눈에 띄면 안 되기 때문에 하녀에게 우체통에 넣으라고 시킬 수도 없게 된 게이타로는 그것을 자기 소매 속에 감추었다. 그는 저녁식사 후 산책이라도 할 겸 밖으로 나가려고 추운 계단을 내려갔다. 그때 스나가한테서 전화가 왔다.

"오늘 우치사이와이초에서 온 사촌이 그러는데 이모부께서 일을 보러 사오 일 내로 오사카에 갈 것 같다는군. 너무 늦어지면 안 되겠다는 생각이 들어서 출발하기 전에 만나줄 수 없겠냐고 전화로 물었더니 괜찮다고 하니까, 이모부를 만날 생각이면 되도록 빨리 가는 편이 좋겠어. 목이 아파서 전화상으로 자세한 이야기는 못했으니까 그건 알고 가게."

"고맙네. 그러면 되도록 빨리 가보지."

게이타로는 감사의 말을 하고 전화를 끊었다. 하지만 어차피 갈 거면 오늘 밤 당장이라도 가보자는 생각에 다시 삼층으로 돌아가 얼마 전에 맞춰둔 서지 천으로 된 하카마겉옷으로 입는 하의를 입고 밖으로 나왔다.

길모퉁이에서 편지를 우체통에 넣는 건 잊지 않았지만, 이미 모리모토의 안부 같은 것은 희미한 여운만 남긴 채 사라지고 만 상태였다. 그래도 봉투가 우편함 입구를 타고 미끄러져 바닥에 툭 떨어질 때는 일주일 이내에 이것을 뜯어볼 모리모토의 모습이 떠오르면서 그런 대로 기분이 좋아졌다.

그러고 나서 게이타로는 전차에 탈 때까지 일직선으로 총총히 걸어갔다. 생각도 우치사이와이초 쪽을 일직선으로 향하고 있었다. 하지만 전차기 묘진시다明神下로 나갔을 즈음 좀 선에 스나가가 전화로 했던 말을 되새기던 그는 무심결에 앗 하고 외칠 뻔했다. 스나가는 오늘 우치사이와이초에서 사촌이 왔다고 분명히 말했는데 그 사촌이란 이모부의 자식일 것이 분명하다. 하지만 그가 아들인지 딸인지는 불완전한 일본어로는 알 수가 없었다.

"어느 쪽일까?"

게이타로는 갑자기 신경이 쓰이기 시작했다. 그 사람이 아들이라면 여자의 뒷모습에 대한 단서가 될 수 없다. 따라서 여자는 공연히 호기심만 자극했을 뿐 별 도움이 되지 않는다. 그러나 사촌이 딸이라면? 날짜를 봐도, 시간을 봐도, 스나가의 집 현관에 들어간 모양새를 봐도, 아무래도 게이타로보다 한발 앞서 들어간 그 여자인 듯하다. 상상과 사실을 이어 붙이는 데에 능한 그는 확인하기도 전에 틀림없이 그렇다고 단정했다. 이렇게 해석하고 나니 그는 지금까지 부글부글 끓어오르던 호기심에 얼마간 냉수를 부은 듯한 만족을 느꼈지만, 동시에 단서가 예상보다 평범한 방향에서 나와버려 시시했다.

8

오가와마치까지 왔을 때 그는 잠깐 전차에서 내려 스나가의 집으로 가서 직접 친구한테 사실을 확인하고 싶을 정도였다. 하지만 단순한 호기심을 제외하면 남의 일에 깊이 파고들 만한 이유가 어디에도 없었기에 꾹 참고 바로 미타선三田線, 1904년에 개통한 혼고 산초메-스다초-오가와마치-간다바시-히비야-사쿠라다 혼고초-미타로 이어지는 전차 노선으로 갈아탔다. 간다바시를 지나 곧장 마루노우치丸の內를 질주할 때에도 지금 자신이 스나가의 사촌 집을 향해 달려가고 있음을 잊지 않고 있었다. 그런데 권업 은행勸業銀行, 농공업을 발전시키기 위해 1897년에 설립된 은행. 이 은행 앞에 우치사이와이초의 정류장이 있었다 부근에서 내려야 할 것을 그만 사쿠라다 혼고초까지 가버린 바람에 그는 깜짝 놀라 다시 어두운 쪽으로 되짚어갔다. 쓸쓸한 밤이었지만 목적지를 바로 찾을 수 있었다. 다구치라 적힌 둥근 가스등이 달린 문 안을 들여다보니 생각보다 집 안쪽이 깊어 보였다. 하지만 자갈 깔린 길이 큰길에서 현관을 비스듬히 가리고 있고 거뭇거뭇한 정원수가 정면을 가로막고 빽빽이 들어서 있는 데다 밤이어서 삼엄한 분위기가 더해졌을 뿐, 문 안으로 들어서고 보니 그리 넓은 집도 아니었다.

현관에는 서양식 유리문이 두 장 닫혀 있었는데, 사람을 부르거나 벨을 눌러도 안내인은 나오지 않았다. 게이타로는 어쩔 수 없이 잠깐 문 옆에 서서 안의 분위기를 살피고 있었다. 이윽고 어딘가에서 발소리가 들리기 시작하더니 눈앞에 있던 반투명 유리가 확 밝아졌다. 그리고 정원용 나막신 끄는 소리가 두세 번 들리나 싶더니 한쪽 현관문이 열렸다. 게이타로는 안내인이 어떤 모습일지 상상해볼 호기심도 갖지 못한 채 멍하니 서 있었으나, 물감이 살짝 스친 듯한 무늬의 겉옷을 입은 서생 또는 쌍올실로 짠 면옷을 입은 하녀가 절을 하고서 그의 명함을 받아들 거라고 생각했다. 그런데 지금 문을 반쯤 열고 서 있는 사람은 뜻밖에도 멋진 차림의 나이 든 신사였다. 불빛을 등지고 있어서 얼굴은 또렷이 보이지 않았지만 오글오글한 흰 비단 허리띠가 바로 눈에 들어왔다. 그 순간 게이타로는 바로 이 사람이 스나가의 이모부 다구치구나 싶었다. 하지만 너무 의외였던지라 인사할 정신도 없이 어리벙벙한 상태로 멍청히 서 있었다. 게다가 자기 자신을 꽤 젊게 생각하는 게이타로는 사십대나 오륙십대를 모두 할아버지라고 느낄 만큼 노인에게 익숙하지 않았다. 그는 연장자에 대해 마흔다섯과 쉰다섯을 구분할 만큼의 동정심도 없고, 누구든 익숙해지기 전에는 다른 인종을 볼 때와 같은 으스스함을 느끼곤 했기 때문에 더욱 허둥지둥하였다. 그러나 상대는 아무 것도 괘념하지 않는 듯 무슨 용건인지를 물었다. 공손하지도 않고 그렇다고 멸시하는 것도 아닌 거침없는 말투가 게이타로의 배짱을 조금 회복해 주었기 때문에 그는 가까스로 제 이름을 대고 방문한 이유를 짤막하게 고할 수가 있었다. 그러자 나이 많은 남자는 생각났다는 듯이 말했다.

"그래그래, 아까 이치조스나가의 이름가 전화로 이야기를 했지요. 하지만 오늘 밤에 오실 줄은 몰랐군요."

그 이면에는 이처럼 급히 찾아오는 건 곤란하다는 눈치가 담겨 있어 게이타로는 애써 변명해야 할 필요를 느꼈다. 노인은 게이타로의 말을 듣는 둥 마는 둥하면서 잠자코 서 있다가 이렇게 말했다.

"그러면 다시 오십시오. 사오 일 뒤에 잠깐 여행을 가겠지만 그 전에 시간 날 때 오면 됩니다."

게이타로는 정중하게 감사하다는 인사를 하고 문 밖으로 나왔다. 하지만 어둠 속에서 바보 같이 너무 공손했다고 느꼈다.

　　나중에 스나가에게서 듣자니 이때 집주인은 현관과 가까운 응접실에서 혼자 바둑판을 마주하고 앉아 흰 돌과 검은 돌을 번갈아 늘어놓으면서 생각에 잠겨 있었다고 한다. 손님과 한판 두고 나면 끝난 뒤에 문제를 해결해야 직성이 풀리곤 하는데, 이 중요한 순간에 게이타로가 시골사람처럼 현관에서 소란을 피우는 바람에 빨리 훼방꾼을 물리칠 셈으로 직접 문을 열었다는 것이다. 스나가에게 자초지종을 듣고 나니 게이타로는 자신의 인사가 너무 공손했다는 느낌이 한층 더했다.

9

하루를 기다린 게이타로는 다가와 씨 댁으로 당당히 전화를 걸어서 지금 가도 되겠느냐고 물어보았다. 전화 받은 사람은 게이타로의 다소 건방진 말투에 꽤 지위 있는 상대라고 느꼈는지 "잠시만 기다려 주십시오, 지금 바로 주인께 여쭈어보고 오겠습니다" 하고 정중히 인사한 뒤 들어갔다. 그러나 돌아와서 대답을 전해줄 때에는 "아, 여보세요, 지금 말이죠, 손님이 오셔서 좀 힘들 것 같다고 하십니다. 오후 한 시쯤이라도 괜찮으면 오시라는데요"라고 하며 아까보다 무례하게 대했다.

　　"그렇습니까? 그럼 한 시쯤 찾아갈 테니 주인한테 그렇게 전해 주십시오."

　　게이타로는 이렇게 대답하고 전화를 끊었지만 내심 기분이 언짢았다.

　　열두 시 정각에 점심을 먹으려고 미리 하녀에게 밥상을 가져올 것을 말해 두었는데 제 시간에 나오지 않자, 게이타로는 시끄럽게 울리는 대학 종소리처럼 하녀를 재촉해 되도록 빨리 식사를 마쳤다. 전차 안에서는 그저께 밤에 만난 다구치의 태도를 떠올리며 오늘도 자신에게 함부로 대할지 아니면 그쪽에서 만나겠다고 한 만큼 조금은 성의 있게 인사할지를 생각해 보았다. 그는 이 신사의 호의 덕분에 자리를 얻을 수만 있다면 다소 허리를 굽히고 구차한 기분이 들더라도 참을 작정이었다. 하지만 아까 전화 받은 남자는 오 분도 지나지 않아 말투가 변해 불쾌하게 만들었기 때문에 제발 그 녀석이 문을 열어주지 않았으면 싶었다. 이렇듯 게이타로는 전화를 건 자신의 건방진 태도에 대해서는 전혀 깨닫지 못하는 성격이었다.

오가와마치의 모퉁이에서 스나가의 집으로 비스듬하게 꺾이는 골목길을 봤을 때 그는 먼젓번의 그 뒷모습의 여자를 퍼뜩 떠올리고는 순식간에 자신의 상상을 음지에서 양지로 옮겼다. 기분 좋은 표정도 아니었던 영감에게 살길을 마련해 주십사 애원하러 수고스럽게 찾아간다고 생각하기보다는, 오늘도 스나가의 아리따운 사촌이 있는 집을 방문한다고 생각하는 편이 게이타로에게는 훨씬 산뜻하게 느껴졌기 때문이다. 그는 마음대로 스나가의 사촌과 다구치 영감을 부녀간이라 단정해놓고서도 어디까지나 두 사람을 따로 떼어 생각하고 있었다. 요전 날 밤에 현관에서 다구치와 마주 섰을 때에는 빛 때문에 인물을 확실히 볼 수 없었지만 이목구비의 윤곽만으로 이 영감의 첫인상을 평하자면 썩 훌륭하지는 않다고 생각하며, 게이타로는 자신의 밤눈을 의심하지 않았다. 그래도 이 사내의 딸에 대해서는 스나가와의 관계가 어떻든 간에 용모가 떨어지는 편일 거라고 상상하지는 않았다. 이처럼 그의 다구치가에 대한 생각은 종이의 앞뒷면처럼 떨어졌으면서 만나고 만나면서 떨어지는 음지와 양지가 한 장이 된 것이었다. 이런 생각을 되풀이하던 차에 그는 다구치의 집 앞에 섰다. 그런데 문 앞에는 커다란 자동차가

운전자를 태운 채 기다리고 있어서 기분이 편치 않았다.

현관에 들어가서 명함을 내밀자 굵은 실로 두껍게 짠 면 하카마를 입은 젊은 서생이 그것을 받아들더니 잠깐 기다리라는 말을 남기고 안으로 들어갔다. 아까 전화로 들었던 목소리가 틀림없었기 때문에 게이타로는 그의 뒷모습을 바라보면서 기분 나쁜 놈이라고 생각했다. 그는 명함을 든 채 또다시 나타났다.

"죄송합니다만, 지금은 손님이 와 계시니 다시 오십시오."

그는 이렇게 말하고 게이타로 앞에 버티고 섰다. 게이타로도 조금 발끈했다.

"아까 전화로 여쭈었을 때는 손님이 계시니까 오후 한 시쯤에 오라고 대답하셨는데요."

"실은 그 손님이 아직 안 돌아가신 데다 식사까지 대접하는 상태라 어수선하거든요."

듣고 보면 설명이 억지스럽지는 않았지만 전화통화 때문에 이 안내인이 마음에 거슬렸던 게이타로로서는 그가 댄 구실도 곱게 들리지 않았다. 그래서 기선을 잡을 생각으로 말했다.

"그렇습니까, 거듭 나오시느라 수고 많으셨습니다. 주인한테 잘 말씀해 주십시오."

이렇게 앞뒤도 맞지 않는 말을 남기고, 대체 이 따위 자동차가 다 뭐냐는 듯이 그 옆을 지나 밖으로 빠져나갔다.

그는 이날 필요한 회견을 유리하게 끝낸 뒤 쓰키지築地에 새 공간을 마련한 친구의 집에 들러 스나가와 그의 사촌 그리고 그의 이모부인 다구치를 상상의 실로 교묘하게 이어 붙인 내용들을 안주삼아 밤까지 이야기를 나눌 생각이었다. 하지만 다구치의 집을 나와 히비야日比谷 공원 옆에 선 그에게는 그럴 여유가 없었다. 뒷모습만 본 여자가 어디 사는지를 벌써 알아낸 데다가 방금 전 그녀의 집을 찾아갔다는 통쾌한 기분은 처음부터 없었다. 자리를 얻으려고 여기까지 왔다는 자각은 더욱 없었다. 그는 그저 굴욕을 느껴 부아가 치밀었을 뿐이다. 그리고 다구치 같은 사내에게 자신을 소개한 스나가야말로 이런 취급에 대해 응당 책임을 져야 한다고 느꼈다. 그는 돌아가는 길에 스나가의 집에 들러서 자초지종을 말한 뒤 실컷 불만을 늘어놓아야겠다고 다짐했다. 그래서 또 전차를 타고 일직선으로 오가와마치까지 돌아왔다. 시계를 보니 두시가 되려면 아직 이십 분쯤 남아 있었다. 스나가의 집 앞까지 와서 일부러 길에서 "스나가, 스나가" 하고 두 번쯤 불러보았지만, 있는지 없는지 이층 장지문은 굳게 닫힌 채 열리지 않았다. 하기야 체면을 중시하는 스나가는 평소에도 이런 식으로 사람을 부르는 것은 촌스럽다며 싫어했으니까 못 들은 척하고 있는 게 아닌가 싶어 게이타로는 정식으로 현관으로 갔다. 하지만 잡일 보는 하녀가 밖으로 나와서 "열두 시 조금 넘어서 나가셨습니다"라고 했을 때에는 김이 새서 잠시 우두커니 서 있었다.

"감기에 걸린 모양이던데요."

"네, 감기에 걸리셨는데 오늘은 꽤 괜찮다며 외출하셨습니다."

게이타로는 돌아가려고 했다. 그러자 하녀는 마님에게 말씀드리겠다며 게이타로를 현관 격자문 안에 세워둔 채 안으로 들어갔다. 얼마 안 되어 장지문 그늘에서 스나가의 어머니가 모습을 드러냈다. 키가 크고 얼굴이 길면서 시타마치 풍의 품위가 있는 부인이었다.

"자, 들어와요. 좀 있으면 돌아올 테니까."

스나가의 어머니가 이렇게 말하자 도시 풍습에 익숙하지 않은 게이타로로서는 어떻게 거절해야 할지 알 수 없었다. 첫째 거절할 틈이 없을 정도로 듣기 좋은 말이 꼬리를 물고 이어진다. 그런데 이게 또 입에 발린 말일 때와는 달리, 폐가 될 것 같아 사양하는 마음은 어느새 사라지고 잠깐 이야기나 하고 갈까 하는 마음이 생긴다. 게이타로는 결국 시키는 대로 서재에 앉았다. 스나가의 어머니가 춥지 않으냐며 방 사이에 난 장지문을 닫아주고 손을 쬐라며 사쿠라탄佐倉炭, 사쿠라는 치바현 북부에 있는 지방인데 질 좋은 탄의 출토지로 유명하다을 넣은 화로를 내주는 동안 흥분되었던 그의 감정은 차차 진정되기 시작했다. 그는 하얀 비단에 아키타秋田 산 머위 잎을 가득 붙인 장지문의 모양과 당나라 뽕나무로 만든 듯한 노랗고 반들반들한 손화로를 바라보면서, 정숙하고 달변이며 사람 마음을 상하게 할 줄 모르는 스나가 어머니와 이야기를 나누었다.

그녀의 말에 따르면 스나가는 오늘 야라이矢來에 있는 숙부 댁에 갔다고 한다.

"그럼 기왕 갔다 오는 길에 고비나타小日向에 들러서 절에 좀 가보라고 했더니, '어머니는 요즘 게을러지신 모양이군요, 요전에도 사람을 대신 보내지 않았습니까, 나이를 먹은 탓인가' 하면서 흥을 보고는 나갔어요. 그것도 글쎄, 지난번부터 줄곧 감기에 걸려서 목이 아프다고 하기에 오늘도 안 나가는 게 좋겠다고 말려봤지만, 역시 젊은 사람은 신중해 보여도 저돌적이라서 늙은이 말은 아랑곳하지 않는다니까……."

이런 식으로 스나가가 없을 때 그의 집에 가면 어머니는 유일한 낙이라도 되는 것처럼 아들 이야기를 하곤 했다. 어쩌다 게이타로가 스나가의 평판에 대해 말을 할 때면 언제까지고 그 꽁무니를 물고 늘어져 웬만해서는 화제를 돌리지 않는 게 예사다. 게이타로도 거기에는 꽤 익숙해져 있었기 때문에 이때도 상대의 말을 점잖게 들으면서 이야기가 매듭지어지기만을 기다렸다.

11

그러던 중 이야기는 어느새 스나가를 떠나 야라이에 사는 숙부 쪽으로 옮겨졌다. 그는 어머니의 친동생인데 스나가에게 듣기로는 우치사이와이초의 이모부와는 달리 사치가에 가깝다고 한다. 외투 안감은 새틴이 아니면 볼썽사나워서 못 입는다고 한다든지, 외국에서 들어온 귀한 사라사 구슬이라며 돌인지 산호인지 모를 쓸모없는 물건을 애지중지한다는 이야기를 기억하고 있었다.

"아무 일도 않고 호사스럽게 놀고먹을 수 있는 것만큼 괜찮은 일은 없으니 좋은 신세네요."

"천만에요. 털어놓고 말하면 뭐 겨우 먹고살 뿐이지, 편하니 사치스럽니 할 정도가 아니거든요. 그러니 못쓰지요."

어머니는 게이타로가 한 말을 재빨리 부정했다.

스나가의 친척이 부자건 아니건 게이타로와는 관계없는 일이기 때문에 그는 바로 입을 다물었다. 그러자 어머니는 잠시 대화가 끊어진 것이 본인의 잘못인 양 바로 말을 이었다.

"그래도 제부 되는 사람은 이러니저러니 해도 온갖 회사에 고개를 들이밀고 있으니까 불편 없이 지내는가 봅니다. 하지만 나나 야라이의 동생 같은 경우는 실업자나 마찬가지죠. 옛날에 비하면 많이 영락하고 초라해졌다고 곧잘 동생과 이야기하면서 웃곤 하죠."

게이타로는 자신의 신변을 돌아보고 어쩐지 멋쩍은 생각이 들었다. 상대방이 술술 수다를 늘어놓는 덕분에 대꾸할 말을 생각하지 않아도 되는 게 그나마 다행이라 여기며 들었다.

"그리고 아시다시피 이치조가 매사에 소극적이다 보니까 나도 학교만 졸업시킨 것으로는 마음이 놓이질 않아서 큰일이에요. 빨리 마음에 드는 색시라도 얻어서 늙은이를 안심시켜 달라고 하면 세상이 어머니 편할 대로 돌아가지는 않는다면서 아예 상대를 안 해줍디다 글쎄. 그럼 뒤를 봐주겠다는 사람들한테 부탁해서 어디든 일이라도 하러 나가면 모를까. 또 그런 데는 도통 관심이 없고 말이에요……."

게이타로도 이 점에서는 스나가가 너무 빈둥거린다고 생각하고 있었다. 그래서 전적으로 동정하는 심정으로 말했다.

"쓸데없는 참견입니다만 손윗사람한테 한마디 일러주라고 하는 건 어떨까요? 지금 이야기하신 야라이의 숙부님이나."

"그런데 이이가 또 사람 사귀는 걸 싫어하는 아주 괴팍한 양반이라서, 충고는커녕 글쎄 은행에서 주판알이나 퉁기다니 그런 바보가 어디 있겠느냐고 해버리니 애시당초 상담이고 뭐고 될 리가 없어요. 그걸 또 이치조가 좋아라 하지요. 야라이의 숙부님이 좋다느니 마음이 맞는다느니 하면서 곧잘 찾아갑니다. 오늘도 일요일인데다 날씨도 좋고 하니까 우치사이와이초의 이모부가 오사카로 떠나기 전에 잠깐 얼굴이라도 내밀면 좋을 텐데 역시나 야라이에 간다면서 끝내 저 좋은 쪽으로 갑디다."

이때 게이타로는 자신이 오늘 무엇 때문에 이 집에 습격하듯이 들이닥쳤는지 새삼 떠올랐다. 그는 스나가를 만나 과격하게라도 그 괘씸함을 탓한 뒤 두 번 다시는 그 집 문턱을 넘지 않을 테니 그리 알라는 말을 해주고 돌아갈 작정이었다. 그런데 정작 중요한 스나가는 집에 없고 사정도 모르는 그의 어머니에게 도리어 이런저런 이야기를 듣게 되는 바람에 화를 낼 의욕이 사라지고 말았다. 하지만 내친걸음이니 다구치와의 만남이 성사되지 못한 데 대한 전말은 어머니 귀에라도 넣어둘 필요가 있을 게다. 그리려면 우치사이와이초에 가니 마니 하는 게 화제가 되고 있는 지금이 가장 좋으리라. 이렇게 게이타로는 생각했다.

12

"사실 그 우치사이와이초에는 오늘 저도 나갔는데요."

"어, 그랬어요?"

게이타로가 말을 꺼내자 제 아들 생각만 하고 있던 어머니는 그제야 눈치를 채고 미안하다는 표정을 지었다. 요전부터 게이타로가 여기저기 일자리를 찾아다니고 있다는 것이나, 그러다 지쳐서 스나가에게 소개를 부탁한 것, 그리고 스나가가 수락하여 우치사이와이초의 이모부와 만나도록 주선해 준 것은 어머니도 스나가 곁에서 듣고 보고 했을 테니, 두루 마음을 쓰는 사람이라면 상대방이 뭐라 말을 꺼내기 전에 먼저 어떻게 되어가는지 물어보기라도 했어야 한다고 생각한 모양이다. 이렇게 짐작한 게이타로는 이 한마디를 시작으로 지금까지의 경과를 모두 이야기하려고 애썼다. 하지만 때때로 어머니는 "그렇고말고요"나 "정말로 참, 안 좋은 때에"와 같이 양쪽을 다 동정하는 듯한 감탄사를 내뱉었기 때문에 자신이 성이 나서 욕설을 퍼부은 것 따위는 이야기에서 깨끗이 빼버렸다. 스나가의 어머니는 몇 번이나 미안하다는 말을 하고는 다구치를 변호하듯이 말했다.

"그야 사실 바쁜 사람이라서요. 한집에서 살고 있는 동생도 뭐라고 할까, 마음놓고 이야기를 나눌 수 있는 날은 아마 일주일에 하루도 없을 겁니다. 내가 보다 못해 '요사쿠要作 씨, 아무리 돈이 벌린다고 해도 그렇게 일하다가 몸이라도 상하면 더 이상 아무 것도 못 합니다. 가끔씩은 쉬세요, 몸이 재산이라고 하지 않습니까? 하면 '나도 생각은 그렇게 하는데 일은 연달아 솟아나고 옆에서 퍼주지 않으면 썩어버리니 어쩔 도리가 없습니다' 라고 웃으면서 상대도 안 해줍니다. 그런가 하면 또 동생이나 딸한테 오늘은 가마쿠라에 데려가줄 테니까 빨리 채비들 하라면서 갑자기 떠오른 것처럼 재촉할 때도 있지만요……."

"따님이 있으십니까?"

"네, 둘 있습니다. 둘 다 시집갈 나이가 돼서 이제 슬슬 어디로 치워버리든지 사위를 들이든지 해야 될 텐데요."

"그 중에 한 분이 이 댁으로 들어오시는 게 아닙니까?"

어머니는 잠깐 머뭇거렸다. 게이타로도 호기심 때문에 지나치게 캐물었다는 것을 깨달았다. 어떻게 해서든 화제를 바꾸려고 생각하는 사이 상대방이 왠지 의미심장한 말을 던졌다.

"글쎄, 어떻게 될지. 부모들 생각도 있을 테고. 당사자들 의견도 단단히 따져봐야 알 테고. 나 혼자 이렇게 저렇게 하고 싶다고 안달해 봤자 이 문제만은 어쩔 도리가 없지요."

일단 물러가려던 게이타로의 호기심은 이 대답을 듣고 또다시 솟아올랐지만 더 이상은 안 된다는 자제심을 발휘해서 꾹 참았다.

어머니는 다시 다구치를 변호했다. 그렇게 바쁜 몸이다 보니 때에 따라서는 마음에도 없이 약속을 어기긴 하지만 일단 수락하면 잊어버리는 사람이 아니니까 여행에서 돌아오기를 기다렸다가 느긋하게 만나는 게 좋지 않겠냐는 식으로 주의인지 위로인지 모를 조언을 해주었다.

"야라이 쪽은 있으면서도 안 만나주는 사람이라 어쩔 수가 없지만, 우치사이와이초 쪽은 집에 없더라도 형편만 맞으면 달려와서 만나는 성격이니까요. 이번 여행에서 돌아오기만 하면 이쪽에서 가만히 있어도 이치조를 통해 뭐라 말을 해줄 겁니다. 꼭."

이런 말을 듣고 보니 그런 사람인가 싶기도 하지만, 그것도 자신이 점잖게 있어야 말이지 아까처럼 화를 내서는 제대로 되지 않을 게 뻔했다. 그렇다고 이제 와서 그 사실을 털어놓을 수도 없어서 게이타로는 그냥 입을 다물고 있었다. 스나가의 어머니는 또다시 혼자 웃으며 말했다.

"얼굴은 그래 보여도 겉보기와는 달리 마음은 친절한 익살꾼이니까요."

13

다구치의 풍채나 태도에 비추어볼 때 익살꾼이라는 말은 암만해도 게이타로로서는 납득이 가지 않았다. 하지만 듣고 보니 들어맞는 부분도 있는 것 같았다.

예전에 다구치가 어느 유곽에 갔는데, 하녀에게 전등이 너무 달아오르니까 좀 더 어둡게 해달라고 부탁한 적이 있다고 한다. 하녀가 의아해하면서 작은 전구로 갈아 끼울지를 물어봤더니 다구치는 그게 아니라 전구를 조금 비틀어서 어둡게 하라는 거라고 진지하게 일러주었다.

이 말을 들은 하녀는 전등이 없는 시골에서 올라온 사람이 분명하다고 생각했는지 키득거리면서 전기는 램프와 달리 비틀어도 어두워지지 않고 그냥 꺼질 뿐이라고 대답했다. 그러고는 톡 소리를 내며 방을 컴컴하게 만든 뒤에 또 원래대로 확 밝아지게 하나 했더니 큰 소리로 '팟' 이라고 외쳤다. 다구치는 조금도 기가 죽지 않고 말했다.

"어럽쇼, 아직 구식을 쓰고 있구나. 볼품없잖아, 이 집에 어울리지도 않고. 얼른 회사에다 개량해 달라고 신청하는 게 좋겠어. 신청한 순서대로 고쳐주니까."

자못 그럴듯하게 충고를 하니 하녀도 끝내 곧이듣고 감탄했다는 듯이 개량에 찬성했다고 한다.

"이래서는 정말 불편하겠네요. 뭣보다 늘 켜두니까 잘 때는 너무 밝아서 불편해하는 사람도 많잖아요."

또 어느 날 볼일이 생겨서 모지門司, 현재의 기타큐슈시인지 바칸馬關, 현재의 시모노세키인지에 갔을 때 이야기는 이보다 훨씬 더 공들인 것이었다. 함께 갈 예정이었던 A라는 사내에게 사정이 생기는 바람에 그는 이틀쯤 여관에서 기다려야 했다. 그 동안 지루함을 달래기 위해 A를 골려줄 계획을 꾸몄다. 마을을 걷고 있을 때 어느 사진관 앞에서 문득 생각이 떠오른 그는 사진관에 들어가 그 지방 기생의 사진을 한 장 샀다. 그리고 뒷면에 A님이라 쓰고 편지를 동봉하며 선물인 것처럼 꾸몄다. 그 편지는 여자를 하나 고용하여 A가 현혹될 만큼 요염하게 쓰도록 한 것인데, 누가 받아도 기쁜 표정을 짓기에 충분했다. 그뿐 아니라 "오늘 신문을 보니 내일 여기에 도착하신다고 하기에 오랜만에 이렇게 편지를 올리오니 부디 읽는 대로 어디어디로 와주십시오' 라는 그럭저럭 가볍지 않은 내용을 담았다. 그는 그날 밤 직접 이 편지를 우체통에 넣고는 다음 날

배달되어 오자 직접 받아둔 채 A가 오기만을 기다렸다. A가 도착했을 때 그는 이 편지를 바로 내놓지 않았다. 그러고는 애써 진지한 용건에 대한 협의를 하다가 술상을 마주하고 앉았을 때가 되어서야 갑자기 생각났다는 듯이 소맷자락에서 편지를 꺼내 A에게 주었다. A는 겉봉에 긴급한 사항이니 직접 펴보기를 바란다고 쓰여 있는 것을 보고 젓가락을 내려놓더니 바로 봉투를 열었다. 하지만 조금 읽어 내려가다가 동봉한 사진을 꺼내어 뒷면을 보자마자 갑자기 둥글게 말아서 품에 넣어버렸다. 다구치가 급한 볼일이라도 생겼냐고 묻자 A는 아무 것도 아니라며 또다시 젓가락을 들었지만 왠지 안절부절못하는 눈치였다. 그러더니 협의를 매듭짓기도 전에 배가 아파서 먼저 실례하겠다며 제 방으로 돌아갔다. 다구치는 하녀를 불러 지금부터 십오 분 이내에 A가 외출할 테니 그가 나가면 대기 중인 인력거에 태워서 어떤 집 앞에 데려다주라고 시켰다. 그리고 자신은 A보다 먼저 그 집에 가서 여주인을 부른 뒤, 어떤 사내가 자신이 묵고 있는 여관의 초롱을 매단 인력거를 타고 올 테니까 깨끗한 방으로 안내하여 공손히 대접하라고 했다. 더불어 그가 묻기 전에 동석할 손님이 아까부터 애타게 기다리고 있다는 말을 해준 뒤 바로 자기한테 알려달라고 부탁했다. 그러고는 혼자 담배를 태우면서 팔짱을 끼고 앉아 사건의 추이를 지켜보고 있었다. 그러자 만사가 예정대로 풀리고 드디어 자신이 등장할 차례가 왔다. 그는 A의 옆방으로 가서 방 사이에 난 장지문을 열고는 '어, 빨리 왔구나' 하고 인사했다. A는 얼굴색이 확 바뀌며 놀랐다. 다구치는 그 앞에 털썩 앉아서 자신의 장난을 사실대로 이야기한 뒤 웃으면서 이렇게 말했다고 한다. "속여먹은 대신 오늘 밤은 내가 내지."

"이런 괘사를 떠는 사람이니까요."

스나가의 어머니도 이야기를 끝낸 뒤 재미있다는 듯이 웃었다. 게이타로는 그 자동차도 설마 장난은 아니었겠지 생각하면서 하숙집으로 돌아갔다.

14

자동차 사건이 있은 뒤 게이타로는 더 이상 다구치의 신세를 질 가능성은 없으리라 단념하고 있었다. 동시에 스나가의 사촌이라고 가정했던 그 뒷모습의 정체 또한 거의 모르는 상태에서 더 이상 진척이 없다고 생각하니 가슴이 답답하기도 하고 미적지근하기도 한 불쾌감을 느꼈다. 그는 이날 이때까지 뭐 하나 제 힘으로 뚫고 나온 일이 없음을 알고 있었다. 공부든 운동이든, 그 밖에 무슨 일이든 간에 진심으로 덤벼들어서 끝까지 밀고 나간 예가 없었다. 태어나서 지금까지 갈 수 있는 데까지 간 경험이라면 단 하나, 대학을 졸업한 것뿐이다. 그조차도 힘없이 똬리만 틀고 앉아 있다가 억지로 끌려 나온 거나 마찬가지인지라, 중간에서 옴짝달싹 못하는 답답함은 없지만 공들여 우물을 팠을 때와 같은 시원함도 없었다.

그는 사오 일 동안 멍하게 보냈다. 문득 학창시절 학교에서 초대한 어느 종교가가 들려준 이야기가 떠올랐다. 그는 가정이나 사회에 대한 아무런 불만이 없었음에도 스스로 중이 된 사람으로, 그 당시에는 이상한 느낌 때문에 견딜 수가 없어 그 길을 선택했다고 말했다. 그는 아무리 맑은 하늘 아래 서 있어도 사방이 막힌 듯하여 괴로웠다고 한다. 나무를 봐도 집을 봐도 길을 걷는 사람들을 봐도 다 선명한데 혼자만 유리로 된 상자 안에 갇힌 채 다른 존재와 단절되어 있다는 느낌 때문에 질식할 정도로 괴로웠다고 했다. 게이타로는 이 이야기를 듣고 일종의 신경질환이 아닌가 의심해 보았을 뿐 마음에 두지 않았다. 하지만 요즘 사오 일간 끙끙대면서 곰곰이 생각해 보니, 지금까지 무엇이든 끝까지 해냈을 때의 통쾌함을 경험하지 못한 자신 또한 어딘지 중이 되기 전의 이 종교가와 비슷한 것 같았다. 물론 자신의 경우에 그러한 느낌은 비교가 안 될 만큼 미미한 데다가 성격도 전혀 다르기 때문에 그 스님처럼 대단한 결단을 내릴 필요는 없다. 그저 좀 더 노력하기만 한다면 잘되든 못 되든 지금보다는 그나마 통쾌하게 살아갈 수 있을 텐데, 오늘에 이르기까지 한 번도 그런 마음을 먹은 적이 없었다.

게이타로는 혼자 이런 생각을 하고 어디로든지 전진해 보자고 다짐했다. 하지만 한편으로는 사후약방문死後藥方文이라는 생각 때문에 별다른 전망도 없이 다시 사나흘을 빈둥빈둥 보냈다. 그 사이에도 유라쿠자有樂座, 일본 근대 연극의 거점이 된 극장에 가서 만담을 듣기도 하고, 친구와 이야기를 나누거나 길을 걷기도 했다. 하지만 하나같이 대머리를 붙잡는 것처럼 세상은 손에 잡히지 않았다. 바둑을 두고 싶으나 바둑 두는 것을 보고만 있어야 하는 심정이었다. 어차피 보고만 있어야 한다면 좀 더 재미있고 파란만장한 바둑을 보고 싶다는 생각도 했다.

그러자 곧 뒷모습의 여자와 스나가의 관계를 상상하게 되었다. 사실 무턱대고 제멋대로 색깔을 입혀서 깊이 짜 맞출 만한 관계도 아닐 테고, 또 그럴 여지가 있다 한들 남의 일에 쓸데없이 참견하는 것이라고 스스로를 비웃으면서도, 뭔가가 있을 거라는 호기심이 지금처럼 바보같이 번득이곤 했다. 좀 더 참을성 있게 밀어붙이면 지금까지 경험해 본 적 없는 로맨틱한 무언가를 만날지도 모른다는 생각이 들었다. 그러면서 다구치의 집 현관에서 화를 내고 난 뒤 그 여자에 대한 연구마저 내팽개쳐버린 급한 성미야말로 스스로의 호기심에 걸맞지 않은 약점이라 여기게 되었다.

직업에 대해서도 그렇다. 사소한 착오로 인해 좀 정나미가 떨어졌다고 해서 한마디 말로 자신과 다구치 사이를 더 멀어지게 하지는 말았어야 했다. 그 바람에 잘 될지 안 될지 아직 결말도 나지 않은 미래를 어중간하게 마감해 버렸다. 그러고는 이제 와서 미적지근한 고민만 되풀이하고 있는 꼴이 되었다. 스나가의 어머니는 다구치가 겉보기와는 달리 친절한 면이 있다고 하였으니 어쩌면 여행에서 돌아온 후에 다시 만나줄지도 모른다. 그렇다고는 해도 이쪽에서 다시 한 번 만남을 청했다가 상식도 없는 바보라고 경멸당하는 건 시시한 노릇이다. 하지만 끝까지 밀고 나가려는 마음을 단단히 붙잡기 위해서는 바보라는 소리를 들을지언정 결국 덤벼들 필요가 있을 것이다. 게이타로는 끙끙대면서도 이런저런 생각을 했다.

15

하지만 중대한 신변 문제를 급히 결정해야 하는 비상사태임에도 불구하고 게이타로가 이렇게 끙끙대면서 궁리를 하는 다른 한편으로는 어쩐지 태평스러운 생각이 떠다니고 있었다. 이 길을 끝까지 나가볼까, 아니면 이제 그만두고 다른 새로운 곳으로 옮겨 갈 준비를 해야 할까? 문제는 고민할 필요도 없이 처음부터 간단했다. 그런데도 망설이는 이유는 한번 제비를 잘못 뽑고 나면 더 이상 출세할 기회가 없어지는 혹독한 상황이 기다리기 때문이 아니라, 어떤 결과가 나와도 달라질 게 없으니 어떻게 되든 상관없다는 게으른 마음 때문이다. 책을 읽을 때 졸음이 오면 졸음을 쫓으려 하기보다는 억지로 글자의 뜻을 머릿속에 집어넣으려고 애쓰는 것처럼, 그는 무사태평한 품으로 결단이라는 알을 데우고 있으면서 빨리 부화하지 않는 것만을 걱정했다. 결단을 못 내리는 이 상태에서 벗어나야 한다는 구실로 그는 슬쩍 자신의 호기심에 아첨하려 들었다. 그리고 자신의 미래를 점쟁이의 점괘에 의지하여 판단해 보고 싶었다. 그는 결코 신의 가호, 기도, 부적, 액막이, 무당 같은 종류에 신앙심을 가질 만큼 비과학적인 교육을 받지는 않았지만, 옛날부터 지금까지 이 모든 것에 대한 흥미를 잃지 않고 성장하였다. 그의 아버지는 길흉에 민감한 신경질적인 사람이었다. 그가 소학교에 다닐 무렵의 일이다. 어느 일요일, 그의 아버지가 옷자락을 걷어 올려 허리춤에 끼우고 괭이를 짊어진 채 마당으로 뛰어내리기에 뭘 하시는가 궁금해서 뒤따라가려 했다. 그러자 아버지는 게이타로에게 너는 거기서 시계를 보고 있다가 열두 시를 치기 시작하면 큰 소리로 알리라고 했다. 그러면 자신은 서북 방향에 있는 매화나무의 뿌리를 파기 시작하겠다는 것이다. 게이타로는 어린 마음에도 '또 풍수지리구나' 생각하고는 시계가 땡 울리기 시작하자마자 아버지가 시킨 대로 열두 시라고 큰 소리로 외쳤다. 그 상황은 그것으로 별 탈 없이 넘어갔지만, 게이타로는 '그렇게 정확한 시간에 괭이를 내려쳐야 하는 것이라면 중요한 시계가 틀리지 않게 미리 고쳐두었어야 했는데' 하며 아버지의 어리석음을 우습게 여겼다. 당시 학교 시계와 집 시계는 이십 분가량 차이가 났기 때문이다. 그런데 그 뒤 게이타로는 풀을 뽑으러 갔다가 돌아오는 길에 말 뒷발에 차여 제방에서 굴러 떨어진 적이 있었다. 신기하게 아무 데도 다치지 않은 것을 보고 어머니는 무척 기뻐하며 지장보살님이 게이타로를 대신해 주신 덕분이라고 했다. 그러고는 이걸 보라며 게이타로를 말 매어둔 곳 옆의

돌 지장보살 앞으로 데리고 갔는데, 머리 부분은 쏙 비어 있고 턱받이만 남아 있었다. 그때부터 게이타로의 머릿속에는 수상쩍은 빛을 띤 구름이 조금씩 흘러들었다. 그 구름이 몸 상태나 주위 사정에 따라 짙어지기도 하고 옅어지기는 하였지만 성장한 오늘에 이르러서도 여전히 다 빠져나가지 않고 남아 있는 것만은 확실했다.

이런 까닭으로 그는 대로변의 점쟁이가 활 모양으로 굽은 대나무에 매달아두는 초롱을 바라볼 때마다 요즘까지 전해 내려오는 재미난 직업 중 하나라고 생각했다. 물론 돈을 내고 점을 칠 만큼 열심이지는 않았다. 하지만 서늘한 얼굴에 초롱 불빛을 받고 선 채 풀이 죽어 있는 여자를 산책 도중에 발견하면, 미래에 어두운 그림자를 드리우고 근심걱정에 빠져 있는 이 가엾은 사람에게 점쟁이가 어떤 희망과 불안, 두려움과 자신감을 줄까 하는 호기심에 이끌려 슬쩍 다가가 그늘 속에서 귀를 곤두세우곤 했다.

그의 친구 아무개가 제 능력을 비관하여 시험을 칠지 학교를 그만둘지 번민했던 적이 있는데, 그때 아는 사람이 여행길에 젠코지善光寺, 나가노에 있는 절로서 오래도록 종파의 구별을 넘어선 넓은 신앙을 포용한다 아미타여래의 점괘 종이를 받아 '제 55, 길吉'이라며 우편으로 보내준 적이 있다. 거기에는 "구름이 흩어지고 달이 재차 밝아지노라"라는 글귀와 "꽃이 피어 다시금 번영하리라"라는 글귀가 있었기 때문에 그는 뭐든지 해봐야 아는 법이라며 시험을 치기로 했다. 그러고는 보기 좋게 합격하였다. 그때 게이타로도 흥분하여 신사 곳곳을 다니며 손에 잡히는 대로 점괘 종이를 받아보곤 했다. 그때는 딱히 이렇다 할 목적도 없었으니까 그는 평소에도 점쟁이의 고객이 될 만한 자격을 충분히 갖추고 있었던 게 분명하다. 이번 경우에도 위안이나 얻을 겸해서 한번 해볼까 하는 변덕이

다분했다.

16

게이타로는 어느 점쟁이에게 가면 좋을지 고민해 봤지만 공교롭게도
이렇다 할 만한 곳이 없었다. 하쿠산 뒤나 시바 공원 안 혹은 긴자 몇
번지 등등 이름을 들어본 곳이 두세 군데 있었다. 하지만 유행하는 곳
은 어쩐지 사기꾼 같아서 가고 싶지 않고, 그렇다고 엉터리 말을 그럴
싸하게 읊어대는 치는 더욱 마땅치 않다. 되도록 붐비지 않는 집에서
수염 기른 한가한 영감이 기발하지만 간결하면서도 시원하게 말해주
는 곳이었으면 하고 바랐다. 그런 생각을 하면서 그는 아버지가 고향에
서 다니곤 했던 절 잇폰지—本寺의 은거 스님을 머릿속으로 그려보았다.
그러다가 문득 정신을 차려보니 생각을 하는지 마는지 멍하게 앉아 있
는 제 모습이 바보같이 느껴져, 일단 근방을 걸어다니다 보면 운명이
인도해 주겠지 하는 막연한 마음으로 모자를 쓰고 나섰다.

　그는 오랜만에 시타야下谷, 도쿄 다이토쿠 서부의 지명의 구루마자카車坂로 나
간 다음 동쪽으로 줄지어 늘어선 절 문, 불상 만드는 집, 케케묵은 한약
방, 에도 시대부터 먼지 쌓인 잡동사니를 늘어놓고 있는 도구상 따위를
좌우로 보면서 일부러 히가시 혼간지東本願寺, 교토에 있는 절 별원을 통과하
여 얏코우나기奴鰻, 장어 요리를 팔던 가게가 있는 모퉁이로 나왔다.　어릴 적부
터 그는 에도 시대의 아사쿠사浅草를 알고 있는 할아버지로부터 관음보
살님아사쿠사에 있는 절 센소지는 본존이 관음보살이기 때문에 '아사쿠사 관음보살님' 이라 통칭되곤
했다이 얼마나 번화한지에 대해 자주 들어왔다. 할아버지가 들려준 이야
기 속에는 나카미세仲見世, 절 경내에 있는 상점가로, 특히 아사쿠사의 가미나리몬에서 관음당

까지 이어지는 상점가가 유명하다. 오쿠야마奥山, 아사쿠사 공원 북쪽 지역. 에도 시대에는 곧잘 구경거리를 보여주는 흥행이 있었다. 가로수길夕-ㅣ, 가미나리몬에서 고마카타 방향으로 이어지는 길, 고마카타駒方, 도쿄 다이토구의 지명처럼 요즘 사람들이 잘 쓰지 않는 이름도 있었다. 히로코지廣小路, 다이토구 우에노에서 남북으로 뻗은 번화가에 나물밥과 된장 바른 꼬치구이를 파는 스미야すみ屋라는 멋진 가게가 있었다는 둥, 고마카타의 불당 앞의 어여쁜 발을 드리운 미꾸라지 가게는 옛날부터 유명했다는 둥 음식 이야기도 많이 들었다. 하지만 그 중에서도 앉은 자세에서 잽싸게 칼을 뽑는 나가이 효스케長井兵助, 아사쿠사에서 유명하던 대로변 상인의 재주, 그리고 허리에 찬 작은 칼을 꿀꺽꿀꺽 삼켜 보였다는 도후豆腐, 에도 시대 아사쿠사에서 마술이나 곡예 등을 보여주던 예능인, 또 고슈江州 이부키伊吹산 기슭에 산다는 앞다리가 넷이고 뒷다리가 여섯인 왕두꺼비를 말려 굳힌 것 따위가 게이타로를 가장 자극했다. 창고 이층의 커다란 궤짝에 들어 있던 구사조시草紙双, 에도 중기 이후에 유행했던 그림이 담긴 대중소설의 삽화를 본 덕분에 어린 게이타로는 얼마든지 이런 것들을 상상할 수 있었다. 굽이 하나뿐인 나막신을 신고 작은 사각 나무쟁반 위에 웅크려 앉은 사내가 소매를 걷어붙인 채 제 키보다도 길게 휘어진 칼을 빼려는 모습, 커다란 두꺼비 위에 양반다리를 하고 앉은 지라이야兒雷也, 독본이나 가부키, 구사조시에 등장하는 괴도가 마법을 쓰고 있는 모습, 흰 수염의 노인이 중국식 책상 앞에 앉아서 머리보다 더 커 보이는 돋보기를 든 채 납죽 엎드린 상투머리를 내려다보는 모습 같은 불가사의한 것들이 그림책에서 빠져 나와 상상 속의 아사쿠사에 모여 있었다. 따라서 어릴 때부터 센소지淺草寺를 떠올릴 때면 늘 기괴한 빛을 지닌 역사 속의 광채가 절의 열여덟 칸 본당을 감싸면서 어른거리고 있었다. 도쿄에 온 뒤 이런 괴상한 공상은 여지없이 깨져버렸지만 요즘도 가끔씩 센소지의 지붕에는 황새가 둥지를 틀고 있을 거라는 생각으로 휘청휘청할 때가 있다. 오늘도 아사쿠사에 가면 어떻게든 되겠지 하는 생각이 은연중에 떠올라 저절로 발길이 그쪽을 향했다. 그러나 루나 파크1910년 아사쿠사에 생긴 미국식 유원지의 뒤쪽에서 활동사진관 앞으로 나왔을 때에는 새삼 북적대는 인파에 놀라 점쟁이가 있을 만한 곳이 아니라고 생각했다. 하다못해 빈두로 상賓頭盧像, 열여섯 나한 중의 하나. 이 나한상을 쓰다듬으면 병이 낫는다고 한다 이라도 쓰다듬고 돌아갈까 했지만 어디 있는지를 잊어버렸기 때문에 본당으로 올라가 어시장 사람들이 돈을 모아 기증한 커다란 초롱과 요리마사賴政가 누에를 퇴치하는 그림헤이안 말기의 무장인 미나모토노 요리마사가 궁중에서 전설상의 괴물인 누에를 퇴치했다고 한다만 보고 바로 가미나리몬雷門, 풍신과 뇌신을 안치한 센소지의 유명한 문을 나왔다. 게이타로가 생각하기로는 여기서 아사쿠사바시淺草橋로 나가는 길에 점 보는 데가 한두 군데쯤은 있을 것 같았다. 만일 있으면 아무 데라도 들어가고, 아니면 고등공업학교 앞을 꺾어서 야나기바시柳橋 쪽으로 빠져야겠다고 생각한 뒤 마치 식사시간에 식당을 찾아다니는 듯한 기분으로 걸었다. 그런데 평소 산책할 때에는 여기저기 눈에 띠던 점집들이 막상 찾으려니 넓은 대로에 한 집도 보이지 않았다. 늘 그렇듯이 이 계획도 끝까지 밀어붙이지 못하고 실패할지 모른다고 생각한 게이타로는 실망스러운 마음으로 구라마에藏前까지 왔다. 그때 가까스로 한 곳이 눈에 띠었다. 좁다랗고 두꺼운 나무판에 작은 글씨로 '운명 판단'이라고 적고 그 밑에다 흰 글자로 분센점文錢点, 에도 시대에 발행된 화폐의 한 종류인 '분센'을 이용해서 치는 점이라고 새겨져 있었다. 그 밑에는 옻칠을 한 새빨간 고추가 그려져 있었다. 이 괴상한 간판이 우선 게이타로의 눈을 끌었다.

17

유심히 쳐다보니 이 집은 한약방을 둘로 나누고 좁은 쪽에다 말끔한 차양을 달았는데, 안에는 향신료 봉투가 늘어져 있는 걸로 봐서 간판에 그려져 있는 향신료를 팔면서 점도 봐주는 게 분명했다. 관찰을 하고 나서 게이타로가 떡집을 닮은 차양 안쪽을 살짝 들여다봤더니 작달막한 노파가 혼자 바느질을 하고 있었다. 방이라곤 좁은 한 칸짜리 공간으로 정작 점쟁이는 그림자도 보이지 않는다. 주인이 외출하여 부인이 가게를 보는가 싶기도 했지만, 가게 정면을 보았을 때 안쪽은 한약방과 이어져 있을지도 모르기 때문에 외출했다고 판단할 수는 없었다. 그래서 두세 걸음 나아가 약방 쪽을 들여다봤더니 말린 칠성장어도 매달아 놓지 않았고 커다란 거북이 등껍질을 걸어놓지도 않은 데다 밖에서 보이게끔 인형의 텅 빈 뱃속에 선반을 넣고 다섯 색깔의 오장五臟을 올려놓은 고풍스러운 장식도 볼 수 없었다. 잇폰지의 은거 스님을 닮은 수염 기른 영감 역시 앉아 있지 않았다. 그는 다시 되돌아가 '운명 판단, 분센점'이라는 간판이 걸린 입구의 발을 헤치고 안으로 들어갔다. 바느질을 하던 노파는 바늘 쥔 손을 멈추고 큼직한 안경 위로 노려보듯 게이타로를 쳐다보더니, 단 한 마디로 "점이요?"라고 물었다.

"네, 점을 보고 싶은데 안 계신 모양이네요."

게이타로가 말하자 노파는 무릎 위의 부드러운 천을 한쪽으로 치우면서 들어오라고 했다. 게이타로가 시키는 대로 들어와보니 방이 좁기는 해도 나가고 싶을 만큼 더럽지는 않았다. 실제로 다다미는 얼마 전에 바꾼 모양인지 새 것 냄새가 났다. 노파는 펄펄 끓는 쇠 주전자의 물을 찻잔에 따르더니 보리 미숫가루를 게이타로 앞에 내놓았다. 그리고 예전에는 약상자를 보관했을 법한 선반에서 작은 책상을 끄집어 내렸다. 그 책상에는 무늬 없는 나사천이 덮여 있었는데 노파는 그것을 게이타로 정면에 차려놓고 원래 앉았던 자리로 돌아왔다.

"점은 제가 봅니다."

게이타로는 좀 뜻밖이어서 놀랐다. 머리를 틀어 올리고 검은색 공단 옷깃이 달린 옷 위에 수수한 줄무늬 겉옷을 걸친 채 바느질을 하고 있던 이 자그마하고 가정적으로 보이는 노파가 자신의 미래를 점쳐줄 운명의 예언자일 줄은 상상도 못했기 때문이다. 게다가 노파의 책상 위에는 점치는 데 쓰는 대오리나 점대 그리고 돋보기가 전혀 없어 신기하기만 했다. 노파는 책상 위에 놓인 가늘고 긴 봉투를 열어 찰그랑찰그랑 소리를 내면서 구멍 뚫린 동전 아홉 개를 꺼냈다. 게이타로는 비로소 이게 간판에 적힌 분센점이군 하고 짐작했지만, 과연 이 아홉 개의 동전이 어둠 속에서 자신을 조종하고 있는 운명의 실과 어떤 관계인지 상상할 수 없었다. 그저 동전에 찍혀 있는 무늬와 봉투를 번갈아 볼 뿐 아무 말도 하지 않았다. 봉투는 노熊, 일본의 전통 예능 의상의 자투리 아니면 액자에 넣고 남은 족자 헝겊으로 만들었는지 금색 실이 군데군데 빛나고 있었다. 하지만 세월을 타고 손에 닳아서인지 화려했던 제 색깔을 잃어 꽤 낡아 보였다.

노파는 늙은이답지 않은 희고 가냘픈 손가락으로 동전 아홉 개를 세 개씩 세 줄로 늘어세우다가 불쑥 고개를 들고 물었다.

"운명을 보시겠습니까?"

"글쎄요. 한평생 생길 일을 단번에 들어두어도 손해는 없겠지만, 그보다는 지금 상황에서 어떻게 하면 좋을지를 아는 게 저한테는 중요한 것 같으니까 일단 그걸 좀 부탁합시다."

노파는 그러냐고 말하고는 다시 게이타로의 나이와 태어난 월일을 확인했다. 그 뒤에는 암산이라도 하듯 손가락을 접어보기도 하고 생각에 잠기기도 하더니 이윽고 어여쁜 손가락으로 동전들을 아까와는 다르게 늘어놓았다. 게이타로는 앞면에 파도 그림이 나오거나 또는 글자가 나타나는 등 세 개가 세 줄로 이어지는 순서와 배열에 깊은 의미라도 있는 게 아닌가 하며 지켜보고 있었다.

18

노파는 잠깐 손을 무릎 위에 놓고 아무 말 없이 낡은 동전의 표면을 예의 주시하더니, 이윽고 확실히 결론이 났다는 듯이 말했다.

"당신은 지금 주저하고 있습니다."

이렇게 잘라 말하고는 게이타로의 얼굴을 보았다. 게이타로는 일부러 아무 대답도 하지 않았다.

"나아갈지 말지를 생각하면서 주저하고 있지만 그러면 손해를 봅니다. 앞으로 나아가는 편이 일시적으로는 불만족스러울지 모르지만 두고두고 득이 됩니다."

노파는 말을 하고 나서는 입을 다물고 게이타로의 눈치를 살폈다. 게이타로는 처음부터 상대방의 말을 듣기만 하고 본인은 아무 말도 않겠다고 정해 두었다. 하지만 노파의 이 한마디를 듣고 나니 자신의 흐리멍덩한 머릿속이 상대방의 목소리를 통해 언뜻 드러난 듯하여 그 자극에 반응해 보고 싶어졌다.

"나아가도 일을 그르치지 않을까요?"

"네. 그러니까 되도록 점잖게. 성급하게 행동하지 않도록 하세요."

이건 예언이 아니라 상식이 모든 사람들에게 가르치는 충고에 불과하다고 생각은 했지만, 노파의 태도에 이렇다 할 부자연스러운 면이 보이지 않았기 때문에 그는 다시 질문했다.

"나아간다니 어느 쪽으로 나아가면 될까요?"

"그건 당신이 더 잘 알 텐데요. 저는 그저 좀 더 앞으로 나가는 편이 득이 되리라고 일러드릴 뿐입니다."

여기까지 온 이상 게이타로도 내친걸음이라 물러설 수는 없었다.

"그렇지만 두 가지 길이 있으니까 그 중 어느 쪽으로 나아가면 좋을 지 묻는 겁니다."

노파는 또 입을 다물고 동전 위를 응시하고 있다가 전보다 무겁고 답답한 어조로 대답했다.

"뭐, 똑같군요."

그러고는 바느질하다가 떨어뜨린 실밥을 줍더니 그 중에서 제법 기다란 감색과 붉은색의 비단실을 골라내어 게이타로가 보는 앞에서 예쁘게 꼬기 시작했다. 게이타로는 심심해서 하는 행동이라 생각하여 신경 쓰지 않았으나 노파는 그것을 대여섯 치 길이가 될 때까지 정성 들여 꼬아서 동전 위에 얹었다.

"이걸 보세요. 이렇게 꼬면 실 한 줄이 두 가닥 실이고, 두 가닥 실이 한 줄의 실로 바뀌지 않습니까? 여기 화려한 빨간 실과 수수한 감색 실처럼 젊을 때에는 화려한 쪽으로만 달려가다 보니 곧잘 실패를 하는 법이지만, 당신은 지금 현재 이것처럼 딱 좋은 상태로 한데 얽혀 있는 듯하니까 행운입니다."

비단실의 비유는 왠지 재미있었지만 행운이라는 말을 듣고 보니 게이타로는 기쁘기보다는 도리어 이상한 기분이 들었다.

"그럼, 그 감색 실처럼 착실하게 밟아 나가면 그 중간에 화려한 빨간

실이 슬쩍슬쩍 나타난다는 말이네요."

게이타로는 상대방의 말에 납득한다는 듯이 물어보았다.

"그럼요, 그렇게 될 겁니다."

노파는 대답했다. 처음부터 게이타로는 점괘를 믿고서 왼쪽이든 오른쪽이든 방향을 정해야 한다고 마음먹었던 건 아니지만, 이 말만 듣고 돌아가기에는 어쩐지 허전했다. 노파의 말이 자신의 마음과 완전히 동떨어진 것이었다면 물론 더 할 말이 없다. 하지만 이 말은 어떻게 받아들이느냐에 따라 지금의 처지에서 응용할 폭이 넓기 때문에 뭔가 미련이 남았던 것이다.

"더는 해주실 말씀이 없으십니까?"

"어디 봅시다, 가까운 시일 내에 사소한 일이 생길지도 모릅니다."

"재난이 생긴단 말입니까?"

"재난은 아니겠지만 조심하지 않으면 실패합니다. 그리고 실패하면 그뿐, 다시 돌이킬 수가 없는 일입니다."

19

그 말은 한층 더 게이타로의 호기심을 자극했다.

"대관절 어떤 종류의 일입니까?"

"그건 일어나기 전에는 모릅니다. 하지만 도난이나 물난리는 아닌 듯합니다."

"그럼 일을 그르치지 않으려면 어떤 궁리를 해야 할지 그것도 모르겠군요."

"모를 것도 없지요. 원하신다면 한 번 더 점을 쳐볼까요?"

게이타로는 부탁한다고 말할 수밖에 없었다. 노파는 또 가냘픈 손끝을 재주 좋게 움직이더니 예의 동전의 앞뒤를 바꾸어 늘어놓았다. 게이타로가 보기에는 아까 그 방법이나 지금이나 비슷해 보였지만, 뭔가 중대한 차이가 있는지 할머니는 한 닢을 뒤집을 때도 경솔하게 손을 대지 않았다. 겨우 아홉 닢을 정성껏 정리하고 나서 할머니는 게이타로를 보고 거의 알았다고 말했다.

"어떻게 하면 됩니까?"

"어떻게 하면 되냐니요, 점이린 음양의 이치를 통해 커다란 형태로 나타날 뿐이라 실제로 각자가 그 자리에 임했을 때는 그 커다란 형태에 맞추어 생각할 수밖에 없습니다. 하지만 뭐 이렇습니다. 당신은 자기 같으면서도 남 같고 긴 듯하면서도 짧으며 나올 듯도 하고 들어갈 듯도 한 물건을 가지고 계시니까, 다음에 사건이 생기면 무엇보다 그것을 잊지 않도록 하세요. 그러면 잘 됩니다."

게이타로는 갈피를 잡을 수 없었다. 아무리 음양의 이치를 통해 커다란 형태로 나타난다고 한다지만 이래가지고는 방향조차 잡을 수 없는 안개 속이다. 거짓말이든 정말이든 실제로 응용할 수 있는 좀 더 확실한 이야기를 듣고 말겠다는 생각으로 두세 번 입씨름을 해보았지만 통 결말이 나지 않았다. 게이타로는 결국 이 선승의 잠꼬대 같은 말을 수건에 싼 손난로처럼 가슴에 품고 밖으로 나왔다. 게다가 나오는 길에 향신료도 두 봉지 사서 소맷자락에 넣었다.

다음 날 아침 밥상을 마주하고 김이 오르는 된장국 뚜껑을 열었을 때 그는 문득 어제의 고춧가루 생각이 나서 소맷자락에서 봉지를 꺼냈다. 그것을 국에 넉넉하게 뿌리고는 입이 얼얼한 것을 참아가며 식사를 했다. 노파가 말한 이른바 '음양의 이치를 통해 나타나는 커다란 형태'를 머릿속에 떠올려보니 가스처럼 막연할 뿐이었다. 하지만 풀리지 않는 수수께끼에 골몰할 만큼 열렬히 점을 믿는 것은 아니어서 초조하게 고민하지는 않았다. 단지 알 수 없다는 데에 또 묘한 흥취를 느껴 잊어버리기 전에 노파가 했던 말을 종이에 적은 다음 책상서랍에 넣었다.

게이타로는 다구치와 만날 수단을 한 번 더 강구해볼 것인가는 어제 이미 노파의 조언을 통해 결정되었다고 판단했다. 하지만 그는 자신이 점을 믿고 움직이는 게 아니라 스스로 움직이려는 때에 노파가 계기를 마련해준 것뿐이라고 생각했다. 그는 스나가한테 가서 그의 이모부가 오사카에서 돌아왔는지 물어볼까 했지만 자동차 사건에 대한 기억이 생생하게 그의 마음을 누르고 있었기 때문에 발길을 옮길 용기가 나지 않았다. 이제는 전화를 이용하기도 꺼려졌다. 하는 수 없이 편지로 용건을 해결하기로 했다. 그는 일전에 스나가의 어머니에게 이야기한 내용과 거의 같은 설명을 간략하게 쓴 뒤 다구치가 여행에서 돌아왔는지를 물었다. 그리고 돌아왔다면 바쁜 중에 송구스럽지만 만나줄 수 없겠는지를 묻고, 자신은 한가한 사람이니 언제든 날을 정해 주면 방문할 뜻이 있다고 썼다. 지난번 노기등등했던 일은 깨끗하게 잊어버린 듯한 어조였다. 게이타로는 편지를 보내고 나서 내일이라도 스나가의 답장이 오리라고 기대했다. 그런데 이틀이 지나 사흘이 되어도 아무 기별도 없자 불안해지기 시작했다. 섣불리 점쟁이 말 따위에 넘어가 창피라도 당하는 건 아닐까 후회도 들었다. 그런데 나흘째 되는 날 오전, 느닷없이 다구치가 전화를 걸어왔다.

20

게이타로가 전화를 받자 다구치는 지금 당장 와줄 수 있겠느냐고 간단히 물었다. 게이타로는 바로 가겠다고 대답하고는, 이대로 전화를 끊으면 무뚝뚝하고 건방진 것 같아 변화를 주기 위해 스나가로부터 무슨 이야기를 들었는지를 물어보았다.

"네, 이치조가 당신이 바라는 바를 알려주었는데, 번거로우니까 제가 직접 사정을 여쭈어보는 겁니다. 그러면 기다리고 있을 테니 바로 오십시오."

상대방은 이 말만 남기고 물러가버렸다. 게이타로는 전에 입었던 그 하카마를 입으면서 이번에야말로 조짐이 좋다고 생각했다. 그리고 얼마 전에 산 중절모를 모자걸이에서 끄집어내고는 희망에 부푼 생기 넘치는 얼굴로 쾌활하게 나왔다. 밖에는 하얀 서리를 단숨에 녹여버린 햇볕이 초겨울의 찬바람에도 온화한 거리거리를 느긋하게 비추고 있었다. 게이타로가 길 한복판을 달리는 전차에 앉자 빛을 가르고 나아가는 듯한 느낌이었다.

다구치의 집 현관은 지난번과는 달리 쥐 죽은 듯 고요했다. 전의 그 서생이 문을 열어줄 때에는 좀 겸연쩍었으나, 그렇다고 전번에는 실례했다고 사과할 수도 없는 노릇이라 시치미를 떼고 자신이 왔음을 공손히 알렸다. 서생은 게이타로를 기억하는지 어쩐지 대답만 하고는 명함을 받아들고 안으로 들어가더니 곧 다시 나와서는 응접실로 안내했다. 게이타로는 그가 가지런히 놓아준 슬리퍼를 신고 손님답게 들어가기는 했지만 너덧 개의 의자 중 어디에 앉으면 좋을지 몰라 잠깐 망설였다. 겸손하게 가장 작은 의자로 정하면 되겠다 싶어 허리가 높고 팔걸이와 장식이 없는 가벼워 보이는 의자를 골라 앉았다.

드디어 주인이 나왔다. 게이타로는 익숙지 않은 격식의 말로 처음 뵙겠다는 인사와 만나준 데 대한 감사의 말을 늘어놓았으나 주인은 가볍게 흘려들으면서 그저 '네네' 할 뿐이었다. 인사를 마친 뒤에도 별 대꾸가 없었다. 주인의 태도에 실망한 것까지는 아니었지만 자신이 생각만큼 길게 말을 늘어놓지 못한 데에 게이타로는 당황했다. 일단 생각해두었던 인사말을 다 꺼내놓고 난 뒤에는 잠자코 있을 수밖에 없었다. 주인은 궐련 통에서 시키시마를 한 대 꺼내더니 나머지를 게이타로 쪽으로 약간 밀어놓았다.

"이치조한테 당신 이야기는 좀 들은 적이 있는데 어느 쪽 일을 원하십니까?"

사실대로 말하면 게이타로에게는 이렇다 할 특별한 희망은 없었다. 그저 마땅한 자리만 얻을 수 있으면 그만이라는 생각이었기 때문에 멍청한 대답만 할 수밖에 없었다.

"여러 방면으로 일하고 싶습니다."

다구치는 웃음을 터뜨렸다. 그러더니 기분 좋은 얼굴을 하고 학사의 수가 이렇게 늘어난 요즘 세상에는 아무래도 신경 써주는 사람이 있다 한들 처음부터 좋은 자리를 얻을 수 없다는 사정을 정성껏 설명했다. 하지만 그건 다구치가 새삼스럽게 가르쳐주지 않아도 게이타로가 진작부터 뼈저리게 느끼고 있는 사실이었다.

"뭐든지 하겠습니다."

"뭐든지 하겠다니, 설마 철도표 끊는 일은 못 하겠죠?"

"아니, 할 수 있습니다. 노는 것보다는 나으니까요. 장래성이 있는 일이라면 뭐든 하겠습니다. 뭣보다 아무 것도 하지 못하는 고통에서 벗어날 수만 있으면 족합니다."

"그런 생각이라면 저도 충분히 신경을 써보도록 하지요. 바로 어떻게 되지는 않겠지만."

"부탁합니다. 일단 시험 삼아 한번 시켜보십시오. 선생님 댁의, 이렇게 말하면 좀 이상하지만 선생님의 사적인 일이라도 좋으니까 잠시만 시켜주십시오."

"그런 일이라도 해볼 생각이 있습니까?"

"있습니다."

"그러면 상황에 따라서는 뭐 하나 부탁을 해볼지도 모르겠습니다. 언제라도 상관없습니까?"

"네, 가급적이면 빠를수록 좋습니다."

게이타로는 이것으로 다구치와의 만남을 끝낸 뒤 명랑한 얼굴로 밖을 나섰다.

21

온화한 겨울날이 다시 이삼 일 이어졌다. 게이타로는 삼층 방 창문으로 보이는 하늘과 나무, 기와지붕을 바라보면서 자연을 주황색으로 물들이는 이 점잖은 햇빛이 자신을 위해 비추기라도 하는 양 유쾌한 기분이었다. 그는 다구치와의 만남이 조만간 좋은 결과를 안겨줄 거라고 굳게 믿었다. 그리고 그 결과가 어떤 이상한 형태로 눈앞에 나타날지 고대하며 나날을 보냈다. 그가 다구치에게 부탁한 일 가운데에는 보통 사람들이 부탁하는 것 이상의 내용이 포함되어 있었다. 그는 특정한 직업에서 생기는 의무를 희망했을 뿐만 아니라 자극으로 가득한 일시적인 일 또한 다구치가 맡겨주리라 기대했다. 성공의 빛이 자신을 비춰준다면 아마도 평범한 잡무와는 동떨어진 특별한 일이 갑자기 찾아오리라 생각한 것이다. 그런 희망을 품고 그는 매일 아름다운 햇볕을 쬐고 있었다.

그러자 나흘쯤 지나 다구치에게서 전화가 왔다. 부탁하고 싶은 일이 생겼는데 일부러 불러내기는 미안하고 전화로 설명하자니 번거로워서 어쩔 수 없이 속달 편지로 보낸다며, 자세한 사정은 편지에 써두었으니 이해 안 되는 점은 전화로 문의해 달라고 했다. 게이타로는 희미하게만 보이던 망원경의 도수가 딱 들어맞았을 때처럼 유쾌했다.

그는 책상 앞을 떠나지 않고 속달이 도착하기만 기다렸다. 그러고는 평소처럼 상상의 나래를 펼쳐 다구치가 부탁하려는 일을 마음속으로 그려보았다. 그러던 중에 스나가의 집 앞에서 본 뒷모습의 여자가 허락도 없이 상상 속으로 쳐들어왔다. 그러면 문득 정신을 차려 실용적인 일거리일 게 분명하다고 자신의 공상을 꾸짖곤 하면서 답답한 시간을 보냈다.

이윽고 기다리고 기다리던 봉투가 그의 손에 들어왔다. 그는 지익 소리를 내면서 입구를 뜯었다. 숨 쉬는 것도 잊은 채 두루마리를 처음부터 끝까지 읽어 내려가다 무심코 앗 하고 희미하게 외쳤다. 그에게 주어진 용무는 상상보다 한층 더 로맨틱했기 때문이다. 편지의 문구는 물론 간단했고 용건과 상관없는 말은 일절 적혀 있지 않았다. 오늘 네 시에서 다섯 시 사이, 미타 방면에서 전차를 타고 오가와마치 정류소에서 내리는 마흔 가량의 사내가 있을 것이다. 그는 검은 중절모에 희끗희끗한 무늬의 외투를 걸치고 얼굴은 긴 편에 키가 크고 깡마른 신사이다. 눈썹과 눈썹 사이에 커다란 점이 있을 테니 그것을 특징으로 삼아서 이 사내가 전차에서 내린 뒤 두 시간 이내에 하는 행동을 정찰해서 보고해 달라. 의뢰는 대략 이런 내용이었다.

게이타로는 자신이 위험한 탐정소설에서 중요한 역할을 담당하는 주인공이 된 듯한 기분이 들기 시작했다. 동시에 다구치가 이렇게 음침한 일을 통해 자신의 사회적 이해관계를 지키고 훗날을 대비하려고 남의 약점을 잡아두는 건 아닐까 의심이 들었다. 이런 생각을 했더니 남의 집 개처럼 부려지는 불명예스러움과 부도덕함이 느껴져 겨드랑이에서 진땀이 났다. 그는 굳어버린 듯 편지를 손에 든 채 가만히 눈을 감고 있었다. 그러나 스나가의 어머니가 이야기한 다구치의 성격과 자신이 직접 그를 만났을 때 받은 인상을 생각해 보면 결코 악질적인 사내로 보이지는 않았다. 따라서 남의 사생활을 뒷조사한다고 해서 꼭 상스러운 의도라고 할 수는 없었다. 그러자 경직되어 있던 근육에 다시 따스한 피가 돌기 시작하면서 도의를 거스르는 일이라는 구역질은 사라지고 이 문제를 흥미라는 관점에서 재미있게 바라볼 여유가 생겨났다. 처음으로 세상과 접촉하는 경험을 해보는 셈치고 여하튼 다구치가 의뢰한 이 일을 끝까지 해보자는 마음이 들었다. 그는 다시 한 번 다구치의 편지를 꼼꼼히 읽어보았다. 그리고 거기에 적혀 있는 특징과 조건만으로 과연 만족스러운 결과를 얻을 수 있을지 검토해 보았다.

22

다구치가 알려준 특징 중에서 실제로 그 사람의 몸을 떠날 수 없는 것은 눈썹 사이에 있는 점뿐이다. 하지만 요즘처럼 해가 빨리 지는 때에 네다섯 시의 어둑어둑한 빛에 의지하여 타고 내리기 바쁜 많은 인파들 속에서 특정 위치에 있는 점 하나만을 보고 실수 없이 그를 찾아내기는 쉽지 않은 일이다. 특히 네 시에서 다섯 시 사이라면 관청이 문을 닫는 시각이라 마루노우치에서 단 하나뿐인 전차 노선을 이용하여 간다 다리오오테마치와 간다를 잇는 다리로 관청가의 출입구 역할을 했다를 건너가는 관리들의 수만 해도 엄청나다. 더군다나 연말이 얼마 남지 않은 지금 다른 곳도 아닌 오가와마치의 정류소 근처라니, 길 양옆에 늘어선 가게마다 휘장과 악대, 축음기 따위를 늘어놓고 호객하는 데서 발생할 혼잡함도 계산에 넣어야만 할 것 아닌가. 이런 생각을 하면서 과연 일을 잘 해낼지를 따져보니 도저히 혼자 힘으로는 안 될 듯했다. 하지만 또 찾는 사람이 희끗희끗한 외투에 검은 중절모 차림으로 전차에서 내릴 게 분명하다면 아직 희망이 있다는 생각도 했다. 물론 희끗희끗한 외투 하나만이라면 어떤 차림이든 단서가 될 수 없지만, 검은 중절모는 요즘 웬만하면 쓰는 사람이 없으니까 곧바로 눈에 띌 것이다. 그걸 특히 주의해서 보면 안 될 법도 없으리라.

이렇게 생각한 게이타로는 어쨌든 정류소에 가봐야겠다고 마음먹었다. 시계를 보니 아직 종이 한 번 쳤을 뿐이다. 삼십 분 전에 거기 도착한다 쳐도 세 시쯤에 집을 나서면 충분하니까 아직 두 시간 여유가 있었다. 그는 이 두 시간을 유익하게 활용할 작정으로 가만히 앉아 있었다. 하지만 그저 미토시로초美土代町와 오가와마치가 정丁자로 교차하는 혼잡한 삼거리가 눈앞에 어른거릴 뿐 임무를 완수할 만한 이렇다 할 묘안은 떠오르지 않았다. 생각하면 생각할수록 그의 머리는 같은 곳에 들러붙어 움직일 줄 몰랐다. 게다가 목표 대상을 찾아내지 못할지도 모른다는 염려와 불안으로 가슴이 술렁거렸다. 아예 시간이 될 때까지 바깥을 걸어다녀볼까 싶었다. 그렇게 결심하고는 양손을 책상 가장자리에 대고 기세 좋게 일어나려는 순간, 요전에 아사쿠사에서 점쟁이 노파가 '가까운 시일 안에 어떤 일이 생길 테니 그때는 이런저런 것을 잊지 않도록 하라'고 주의했던 게 생각났다. 그는 노파의 말을 풀지 못할 수수께끼로 치고 머릿속에서 거의 지워버렸지만, 만일을 대비해 종이에 기록하여 책상서랍에 넣어두었던 기억이 떠올랐다. 그래서 그 메모를 꺼내 '자기 같으면서도 남 같고 긴 듯하면서도 짧으며 나올 듯도 하고 들어갈 듯도 한 것'이라는 문장을 질리지도 않고 쳐다보았다. 지금까지 그래왔듯이 처음에는 도저히 의미를 알 수 없을 듯했지만, 몇 번이고 되풀이해서 읽어보는 동안 인내심을 가지고 생각해 보면 이런 묘한 특성을 가진 물건이 무엇인지 알 수 있을지도 모르겠다는 느낌이 들었다. 게다가 자신이 이미 그것을 갖고 있으니 여차하여 잃어버리지 않도록 주의하라는 노파의 말을 게이타로는 여전히 기억하고 있었다. 그러니 뭐가 되었든 주변에 있는 물건들 중에서 자기 같으면서도 남 같고 긴 듯하면서도 짧으며 나올 듯도 하고 들어갈 듯도 한 물건을 찾아내기만 한다면, 비교적 좁은 범위 안에서 빠른 시간에 이 문제를 해결할 수 있을지도 모른다고 생각했다. 그래서 자유롭게 쓸 수 있는 두 시간을 이 수수께끼를 푸는 데 이용하기로 결심했다.

하지만 우선 눈앞에 있는 책상, 책, 손수건, 방석부터 시작하여 차례대로 여행용 고리짝, 양말까지 보았지만 전혀 그럴듯한 물건을 찾지 못한 채 결국 한 시간이 지났다. 그의 머리는 초조했고 동시에 어지러워지기 시작했다. 방 안을 아무리 돌아다녀도 진정되지 않자 그의 머리는 이제 제멋대로 문 밖으로 나가 종횡무진 달렸다. 이윽고 희끗희끗한 외투에 검은 중절모를 쓴 키가 크고 깡마른 신사가 그가 이제부터 찾고자 하는 그 사람다운 권위를 갖추고 선명하게 나타났다. 그런데 그 얼굴은 홀연히 다롄에 있는 모리모토의 얼굴로 변했다. 상상의 눈으로 단정치 못한 수염을 기른 모리모토의 얼굴을 바라본 순간, 그는 전기에 감전된 것처럼 앗 하고 소리쳤다.

23

모리모토라는 이름은 전부터 게이타로의 귀에 이상한 울림을 주는 매개체였지만, 요즘에는 한층 심해져서 완전히 일종의 기호로 변화하고 말았다. 원래부터 이 사내의 이름만 떠올리면 으레 예전의 지팡이를 연상하곤 했지만, 지팡이가 둘을 이어주는 계기라거나 갈라놓는 방해물이라고 간주해 본들 모리모토와 이 대나무 막대기 사이에는 거리가 있어서 한쪽에서 반대쪽으로 단숨에 이동할 수는 없었다. 그런데도 지금은 그 둘이 하나가 되어 모리모토 하면 지팡이, 지팡이 하면 모리모토가 떠오르면서 게이타로의 머리를 격렬하게 자극했다. 자극을 받은 그의 머릿속에 흐르는 달궈진 피를 따라 그 지팡이가 제 소유물인 듯도 하고 모리모토의 소유물인 듯도 해서 어느 쪽이 임자인지 확실하지 않다는 생각이 스쳐 지났을 때, 그는 "아, 이거다"라고 외치며 흩어져 달아나는 검은 그림자 속에서 그 지팡이만을 꽉 잡았다.

'자기 같으면서도 남 같다'라는 할머니의 수수께끼는 이것으로 풀렸다고 믿고 게이타로는 혼자 기뻐했다. 하지만 여전히 '긴 듯하면서도 짧으며 나올 듯도 하고 들어갈 듯도 한' 게 무엇인지는 생각해 보지 않았기 때문에 그는 나머지 두 가지 특징도 이 지팡이 안에서 찾아내려고 더 애를 썼다.

처음에는 보기에 따라 길거나 짧게 느껴질 수 있다는 의미일까 생각했지만, 그뿐이라면 너무 평범해서 해석할 필요조차 없다고 생각했다. 그래서 다시 앞으로 돌아가 '긴 듯하면서도 짧다'는 말을 몇 번씩 입 안으로 반복하면서 궁리해 보았다. 하지만 간단히 해결될 전망은 보이지 않았다. 시계를 보니 자유롭게 쓸 수 있는 두 시간에서 이제 삼십 분밖에 남지 않았다. 그는 지름길인 줄 알고 막다른 길로 들어섰다가 움쭉달싹 못하는 상태에 빠져 괴로워하는 상태는 아닌지 자신의 판단을 의심하기 시작했다. 빠져나갈 길이 없는 막다른 곳에 처한 정도라면 차라리 되돌아가서 새로운 길을 찾는 편이 낫다는 생각도 들었다. 하지만 시간은 점점 다가오는데 처음부터 다시 시작해서는 도저히 시간에 댈 수가 없다. 어기까지 왔다는 부분적인 성과에 만족하고 세상없어도 앞으로 밀고 나가는 편이 순리라고도 생각했다. 이럴지 저럴지 왔다 갔다 흔들리는 사이에 그의 상상력은 문득 지팡이 자체를 벗어나 손잡이에 새겨진 뱀 머리로 옮아갔다. 그 순간 비늘이 번득번득한 길쭉한 몸뚱이와 숟가락의 앞부분처럼 생긴 짤막한 머리를 저도 모르게 비교해 보고, 응당 길어야 하나 실상 몸뚱이는 없고 뱀 대가리만 짧게 잘라져 있다는 것 그리고 그게 바로 긴 듯하면서도 짧은 물건이라는 것을 깨달았다. 이 해답이 머리에서 번개처럼 번득이자 그는 득의양양한 나머지 덩실거렸다. 마지막으로 남은 '나올 듯도 하고 들어갈 듯도 한' 물건은 큰 수고 없이 오 분 만에 알아냈다. 지팡이에는 달걀인지 개구리인지 모를 물체가 새겨져 있었는데, 반쯤은 뱀의 입 속에 있고 반쯤은 입 밖에 있어 나오는지 들어가는지 알 수 없는 그 조각이 바로 그것이라고 판단했다.

　이제 모든 게 깨끗하게 해결됐다고 생각한 게이타로는 껑충 뛰어오르듯이 책상을 박차고 일어나 시곗줄을 허리띠에 맸다. 모자는 손에 든 채 하카마도 입지 않고 방을 나가려고 하다가 문제의 지팡이를 어떻게 들고 나가면 좋을지를 생각하느라 잠깐 주저했다. 모리모토가 놔두고 간 지 한참 지났으므로 주인의 허락 없이 그 지팡이에 손을 대거나 우산꽂이에서 꺼낸다 한들 뭐라 하거나 의심받을 염려는 없을 것이다. 하지만 그들이 곁에 없을 때나 보지 않는 사이에 그것을 들고 나가려면 꽤 사려 깊은 준비가 필요하다. 미신이 만연한 가정에서 성장한 게이타로는 고향에 있을 때부터 주술에 쓰는 물품을 (이제부터 그런 목적으로 사용한다는 의도를 가지고) 손에 넣을 때에는 반드시 사람이 보지 않는 기회를 틈타야만 효력이 있다는 말을 어머니한테서 듣곤 했다. 게이타로는 하숙방으로 올라오는 입구 정면에 걸려 있는 시계를 보는 척하면서 이층 계단 중간까지 내려가서 아래층 눈치를 살폈다.

24

늘 그렇듯 주인은 다다미 여섯 장짜리 거실에서 크고 둥근 도자기 화로를 끼고 앉아 있었다. 부인은 보이지 않았다. 게이타로가 계단 중간에 엉거주춤 서서 유리 너머로 장지문 안쪽을 들여다보니 주인의 머리 위에서 느닷없이 벨소리가 격렬하게 울리기 시작했다. 주인은 드러누워서 번호를 보더니 옆방을 향해 거기 누구 없냐고 외쳤다. 게이타로는 다시 슬금슬금 삼층 자기 방으로 돌아왔다.

그는 장롱을 열고 고리짝 위에 던져둔 서지천 하카마를 꺼냈다. 그것을 입을 때에는 허리 뒤에 대는 천으로 싼 판자조각을 뒤로 질질 끌면서 방 안을 걸어다녔다. 그리고 버선을 벗고 양말로 갈아 신었다. 이 정도로 차림을 바로 고친 후 그는 다시 아래층으로 내려갔다. 거실을 들여다보니 부인의 모습은 여전히 보이지 않았다. 하녀도 근처에는 없었다. 벨도 이번에는 울리지 않았다. 집 안은 쥐 죽은 듯이 고요했다. 다만 주인 혼자 아까처럼 크고 둥근 화로에 기댄 채 방으로 올라가는 쪽을 향해 가만히 앉아 있었다. 게이타로는 계단을 다 내려가기 전에 둥글게 휜 주인의 등짝을 비스듬히 내려다보면서 상황이 별로 좋지 않음을 느꼈다. 그러나 결국 마음을 다잡고 입구로 내려갔다. 아니나 다를까 주인은 외출하냐고 인사를 해왔다. 그리고 평소처럼 하녀를 불러 신발장에 정리해 둔 신발을 꺼내오라고 시키려 했다. 주인 한 사람의 눈을 훔치는 것만 해도 고민스러운데 하녀까지 등장하면 당할 수가 없겠다 싶어서, 게이타로는 괜찮다며 직접 신발장의 발을 걷어올린 뒤 재빨리 구두를 꺼냈다. 일이 잘 풀리려는지 하녀는 그가 봉당에 내려설 때까지 나오지 않았다. 하지만 주인은 여전히 이쪽을 보고 있었다.

"부탁이 좀 있는데요. 방 책상 위에 이번 달 법학협회 잡지가 있을 텐데 좀 갖다 주지 않겠습니까? 이미 구두를 신어서 다시 올라가기가 귀찮네요."

게이타로는 이 주인이 법률에 다소 소양이 있다는 것을 알고 일부러 이런 부탁을 한 것이었다. 자기 아닌 다른 사람은 처리할 수 없는 용무라 생각한 주인은 알았다며 싹싹하게 일어나서 계단을 올라갔다. 그 틈에 게이타로는 문제의 지팡이를 우산꽂이에서 빼내자마자 끌어안듯이 겉옷 안에 집어넣고 주인이 돌아오기 전에 슬쩍 밖으로 나왔다. 그는 오른쪽 겨드랑이 밑으로 지팡이 머리 부분의 둥근 모서리가 닿는 것을 느끼면서 총총걸음으로 혼고本郷 거리까지 왔다. 그 즈음에서 지팡이를 꺼내어 뱀 머리를 유심히 쳐다보았다. 이어서 소맷자락에 들어 있던 손수건으로 위에서부터 밑에까지 깨끗하게 먼지를 닦아냈다. 그리고는 보통 지팡이처럼 오른손에 들고 힘껏 휘두르며 걸었다. 전차 안에서는 뱀 머리에 양손을 포개고 그 위에다 턱을 올렸다. 그리고 이제야 겨우 일단락지어진 자신의 노력을 돌아보며 안도의 한숨을 내쉬었다. 하지만 이제 다구치가 알려준 정류소에 가면 일이 어떻게 풀릴지 신경 쓰이기 시작했다. 생각해 보니 이만큼 고생하여 도둑질하듯이 가지고 나온 지팡이가 어떻게 하면 눈썹과 눈썹 사이의 점을 분간하는 데 필요한 물건이 될지 그로서는 짐작도 할 수 없었다. 그는 그저 노파가 시킨 대로 자기 같으면서도 남 같고 긴 듯하면서도 짧으며 나올 듯도 하고 들어갈 듯도 한 물건을 열심히 찾아내어 잊지 않고 가지고 나왔을 뿐이었다. 수상쩍어 보이지만 평범한 데다 무턱대고 가볍기까지 한 이 대나무 막대기를 눕히든 세우든 또 손에 들든 소매에 감추든, 그게 과연 미지의 인물을 찾는 데 어떤 도움이 될지 의심이 들었을 때 그는 학질을 떨쳐낸 사람처럼 천연덕스레 차 안을 둘러보았다. 그리고 머리에서 김이 날 만큼 애써 노력했던 아까의 일이 멋쩍게 느껴졌다. 그는 자신의 행동을 얼버무리기 위해 지팡이를 짐짓 고쳐 쥐고는 전차 바닥을 가볍게 통통 두드렸다.

이윽고 목적한 장소에 도착하자 그는 청년회관 앞에서 발길을 돌려 오가와마치 거리로 나갔다. 하지만 네 시가 되려면 아직 십오 분 정도 남았기 때문에 그는 오가는 사람들과 진동하는 전차 소리를 가로질러서 맞은편으로 건너갔다. 거기에는 파출소가 있었다. 그는 파출소 앞에 서 있는 순사와 같은 자세로 빨간 우체통 옆에서부터 남쪽으로 쭉 뻗은 큰 길, 그리고 완만한 호를 그리며 좌우로 돌아 들어가는 넓은 길거리를 바라보았다. 이제부터 활약할 무대를 이렇게 검사한 후에 그는 곧장 정류소의 위치를 확인하러 나섰다.

25

빨간 우체통에서 십 미터쯤 동쪽으로 내려가니까 하얀 페인트로 오가와마치 정류소라 써 있는 쇠기둥이 그의 눈에 들어왔다. 여기서 기다리기만 하면 인파 속에서 문제의 인물을 놓치는 일이 생기더라도 시간 안에 일터에 도착했다고 주장할 수 있다는 점에서 그는 일단 안심하고 나서 다시 표지가 되는 쇠기둥에서 떨어져 주변 광경을 둘러보았다. 그의 바로 뒤편에는 흙벽으로 창고같이 지어놓은 도자기 가게가 있었다. 상자 안에 자잘한 잔을 잔뜩 늘어놓고 액자처럼 꾸민 장식이 처마 밑에 걸려 있었다. 도자기로 만든 모이통을 몇 개씩 매달아놓은 커다란 철제 새집도 늘어뜨려져 있었다. 그 옆집은 가죽 가게였다. 살아 있을 때와 같이 눈이나 발톱을 남겨둔 커다란 호랑이 가죽에 진홍색 나사로 가장자리를 두른 게 이 가게의 주된 장식이었다. 게이타로는 호박琥珀과도 같은 그 호랑이의 눈을 깊숙이 응시하면서 서 있었다. 창백한 가죽으로 된 좁고 긴 목도리 비슷한 것 앞에 작은 너구리 같은 얼굴이 달려 있는 게 우스꽝스러워 보였다. 그는 시계를 꺼내 시간을 재면서 다음 가게로 옮겨갔다. 마노瑪瑙에 조각된 투명한 토끼와 자수정으로 만든 각진 도장재료, 비취 비녀와 공작석으로 된 주머니끈 조리개 같은 것들이 금으로 된 반지나 목걸이와 함께 아름답게 진열되어 있는 보석상 유리창을 들여다보았다.

이렇게 가게에서 가게로 차례차례 구경을 하다 보니 어느덧 그는 덴카도 앞을 지나 고급 목재를 세공하는 가게 앞까지 왔다. 그때 전차가 뒤쪽에서 달려오더니 그가 걷고 있는 길 맞은편에 서기에 게이타로는 혹시나 하는 마음으로 비스듬히 길을 가로질러 좁은 골목 모서리에 있는 양품점 옆으로 다가갔다. 그러자 거기에도 쇠로 된 기둥이 하나 있고 좀 전에 본 것과 똑같이 흰 글자로 오가와마치 정류소라고 씌어 있었다. 그는 만일을 위해 이 모서리에 서서 전차를 두세 대 기다려보았다. 그러자 처음에는 아오야마靑山라 적힌 차가 왔다. 다음에는 구단 신주쿠九段新宿 차가 왔다. 하지만 전부 다 만세이萬世 다리 쪽에서 똑바로 직진해서 오는 것을 보았기 때문에 안심했다. 이제 걱정할 필요가 없다 싶어 원래 자리로 돌아갈 작정으로 발길을 돌리려는 순간, 남쪽에서 온 전차 한 대가 미토시로초 모퉁이를 빙 돌아 게이타로가 서 있는 곳 옆에 멈추었다. 그는 이 전차의 운전수 머리 위에 검게 써 있는 스가모巢鴨라는 두 글자를 읽었을 때 비로소 자신이 부주의했음을 깨달았다. 미타 방면에서 오가와마치로 오는 승객은 노선에 따라 동쪽 정류소나 서쪽 정류소에서 내린다 미타 방면에서 마루노우치를 통과하여 오가와마치에서 내리려면 간다 다리의 큰길이 끝나는 곳까지 똑바로 가서 왼쪽으로 꺾어도 지금 게이타로가 서 있는 정류소에서 내릴 수가 있고, 또 오른쪽으로 꺾어도 아까 그가 확인해둔 도자기 가게 앞에서 내릴 수 있기 때문이다. 그렇다면 양쪽 다 오가와마치 정류소라고 흰 페인트로 써 있는 이상 그가 이제부터 뒤를 밟고자 하는 검은 중절모의 사내는 어느 쪽에서 내릴지 짐작할 수 없게 된 것이다. 두 붉은 쇠기둥 간의 거리는 눈대중으로 한 정町 약 109미터이 채 안 되지만, 엎어지면 코닿을 거리라 한들 한쪽만 전념해도 못 미더운 감시능력으로 양쪽을 빠짐없이 지켜본다는 것은 자신의 민첩함을 높이 평가한다 해도 지금의 게이타로로서는 불가능했다. 그는 자신이 살고 있는 지리적인 위치 때문에 늘 혼고와 미타 사이를 연결하는 전차만 탔기 때문에 바로 이 순간 스가모 방면에서 스이도바시水道橋를 지나 똑같이 미타로 이어지는 노선이 있었음을 깨닫지 못한 멍청함을 깊이 후회했다.

그는 문득 생각해낸 궁여지책으로 스나가의 도움을 청하러 갈까 생각했다. 하지만 시계는 이미 네 시 십칠 분 전이었다. 스나가가 바로 뒷길에 살고 있다 해도 문 앞까지 달려가는 시간과 용건을 간추려 설명하는 시간을 계산에 넣으면 도저히 맞출 수 없을 것 같았다. 그 정도의 시간 여유가 있다 하더라도 스나가에게 한쪽을 감시해 달라고 부탁했을 때 문제의 신사가 스나가 쪽으로 내린다면 게이타로에게 신호를 해주어야만 한다. 그러나 이런 인파 속에서는 손을 들거나 손수건을 흔드는 정도로는 알아보기 어려울 것이나. 게이타로에게 확실히 알리려면 오가는 사람들을 놀라게 할 만큼 큰 소리로 불러야 하겠지만, 체면을 중시하는 스나가가 웬만해선 그런 별난 행동을 할 리가 없다. 꾹 참고 그렇게 해주었다고 해도 게이타로가 달려가는 사이에 검은 중절모 사내를 놓치지 않으리란 보장은 없다. 이렇게 생각한 게이타로는 하는 수 없이 하늘의 운에 맡기고 한쪽 정류소만 지키자고 결심했다.

26

결심은 했지만 이런 식이라면 지금 서 있는 곳에서 움직이지 않으려고 뺀들거리는 것과 마찬가지기 때문에 고의로 성공을 도외시한 채 일에 착수한 듯한 불안을 느끼지 않을 수 없었다. 그는 목을 길게 빼서 다시 동쪽 정류소를 바라보았다. 위치 탓인지 방향 탓인지, 아니면 자신이 늘 익숙하게 타고 내렸기 때문인지 아무래도 그쪽이 더 밝아 보였다. 찾는 사람도 어쩐지 건너편에서 내릴 것 같은 기분이었다. 그는 한 번 더 감시할 정류소를 바꿀까 생각하면서도 역시 마음을 못 정하고 잠깐 주저했다. 그때 에도가와江戸川 행 전차가 슬금슬금 와서 멈추었다. 내릴 사람이 아무도 없음을 확인한 차장은 일 분도 지나기 전에 전차를 출발시키려 했다. 게이타로는 니시키初錦町로 빠지는 좁은 골목길을 등지고 선 채 여기 있어야 할지 옮겨야 할지 망설이느라 차가 눈앞에 있는 것도 알아차리지 못했다. 그런데 갑자기 뒤쪽 골목에서 한 사내가 게이타로를 떠밀듯이 달려와 운전수가 핸들에 손을 얹으려는 순간 전차로 뛰어올랐다. 게이타로의 놀란 마음이 가라앉기도 전에 전차는 덜컹 소리를 내고 움직이기 시작했다. 전차로 뛰어오른 사내는 유리문 안에 반쯤 몸을 넣은 후 미안하다고 말했다. 그 사내와 눈이 마주쳤을 때 게이타로는 사내의 시선 끝이 자신의 발밑을 향한 것을 보았다. 그는 부딪치면서 게이타로의 지팡이를 발로 차 땅바닥에 떨어지게 했던 것이다. 게이타로는 허리를 숙여 지팡이를 주우려 했다. 그때 뱀 머리가 우연히 동쪽을 향하고 있는 것을 보았다. 그러자 어쩐지 그 머리 모양이 지침처럼 느껴졌다.

"역시 동쪽이 좋겠군."

그는 빠른 걸음으로 도자기 가게 앞으로 돌아왔다. 거기서 혼고 삼번지라 적힌 전차에서 내리는 손님을 한 사람도 남기지 않고 수색할 작정으로 서 있었다. 부모의 원수라도 되는 듯한 무서운 눈빛으로 처음 두세 대를 살핀 뒤 여유를 얻게 되자 점차 마음도 든든해졌다. 그는 눈앞의 광장을 하나의 무대라고 보았을 때 그 위에 자신과 태도가 똑같은 사내가 세 명 있다는 사실을 발견했다. 한 사람은 파출소 순사로, 그는 게이타로와 같은 쪽을 향한 채 똑같이 서 있었다. 다른 한 사람은 덴카도 앞에 있는 전철수였다. 마지막 사람은 광장 한복판에 서서 청색과 적색 깃발을 신성한 상징처럼 구별해 가며 흔들고 있는 신중해 보이는 중년 남자였다. 그 중에서도 언제 생길지 모를 일을 기대하면서 자못 지루한 듯이 서 있는 사람은 순사와 자신일 거라고 게이타로는 생각했다.

전차는 번갈아가며 그의 앞에 멈추었다. 타는 사람은 억지로라도 비좁은 상자 안에 몸을 밀어넣으려 하고 내리는 사람은 우격다짐으로 위에서 덮쳐온다. 게이타로는 어디 사는 누구인지도 모르는 남녀가 모였다 흩어졌다 하며 코앞에서 연출하는 일분 간의 예의 없는 다툼을 몇 번이나 지켜보았다. 하지만 그의 목표인 검은 중절모 사내는 아무리 기다려도 나타나시 않았다. 어쩌면 벌써 한참 전에 서쪽 정류소에서 내려버린 게 아닐까 생각하니, 이렇게 한 군데에 서서 도움도 안 되는 사람들 얼굴만 눈이 따끔거릴 정도로 주시하고 있는 게 바보처럼 느껴졌다. 남은 두 시간 동안 하숙집 책상 앞에 앉아 열에 들뜬 사람처럼 넋 놓고 있기보다는 스나가와 충분히 의논하고 그의 도움을 구하는 편이 훨씬 상식적인 방법이었다고 게이타로는 생각했다. 그가 이렇게 쓰디쓴 기분을 통절히 맛보고 있는 동안 하늘은 점점 어두워지더니 사물이 온통 파르스름하게 잠겨갔다. 겨울날의 음울한 황혼을 보충이라도 하듯 가스와 전기 불빛이 근방의 가게 유리를 점점이 채색하기 시작했다. 문득 정신을 차리고 보니 게이타로에게서 이 미터쯤 떨어진 곳에 앞머리가 차양처럼 나오도록 머리를 튼 젊은 여자가 서 있었다. 사람들이 전차에서 타고 내릴 때마다 좌우로 주의를 기울였다고 믿었던 그로서는 언제 어디에서 왔는지 모를 여인이 가까이 서 있는 것을 보았을 때 무엇보다 먼저 그 존재에 놀랐다.

27

여자는 나이에 비해 수수한 코트를 바닥에 끌릴듯 길게 입고 있었다. 게이타로는 젊은 피부를 장식하는 화려한 색깔이 코트 안에 들어 있으리라고 상상했다. 여자는 일부러 그것을 세상의 눈으로부터 감추려는 듯이 서 있었다. 속에 입은 홑옷의 옷깃마저도 반드러운 순백색 목도리로 감추고 있었다. 황혼이 짙어지자 주위 분위기에서 한층 도드라져 보이는 그 하얀 천 말고는 남의 주의를 끌만한 것을 걸치고 있지 않았다. 하지만 계절에 아랑곳하지 않고 본인의 취향을 드러낸 단색 자체가 게이타로에게는 눈에 띄었다. 그는 빛이 사라져가는 추운 하늘 아래서 주위와 어울리지 않는 색다른 사람을 만났다는 느낌보다는 어둠침침한 길거리에서 티 없이 맑은 한 점을 찾아낸 듯한 느낌이어서 여자의 목 주위를 주의 깊게 보았다. 여자는 게이타로의 시선을 정면으로 받자 살짝 몸의 방향을 틀었다. 그러고서도 마음이 가라앉지 않는지 오른손을 들어 삐져나온 머리카락을 귀 뒤로 넘겼다. 물론 여자의 머리는 보기 좋게 모여 있었으므로 게이타로에게는 이 동작이 실없는 교태로 보였지만 그녀의 손을 보자 새삼 여자에게 주의를 기울이지 않을 수 없었다.

그녀는 보통 일본 여자들처럼 비단장갑을 끼고 있지 않았다. 대신 딱 맞는 염소가죽으로 된 장갑이 가냘픈 손가락을 조신하게 감싸고 있었다. 색깔 있는 밀랍을 손등에 얇게 흘려보낸 것처럼 살과 가죽이 잘 밀착되어 있는 그 모습에는 주름 한 줄도 없고 늘어진 곳도 없었다. 게이타로는 여자가 손을 들었을 때 이 장갑이 하얀 손목을 세 치나 감추고 있음을 깨달았다. 여기까지만 보고 그는 다시 전차로 눈을 돌렸다. 하지만 전차를 타고 내리는 혼잡함이 가시고 기다리는 사람이 보이지 않자 또 다시 이삼 분쯤 마음에 여유가 생겼다. 이 기회를 이용할 작정은 아니었지만 어쨌건 그는 전차가 지나가는 사이사이에 들키지 않을 정도로 여자에게 주의를 기울이고 있었다.

처음에 그는 이 여자가 '혼고 행'이나 '가메자와초龜澤町 행'에 탈 거라고 생각했다. 그런데 이 두 전차가 한 차례 돌고 와서 앞에 멈추어도 여자는 탈 기색을 보이지 않아서 조금 이상하게 여겼다. 어쩌면 북적대는 전차에 올라타서 몸이 짓눌리는 갑갑함을 견디기보다는 좀 시간을 낭비하는 게 이득이라는 사고방식을 가진 사람인가 생각해 보았다. 하지만 만원이라는 팻말도 길지 않았고 한두 사리가 빈 전차가 와노 그녀가 타지 않자 게이타로는 점점 더 이상하게 생각되었다. 그녀는 게이타로가 예사롭지 않게 주의를 기울이는 것을 깨달았는지, 그가 조금이라도 자세를 고치면 비가 내리기 전에 우산부터 펴는 사람처럼 짐짓 그의 관찰을 피할 준비를 했다. 그리고 일부러 반대쪽을 본다든지 혹은 두세 걸음 옮겨가기도 했다. 덕분에 조심하는 마음이 생긴 게이타로는 웬만하면 노골적으로 여자 쪽을 보지 않으려고 자제했다. 그러다가 그녀가 이곳 지리를 잘 몰라 적당히 선택한 정류소 앞에서 전차를 타지도 못한 채 마냥 기다리게 된 건 아닐까 하는 생각에 미쳤다. 그렇다면 친절하게 가르쳐줘야겠다는 용기가 갑자기 생겨 그는 머뭇거리지 않고 똑바로 여자 쪽을 향했다. 그러자 여자는 불쑥 걸음을 옮겨 사오 미터 앞에 있는 보석상 창가까지 가더니, 게이타로의 존재를 알아채지 못한 사람처럼 이마를 유리창에 대듯이 하며 그 안에 줄지어 놓여 있는 반지니 띠 장식이니 산호 장식품을 바라보기 시작했다. 게이타로는 일면식도 없는 타인에게 필요 없는 호의를 베풀려다 스스로 품위를 실추시킨 게 바보같이 느껴졌다.

여자는 외모로 볼 때 썩 훌륭한 편은 아니었다. 정면에서 보면 그나마 낮지만 옆에서 바라본 콧대는 누가 봐도 납작했다. 대신 살결이 흰데다 시원시원한 느낌이 드는 눈을 지니고 있었다. 비스듬히 서 있는 게이타로의 눈에는 유리창 너머 보석상 불빛을 받고 있는 그녀의 코와 볼록한 뺨의 일부분 그리고 이마가 빛과 그림자로 인해 기묘한 윤곽을 드러내고 있는 것처럼 보였다. 그는 그 윤곽과 긴 코트에 둘러싸인 멋진 그녀의 모습을 가슴에 간직하고 다시 전차 쪽으로 고개를 돌렸다.

28

전차가 또 두세 대 들어왔다. 그리고 두세 대 모두 게이타로를 또 한 번 실망시키고는 동쪽으로 사라져갔다. 그는 단념한 사람처럼 허리띠 밑에서 시계를 꺼내 쳐다보았다. 다섯 시는 벌써 지났다. 그는 새삼 깨닫기라도 한 듯 머리 위를 덮어오는 검은 하늘을 올려다보고 씁쓸하게 혀를 찼다. 이렇게나 애를 써서 그물을 쳤는데도 걸리지 않는 새라면 서쪽 정류소에서 아무렇지도 않게 달아난 게 분명하다고 생각하자, 남을 속이기 위해 꾸며낸 노파의 예언이나 소중하게 들고 나온 대나무 지팡이 그리고 그 지팡이가 암시해 준 방향이 모두 부아를 치밀게 하는 싹이 되었다. 어두운 밤이 무색하게 눈앞에서 깜박이는 전등 빛을 둘러보다 그 한가운데 있는 자신을 발견했을 때 그는 이 밝은 빛도 필경 미처 다 꾸지 못한 꿈의 그림자이리라고 생각했다. 그만큼 흥이 달아났고 또 그만큼 잠이 덜 깬 기분으로 서 있었지만, 이내 빨리 하숙집에 돌아가서 제정신을 차리자고 각오했다. 지팡이는 스스로의 멍청함을 비웃는 기념품이니까 돌아가는 길에 남들 눈에 띄지 않는 곳에서 두 동강 내고 뱀 머리랑 바닥에 붙은 쇠고리도 망가뜨린 뒤 만세이 다리 위에서 오차

노미즈御茶の水를 가로지르는 강물에 던져주겠노라 결심했다.

그는 움직일 작정을 하고 한 걸음 발길을 옮기다가 아까 그 여자의 존재를 깨달았다. 여자는 어느 틈에 보석상 창문을 떠나 처음처럼 그로부터 이 미터쯤 떨어진 곳에 있었다. 키가 커서 보통 사람들보다 멋들어지게 쭉 뻗은 그녀의 손발 모양을 처음부터 그는 기분 좋게 바라보고 있었지만, 이번에는 특히 그녀의 오른손이 끌렸다. 여자는 누군가 쳐다보는 줄 모르고 자연스럽게 팔을 늘어뜨린 채였다. 그는 보기 좋게 모여 있는 다섯 손가락과 나긋나긋한 가죽으로 단단히 조여진 손목, 그리고 그 손목과 소맷부리 사이로 살짝 드러난 살갗을 불빛으로 확인하였다. 바람이 잔잔한 저녁이었지만 움직이지 않고 한 곳에 오래 서 있는 이에게는 추운 날이었다. 여자는 턱을 살짝 목도리 안으로 파묻고 눈을 내리깐 채 가만히 있었다. 게이타로는 짐짓 자신의 존재가 안중에도 없다는 듯한 이 눈짓이 도리어 자신을 신경 쓰고 있는 증거라고 믿었다. 그가 아까부터 이라도 잡을 듯한 예리한 눈초리로 검은 중절모 신사를 찾고 있는 동안 이 여자 역시 날카로운 주의를 기울여 끊임없이 이쪽을 관찰하고 있었던 게 아닐까. 자신은 어떤 사내를 정찰하고 또 어떤 여자의 정찰을 받으면서 한 시간 남짓을 여기서 보낸 게 아닐까. 하지만 무얼 위해서 어디 사는 누구인지도 모를 사내를 찾아 무슨 짓을 할지 모르는 행동을 살피는 것에 대해 그가 아무런 생각이 없었던 것처럼, 무얼 위해서 어디 사는 누구인지도 모를 생면부지의 여자가 자신에 대해 무슨 일을 저지를 사람인 양 노리고 있는지도 알 수 없었다. 게이타로는 여기서 조금 걸어다니면 상대방의 눈치를 더 확실히 살필 수 있으리라는 생각에서 파출소 뒤 서쪽으로 슬슬 걸어갔다. 물론 여자가 눈치채지 않도록 고개를 돌려 돌아보는 동작은 삼갔다. 하지만 계속 앞만

보며 가다가는 목적을 달성할 기회가 없어지기 때문에 그는 이십 미터쯤 왔을 때 마음에도 없이 유리 진열장에 장식돼 있는 공단 깃이 달린 여자아이용 망토를 구경하는 척하면서 슬쩍 뒤를 돌아보았다. 그러자 여자는 자기 등 뒤에 있는 정도가 아니었다. 줄지어 앞서거니 뒤서거니 밀려오는 사람들에 가려 발돋움을 해도 하얀 목도리나 긴 코트는 눈에 띄지 않았다. 그는 자신이 앞으로 나아갈 용기가 있는지 의심스러웠다. 정해진 다섯 시를 지난 지금 검은 중절모의 남자를 단념한들 그다지 유감스럽지는 않았지만, 시시한 결과로 끝날지라도 이 여자는 좀 더 관찰하고 싶었다. 그는 여자가 자신을 정찰하고 있을지도 모른다는 의심을 거꾸로 뒤집어 이쪽에서 여자의 행동을 지켜보고 싶은 호기심이 들었다. 그는 떨어뜨린 물건을 주우러 돌아가는 사람처럼 걸음을 재촉하여 다시 원래 있던 파출소 근처로 왔다. 어두운 쪽에 몸을 숨기고 살펴보니 여자는 여전히 도로 쪽을 향하고 가만히 서 있었다. 게이타로가 다시 돌아온 것은 전혀 눈치 채지 못한 모양이었다.

29

그때 게이타로의 머리 속에는 처녀일까 유부녀일까 하는 의심이 들었다. 여자는 요즘 일본 여성들 사이에 유행하고 있는 차양머리를 하고 있었기 때문에 애초에 머리 모양만으로 구별하기는 힘들었다. 하지만 더 으슥한 그늘로 들어와서 반쯤 뒷모습이 된 자태를 바라보았을 때에는 어떤 계층에 속할까 하는 의문이 새롭게 들었다.

겉으로 보기에는 시집간 경험이 있는 사람 같기도 하다. 그러나 보통 사람보다 발육이 훨씬 좋으니까 경우에 따라서는 의외로 나이가 적을

지도 모른다. 그렇다면 왜 저런 수수한 복장을 하고 있을까? 게이타로는 여성이 입고 있는 옷의 색깔이나 줄무늬에 대해 말할 권리는 없는 입장이지만, 젊은 여자라면 음력 섣달의 이런 음울한 분위기에 대적이라도 하듯 화려한 색깔을 걸친다는 것 정도는 관찰을 통해 알고 있었다. 그는 이 여자의 몸 어디에도 젊디젊은 피에 뜨거운 열기를 부여하는 자극적인 무늬가 보이지 않는 게 신기했다. 여자가 몸에 걸치고 있는 것 중에서 주의를 끄는 것이 있다면 목 주위를 감싼 희고 반드러운 목도리 정도였지만, 그것도 정갈하다는 느낌이 드는 싸늘한 색깔일 뿐이었다. 나머지는 쓸쓸한 겨울 하늘과 어울리는 기다란 코트에 가려져 있었다.

게이타로는 나이에 비해 지나치게 꾸미지 않은 듯한 이 차림새를 뒤에서 다시금 보고는 아무래도 남자를 알게 된 결과라고 판단했다. 더구나 이 여자의 태도는 어딘지 어른스럽고 침착했다. 그는 품성과 교육만으로 사람이 침착해진다고 생각하지 않았다. 가정 바깥의 공기에 접했기 때문에 앳되고 순진한 손수건에 뿌린 향수의 향처럼 부끄러움이 자연스럽게 빠져나가 버린 게 아닐지 의심스러웠다. 그뿐 아니다. 전체적으로 침착한 분위기를 띠고 있었으나 몸이나 눈썹이나 입의 움직임에서 침착하지 못한 면이 드러나는 것을 그는 목격했다. 더욱이 가장 예민하게 움직이는 것은 그 눈임을 이미 확인했다. 하지만 예민한 눈을 움직이지 않으려고 애쓰는 여자의 태도 또한 인정하지 않을 수 없었다. 따라서 이 여자의 침착함에는 스스로를 억누르는 의식이 함께한다고 그는 평가했다.

그런데 뒤에서 보니 여자는 몸이나 마음이 비교적 차분해서 양극 사이에 균형이 잘 잡혀 있는 것처럼 보였다. 아까와 달리 그녀는 자세를 고치거나 천천히 걸어다니지도 않았고 보석상 창문에 기대서거나 추위를 못 견디는 기색을 보이지도 않았다. 그러고는 거의 우아하다고 할 수 있는 모습으로 한 단 높은 인도 가장자리에 서 있었다. 곁에는 다음 전차를 기다리는 사람들이 두세 명 흩어져 있었다. 그들은 모두 길 저편에서 오는 전차를 바라보면서 빨리 제 옆으로 불러들이고 싶어하는 것처럼 보였다. 그녀는 게이타로가 물러나자 꽤 안심한 듯, 그들 중에서도 가장 열심히 무언가를 기다리는 사람처럼 대각선 방향의 길모퉁이를 가만히 주시하기 시작했다. 게이타로는 파출소 건물 그늘 위쪽으로 돌아와서 차도에 내려선 뒤 페인트칠을 한 파출소를 방패삼아 순사가 서 있는 곳 옆에서 그녀의 얼굴을 겨냥하듯이 보았다. 그러고는 그 표정의 변화에 재차 놀랐다. 지금까지 어두운 곳에서 뒷모습을 보고 있었을 때에는 그녀를 감싸고 있는 눈에 안 띄는 단색 코트와 큰 키 그리고 커다란 차양머리를 재료로 마음껏 상상의 날개를 펼쳤지만, 이렇게 염치없이 몰래 바라보고 있자니 전혀 다른 사람을 처음 만난 듯한 느낌을 피할 수 없었다. 왜냐하면 여자는 아까보다 훨씬 젊어 보였기 때문이다. 무언가를 절박하게 기다리고 있는 그 눈이나 입에도 생생하고 화사한 기색이 가득할 뿐 다른 표정은 털끝만치도 눈에 띄지 않았다. 게이타로는 그 속에서 천진난만한 처녀의 모습까지 보았다.

이윽고 그녀가 쳐다보고 있던 방향에서 전차 한 대가 활처럼 휜 노선을 완만하게 돌아왔다. 전차가 여자 앞에 미끄러지듯이 멈추자 안에서 두 남자가 나왔다. 하나는 종이로 싼 골판지 상자 같은 것을 들고 순사 앞을 총총 지나 인도로 뛰어올랐지만, 다른 하나는 내리자마자 여자 앞으로 가더니 멈춰 섰다.

30

게이타로는 이때 비로소 여자의 웃는 얼굴을 보았다. 얇은 입술에 비해 입이 큰 게 특징이라고 처음부터 생각했지만, 아름다운 이를 드러내고 위아래 속눈썹이 맞닿을 만큼 검게 빛나는 큰 눈을 가늘게 떴을 때에는 기대치 않았던 새로운 인상이 그의 머릿속에 새겨졌다. 게이타로는 여자의 웃는 얼굴에 넋을 잃었다기보다는 놀란 마음으로 상대 남자에게 시선을 옮겼다. 그러자 그 남자의 머리 위에 검은 중절모가 얹혀 있는 것을 깨달았다. 외부가 확실히 희끗희끗한 무늬인지는 분간할 수 없었지만 게이타로 눈에는 모자와 같이 어두운 빛깔로 보였다. 더구나 키도 컸다. 깡마르기까지 했다. 단지 나이에 대해서는 게이타로도 판단하기 어려웠다. 하지만 그가 나이라는 눈금 위에서 자신과는 한참 떨어진 저편에 있음은 분명했기에 그는 주저 없이 마흔 남짓일 거라고 짐작했다. 이런 특징을 앞뒤 없이 동시에 머리에 집어넣었을 때 게이타로는 자신이 아까부터 온갖 바보짓을 하며 노리던 바로 그 사람이 이제야 전차에서 내렸다고 단언하지 않을 수 없었다. 다섯 시가 한참 전에 지났는데도 묘한 심정으로 같은 장소에서 어정대고 있었던 자신이 행운이라고 느껴졌다. 그런 기분을 주기 위해서 제 호기심을 이끌어낼 젊은 여자가 우연히 나타나준 것도 고마웠다. 나아가 그 젊은 여자가 자신이 찾는 인물을 훨씬 강한 자신감과 인내로 끝까지 기다린 것도 행운이라고 셈했다. 그는 다구치를 위해 이 X라는 사내에 대한 정보를 공급할 수 있을 뿐만 아니라 그 정보가 Y라는 여자에 관한 제 호기심도 얼마간 충족시켜줄 수 있으리라고 믿었기 때문이다.

남자와 여자는 게이타로의 존재를 알아차리지 못했는지 전후좌우 조심하는 기색도 없이 서서 이야기하고 있었다. 여자는 미소를 그치지 않고 있었다. 사내도 때때로 소리를 내어 웃었다. 두 사람이 처음 얼굴을 마주했을 때 인사하는 모양만 봐도 꽤 가까운 사이라는 사실을 알 수 있었다. 이성간을 이어주는 듯하면서도 그 사이를 갈라놓는 남녀 사이의 공손한 예의는 찾아볼 수 없었다. 사내는 굳이 모자 테에 손을 대는 수고조차 하지 않았다. 게이타로는 얼굴을 맞대고 챙 아래에 있을 큼직한 점을 확인하고 싶었다. 여자만 거기에 없었다면 얼굴의 그 이상한 점 하나를 확인하기 위해 그는 성큼성큼 사내 앞으로 나아가 뭐든 닥치는 대로 질문을 던졌을지도 모르겠다. 그도 아니면 곧장 그의 곁으로 다가가 만족할 때까지 그 얼굴을 들여다보았으리라. 이 순간 그런 대담한 행동을 막는 것은 사내 앞에 서 있는 여자였다. 여자가 게이타로의 태도를 나쁜 방향으로 의심했는지 어쩐지는 둘째치더라도, 같은 곳에 줄곧 나란히 서 있던 그로서는 여자가 자신의 거동을 미심쩍어하는 눈치를 똑똑히 확인했기 때문이다. 그런 줄 알면서 다시 그 시선 속에 제 얼굴을 염치없이 들이미는 것은 신사적이지 않을 뿐더러 일부러 의혹의 불씨를 강하게 지펴서 제 목적을 스스로 무너뜨리는 것과 같다.

이렇게 생각한 게이타로는 점을 확인하는 것은 자연스러운 기회가 올 때까지 보류하는 편이 상책이라고 판단했다. 그 대신 들키지 않게 그들의 뒤를 밟아서 토막토막이라도 좋으니 그들의 대화를 들어보기로 했다. 허락도 없이 남의 언동을 제 가슴에 새겨 넣는 행동의 도의적 가치에 대해 양심과 상담을 할 필요는 느끼지 않았다. 그리고 세상물정에 통달한 다구치는 자신이 고생해서 얻은 결과를 좋은 목적으로 이용할 거라고 담백하게 믿고 있었다.

머잖아 남자는 여자를 설득하는 듯했다. 여자는 웃으면서 거부하는 것처럼 보였다. 결국에는 반쯤 마주보고 있던 두 사람이 어깨를 나란히 하고 도자기 가게 처마 끝으로 걸어갔다. 거기서부터는 손이라도 잡을 듯한 분위기로 나란히 동쪽으로 걸어갔다. 게이타로는 빠른 걸음으로 사오 미터쯤 나아가 뒤따라붙어 보조를 맞추며 걸었다. 혹시 여자가 돌아보더라도 의혹을 피하기 위해서 그들의 뒷모습에 시선을 보내지 않았다. 우연히 하늘 아래 같은 길을 걸어가는 사람처럼 짐짓 다른 쪽을 보았다.

3!

"하지만 너무해요. 이렇게 사람을 기다리게 하구."

게이타로의 귀에 들어온 첫번째 말은 여자의 입에서 나온 것이었고 이에 대한 남자의 대답은 알아들을 수 없었다. 그러고 나서 십 미터쯤 갔을 즈음 두 사람의 발걸음이 갑자기 느려져서 나란히 선 그림자가 거의 게이타로 앞을 막아설 뻔했다. 게이타로 입장에서는 그들과 부딪치지 않으려면 앞으로 빠져나갈 수밖에 없는 겸연쩍은 상황이었다. 그는 두 사람이 뒤로 돌아설까 봐 순간적으로 옆에 있던 과자가게 앞으로 붙어 몸을 숨겼다. 그리고 가게 안에 진열된, 커다란 유리병에 든 비스킷을 쳐다보는 척하면서 두 사람이 움직이기를 기다렸다. 남자는 외투 안에 손을 넣는 듯하더니 몸을 돌려 오른손에 든 물건을 가게 불빛에 비추었다. 남자의 얼굴 밑에서 빛나는 것이 금시계임을 깨달았다.

"아직 여섯 신데. 그렇게 늦지 않았어."

"늦죠, 여섯 시면. 잠시 뒤에는 돌아갈 참이었는걸요."

"그거 미안하군."

두 사람은 다시 걷기 시작했다. 게이타로도 병에 든 비스킷을 버리고 그 뒤를 따랐다. 두 사람은 아와지초淡路町까지 가더니 스루가다이駿河台 밑으로 빠지는 좁은 골목길로 꺾었다. 게이타로도 뒤따라 꺾으려고 할 때 둘은 모퉁이에 있는 서양 요릿집으로 들어갔다. 그때 그는 가게 문에서 흘러나온 강한 빛에 비친 남녀의 옆 얼굴을 흘낏 보았다. 그들이 정류소를 떠났을 때는 어디로 가는지 상상할 수 없었지만, 이런 곳에 들어가는 것을 보니 별로 특별한 곳이 아니어서 오히려 뜻밖이었다. 이곳은 다카라테이寶亭라고 해서 게이타로도 잘 알고 있는 요릿집인데 대학 때부터 드나들던 곳이었다. 요즘 새 공사를 하고 난 뒤여서 새로 칠한 페인트 색깔을 반쯤 전차도로에 드러내고 비스듬하게 끊어진 듯한 용마루를 남쪽으로 드러낸 것을 그는 주의해서 본 적이 있다. 그는 옅은 파란색 페인트가 빛나는 가게 안에서 액자에 든 뮌헨 맥주1910년에 발매된 맥주의 상표의 광고사진을 올려다보며 나이프와 포크를 무시무시하게 맞부딪친 기억도 몇 번 있었다.

두 사람이 어디로 갈지 이렇다 할 전망이나 예상은 없었지만, 왠지 보랏빛 공기가 떠도는 미로 속으로 끌려 들어갈지도 모른다는 느낌으로 뒤를 밟아온 게이타로에게 감자나 소고기 튀기는 부엌의 기름 냄새를 내뿜는 서양 요릿집은 너무나 평범해 보였다. 하지만 자신이 도저히 접근할 수 없는 깊숙한 곳에 몸을 숨기고 나오지 않는 것보다는 잘된 일이라고 생각하자, 그들이 누구나 드나들 수 있는 평범한 양식집의 페인트칠한 벽에 둘러싸여 있는 게 오히려 든든했다. 다행히 이 정도 식당에 들어가 추운 바깥 공기에 자극받은 식욕을 채우는 데 필요한 돈은 지니고 있었다. 그는 곧장 두 사람의 뒤를 좇아 이층으로 올라가려 했다. 하지만 강한 불빛이 길을 비추는 출입문 앞에서 문득 무언가를 깨달았다. 여자가 자신의 얼굴을 기억하고 있기 때문에 거의 동시에 이층으로 따라 올라가는 것은 좋지 않다. 상대방으로 하여금 미행당한다는 의혹을 안겨주는 셈이 된다.

게이타로는 길바닥 위의 빛을 성큼성큼 가로질러서 어둑한 골목길로 한 정쯤 걸어갔다. 그리고 그 골목길이 끝나는 고개 밑에서 다시 어두운 그림자가 되어 밝은 입구까지 돌아와서는 식당으로 들어갔다. 때때로 와봤기 때문에 공간 구조는 거의 알고 있었다. 아래층에는 손님들일 방이 없어서 이층과 삼층만 가게로 쓰고 있는데 웬만큼 붐비지 않으면 삼층으로 안내받는 일이 없다. 데게 이층으로 안내되기 때문에 올라가서 오른쪽 안이나 왼쪽 옆의 널찍한 방을 훑어보면 두 사람을 분명히 찾을 수 있다. 혹 못 찾으면 바깥쪽에 있는 좁고 긴 방까지도 열어보겠다는 생각으로 계단을 올라가는데, 입구에서 흰옷 차림의 급사가 자신을 안내하려고 서 있음을 알아차렸다.

32

게이타로가 지팡이를 손에 든 채 계단 끝까지 올라온 탓에 종업원은 그의 자리를 정해 주기 전에 우선 지팡이를 받아 들었다. 그러고는 이쪽으로 오시라며 등을 돌려 오른편의 널찍한 방으로 안내했다. 뒤따르던 게이타로는 종업원이 지팡이를 어디에 놓는지 확인하였다. 거기에는 아까 유심히 보았던 검은 중절모가 걸려 있었다. 희끗희끗한 외투랑 여자가 입었던 코트도 걸려 있었다. 종업원이 그 옷자락을 걷고 대나무 지팡이를 찔러 넣을 때 큼직한 무늬를 수놓은 흰 목도리 뒷면이 게이타로의 눈에 언뜻 비쳤다. 그는 뱀 머리가 코트 뒤로 숨는 것을 기다렸다가 다시 코트 주인 쪽으로 눈길을 돌렸다. 다행히 여자는 입구로부터 등을 돌린 채 남자와 마주보고 있었다. 새로운 손님이 오는 소리에 뒤 돌아보려 해도 고개를 홱 돌리는 행동은 자리 잡고 앉은 품위를 떨어뜨 릴 수 있기 때문에 웬만한 경우가 아니면 여성들은 돌아보기를 꺼릴 것 이라고 생각한 게이타로는 여자의 뒷모습을 바라보며 안도의 한숨을 쉬었다. 여자는 그가 추측한 대로 뒤를 보지 않았다. 그는 여자가 앉아 있는 자리의 다음 칸 식탁에 등을 맞대고 앉으려 했다. 게이타로가 앉 으려고 몸을 돌리는 순간 남자가 고개를 들어 이쪽을 보았다. 그 남자 의 식탁 위에는 소나무와 매화나무 분재가 장식된 중국풍의 화분이 있 었고 그 앞에는 스프 접시가 있었다. 그는 접시 안에 커다란 숟가락을 넣은 채 게이타로의 얼굴을 바라보았다. 밝은 전등이 두 사람 사이의 여섯 자도 안 되는 공간을 낱낱이 비추고 있었다. 이것을 거들기라도 하듯 탁자의 하얀 천이 사방의 테이블에서 비롯된 맑은 빛을 반사하고 있었다. 게이타로는 이렇게 유리한 조건이 다 갖추어진 방에서 만족할 때까지 남자의 얼굴을 볼 수 있었다. 그리고 다구치가 일러주었던 대로 그의 눈썹과 눈썹 사이에서 커다란 점을 확인했다.

점을 빼면 남자의 용모에 이렇다 할 특이한 점은 없었다. 눈, 코, 입 이 하나같이 평범했다. 하지만 하나하나 떼어놓고 보면 범상하기만 한 기관들이 길쭉한 얼굴 표면에 제각각 자리를 잡았을 때는 누가 봐도 평 균 이상의 품격을 지닌 신사로 비쳤다. 게이타로와 얼굴을 마주쳤을 때 스프 속에 숟가락을 담근 채 손을 잠깐 멈춘 태도는 어딘지 고상한 분 위기까지 띠고 있었다. 게이타로는 자연스럽게 그를 등지고 제자리에 앉았지만 보통 탐정이라는 글자에 따라다니곤 하는 이것저것들을 떠 올려봤을 때 이 남자의 풍채나 태도는 탐정의 대상에 어울리지 않는다 고 생각했다. 게이타로가 보기에 이 남자의 관상에는 탐정을 당해 마땅할 그 무엇도 없었다. 얼굴에 자리 잡은 눈, 코, 입 그 어느 하나를 보더라도 그 속에 비밀을 감추기에는 너무 평범했다. 그는 자리에 앉았을 때 오늘 밤 다구치에게 의뢰받은 이 일에 대한 흥미가 이미 삼분의 일쯤 증발한 듯한 실망을 느꼈다. 우선 이런 일을 맡은 게 도의상 바람직한지도 의심스러워졌다.

그는 주문을 마치고는 빵에 손도 대지 않은 채 멍하니 있었다. 남자와 여자는 그들 곁에 앉은 새로운 손님을 얼마간 조심하는 기색으로 잠깐 동안 이야기를 멈추었다. 히지만 게이타로 앞에 따뜻하게 데워진 흰 접시가 놓일 무렵 조금 자리가 편해졌는지 둘의 목소리가 번갈아가며 게이타로의 귀에 들어왔다.

"오늘 밤은 안 돼. 좀 볼일이 있거든."

"무슨 볼일?"

"무슨 볼일이라니, 중요한 볼일이지. 그렇게 쉽게 말로 할 수 없는 일이야."

"머, 됐어요. 나도 잘 아니까. 실컷 사람을 기다리게 해놓고는."

여자는 조금 토라진 듯이 말했다. 남자는 주위를 조심하는 양 나지막하게 웃었다. 이것을 끝으로 둘의 대화는 조용해졌다. 이윽고 생각났다는 듯이 남자의 목소리가 들렸다.

"어쨌든 오늘 밤은 좀 늦었으니까 관두자."

"전혀 안 늦었어요. 전차 타고 가면 금방이잖아요."

여자는 무언가를 권하고 남자는 주저하고 있음을 게이타로는 알 수 있었다. 하지만 그들이 어디에 갈 작정인지, 가장 중요한 목적지에 대해서는 짐작이 되지 않았다.

33

좀 더 들어보면 실마리를 얻을 수도 있겠다고 생각하며 게이타로는 앞에 놓인 접시 위의 나이프와 그 옆에 굴러다니는 붉은 당근 한 조각을 쳐다보고 있었다. 여자는 여전히 포기하지 않고 요구하는 눈치였다. 남자는 그럴 때마다 이러쿵저러쿵 둘러대면서 피하려 했으나 상대를 화나게 하지 않으려는 다정한 태도를 유지했다. 게이타로 앞에 새 고기와 완두콩이 나왔을 즈음에는 여자도 결국 굽히기 시작했다. 게이타로는 속으로 여자가 끝까지 고집을 부리거나 남자가 적당히 항복하기를 바랐기 때문에 생각보다 고집을 쉽게 꺾은 여자의 태도가 적잖이 아쉬웠다. 하다못해 두 사람 사이에서 말할 필요도 없다는 듯이 생략되고 있는 목적지라도 우연히 들을 수 있기를 바랐다. 하지만 끝내 이야기가 성사되지 않는다면 남녀의 대화는 자연히 다른 곳으로 옮겨갈 수밖에 없기 때문에 당분간 그 희망도 꺾이고 말았다.

"그럼 안 가도 되니까 그걸 주세요."

이윽고 여자가 말을 꺼냈다.

"그거라니, 그냥 그거라고 하면 모르지."

"그거 있잖아요. 지난번의 그거. 알았죠?"

"전혀 모르겠는데."

"짓궂기도 하시지. 잘 알면서."

게이타로는 살짝 고개를 돌려 뒤를 보고 싶었다. 그때 계단 밟는 소리가 크게 들리더니 세 명쯤 되는 손님들이 우르르 들이닥쳤다. 그 중 한 사람은 카키색 옷에 장화를 신은 군인이었다. 바닥을 걷는 소리와 함께 허리에 찬 검이 찰각찰각 울리는 소리가 들렸다. 세 사람은 왼편에 있는 방으로 안내되었다. 이 소리가 두 사람의 대화를 방해했기 때문에 게이타로의 호기심도 검의 반짝이는 빛이 어느 정도 진정되기까지 멈추었다.

"요전에 보여주신 거요. 알겠죠?"

남자는 알았다고도 모르겠다고도 하지 않았다. 게이타로는 그게 무엇인지 상상조차 할 수 없었다. 그리고 여자가 왜 본인이 원하는 물건의 이름을 시원하게 밝히지 않는지 원망스러웠으며, 까닭도 없이 그것이 무엇인지 궁금했다. 그러자 남자가 말했다.

"그런 걸 지금 갖고 있겠느냐."

"누가 지금 말예요. 그냥 달라는 거죠. 다음에 주셔도 되니까."

"그렇게 갖고 싶다면 줘도 되겠지만……."

"어머, 좋아라."

게이타로는 또 고개를 돌려 여자의 얼굴을 보고 싶어졌다. 더불어 남자의 얼굴도 다시 봐두고 싶었다. 하지만 여자와 일직선으로 등을 맞대고 앉아 있는 자신의 위치를 생각하면 그런 경거망동은 자제할 수밖에 없기 때문에 어디다 눈을 둬야 할지 몰라 정면을 멍하니 둘러보았다. 그러자 주방 쪽 문에서 급사가 나타나더니 두 사람 앞에 있던 빈 접시를 치우고 대신 흰 접시 두 장을 놓고 갔다.

"새고기야. 안 먹을래?"

남자가 물었다.

"나 이제 배불러요."

여자는 구운 새고기에 손도 대지 않는 눈치였다. 그 대신 여유가 생긴 입을 부지런히 놀렸다. 두 사람의 대화로 추측하건대 여자가 남자에게 달라고 우기는 것은 산호수珊瑚樹로 만든 구슬 종류인 듯했다. 남자는 이 방면에 정통하다는 투로 이런저런 설명을 해주었다. 하지만 게이타로는 흥미도 없고 알지도 못하는, 호사가나 좋아할 만한 지식에 불과했다. 모조품에 손가락 지문을 찍거나 해서 감쪽같이 속이는 가짜가 있는데 그런 물건은 감촉이 조금 까칠까칠하니까 진짜 수입품과 구별된다는 둥 열심히 설명을 하고 있었다. 말의 앞뒤를 짜맞춰보니 남자가 어지간히 귀하고 희귀하여 요즘은 쉽게 구할 수 없는 오래된 구슬을 주기로 약속했음을 알 수 있었다.

"주긴 주겠지만 그런 걸 받아서 뭘 하려고?"

"그쪽이야말로 어디 쓰려고요. 그런 걸 가지고, 사내대장부가."

34

잠시 후 남자는 여자에게 물었다.

"과자를 먹을래, 과일로 할래?"

"아무 거나 괜찮아요."

여자가 대답했다. 드디어 그들의 식사가 끝날 때가 되었다는 신호로 보이는 이 간단한 대화로 인해 지금까지 그들의 대화에 빠져 있던 게이타로는 갑자기 자신의 의무를 깨달았다. 그 의무란 두 사람이 요릿집을 나간 후 어떤 행동을 하는지 관찰하는 일이라고 스스로 정해 두었던 것이다. 두 사람과 동시에 이층에서 내려가는 것은 좋은 방법이 아님을 잘 알고 있었다. 그렇다고 뒤늦게 자리를 뜬다면 궐련 한 대 피우기도 전에 밤과 사람, 어둠과 인파 속에서 그들을 놓칠 게 뻔했다. 즉 실수 없이 그들의 뒤를 밟으려면 한발 먼저 나가 들키지 않을 만한 그늘에 숨어서 기다리는 것이 가장 좋은 방법이다. 게이타로는 재빨리 계산을 해놓는 게 낫겠다는 생각에 바로 급사를 불러 계산서를 청구했다.

남녀는 아직 조용히 이야기를 나누고 있었다. 하지만 두 사람 사이에는 딱히 정해진 화제가 없다 보니 의견이나 감정을 나눌 기회도 없이 대화는 구름처럼 이리저리 흘러다닐 뿐이었다. 남자의 특징이라고 한 눈썹 사이의 점도 우연히 여자 입에 올랐다.

"왜 그런 데 점이 났을까요?"

"뭘 요즘 들어서 갑자기 생긴 것도 아니고, 태어났을 때부터 있었어."

"그래도. 보기 싫어요, 그런 데 있으니까."

"아무리 보기 싫어도 어쩔 도리가 없잖아. 날 때부터 그런 건데."

"빨리 대학병원에 가서 빼달라고 해요."

게이타로는 이때 손 씻는 물에 얼굴이 비칠 만큼 고개를 숙이고 양손으로 관자놀이를 숨기듯이 누르면서 키득키득 웃었다. 그때 종업원이 쟁반에 잔돈을 담아 가지고 왔다. 게이타로가 슬쩍 일어나서 눈에 띄지 않도록 계단 입구까지 점잖게 걸어가는데 계단을 지키고 있던 종업원이 손님 내려가신다며 큰 소리로 아래층에 알렸다. 마침 게이타로는 아까 종업원에게 맡긴 지팡이를 가져오지 않은 것을 깨달았다. 지팡이는 아직 구석의 모자걸이 밑에 쑤셔 박힌 채 여자의 긴 코트 자락에 숨겨져 있었다. 게이타로는 방 안에 있는 남녀의 눈을 피해 살금살금 뒤로 돌아가 조용히 지팡이를 꺼냈다. 뱀 머리를 쥐었을 때 목도리의 미끈미끈한 뒷면과 폭신한 외투 안쪽이 부드럽게 손등에 닿는 것을 느꼈다. 그는 계단까지 발꿈치를 들다시피 하여 조심조심 와서는 종종걸음으로 쿵쿵거리며 내려갔다. 밖에 나오자마자 전차도로를 곧바로 가로질렀다. 막다른 곳에 헌옷 가게인지 양복점인지 모를 큼직한 가게가 있기에 그는 그 가게 불빛을 등지고 섰다. 이러고 있으면 요릿집에서 나오는 두 사람이 큰길에서 오른쪽으로 꺾든 왼쪽으로 꺾든, 나카가와ﾊ中川, 쇠고기 요리점

모퉁이를 돌아 렌자쿠초連雀町 쪽으로 빠지든, 입구에서 곧장 골목길을 타고 스루가다이 밑으로 향하든, 어디로 가도 놓칠 염려가 없었으므로 든든한 마음으로 지팡이를 짚은 채 요릿집 앞을 지켜보고 있었다.

그런데 십 분쯤 기다렸는데도 그가 지켜보고 있는 불빛 속으로 사람 그림자가 나타나지 않자 미심쩍어지기 시작했다. 밝은 창문 안쪽을 들여다보기라도 할 것처럼 하릴없이 이층을 올려다보며 그들이 빨리 자리에서 일어나기를 빌었다. 그가 기다리다 지친 눈을 움직일 때마다 지붕 위로 펼쳐진 검은 하늘이 보였다. 지금까지 지상을 비추고 있는 인공적인 빛에 가리어져 그 존재를 까맣게 잊고 있던 넓은 밤하늘은 차가운 비를 빚고 있는지 너무 어둠침침해서 게이타로의 마음을 더욱 적적하게 했다. 문득 두 사람이 자신을 조심하느라고 잡담만 늘어놓았던 게 아닐까, 자신이 나간 후에야 임무상 들어야 했던 중요한 상담을 시작한 게 아닐까 하는 생각도 들었다. 이런 의혹과 함께 검은 하늘을 올려다보니 그 안에 두 사람이 마주하고 있는 모습이 뚜렷이 보이는 듯했다.

35

그는 신중하게 행동하느라 지나치게 빨리 요릿집에서 나온 것을 후회했다. 하지만 두 사람이 자신에게 신경을 쓰고 있는 이상 뿌리 내린 듯이 엉덩이를 붙이고 있어본들 평범한 세상 이야기밖에는 들을 수 없을 테니, 결국 그 결과는 빨리 자리를 뜬 지금과 마찬가지일 거라 생각했다. 그렇다면 추위를 견디며 이 자리에서 감시하는 것밖에 도리가 없었다. 그때 문득 모자챙에 비가 두 방울쯤 떨어진 듯하여 그는 다시금 검은 하늘을 올려다보았다. 어둠 말고는 아무 것도 보이지 않는 하늘은 그가 서 있는 전차도로와 달리 매우 조용했다. 그는 뺨 위에 비 한 방울 받을 요량으로 오래도록 얼굴을 든 채 형체 모를 커다랗고 어두운 무언가를 응시하고 있었다. 그러자 당장이라도 비가 쏟아질 것 같다는 걱정은 사라지고 이렇게 침착한 하늘 아래에 있는 자신이 왜 침착하지 못한 짓을 하고 있을까 싶었다. 그 순간 지금 자기가 짚고 있는 대나무 지팡이에 모든 책임이 있다는 생각이 들었다. 그는 아까처럼 뱀 머리를 쥐고 추위에 대한 울분을 풀기라도 하듯 두세 번 격하게 흔들었다. 그때 학수고대하던 사람 그림자가 나란히 양식집에서 나왔다. 게이타로는 맨 먼저 여자의 길고 가느다란 목덜미를 감싼 하얀 목도리에 시선을 주었다. 둘은 곧장 큰길로 나오더니 게이타로 맞은편에서 원래 왔던 길을 되짚어가기 시작했다. 게이타로도 우물쭈물하지 않고 건너갔다. 그들은 화려하게 장식한 가게 앞을 한 집 한 집 들여다보듯이 느긋한 속도로 걸었다. 뒤따라 가는 게이타로는 두 사람과 보조를 맞추어야 했기 때문에 그 느러터진 속도가 상당히 고통스러웠다. 남자는 향이 짙은 궐련을 입에 물고 가면서 어둠 속에다 희미한 색깔의 연기를 뱉었다. 그 향이 때때로 바람에 실려와 뒤에서 따라가는 게이타로의 코를 기분 좋게 자극했다. 그는 궐련 향내를 맡으면서 더딘 발걸음을 꾹 참고 착실하게 뒤를 밟았다. 남자는 키가 커서 그런지 뒤에서 볼 때 서양인처럼 보였다. 그가 태우는 진한 궐련이 그런 착각을 거들기도 했다. 그러자 그런 연상이 순식간에 동행자로 옮겨가서, 마치 그 여자는 서양인 남편이 사준 가죽장갑을 끼고 있는 첩처럼 느껴졌다. 게이타로가 이런 공상에 빠져 걷는 동안 두 사람은 아까 만났던 정류소 앞에서 잠시 발길을 멈추었다. 그리고 곧 길을 가로질러 맞은편으로 건너갔다. 게이타로도 두 사람을 따라 길을 건넜다. 그러자 둘은 미토시로초의 모퉁이에서 또 반대편으로 건너갔다. 게이타로도 뒤따라 건넜다. 둘은 또 남쪽으로 움직였다. 모퉁이에서 반 정쯤 왔더니 거기에도 붉게 칠한 쇠기둥이 하나 서 있었다. 둘은 그 기둥 옆에 기대어 섰다. 그들이 미타선 전차를 타고 남쪽으로 돌아가거나 그냥 똑바로 가야 한다는 사실을 비로소 깨달은 게이타로는 자신도 같은 전차에 타기로 마음먹었다. 그때 갑자기 그들은 약속이라도 한 듯 게이타로 쪽을 돌아보았다. 물론 전차가 게이타로쪽에서 골목길을 꺾어 들어오기 때문이었지만 게이타로는 기분이 썩 좋지 않았다. 그는 모자챙을 뒤집어서 밑으로 휙 잡아당겨보기도 하고 손으로 얼굴을 쓰다듬어 보기도 했고, 또 처마 밑에 몸을 숨기거나 엉뚱한 방향으로 시선을 돌리면서 전차가 나타나기만을 괴롭게 기다렸다.

얼마 지나지 않아 한 대가 들어왔다. 게이타로는 의심을 피하기 위해 두 사람이 탄 뒤에 들어갈 작정이었다. 그래서 잠깐 뒤쪽에서 꾸물대고 있었더니 여자가 긴 코트 자락을 밟히지 않을 정도로 잡고서 전차 위로 올라섰다. 그런데 뒤따라 탈 줄 알았던 남자는 타지 않을 것처럼 발을 모으고 양손을 외투 주머니에 찌르고 서 있었다. 그제야 게이타로는 남자가 여자를 배웅하기 위해 여기까지 온 것임을 알아차렸다. 사실 그는 남자보다도 여자에게 더 흥미가 있었다. 남자와 여자가 여기서 헤어진다면 물론 남자를 버리고 여자가 가는 곳을 확인하고 싶었다. 하지만 다구치가 의뢰한 일은 여자와는 상관없이 검은 중절모 남자의 행동을 조사하는 것이었기 때문에 그는 꾹 참고 전차로 뛰어오르지 않았다.

36

여자는 전차에 올라섰을 때 남자에게 살짝 목례만 하고 안으로 들어갔다. 겨울밤이고 하니 창유리는 굳게 닫혀 있었다. 여자는 일부러 창문을 열고 목을 내밀 만큼 애교를 보이지는 않았다. 그래도 남자는 우뚝 서서 차가 움직이기를 기다렸다. 차가 움직이기 시작했다. 더 이상 서로 인사를 교환할 필요가 없다 싶었는지 전력은 빛나는 차창을 남쪽 방향으로 움직여 갔다. 그러자 남자는 입에 물고 있던 궐련을 흙바닥에 던졌다. 그러고는 발길을 돌려 다시 삼거리 교차점까지 가서는 왼쪽으로 꺾어 양품점 앞에 멈추었다. 그곳은 게이타로가 누군가와 부딪쳐 대나무 지팡이를 떨어뜨린 기억이 생생한 정류소였다. 숨바꼭질하듯이 남자 뒤를 여기까지 따라온 게이타로는 또다시 보고 싶지 않은 양품점 앞의 신식 무늬 넥타이니 실크모자니 색다른 줄무늬 무릎담요 따위를 들여다보면서, 이렇게 조심하다간 탐정의 재미도 다 잃어버리겠다고 생각했다. 여자가 떠나버려 일에 싫증을 느끼게 된 것은 미안한 일이지만, 이제까지와 같은 갑갑함을 느끼게 될 것이 떠오르자 견딜 수 없었다. 그는 중절모의 남자가 오가와마치에서 내려 두 시간 동안 한 행동에 대해서만 의뢰를 받았을 뿐이니까 이제 이것으로 정찰 임무는 끝난 셈치고 하숙집으로 돌아가 잘까 생각했다.

그러던 차에 기다리고 있던 전차가 왔는지 남자는 기다란 손으로 쇠봉을 붙잡자마자 완전히 서지 않은 전차 위로 마른 몸을 보기 좋게 태웠다. 주저하고 있던 게이타로 역시 이 순간을 놓치면 안 되겠다 싶어 바로 전차에 뛰어올랐다. 차 안은 그다지 붐비지 않아서 승객들이 자유롭게 서로의 얼굴을 마주볼 수 있었다. 게이타로가 상자 안에 몸을 넣자마자 먼저 자리를 잡은 대여섯 사람들의 시선이 그에게 쏠렸다. 그 중에는 지금 막 앉은 중절모 사내도 섞여 있었다. 게이타로를 본 그의 눈 속에는 '어?' 하는 놀라움이 있었지만 미행당하는 것에 대한 의혹은 전혀 없어 보였다. 게이타로는 마음이 편해져서 남자와 같은 열을 골라 걸터앉았다. 이 전차가 과연 그를 어디로 데려갈까 하여 앞을 보았더니 검은 글자로 에도가와 행이라고 적혀 있었다. 그는 남자가 차를 갈아탈까 싶어 정류소에 닿을 때마다 언제든 내릴 기세로 그의 동정을 살폈다. 남자는 줄곧 주머니에 손을 찌른 채 정면이나 자기 무릎 위를 보고 있었다. 그 모양을 묘사하자면, 아무 것도 생각하지 않으면서 생각에 잠긴 것 같다고 할까? 그런데 구단시타九段下에 접어들었을 무렵부터 때때로 긴 목을 쭉 빼고 무언가를 확인하고 싶은 듯 창밖을 내다보기 시작했다. 게이타로도 그에 이끌려서 잘 보이지도 않는 바깥을 주시했다. 이윽고 달리는 전차의 진동 속에서 창유리에 부서지는 빗소리가 귓전을 뚝뚝 울리기 시작했다. 그는 들고 있던 대나무 지팡이를 바라보며 이것 대신 우산을 가지고 올걸 하고 생각했다.

양식집에서 나온 뒤 중절모를 쓴 남자의 인품이나 세상을 의심하지 않는 듯한 눈초리에 주의를 기울인 결과, 게이타로는 구차한 기분으로 불필요한 재료를 모으기보다는 뒤늦은 감은 있지만 차라리 당사자에게 직접 말을 건 뒤 허락받은 사실만을 다구치에게 보고하는 편이 지혜롭지 않을까 생각하고는 자신을 소개할 방도를 궁리하기 시작했다. 그 사이에 전차는 결국 종점까지 왔다. 비는 점점 더 거세졌는지 전차가 멈추자마자 쏴 하는 소리가 갑자기 그의 귀를 덮쳤다. 중절모 사내는 난처하다는 듯 외투 깃을 세우고 바지 자락을 접어 올렸다. 게이타로는 지팡이를 짚고 일어났다. 남자는 빗속으로 나가더니 바로 다가오는 인력거꾼을 붙잡았다. 게이타로도 뒤처지지 않게끔 얼른 한 대를 불러 탔다. 인력거꾼은 끌채를 올리면서 어디로 가는지 물었다. 게이타로는 앞차를 뒤따라가라고 명했다. 인력거꾼은 예이, 하더니 무턱대고 달리기 시작했다. 외길을 달려 야라이의 파출소까지 오자 인력거꾼은 끌채를 멈추고 어디로 가느냐고 물었다. 포장 안에서 아무리 목을 빼봐도 남자가 탄 차는 그림자도 보이지 않았다. 게이타로는 빗소리가 요란한 가운데 인력거에 지팡이를 디딘 채 방향을 못 잡고 망설였다.

보고

눈을 뜨자 게이타로는 어느 때처럼 익숙한 여섯 장짜리 다다미방에 누워 있는 자신이 낯설게 느껴졌다. 어제 일은 실제 있었던 일 같기도 하고 두서없는 꿈 같기도 했다. 더 정확하게 말하자면 '진짜 꿈' 같았다. 취한 듯한 기분으로 거리 한복판을 돌아다닌 기억도 있었다. 아니, 그보다는 취한 기분이 세상 가득 넘치고 있었다는 느낌이 더 강했다. 정류소와 전차도 취한 기분으로 가득했다. 보석상도, 가죽 가게도, 붉고 푸른 깃발도 똑같은 공기에 취해 있었다. 옅은 파란색 페인트를 칠한 양식집 이층 그리고 거기 자리 잡은 점이 있는 신사와 살결이 흰 여자, 모두 다 이 공기에 둘러싸여 있었다. 두 사람이 나눈 이야기 속에 등장한 어딘지 모를 장소나 남자가 여자에게 주겠다고 약속한 산호 구슬도 어쩐지 도취된 듯한 분위기를 띠고 있었다. 이런 기분에 가장 도취돼서 활약한 것은 대나무 지팡이였다. 게이타로가 그 지팡이를 짚은 채 인력거 포장을 두드리는 빗속에서 방향을 잃었을 때는 마치 절정에 달한 연극의 막이 내려진 것처럼 여우에게 홀린 느낌이었다. 그는 그때 가게 불빛이 적적하게 비추는 흠뻑 젖은 길거리와 고개 위로 작게 보이는 파출소, 그리고 그 왼편에 어렴풋이 거뭇하게 비치는 나무숲을 둘러보면서 과연 이게 오늘 일의 결말인지 의심했다. 그는 하는 수 없이 인력거꾼에게 생각지 않았던 혼고로 방향을 돌리라고 지시한 것을 기억하고 있었다.

그는 드러누운 채 천장을 바라보며 자신에게는 마냥 새롭기만 했던 어제의 세계를 몇 번이고 눈앞에 불러들였다. 그는 술에 덜 깬 듯한 의식으로 누에가 실을 뽑듯이 연달아 나오는 이 기념할 만한 광경을 질리지도 않고 쳐다보다가는 결국 눈앞에 둥실둥실 떠다니는 꿈이 성가셔서 견딜 수 없어졌다. 그래도 그것은 제멋대로 꼬리에 꼬리를 물고 떠올랐기 때문에 그는 맨 정신이면서도 넋을 뺏긴 게 아닌지 의심스러워지기까지 했다. 그는 이 얕은 의문과 관련해서 예의 지팡이를 떠올리지 않을 수 없었다. 어제 보았던 두 남녀는 그의 눈에 그림처럼 생생했다. 용모는 물론이고 복장에서 걸음걸이에 이르기까지 전부 기억의 거울에 뚜렷이 비쳤다. 그러면서도 둘 다 먼 나라에 있는 듯한 느낌이었다. 먼 나라에 있으면서도 바로 근처에 있기라도 하듯 선명한 색깔과 형태를 갖추고 눈앞에 어른거렸다. 이것도 다 지팡이가 불가사의한 영향을 끼쳤기 때문일지 모른다고 게이타로는 생각했다. 그는 어젯밤 터무니없는 운임을 뜯기고 하숙집 입구에 들어서서는 무심코 지팡이를 자기 방까지 들고 왔다. 그리고 남의 눈에 띌 만한 곳에 둘 물건이 아니라는 생각으로 장롱 속 고리짝 뒤에 던져넣고 말았다.

오늘 아침이 되자, 뱀 머리에는 별다른 의미가 없다는 생각도 들었다. 특히 이제부터 다구치를 만나 조사한 결과를 보고해야 한다는 실제 문제가 떠오르자 더욱 확실해졌다. 어제 오후부터 밤까지 묘한 분위기에 취한 것처럼 활동했다는 사실은 확실했지만, 막상 보통 사람이 처세를 위해 그 활동 결과를 활용할 수 있도록 논리적으로 보고해야 할 상황에 닥치자 게이타로는 자신이 이 일에 성공했는지 실패했는지 알 수가 없어졌다. 따라서 지팡이 덕을 봤는지 그렇지 않은지도 분명하지 않았다. 이부자리 속에서 앞뒤 사정을 재생해 본 게이타로에게는 확실히 그 덕을 본 것 같기도 하고 또 결코 그렇지 않은 것 같기도 했다.

어쨌든 취기를 떨쳐내고 볼 일이라고 마음을 다잡은 뒤 급히 이불을 걷어 젖히고 펄쩍 일어났다. 그리고 세면장에 내려가 얼어붙을 만큼 차가운 물로 머리를 벅벅 감았다. 덕분에 어젯밤 꿈을 머리털 뿌리에서부터 떨쳐내고 평범한 인간으로 돌아온 듯한 기분이 들어 기세 좋게 방으로 올라갔다. 창문을 시원하게 열어젖힌 그는 동쪽을 향해 똑바로 서서 우에노上野 숲 위에서 쏟아지는 태양빛을 온몸에 받으며 열 번쯤 심호흡을 했다. 이렇게 정상적인 상태가 되도록 머릿속을 자극한 뒤 그는 잠깐 쉬면서 다구치에게 보고할 내용의 순서나 조항에 대해 신중히 현실적으로 생각해 보았다.

2

곰곰이 생각해 보니 다구치에게 도움이 될 만한 실마리는 전혀 얻지 못한 것 같아서 게이타로는 조금 불안해졌다. 하지만 상대방이 오늘 아침이라도 당장 그의 보고를 기다리고 있지 않을까 조바심이 난 그는 이내 다구치의 집에 전화를 걸었다. 지금 찾아가도 되는지 물었더니, 꽤나 기다리게 한 뒤에 전의 그 서생을 통해 괜찮다는 대답이 전해졌다. 그는 주저 없이 우치사이와이초로 나갔다.

다구치의 집 앞에는 인력거 두 대가 기다리고 있었다. 현관에도 구두와 나막신이 한 켤레씩 있었다. 그는 지난번과는 달리 일본식 거실로 안내되었다. 그곳은 다다미 열 장쯤 되는 널따란 방이었는데 도코노마에 커다란 족자 두 폭이 걸려 있었다. 바닥이 깊은 찻잔에 서생이 번차를 한 잔 담아왔다. 오동나무 속을 도려내서 만든 손화로도 그가 날라다주고 부드러운 방석도 이 사내가 권해 주었을 뿐 여자는 전혀 나타나지 않았다. 게이타로는 넓은 방 한복판에 정좌하고 주인의 발소리가 다가오기를 갑갑하게 기다렸다. 그런데 주인은 일 이야기가 끝나지 않았는지 좀처럼 오지 않았다. 게이타로는 할 수 없이 오래되어서 갈색으로 변한 족자의 가격을 상상해 보기도 하고 손화로 가상자리를 쓰다듬거나 하카마 무릎에 양손을 딱 얹고 정색을 해보기도 했다. 주위가 너무 깨끗하게 정돈되어 있다 보니 어색한 기분이 들어서 마음이 가라앉지 않았기 때문이다. 나중에는 선반 위에 있는 화첩 같은 것을 꺼내볼까 했지만, 이건 장식이니 손을 대선 안 된다고 거절이라도 하듯 빛을 발하고 있는 멋진 표지를 보자 결국 손대지 못했다.

이렇게 게이타로를 괴롭힌 주인은 그를 거의 한 시간 가까이 기다리게 한 뒤에야 겨우 응접실에서 나왔다.

"이거 오래 기다리셨습니다. 손님이 좀체 돌아가질 않아서요."

게이타로는 이 변명에 동의한다는 식의 인사를 건네고 곁들여 정중한 감사 인사를 한마디 하였다. 그러고는 바로 어제 있었던 일을 꺼내려고 했지만, 무얼 어떻게 이야기하면 적절할지 갑자기 망설이는 바람에 시작할 기회를 놓치고 말았다. 주인은 처음부터 자못 바쁘다는 듯이 말하고 행동하면서도 어딘지 뱃속에 여유를 쟁여놓기라도 한 듯 정찰 결과에 대해 서두르지 않았다. 혼고에는 얼음이 얼었느냐, 삼층에는 바람에 세게 들어오지 않느냐, 하숙집에도 전화가 있느냐 등등 자못 흥미롭다는 듯한 태도였으나 실제로는 시시한 일들만 화제로 삼았다. 게이타로는 질문에 따라서 주인이 만족할 만한 대답을 했지만, 상대방은 이런 무의미한 대화를 이끄는 동안에도 은밀히 그의 눈치를 살피는 듯했다. 그것은 게이타로도 어렴풋이 알아차릴 수 있었다. 하지만 주인이 왜 자신에게 그런 주의를 기울이는지는 도통 짐작할 수 없었다. 그때 느닷없이 주인이 물었다.

"어땠습니까, 어제 일은? 잘 됐습니까?"

이렇게 물어보리라는 것쯤은 게이타로도 처음부터 짐작하고 있었다. 하지만 솔직히 대답하면 '어떻습니까'라고 물어본 사람을 바보 취급하듯 건성으로 대꾸하는 꼴이 될 것 같아 잠깐 어물거리다가 대답했다.

"네, 일러주신 사람만은 겨우 찾아냈지요."

"미간에 점이 있습디까?"

게이타로는 조금 불룩 솟은 검은 점 하나를 확인했다고 대답했다.

"차림도 이쪽에서 말해 준 대로였습니까? 검은 중절모에 희끗희끗한 외투를 입고."

"그렇습니다."

"그러면 거의 틀림없겠지요. 네 시와 다섯 시 사이에 오가와마치에서 내렸죠?"

"시간은 좀 늦어진 모양입니다."

"몇 분쯤?"

"몇 분인지 몰라도 아마 다섯 시를 훨씬 넘은 듯했습니다."

"훨씬. 훨씬 넘었으면 기다리지 않아도 됐을 텐데요? 네 시에서 다섯 시 사이라고 일부러 시간을 잘라서 일러주었으니까 다섯 시를 넘으면 이미 당신의 의무는 끝난 거나 마찬가지 아닙니까? 왜 그대로 돌아가

고 나서 그 내용대로 보고하지 않은 겁니까?'

　게이타로는 지금까지 온화하고 기분 좋게 이야기하던 윗사람에게서 이렇듯 호되게 당하리라고는 꿈에도 생각지 않았다.

3

게이타로는 이제까지 다구치에 대해 시타마치 출신의 나리로 상상해 왔다. 그러다 그 나리가 갑자기 규율밖에 모르는 군인처럼 위압해 오자 그는 순간적으로 중심을 잃어버렸다. 친구에게라면 '자네를 위해서 그랬다'고 대꾸라도 할 수 있었겠지만 이 경우에는 전혀 도움이 되지 않았다.

　"시간이 지났지만 그냥 제 사정상 그곳을 떠나지 않았던 겁니다."

　게이타로가 끝까지 대답하기도 전에 다구치는 바로 엄한 태도를 풀고는 기분 좋게 대꾸했다.

　"그야 나를 위해서는 퍽 잘됐지요."

　그러고는 되물었다.

　"헌데 당신 사정이란 건 뭡니까?"

　게이타로는 조금 머뭇거렸다.

　"아니, 뭐 그건 안 들어도 됩니다. 당신 일이니. 이야기하고 싶지 않으면 이야기하지 않아도 상관없어요."

　다구치는 이렇게 말하고 자기 앞으로 끌어놓은 휴대용 담배합의 서랍을 열더니 그 안에서 뿔로 만든 길고 가느다란 귀이개를 찾아냈다. 그러더니 그걸 귀 속에 넣고 가렵다는 듯이 긁어대었다. 안 보는 척하면서 짐짓 자신을 보고 있는 듯하고 또 귀에만 정신 팔려 있는 듯도 한

다구치의 찌푸린 표정이 게이타로는 어쩐지 기분 나쁘게 느껴졌다.

"실은 정류소에 여자가 한 명 서있었거든요."

그는 결국 자백하고 말았다.

"나이가 많습니까, 젊은 여잡니까?"

"젊은 여잡니다."

"과연."

다구치는 이렇게 단 한 마디 했을 뿐 더 이상 말을 잇지는 않았다. 게이타로도 도중에 기세가 꺾여서 말을 멈추었다. 둘은 잠깐 동안 마주앉은 채 입을 열지 않고 있었다.

"아니, 젊었든 늙었든 그 여인에 대해서 묻는 건 좋지 못했습니다. 그건 당신에게만 관계가 있는 일일 테니 그만둡시다. 나야 그저 얼굴에 점이 있는 사내에 대한 조사 결과만 들으면 되니까."

"헌데 그 여자가 점이 있는 사람의 행동에 처음부터 끝까지 끼어들었습니다. 무엇보다 여자가 남자를 기다리고 있었으니까요."

"허."

다구치는 잠깐 예상치 못했다는 표정을 지었지만 곧 물었다.

"그럼 그 여인은 당신과 아는 사이가 아니었던 거로군요?"

물론 게이타로에게 아는 사이라고 대답할 용기는 없었다. 겸연쩍기는 해도 본 적도 이야기한 적도 없는 여자라고 솔직히 대답할 수밖에 없었다. 다구치는 "그렇습니까?" 하고 온화하게 게이타로의 대답을 듣기만 할 뿐 추궁할 기색은 보이지 않았다. 하지만 갑자기 흥미가 넘치는 얼굴을 담배합 위로 내밀더니 허물없는 말투로 물었다.

"어떤 여잡니까, 그 젊은 여인이라는 이는? 용모로 보자면."

"아니, 뭐, 그저 그런 여잡니다."

게이타로는 앞뒤 정황상 이렇게 대답해 버렸는데 실제로 머릿속에서도 그저 그런 것 같은 느낌이 들었다. 상대에 따라 혹은 경우에 따라서는 용모가 괜찮은 편이라는 말쯤은 할 수도 있었다. 다구치는 "그저 그런 여자"라는 게이타로의 판단을 듣더니 갑자기 큰 소리로 웃었다. 게이타로는 그 의미를 알 수 없었지만 어쩐지 머리 위에서 커다란 파도가 부서지는 듯하여 얼굴이 뜨거워졌다.

"그걸로 됐습니다. 그래 그 뒤로 어떻게 됐습니까? 여자가 기다리고 있는 정류소로 남자가 와서요?"

다구치는 또 평상시로 돌아가서 진지하게 사건의 경과를 들으려고 했다. 사실대로 말하면 게이타로는 이제부터 이야기할 전말을 어떻게 파악할 수 있었는지 그 고생담을 첫머리에 보충 설명한 뒤, 똑같은 이름의 두 정류소 사이에서 망설인 것이나 신기한 수수께끼가 담겨 있는 지팡이를 어떻게 끼고 나와서 어떻게 이용했는지에 이르기까지, 자신의 공적이 되도록 묵직하게 들리게끔 상세하게 이야기하고 싶었다. 하지만 만나자마자 네 시와 다섯 시 사이라는 문제로 한 차례 당한 데다가 마음대로 감시 시간을 늘리는 원인이 된 그 여자가 모르는 여자였다는 거북한 내용 때문에 자신을 광고할 용기는 완전히 사라져버렸다. 그래서 남자와 여자가 양식집에 들어간 이후에 일어난 일만을 극히 담백하게 이야기했다. 그랬더니 집을 나설 때 걱정했던 대로 전혀 종잡을 수가 없어서 마치 다구치 코앞에 회색구름을 한 줌 펼쳐놓은 것과 같은 빈약한 보고로 끝나고 말았다.

4

그래도 다구치는 별반 싫은 기색을 보이지 않았다. 끝까지 침착하게 팔짱을 끼고 그저 게이타로를 위해 '흠'이라든지 '과연', '그래서?' 같이 이어주는 말을 때때로 던져줄 뿐이었다. 그 대신 보고가 끝나고 나서도 뭔가 기대하는 게 있는 듯 지금까지의 태도를 간단히 바꾸지 않았다. 게이타로는 어쩔 수 없이 변명을 덧붙였다.

"이것뿐입니다. 정말 시시한 결과라서 죄송합니다."

"아니, 상당히 참고가 됐습니다. 참으로 수고하셨습니다. 꽤나 고생하셨죠?"

다구치의 이 인사말에 대수로운 감사의 뜻이 없음을 당연한 것이었지만 자기 자신이 바보처럼 여겨지는 지금의 게이타로에게는 이 정도의 겉치레 말조차 과분하게 들렸다. 이때서야 겨우 그는 가까스로 창피를 면하게 되었다고 안심할 수 있었다. 동시에 느슨해진 기분이 바로 다구치를 향하기 시작했다.

"대관절 그 사람은 뭡니까?"

"글쎄, 뭘까요. 당신은 어떻게 판단하셨습니까?"

게이타로 앞에는 검은 중절모를 쓰고 희끗희끗한 무늬에 옷깃이 벌어진 코트를 입은 사내의 모습이 생생히 나타났다. 그 사람의 분위기나 말씨 그리고 걸음걸이 따위 세세한 것들이 모두 보이기는 하는데 다구치에게 대답할 만한 말은 한 마디도 나오지 않았다.

"아무래도 잘 모르겠습니다."

"그럼 성격은 어떻습니까?"

성격이라면 게이타로도 예상할 수 있었기 때문에 관찰한 대로 대답했다.

"온화한 사람인 것 같았습니다."

"젊은 여자와 이야기하는 걸 보고 그렇게 말하는 거 아닙니까?"

이렇게 말했을 때 다구치의 입술 모서리에 희미한 웃음의 그림자가 어른거리는 것을 본 게이타로는 뭔가 대답하려다가 입을 다물어버렸다.

"젊은 여자에게는 누구든 상냥한 법이지요. 당신이라고 꼭 경험이 없는 일도 아니지 않습니까? 특히 그 남자라면 남들보다 갑절로 그럴 수도 있으니까."

그리고 다구치는 사정없이 웃음을 터뜨렸다. 하지만 웃으면서도 게이타로에게 똑바로 시선을 던지고 있었다. 게이타로는 자신이 얼마나 재치 없고 어리석은 사람으로 보일까 생각하면서도 역시 괴로운 마음으로 다구치와 함께 웃지 않을 수 없었다.

"그럼, 여자는 누굴까요?"

다구치는 갑자기 남자에서 여자로 관찰의 초점을 옮겨서는 게이타로에게 이런 질문을 던졌다. 게이타로는 바로 정직하게 대답하고 말았다.

"여자 쪽은 남자보다도 더 알기 어렵습니다."

"화류계 여잔지 아닌지, 대강의 구별도 안 됩니까?"

"그렇습니다."

대답하면서 게이타로는 잠깐 생각해 보았다. 가죽 장갑, 하얀 목도리, 아름다운 웃는 얼굴, 기다란 코트가 속속 기억의 표면으로 밀려왔지만 그것들을 종합해 본들 어디에서도 이 물음에 답할 수 있을 만한 단서는 얻을 수 없었다.

"비교적 수수한 옷에 가죽 장갑을 끼고 있었습니다만……."

여자 몸에 걸친 물품 중에서 게이타로의 주의를 끌었던 두 가지가 다구치에게는 별로 흥미롭지 못한 모양이었다. 그는 곧 진지한 얼굴을 하고 캐물었다.

"그럼 남자와 여자의 관계에 대해 다른 의견은 없습니까?"

게이타로는 아까의 보고가 막힘없이 끝난 증거로 수고했다는 감사인사까지 듣고 나서 이렇게 어려운 질문이 속출하리라고는 예상하지 못했다. 게다가 궁지에 몰린 탓인지 질문이 거듭됨에 따라 점점 더 난해한 쪽으로 치닫는 것 같아 어쩔 줄을 몰랐다. 다구치는 말이 막힌 게이타로를 보더니 똑같은 물음을 다른 말로 한 번 더 설명해 주었다.

"예컨대 부부라든지 형제라든지, 또는 그냥 친구라든지 정부라든지 그런 거지요. 여러 가지 관계 중에서 뭐라고 생각합니까?"

"저도 여자를 봤을 때 처녀일까 유부녀일까 생각했습니다만…… 하지만 아무래도 부부는 아니지 싶습니다."

"부부가 아니라고 해도 말이지요. 육체적인 관계가 있을 거라고 생각합니까?"

5

게이타로에게 이런 의심이 싹트지 않은 것은 아니었다. 새삼스럽게 자기 마음을 캐보면 그들이 비밀스러운 관계일 거라는 예상이 그를 은연중에 조종했기 때문에 조사를 계속하려는 흥미가 날카롭게 일었던 것 같다. 살과 살 사이에서 발생하는 것 말고는 연구 가치 있는 남녀 사이의 관계란 있을 수 없다고 주장할 정도의 이론가는 아니었지만, 뜨거운 피를 지닌 청년이라면 늘 그렇듯이 이런 관점으로 관계를 바라볼 때에야 비로소 남녀다운 기분이 솟는다고 생각하고 있었기 때문에 가급적이면 그런 관점에서 세상을 바라보고 싶었던 것이다. 그의 젊은 눈에 인간이라는 거대한 세계는 확실히 알 수 없었지만, 남녀라는 작은 우주는 이처럼 선명해 보였다. 따라서 그는 웬만하면 대개의 사회적 관계를 이러한 초점에서 즐기고 있었다. 자각하지는 못했지만, 정류소에서 만난 두 사람을 게이타로는 이미 한 쌍의 남녀관계로 본 것이다. 그는 또 그 배후의 죄악을 상상하면서 쓸데없이 걱정할 만큼 도덕적인 사람도 아니었다. 그는 평균적인 도의심을 지닌 사람이며 흔해빠진 인간 중 한 사람이긴 해도 그 도의심은 그의 상상력과는 달리 웬만해서는 작동하지 않기 때문에, 정류소에서 본 두 사람을 흥미로운 남녀관계로 보아도 불쾌함을 느끼지 않았다. 그저 두 사람의 나이 차이가 많다는 데 의심을 품었을 뿐이다. 하지만 한편으로는 그 차이가 도리어 그가 생각하는 이른바 '남녀의 세계'의 특색을 잘 보여주는 것 같기도 했다.

두 사람에 대한 그의 마음은 어느덧 알게 모르게 관대해져 있었다. 하지만 책임이 있고 없고는 놔두더라도, 다구치의 입을 통해 정식으로 질문을 받고 보니 확실히 어떻다고 대답하기는 힘들었다. 그래서 이렇게 말했다.

"육체적인 관계는 있을지도 모르지만 없을지도 모릅니다."

다구치는 그냥 미소 지었다. 그때 하카마를 입은 예의 그 서생이 명함 한 장을 쟁반에 담아서 가지고 왔다. 다구치는 그것을 받아든 채 "뭐, 모른다는 게 사실이겠지요"라고 게이타로에게 대답하고는 서생 쪽을 보고 "응접실로 안내해 두게……"라고 말했다. 아까부터 어지간히 궁지에 빠져 있던 터라 게이타로는 새로운 손님이 방문한 김에 일어날 준비를 했다. 하지만 다구치는 그가 일어나기도 전에 굳이 말렸다. 그리고 게이타로가 쩔쩔매는 데는 아랑곳하지 않고 다시 또 질문을 했다. 그 중에서 게이타로가 분명히 대답할 수 있는 것은 거의 한 가지도 없었기 때문에 대학에서 구두시험을 칠 때보다도 더 괴로운 심정이었다.

"그럼 이것으로 끝인데, 남자와 여자의 이름은 알았지요?"

다구치가 마지막이라고 예고한 이 물음에 대해서도 게이타로는 물론 만족스러운 대답을 가지고 있지 않았다. 그는 양식집에서 두 사람이 나누는 대화에 주의를 기울이는 동안에도 누구누구 씨니 혹은 무슨무슨 '코'니 '오' 아무개니 '코구'는 여자 이름 끝에 많이 붙는 한자. '오御'는 여자 이름 앞에 친밀감을 담아 붙이던 표현 하는 이름이 언젠가 튀어나올 거라고 기다리고 있었지만, 그들은 특별한 이유라도 있는 것처럼 서로의 이름은 물론 제삼자의 이름도 입 밖에 내지 않았다.

"이름도 전혀 모르겠습니다."

다구치는 이 말을 듣고 손화로 몸체에 대고 있던 손을 움직이면서 박자를 재듯이 손가락 끝으로 가장자리를 두드리기 시작했다. 그리고 잠깐 동안 그것을 되풀이한 후에 말했다.

"어떻게 됐는지 파악이 잘 안 되는군요."

하지만 곧 말을 이으면서 웃기 시작했다.

"하지만 당신은 정직해요. 그게 당신의 미덕이겠지요. 모르는 걸 아는 척 보고하는 것보다는 훨씬 나을지도 모르고. 뭐, 그 점을 높이 살 수 있겠군요."

게이타로는 자신의 조사가 실용적이지 않았다는 사실을 깨닫고는 자신의 멍청함에 다소 부끄러웠다. 하지만 자기보다 열 배 더 용의주도한 사람에게 부탁했다고 해도 겨우 두세 시간 동안의 주의와 인내와 추측만으로는 다구치가 만족할 만한 결과를 얻을 수 없었을 거라고 믿고 있었으므로 이러한 평가가 그다지 아프지는 않았다. 그 대신 정직하다는 칭찬도 썩 기쁘지 않았다. 이 정도의 정직함은 일반적인 수준에 지나지 않는 것이기 때문이다.

6

아까부터 고개를 들지 않고 있는 다구치 앞에서 단 한 마디라도 제 뱃속을 대담하게 열어 보이고 싶었던 게이타로는 문득 지금 말하지 않으면 기회가 없을 것 같은 생각이 문득 들었다.

"파악이 안 되는 결과뿐이라서 매우 죄송하게 생각합니다만, 당신이 물어보시는 그런 세세한 사정을 저와 같이 어리숙한 사람이 그 짧은 시간에 알아낼 수는 없습니다. 이렇게 말하면 건방지게 들릴지도 모르겠지만, 그런 수를 써서 뒤를 밟는 것보다는 직접 만나서 궁금한 것을 물어보는 편이 수고도 덜 들고 움직일 수 없는 확실한 사실도 알 수 있지 않을까 싶습니다."

여기까지 말한 게이타로는 세상 물정에 밝은 그의 비웃음을 사거나 놀림을 받을 거라고 생각하며 다구치의 얼굴을 보았다. 그러자 다구치는 뜻밖에도 오히려 진지한 태도로 말하는 것이었다.

"그렇게 느끼고 있었습니까? 감탄했습니다."

게이타로는 일부러 대답을 하지 않고 기다렸다.

"당신이 말한 방법은 가장 멍청해 보이면서도 가장 간편하고 정당한 방법입니다. 그걸 깨닫고 있다면 인간으로서 훌륭합니다."

다구치가 거듭 말했을 때 게이타로는 더욱 대답이 궁해졌다.

"그런 똑똑한 생각을 하는 당신에게 시시한 일을 부탁하다니 내가 나빴습니다. 사람을 못 알아본 거나 같으니까요. 하지만 이치조가 당신을 소개할 때 그런 말을 하더군요. 당신은 탐정이 하는 일에 흥미를 가지고 계시다고. 그래서 얼토당토않은 일을 부탁했지 뭡니까. 관둘걸 그랬네……."

"아니, 스나가에게는 그런 이야기를 확실히 한 기억이 있습니다."

게이타로는 괴로운 마음으로 대답했다.

"그랬습니까?"

다구치는 게이타로가 처한 모순을 이 한마디로 잘라버렸을 뿐 더 이상 추궁하는 우를 범하지는 않았다. 그리고 화제를 곧 바꾸었다.

"그럼 어떻습니까, 잠자코 뒤나 따라다니지 말고 당신이 말한 대로 평범하게 현관으로 덤벼들면? 당신에게 그럴 용기가 있습니까?"

"없을 것도 없지요."

"그리 집요하게 따라다닌 뒤에?"

"집요하게 따라다녔다뇨, 저는 그들에게 비신사적인 관찰은 결코 하지 않았다고 생각합니다."

"아무렴 그렇고 말고요. 그럼 한번 가보십시오. 소개할 테니."

다구치는 이렇게 말하며 커다란 소리로 웃었다. 하지만 이 제의가 농담같이 생각되지 않았기 때문에 게이타로는 정말 소개장을 들고 가서 미간에 난 점과 마주보고 이야기를 해볼까 하는 생각이 들었다.

"만날 테니 소개장을 써주십시오. 저도 그 사람과 이야기를 해보고 싶으니까요."

"좋겠지요. 이것도 경험이니 만나서 직접 연구해 보십시오. 당신이 하는 일이니까 다구치에게 부탁을 받고 며칠 전 밤에 뒤를 밟았다는 말은 꼭 하겠지요. 그건 개의치 않습니다. 얘기하고 싶으면 해도 좋아요. 나를 신경 쓸 필요는 없으니. 그리고 그 여자와의 관계도 용기가 있다면 물어보십시오. 어떻습니까, 그걸 물어볼 만한 배짱이 있습니까?"

다구치는 여기서 잠깐 말을 끊고 게이타로의 얼굴을 보았지만 대답을 듣기 전에 다시 이야기를 계속했다.

"하지만 둘 다 자연스럽게 말할 수 있을 때가 되기 전에는 물어보거나 이야기해선 안 됩니다. 아무리 용기가 있어도 몰상식한 작자로 몰릴 테니까. 그 정도가 아니지, 그 사내는 안 그래도 이해하기 힘든 사람이라서 무턱대고 그런 이야기를 하려 들면 바로 돌아가달라고 할지도 모릅니다. 소개해 드리는 대신 그 부분은 조심하지 않으면……."

게이타로는 물론 알겠다고 대답했다. 하지만 아무래도 검은 중절모의 사내가 다구치가 말하는 사람처럼 보이지는 않았다.

7

다구치는 문구류 상자와 두루마리를 가져오게 하더니 술술 소개장을 써 내려가기 시작했다. 이윽고 받는 사람 이름까지 다 적고 나서 이렇게 말했다.

"그냥 형식적으로 쓰면 되겠죠?"

그러면서 화로 앞에 펴든 편지를 게이타로에게 읽어주었다. 글을 쓴 본인이 말한 대로 이렇다 할 내용은 없었다. 그저 이 사람은 올해 대학을 갓 졸업한 법학사로서 경우에 따라서는 자신이 뒤를 봐줘야 할 청년이므로 아무쪼록 만나면 이야기나 들려주라고 적혀 있을 뿐이었다. 다구치는 게이타로의 얼굴에서 이의가 없음을 확인하더니 종이를 둘둘 말아서 봉투에 넣었다. 그리고 나서 겉봉에 '마쓰모토 쓰네조님松本恒三様'이라고 크게 써서는 일부러 봉하지 않은 채 게이타로에게 건넸다.

게이타로는 진지하게 '마쓰모토 쓰네조님'이라는 다섯 자를 쳐다보았
는데 굵직하고 야무지지 못한 서체인데다 이 사람이 글자를 이렇게 쓰
나 싶을 만큼 서툴렀다.

"그렇게 감탄해서 언제까지고 쳐다보고 있으면 곤란합니다."

"번지가 안 적힌 것 같은데요?"

"아, 그렇구나. 그건 내 실수."

다구치는 다시 편지를 받아 들더니 수취인의 주소와 번지를 써 넣었다.

"자, 이거면 되겠지요? 맛없이 크기만 한 건 도바시土橋의 오즈시大壽
司, 신바시의 도바시 근처에 있었던 초밥집 이름식이라고 할까. 뭐, 쓸모만 있으면 되
니까 참으십시오."

"아니, 괜찮습니다."

"쓰는 김에 여자 쪽에도 한 통 쓸까요?"

"여자도 아십니까?"

"경우에 따라서는 알지도 모릅니다."

이렇게 대답한 다구치는 어쩐지 의미심장한 미소를 지었다.

"부담되지 않는다면 이참에 한 통 써주셔도 좋습니다."

게이타로도 반쯤 농담 삼아 부탁했다.

"뭐, 관두는 편이 안전하겠네요. 당신 같이 젊은 사내를 소개했다가
혹 사고라도 생기면 책임 문제가 있으니까. 로맨 어쩌고 하지 않습니
까, 당신 같은 사람에 대해서. 나야 학식이 없으니까 요즘 유행하는 하
이컬러한 말을 잘 잊어버려서 난처한데 뭐라고 하지요, 그 소설가가 쓰
는 말은……."

왠지 게이타로는 그건 이런 거라고 가르쳐주고 싶지 않아 그저 바보
처럼 헤헤 하고 웃고 있었다. 그리고 오래 머물수록 더 심하게 놀림 받

을 것 같아서 빨리 이 건을 끝내고 돌아가기로 했다.

"그럼 이삼 일 안에 이걸 들고 찾아가보죠. 어떻게 되는지 봐서 또 찾아뵙기로 하고요."

그는 다구치가 준 소개장을 품에 넣고 부드러운 방석 위에서 미끄러져 내려갔다. 다구치는 정중하게 수고했다는 인사만 했을 뿐 로맨틱도 코스매틱도 깡그리 잊어버린 듯한 얼굴로 자리에서 일어났다.

돌아가는 길에 게이타로는 지금 만난 다구치와 이제부터 만날 마쓰모토 그리고 마쓰모토를 기다리던 그 멋들어진 여자를 붙였다 떨어뜨렸다 하면서 거듭 그들의 관계에 대해 생각했다. 그리고 생각하면 생각할수록 미궁으로 한 발 한 발 끌려드는 듯한 재미를 느꼈다. 오늘 다구치에게서 얻은 수확은 마쓰모토라는 이름뿐이지만 이 이름이 자신을 위해 이리저리 뒤얽힌 사실을 묶어주는 묘한 주머니처럼 느껴졌기 때문에 그 안에서 뭐가 나올지 기대가 컸다. 다구치의 설명에 따르면 가까이하기 힘든 사람 같기도 하지만 다구치보다는 몇 갑절 말하기 편할 것 같았다. 오늘 다구치를 만나본 게이타로는 그가 사람을 다루는 데 노련한 자라는 감탄과 동시에 어딘지 모르게 인품이 훌륭하다는 생각도 했다. 그런데도 다구치 앞에 앉아 있는 내내 게이타로는 뭔가에 묶여서 자유롭게 움직일 수 없는 듯한 갑갑함을 지울 수가 없었다. 끊임없이 감시를 받는 듯한 이 느낌은 일시적인 게 아니라 만나는 횟수가 거듭되어도 옅어지지 않으리라는 생각까지 들었던 것이다. 그는 마음을 놓을 수 없는 다구치와는 달리, 뭐든지 물어봐도 화를 낼 것 같지 않고 음성 자체에 벌써 그리움이 어려 있는 듯한 마쓰모토를 상상해 마지않았다.

8

다음 날 아침, 채비를 하고 마쓰모토를 찾아가려 했는데 공교롭게도 찬비가 내리기 시작했다. 창문을 살짝 열고 삼층에서 내다보니 세상은 벌써 다 젖어 있었다. 기와 지붕에 스미는 적적한 색깔을 잠시 바라보던 게이타로는 다구치의 소개장을 책상 위에 내놓은 채 나갈까 말까 잠시 고민했지만 그를 만나보고 싶다는 마음이 앞서 결국 책상 앞을 떠났다. 그리고 두부장수의 나팔 소리가 음침한 공기를 가르며 날카롭게 울리는 아래쪽 길거리로 내려갔다.

　마쓰모토의 집은 야라이에 있었다. 그날 밤 여우에 홀린 듯했던 파출소 아래 경치를 상상하면서 야라이로 간 게이타로는, 그곳에서 비탈길 위아래로 두 갈래 길이 있고 경사진 한가운데만 비정상적으로 불룩 솟은 것을 발견했다. 그는 차가운 비가 하카마 자락에 불어닥치는 것도 마다 않고 발길을 멈추고는 그날 밤 인력거꾼이 끌채를 쥔 채 오도가도 못 하고 섰던 곳으로 짐작되는 주위를 둘러보았다. 오늘도 비가 주룩주룩 내려서 그가 디디고 있는 땅은 지하의 납 파이프까지 썩게 할 만큼 젖어 있었다. 그래도 대낮인지라 어두우면서도 빛은 있었으므로 기분이 전과는 완전히 달랐다. 게이타로는 뒤쪽에서 높게 검은 그림자를 이루고 있는 메지로다이目白台 숲과 오른편 안쪽에 몽롱하게 겹쳐 있는 미즈이나리水稻荷 신사의 나무숲을 보며 고개를 올랐다. 그러고는 똑같은 번지의 집이 몇 채씩이나 있는 야라이 안을 빙글빙글 걸어다녔다. 처음에는 작은 골목길을 오른쪽으로 꺾었다 왼쪽으로 꺾었다 하다가 젖은 탱자나무 울타리를 들여다보기도 하고 오래된 동백나무가 겹겹이 우거진 묘지처럼 보이는 곳을 지나기도 했지만 마쓰모토의 집은 보이지 않았다. 결국 찾다가 지쳐서 어느 골목길 모서리에 있는 인력거 집을 발견하고 그 집 젊은이에게 물었더니 별것도 아니라는 듯이 바로 가르쳐주었다.

마쓰모토의 집은 인력거 집에서 대각선 방향의 골목 끝에 있었는데, 대나무 울타리에 둘러싸인 깔끔한 집이었다. 문을 들어서니 아이가 북을 치는 소리가 들렸다. 현관에 들어가서 사람을 부를 때까지도 그 북소리는 그치지 않았다. 대신 주위는 괴괴하고 사람이 살고 있는 것 같지 않았다. 열 대여섯쯤 되어 보이는 하녀가 비에 갇힌 집 안쪽에서 나왔다. 그러고는 구부려 절을 하고 소개장을 받더니 말없이 안으로 들어갔다가 잠시 후에 나와서 말했다.

"대단히 죄송하지만 비가 내리지 않는 날에 오시겠습니까?"

지금까지 취직 활동을 하는 동안 여기저기서 거절을 당해온 게이타로에게도 이 말만은 이상하게 들렸다. 왜 비가 내리면 면회에 문제가 되는지 되묻고 싶었다. 하지만 하녀와 논쟁하는 것이 좀 이상하다 싶어서 확인 삼아 물어보았다.

"그럼 날씨가 좋은 날에 찾아오면 만나뵐 수 있는 거군요?"

하녀는 그냥 그렇다고 대답할 뿐이었다. 게이타로는 마지못해 빗속으로 나갔다. 쏴 하는 소리가 갑자기 거세게 들리는 가운데 아이가 치는 북소리는 여전히 둥둥 울리고 있었다. 그는 야라이의 고개를 내려가면서 몇 번이고 이상한 사내라고 생각했다. 다구치가 만나기 어려운 사람이라고 한 것은 이런 면을 가리키는 게 아닐까 싶었다. 그날은 집에 돌아가서도 기분이 어느 쪽으로도 뻗지 못하고 정지 상태에서 멈추어버린 게 고통스러웠다. 오랜만에 스나가의 집이라도 가서 차나 마시면서 지금까지 있었던 일을 이야기하며 반나절을 보낼까 생각했지만, 어차피 갈 텐데 이 일을 어느 정도 마무리 지어 스스로도 말이 되는 줄거리를 떠들지 못할 바에야 이야기할 맛도 안 날 것 같아 결국 가지 않기로 했다.

다음 날은 전날과는 딴판으로 날씨가 좋았다. 세상 더러움을 씻어내린 듯 깨끗하게 빛나는 푸른 하늘을 눈부시게 올려다본 게이타로는 오늘이야말로 마쓰모토를 만날 수 있겠다 싶었다. 그는 요전 날 밤 고리짝 뒤에 감춰둔 지팡이를 꺼내어 들고 가기로 작정했다. 그는 그 지팡이를 짚고 야라이의 비탈길을 올라가면서, 어제의 그 하녀가 나타나 오늘은 너무 날씨가 좋으니까 좀 더 흐린 날에 와달라고 하면 어떻게 할까 상상해 보았다.

9

그런데 어제와는 달리 문을 들어섰을 때 아이가 북치는 소리는 들리지 않았다. 현관에는 못 보던 장지 칸막이가 하나 세워져 있었다. 그 칸막이에는 엷게 채색된 학 한 마리가 그려져 있을 뿐이었는데, 보통 장지 칸막이와는 달리 거울처럼 좁고 길어 게이타로의 주의를 끌었다. 안내를 하러 나온 사람은 어제의 그 하녀였는데, 그녀 뒤를 따라 두 아이가 발소리를 쿵쿵 울리며 칸막이 그늘까지 와서는 신기하다는 듯이 게이타로를 바라보았다. 이처럼 어제와 다른 변화를 느끼던 그는 들어오라는 말과 함께 유리문으로 된 방으로 안내되었다. 하녀는 방 한가운데 있는 어항처럼 생긴 커다란 도자기 화로 양쪽에 방석을 깔고 그 중 한 장을 게이타로에게 권했다. 방석은 사라사 무늬를 물들인 동그란 형태여서 게이타로는 그 위에 앉으면서 특이하다고 여겼다. 도코노마에는 솔로 아무렇게나 그린 듯한 산수화 족자가 걸려 있었다. 게이타로는 어디가 나무고 어디가 바위인지 분간이 안 되는 그 그림을 하찮은 장식품처럼 바라보았다. 옆에는 징이 걸려 있고 그것을 두드리는 채까지 갖춰져 있어서 더욱 특이한 방이라고 생각했다.

그때 방 사이의 장지문이 열리더니 예의 얼굴에 점이 있는 주인이 나왔다. "잘 오셨습니다"라고 말한 뒤 게이타로의 앞에 앉았는데, 그 분위기는 결코 다정한 편은 아니지만 어쩐지 너글너글하고 상대방에게 별 관심을 두지 않는 태도가 오히려 편한 느낌이었다. 그래서 화로 하나를 경계로 얼굴과 얼굴을 맞대면서도 게이타로는 거북한 기분이 들지 않았다. 더욱이 이 집 주인은 며칠 전날 밤 보았던 게이타로 얼굴을 기억하고 있을 텐데, 태연한 표정으로 아무런 내색을 하지 않았기 때문에 더욱 어렵지 않게 느껴졌다. 마지막으로, 주인은 어제 면회를 거절한 이유나 핑계를 한마디도 대지 않았다. 말하고 싶지 않은 건지 상관없다고 생각하는지 판단할 수 없었다.

이야기는 자연스럽게 소개자인 다구치에 대한 것부터 시작되었다.

"자네는 이제 다구치에게 고용되는 거로구만."

이렇게 말을 꺼낸 주인은 게이타로의 지망이니 졸업 성적 같은 것을 물었다. 그리고 게이타로가 일찍이 한 번도 생각해본 적 없는 사회관이나 인생관 같은 까다로운 화제를 때때로 끄집어내어 그를 괴롭혔다. 그의 말에서 기묘한 논리가 슬쩍슬쩍 엿보였던 탓에 게이타로는 이 마쓰모토라는 사내가 혹시 세상에 알려지지 않은 학자들 가운데 한 명이 아닐까 싶었다. 뿐만 아니라 마쓰모토는 다구치에 대해서 쓸모는 있지만 머리가 떨어지는 사내라고 비난했다.

"일단은 그렇게 바빠서야 짜임새 있는 생각을 할 틈이 없으니까 안 되는 거야. 그 녀석 머리는 한마디로 일 년 내내 절구통에 넣고 빻는 된

장 같은 거라서, 활동을 너무 많이 해서 아무것도 안 되지."

게이타로는 그가 왜 이렇게 다구치를 비난하는지 영문을 알 수 없었다. 하지만 이토록 심한 말을 내뱉는 주인의 태도나 어조에서 독살스럽다거나 얄미운 면을 찾아볼 수 없다는 게 특이했다. 누군가를 욕한 적이 없을 듯한 침착한 목소리 때문인지 게이타로는 강하게 반박하고 싶지 않았다. 그저 별난 사람이라는 느낌만 더할 뿐이었다.

"그러면서 바둑을 두고 시를 읊어. 다양한 걸 하지. 하긴 다 서투르지만."

"그게 여유 있다는 증거 아닐까요?"

"여유라니. 자네, 나는 어제 날씨 좋은 날에 와달라고 자네를 거절하지 않았나? 그 이유는 말할 필요도 없지만, 세상에 그렇게 찾아온 사람을 멋대로 거절하는 법이 어디 있겠는가? 다구치라면 결코 그런 식으로 거절하지는 못하지. 다구치가 기꺼이 사람을 만나는 이유가 뭔지 아는가? 다구치는 세상에 바라는 게 있는 사람이라서 그렇다네. 나 같은 고등 유민소세키가 만든 단어로, 대학을 졸업하고 나서도 정직을 얻지 않고 또 직업을 구하기 위해 애를 쓰지도 않으며 여유 있는 시간을 보내는 사람을 뜻한다이 아니기 때문이지. 남의 감정을 상하게 해도 곤란할 게 없다고 생각할 만한 여유가 없기 때문이라네."

10

"사실은 다구치 씨에게 아무 말도 못 듣고 왔습니다만, 지금 말씀하신 고등 유민이란 말은 진심으로 하신 겁니까?"

"말 그대로의 의미로 나는 유민일세. 왜 그러나?"

마쓰모토는 커다란 화로 가장자리에 양 팔꿈치를 대고 한쪽 주먹으로 턱을 받치면서 게이타로를 보았다. 게이타로는 처음 만난 손님을 손님으로 느끼지 않는 듯한 마쓰모토의 이런 모습에 고등 유민의 기질이 드러난다고 생각했다. 그는 담배에 취미가 있는지 오늘은 크고 둥근 대통이 달린 목제 서양 파이프를 입에서 떼지 않고 있었다. 그리고 아직 불이 꺼지지 않았다는 증거를 보여주기라도 하듯 가끔 생각난 것처럼 봉화 같은 짙은 연기를 뻐끔뻐끔 내뿜었다. 연기가 그의 얼굴 옆으로 사라져 가는 모습이 어디에도 구속을 느끼지 않는 듯한 그의 이목구비와 어우러져서 게이타로의 마음은 지금까지 경험해본 적 없을 만큼 차분해졌다. 숱이 없는 머리카락을 머리 중간에서 좌우로 가르고 있는 그의 편편한 머리는 한층 더 의젓하고 침착해 보였다. 또 그는 다른 사람들이 입지 않는 무늬 없는 갈색 겉옷을 입고 같은 색깔 덧버선을 흰색 버선 위에 겹쳐 신고 있었다. 승려가 입는 법의를 연상시키는 그 색깔 때문에 게이타로의 눈에는 특별한 사내처럼 보였다. 스스로 고등 유민이라고 밝히는 사람과 만난 것은 이번이 처음이지만, 왠지 허를 찔린 듯한 게이타로에게는 마쓰모토의 풍채나 태도가 그런 계급의 대표다운 느낌을 안겨주었다.

"실례지만 가족은 많으십니까?"

게이타로는 스스로를 고등 유민이라고 하는 사람에게 왠지 이런 질문을 던져보고 싶었다. 그러자 마쓰모토는 "아무렴, 애들이 많이 있네"라고 대답하고 게이타로가 잊고 있었던 파이프에서 연기를 한 모금 뿜었다.

"부인은……."

"처도 물론 있네. 왜 묻는가?"

게이타로는 돌이킬 수 없는 어리석은 질문을 꺼낸 것을 후회하였다. 상대가 불쾌해하는 눈치는 아니어도 이상해하는 표정으로 자신을 바라보며 해명을 기대하고 있는 이상 뭐라 말을 하지 않을 수 없는 상황이었다.

"당신 같은 분이 평범한 사람들처럼 가정적으로 살아가는 게 가능할까 싶어서 좀 여쭈었을 뿐입니다."

"내가 가정적으로……. 왜, 고등 유민이라서?"

"꼭 그런 건 아니지만 어쩐지 그런 생각이 들어서 좀 여쭈었을 뿐입니다."

"고등 유민은 다구치 같은 사람보다 더 가정적인 법일세."

게이타로는 더 이상 할 말이 없었다. 대답이 막혀버린 난처함, 화제를 바꾸려는 노력, 이를 실마리로 가죽장갑을 낀 여자와의 관계를 확인하겠다는 희망이 뒤범벅이 되어, 원래 질서정연하지 않은 자신의 사고 체계에 더욱 어두운 그림자가 드리워지는 것을 느꼈다. 하지만 마쓰모토는 개의치 않는다는 듯 난처해하는 게이타로의 얼굴을 태연하게 쳐다보고 있었다. 만일 다구치였다면 솜씨 좋게 상대방을 흠씬 때려주기보다는, 곧바로 분위기를 바꿔 결코 상대가 볼썽사납게 우왕좌왕하지 않게끔 하는 멋진 재주를 보여주었을 텐데 하고 게이타로는 생각했다. 마음을 놓을 수는 없지만, 사람 다루기가 그다지 노련하지 않은 마쓰모토를 앞에 두고 게이타로는 그 둘의 차이를 확인하는 듯한 느낌이었다. 그러자 마쓰모토가 갑자기 질문을 던졌다.

"자네는 그런 문제를 생각해본 적이 없는 모양이로군."

"네, 전혀 생각해 보지 않았습니다."

"생각할 필요는 없지, 혼자 하숙하고 있는 이상은. 하지만 아무리 혼자라도 넓은 의미에서 남녀 문제는 생각하지 않는가?"

"생각한다기보다는 홍미 있다고 하는 편이 적당할지도 모르겠습니다. 홍미라면 물론 있습니다."

11

둘은 인간이라면 누구나 이해관계를 갖는 이 문제에 관해 잠깐 이야기했다. 하지만 나이 차이 때문인지 수준 차이 때문인지 마쓰모토가 들려준 말은 중요한 알맹이가 빠진 뼈대만을 늘어놓은 듯해서 게이타로의 혈관을 타고 흐를 만큼 절절한 느낌은 거의 없었다. 게이타로의 말 역시 논리정연하지 않고 단편적이어서 말이 입 밖에 나오자마자 열기를 잃고 마쓰모토의 가슴으로는 스며들지 않는 듯했다.

이렇게 별 인연 없는 이야기를 하는 중에 게이타로에게 새롭게 다가온 이야기가 딱 하나 있었다. 러시아 문학자 고리키라는 사람이 자신이 주장하는 사회주의인지를 실행하는 데 필요한 자금을 조달하기 위해 아내와 함께 미국에 건너갔을 때의 이야기였다. 고리키는 여기저기서 초대와 환영을 받느라 정신이 없을 만큼 큰 인기를 누리며 자신의 목적을 순조롭게 진행하고 있었다. 그런데 그가 본국에서 데려온 아내가 본부인이 아니라 정부情婦라는 사실을 누군가가 폭로하고 말았다. 그러자 지금까지 열광적이었던 그의 명성이 한순간에 땅에 떨어져 그 넓은 신대륙의 그 누구도 고리키와 악수하려 하지 않게 되었고, 그로 인해 고리키는 할 수 없이 미국을 떠났다는 내용이었다.

"러시아와 미국은 남녀관계에 대한 해석이 그만큼 다른 거지. 고리키의 행동은 러시아에서는 별 문제가 되지 않는 사소한 사건일 텐데.

시시하기도 하지."

마쓰모토는 정말로 시시하다는 듯한 표정이었다.

"일본은 어느 쪽일까요?"

게이타로는 물어보았다.

"뭐, 러시아파겠지. 나는 미국파로 족하지만."

이렇게 말하고 마쓰모토는 또 봉화같이 짙은 연기를 뻐끔 내뿜었다.

여기까지 오고 보니 지난번에 본 여자에 대해서 물어보는 게 별로 어렵지 않게 느껴졌다.

"요 전날 밤에 간다의 양식집에서 당신을 뵌 것 같은데요."

"그렇지, 만났지. 똑똑히 기억하고 있네. 그리고 돌아가는 길에도 전차 안에서 만나지 않았던가? 자네도 에도가와까지 왔던 것 같은데, 그 근방에서 하숙이라도 하고 있나? 그날 밤은 비가 와서 낭패였지?"

마쓰모토는 과연 게이타로를 기억하고 있었다. 이야기를 하든 말든 상관없다는 듯 처음부터 그 일에 대해 말하지도 않고 또 지금에서야 겨우 알아차린 척하지도 않는 태도가 순진함 때문인지 배짱 때문인지, 아니면 대범한 천성에서 비롯된 것인지 게이타로는 좀처럼 파악할 수 없었다.

"동행이 있으셨던 것 같습니다만."

"그렇지, 미인을 한 사람 데리고 있었지. 자네는 아마 혼자였지?"

"혼자였습니다. 당신도 돌아가는 길에는 혼자였지 않습니까?"

"그렇다네."

시원시원하게 진행되던 문답은 여기서 멈추고 말았다. 마쓰모토가 다시 여자에 대해서 말을 꺼내지 않을까 기다리고 있는데 그는 전혀 관계없는 질문을 던졌다.

"자네 하숙집은 우시고메인가, 고이시가와인가?"

"혼고입니다."

마쓰모토는 이해할 수 없다는 표정으로 게이타로를 보았다. 혼고에 살고 있는 그가 왜 종점인 에도가와까지 왔는지 설명을 듣고 싶어하는 마쓰모토의 눈빛을 느꼈을 때 게이타로는 귀찮다는 생각과 함께 이제 모든 것을 다 털어놓기로 결심했다. 화를 내면 사죄하면 되고 사죄해도 받아주지 않는다면 공손히 사과하고 돌아가면 그만이라고 각오했다.

"실은 당신을 뒤따라 에도가와까지 왔던 겁니다."

이렇게 말하고 마쓰모토의 얼굴을 보니 예상했던 변화를 보이지 않았기 때문에 게이타로는 우선 안심했다.

"무엇 때문에?"

마쓰모토는 거의 평소와 다름없는 느긋한 어조로 되물었다.

"누군가의 부탁을 받았습니다."

"부탁을 받았다? 누구에게?"

마쓰모토는 비로소 조금 놀란 목소리에 힘을 주어 이렇게 물었다.

12

"실은 다구치 씨에게 부탁받았습니다."

"다구치라니. 다구치 요사쿠 말인가?"

"그렇습니다."

"하지만 자네는 일부러 다구치의 소개장을 들고 나를 만나러 오지 않았나?"

게이타로는 이렇게 한 마디 한 마디씩 추궁을 당하기보다는 차라리 스스로 지금까지의 경과를 한꺼번에 이야기해 버리는 편이 나을 것 같았다. 그래서 다구치의 속달을 받고 곧장 오가와마치 정류소에서 감시하던 모험의 첫 장부터 전차가 종점인 에도가와에 닿은 뒤 빗속에 꼼짝없이 갇혀버리기까지의 모든 이야기를 다 털어놓았다. 처음부터 줄거리만 전달할 생각으로 과장도 하지 않고 번거로운 부연 설명도 생략하여 말하는 데 시간이 오래 걸리지 않았으며, 그래서인지 마쓰모토는 이야기를 듣는 동안 한 마디도 말을 끊지 않았다. 그는 게이타로의 이야기가 끝나고 나서도 입을 열 기색이 없었다. 게이타로는 주인이 감정이 상해 말이 없는가 싶어 화를 터뜨리기 전에 사죄해야겠다고 마음을 먹었다. 그러자 주인 쪽에서 갑작스레 입을 열었다.

"참 괘씸한 녀석이군, 그 다구치란 사내는. 그에게 이용되는 자네도 또 자네야. 어지간한 바보로구만."

이렇게 말한 주인을 보니, 어이 없어하기는 했지만 노기가 어려 있는 것 같지는 않았기 때문에 게이타로는 안심했다. 이런 상황에서 바보라는 말을 듣는 것 정도는 아무 것도 아니었기 때문이다.

"정말 죄송한 일을 했습니다."

"사과를 받고 싶은 마음도 없네. 그저 자네가 딱해서 하는 말이지. 그런 자에게 이용당하고."

"그렇게 나쁜 사람입니까?"

"대관절 무슨 필요가 있어서 그런 어리석은 일을 떠맡았나?"

호기심 때문에 맡았다는 말은 아무래도 입 밖으로 나오지 않았다. 하는 수 없이 생계 문제를 해결하기 위해 다구치에게 의지하지 않으면 안 될 사정이 있어, 옳지 못한 줄 알면서도 승낙하고 말았다는 식으로 대답했다.

"생계가 어려우면 어쩔 수 없지만 이제 그만두는 편이 좋겠네. 쓸데

없는 일 아닌가, 추운데 비를 맞으면서 남의 뒤를 밟다니.”

“저도 좀 질렸습니다. 이제부터는 안 할 생각입니다.”

게이타로가 이렇게 털어놓자 마쓰모토는 아무 말 없이 그저 쓴웃음을 지었다. 게이타로는 그 웃음을 경멸이나 연민의 뜻으로 느꼈는데, 어느 쪽이든 떳떳하지 못한 느낌이었다.

“자네는 나에게 미안한 일을 했다는 눈치인데 실제로도 그런가?”

애초에 무슨 마음으로 그랬는지 되짚어 생각해 보면 그다지 미안하진 않았지만 게이타로는 이런 질문을 받자 정황상 그렇다고 하지 않을 수 없었다. 또 그렇게 대답해야만 했다.

“그럼 다구치에게 가서 전에 나와 함께 있던 젊은 여자는 고급 창녀라고 직접 말했다고 전하게.”

“정말로 그런 부류의 여자입니까?”

게이타로는 좀 놀란 얼굴을 하고 이렇게 물었다.

“뭐, 어떻든 상관없으니 고급 창녀라고 말해 주게.”

“아, 예에…….”

“그런 대답으론 안 되네, 확실히 그렇게 말해야지. 말할 수 있겠는가, 자네?”

게이타로는 현대식 교육 받은 청년의 한 사람이지만 연장자 앞이라고 해서 그러한 무례한 말을 못 꺼낼 정도의 사내는 아니었다. 하지만 마쓰모토가 구태여 이 네 자를 다구치의 귀에 밀어 넣으려고 하는 속마음에는 어딘지 불쾌한 무언가가 내포되어 있는 듯해서 가볍게 수락할 마음이 들지 않았다.

“뭘, 걱정할 필요 없네. 상대가 다구치인걸.”

뭐라 대답할지 몰라 복잡한 얼굴을 하고 있는 게이타로를 본 마쓰모토는 잠시 후 겨우 깨달았다는 듯이 물었다.

"자네는 나와 다구치의 관계를 모르고 있었지?"

게이타로는 아직 아무 것도 모른다고 대답했다.

13

"그 관계를 이야기하면 자네가 다구치에게 그 여자가 고급 창녀라고 말할 용기가 더 없어질 테니 나에게는 손해가 되겠지만 죄 없는 자네를 계속 바보 취급하는 게 딱해 보여 말해 주겠네."

이렇게 서론을 꺼낸 뒤 마쓰모토는 다구치와 자신이 사회적으로 어떤 관계인지 설명해 주었다. 그 설명이란 게 지극히 간단하여 게이타로를 더 놀라게 했다. 한마디로 다구치와 마쓰모토는 가까운 친척 사이였던 것이다. 마쓰모토에게는 누이가 둘 있는데 한 분은 스나가의 모친이고 다른 한 분은 다구치의 아내로, 이러한 인척 관계를 이해했을 때 비로소 게이타로는 다구치의 처남인 마쓰모토가 숙부로서 조카와 시간을 정해 정류소에서 만나고 요릿집에서 식사했다는 사실은 세간의 평범하기 짝이 없는 일임을 깨달았다. 그런데 마치 얽히고설킨 무늬라도 감춰져 있을 것처럼 혼자서 만들어낸 아지랑이를 흩날리면서 열심히 따라다닌 제 자신이 자못 바보스러워졌다.

"아가씨는 왜 거기까지 나간 겁니까? 그냥 저를 낚기 위해섭니까?"

"아니, 스나가를 만나러 갔다 돌아가는 길이었네. 내가 다구치에 대해서 이야기를 하고 있는 중에 그 애가 전화를 걸어 네 시 반쯤 거기서 기다릴 테니 가는 길에 잠깐 내리라지 뭔가. 귀찮아서 관두려고 했지만 꼭 어쩌고저쩌고 해서 내렸더니, 글쎄 아침에 제 아버지한테 듣기를 숙부가 연말에 반지를 사준다고 했으니 도망 못 가도록 정류소에서 기다렸다가 말해 보랬다면서 아까부터 기다리고 있었다는데, 나는 알지도 못하는 반지를 달라면서 좀처럼 포기를 않더군. 어쩔 수 없이 서양요리 정도로 얼버무려두자 싶어서 다카라테이寶亭에 데리고 들어간 걸세. 정말이지 다구치란 사내는 멍청이야. 일부러 수고를 하면서까지 그런 시시한 짓을 할 필요는 없지 않느냔 말이지. 속은 자네보다도 다구치가 훨씬 멍청이네."

게이타로는 자신이 한참 더 바보같이 여겨졌다. 사실을 알고 나니 조사 결과를 보고할 때 조금 더 요령 있게 했으면 좋았을걸 하는 생각에 저절로 얼굴이 붉어졌다.

"당신은 전혀 모르는 일이로군요."

"알 리가 있나, 자네. 아무리 고등 유민이라도 그런 여유가 있을 턱이 없잖아."

"아가씨는 어떻습니까? 아마 알 거라고 생각하는데요."

"그렇지."

마쓰모토는 이렇게 말하고는 잠깐 생각에 잠기더니 잠시 후 분명한 어조로 단언했다.

"아니, 모를 거네. 그 멍청이 다구치에게도 한 가지 장점이 있어. 아무리 장난을 치더라도 당사자가 창피를 당하겠다 싶은 아슬아슬한 순간이 되면 딱 그만두든지 아니면 스스로 그 자리에 나타나 당사자의 체면이 상하기 전에 깔끔히 매듭을 짓는다는 점일세. 멍청이인 건 분명하지만 그 점에서는 기특한 구석이 있지. 즉 방식은 고약해도 끝에 가서는 묘하게 따뜻한 정이 느껴지는 인간다운 면을 보이거든. 이번 일도 틀림없이 저 혼자만 알고 있을 거야. 자네가 우리 집에 안 왔으면 나는 분명 이 사건을 모르고 지나갔겠지. 제 딸한테까지 자네가 바보란 걸 증명할 만한 계략을 펼칠 만큼 무자비한 사내는 아니야. 그렇다면 장난 도 관두면 좋을 텐데 그걸 아무래도 그만두지 못한다는 점이 요컨대 멍 청이란 걸세."

다구치의 성격에 대한 마쓰모토의 이런 평가를 잠자코 듣고 있던 게 이타로는 자신의 바보 같은 행동을 후회하거나 자신을 바보 취급한 책 임자를 원망하기보다는 오히려 장난을 친 다구치에 대해 믿음직스러 운 마음이 앞서는 것을 깨달았다. 하지만 정말로 그런 사람이라면 왜 그의 앞에서 이야기를 할 때 갑갑한 느낌이 드는 걸까 하는 미심쩍은 생각도 들었다.

"당신 이야기를 듣고 나니 그럭저럭 다구치 씨에 대해 안 것 같습니 다만, 저는 그분 앞에 나가면 어쩐지 진정이 안 돼서 이상하게 괴롭습 니다."

"그야 그쪽에서도 자네를 경계하니까 그렇지."

14

이런 말을 듣고 보니 자신을 경계하는 다구치의 눈짓이나 말투 따위가 게이타로의 가슴속에 의심할 여지 없이 생생히 되살아났다. 하지만 다 구치 정도의 노련한 사람이 왜 학교를 갓 졸업한 젖비린내 나는 자신을 마음에 걸려 하는지 게이타로는 전혀 이해할 수 없었다. 그는 지금까지 누구 앞에서든 자신은 보이는 그대로 받아들여져 왔다고 생각했다. 남 이 거리끼거나 서먹해할 자격조차 없는 청년이라고 스스로를 낮추고 있었던 만큼 연륜의 차이가 있는 연장자로부터 예상 밖의 대우를 받는 게 희한해지기 시작했다.

"제가 그렇게 겉과 속이 다른 인간으로 보이는 걸까요?"

"글쎄, 이제 처음 만나서야 그런 세세한 것까지는 모르지. 하지만 그렇든 말든 자네를 대하는 내 태도와는 관계없으니까 됐지 않나?"

"하지만 다구치 씨가 그렇게 생각해서야……."

"다구치는 자네라서 그렇게 생각하는 게 아니라 누구를 봐도 그렇게 생각하니 어쩔 수가 없지. 그렇게 오랫동안 사람을 부리면서 꽤 여러 번 속았을 테니까. 어쩌다 자연 그 자체인 훌륭한 인간이 앞에 나타나도 역시 마음을 열 수 없는 걸세. 그게 그런 사람의 업보라고 생각하면 그걸로 되지 않겠나? 내 매형인데 그에 대해 이렇게 말하면 이상하게 들리겠지만 본래는 성품이 좋네. 결코 나쁜 사내가 아니지. 그저 몇 년 동안 사업 성공을 위해 세상과 싸워오다 보니 사람을 대하는 방식이 묘하게 한쪽으로 치우쳐서, 이놈은 쓸모가 있을까 이놈은 안심하고 부릴 수 있을까, 뭐 그런 생각만 하는 거지. 그리 되면 여자한테서 반했다는 말을 들어도 자기한테 반한 건지 자기 돈에 반한 건지 그걸 의심하지 않고서는 못 배기게 되는 걸세. 미인이라도 그럴진대 자네 같은 남자가 갑갑한 취급을 받는 건 당연하다고 생각해야지. 그게 다구치의 다구치다운 점이니까."

이 말에 게이타로는 다구치라는 사내를 확실히 이해한 것 같았다. 하지만 이처럼 고개를 끄덕일 만한 판단을 일일이 머리에 박아 넣어주는 듯한 마쓰모토는 애당초 뭐 하는 자인지, 그 점에 대해서는 여전히 아득한 구름을 대하는 기분이었다. 도리어 마쓰모토의 입으로 소개되기 전의 다구치조차 이 사내보다는 살아 있는 인간 같은 느낌이 들었다.

같은 마쓰모토라 하더라도 요전 날 밤 간다의 양식집에서 다구치의

딸을 상대로 산호수 구슬에 대해 이러쿵저러쿵할 때가 훨씬 살아 움직
이는 사람 같았다. 지금 앞에 앉아 있는 사람은 커다란 파이프를 입에
문 목상木像의 혼령이 말을 하는 것 같은 느낌이라서 게이타로는 이 사
람의 본체를 생생히 그려보려고 애쓸 뿐이다. 마쓰모토의 명료한 평가
에 탄복하면서 다른 한편으로는 그의 정체가 무엇인지를 생각하는 자
신은 머리도 나쁘고 직관력도 없는 보통 이하의 인물이 아닐까 의심하
기 시작했을 때 이 막연한 마쓰모토가 또 입을 열었다.

"그래도 다구치가 멍청이 짓을 해준 덕에 자네는 외려 운이 좋았던
셈이로구먼."

"어째서 그렇습니까?"

"분명 어떤 자리를 마련해줄 걸세. 이걸 끝으로 자네를 내버려둘 다
구치가 아니지. 그건 책임지고 보장해도 좋네. 헌데 재미없는 건 나야.
괜히 미행만 당했으니."

둘은 얼굴을 마주보고 웃었다. 게이타로가 동그란 사라사 방석 위에
서 일어났을 때 주인은 굳이 현관까지 배웅해 주었다. 현관에 장식되어
있던 학 수묵화의 칸막이 앞에서 마르고 큰 키로 우두커니 서서 구두를
신는 게이타로의 뒷모습을 바라보던 그는 이렇게 말했다.

"묘한 지팡이를 가지고 있군. 잠깐 보여주게."

그리고 그것을 게이타로의 손에서 받아들더니 물었다.

"허어, 뱀 머리로군. 꽤 잘 새겼는데. 샀는가?"

"아니, 아마추어가 새긴 걸 얻었습니다."

이렇게 대답한 게이타로는 그것을 흔들며 야라이의 고개에서 에도
가와 쪽으로 내려갔다.

비 오는 날

비 오던 날 마쓰모토가 만남을 거절한 까닭에 대해서는 결국 본인의 입으로 들을 기회를 얻지 못한 채 시간이 지났다. 그러는 동안 게이타로도 잊어버리고 말았다. 그 까닭을 듣게 된 것은 그가 다구치의 주선으로 어떤 자리를 얻어, 사양 않고 그 집에 드나들 수 있는 몸이 된 뒤의 일이다. 그 무렵 정류소에서 겪은 일의 생생함은 점점 희미해지고 있었다. 때때로 스나가가 그 이야기를 꺼내면 쓴웃음을 지을 뿐이었다. 스나가는 왜 미리 자기한테 와서 털어놓지 않았냐고 한 소리했다. 우치사이와이초의 이모부가 사람을 골탕 먹이는 것에 대해서는 어머니를 통해 알고 있지 않았냐며 나무라기도 했다. 나중에는 네가 여자를 너무 좋아해서 그렇다고 놀리기 시작했다. 게이타로는 그럴 때마다 바보 같은 소리라고 일축했지만 속으로는 스나가의 집 앞에서 본 여자의 뒷모습을 생각했다. 그 여자가 바로 정류소의 그 여자라는 사실도 떠올랐다. 그리고 왠지 멋쩍은 느낌이 들었다. 그 여자의 이름이 치요코千代子이고 여동생의 이름이 모모요코百代子라는 것도 지금의 게이타로에게는 신기한 정보가 아니었다.

마쓰모토를 만나 모든 내막을 들은 뒤, 다구치 앞에 나서면 다소 쑥

스러울 것 같았지만 그렇다고 얼굴을 내밀지 않으면 결론이 나지 않기 때문에 웃음거리가 될 것을 각오하고 다구치의 집을 들어서자 다구치는 과연 큰 소리로 웃었다. 하지만 그 웃음 속에는 자신의 지략을 자만하는 울림보다도 길을 잃은 사람에게 가야 할 길을 되찾아주었다는 승리의 기쁨이 담겼다고 게이타로는 해석했다. 다구치는 교훈을 주기 위해서였다든지 교육 방법의 하나였다는 식의 생색 내는 말은 결코 하지 않았다. 그저 악의는 아니었으므로 화내지 말라고 양해를 구하더니 그 자리에서 바로 꽤 괜찮은 자리를 마련해 주겠다는 약속을 했다. 그리고 손뼉을 쳐서 정류소에서 마쓰모토를 기다리고 있던 언니 쪽을 부르더니 이 애가 내 딸이라고 일부러 소개했다. 그리고 이분은 이치市의 친구라며 딸에게 게이타로를 소개해 주었다. 딸은 소개받는 영문을 모르겠다는 듯 서먹하고 공손하게 인사했다. 게이타로가 치요코란 이름을 기억하게 된 것은 이때였다.

이 기회를 통해 다구치의 가족과 처음 접한 게이타로는 볼일을 보러 오거나 하면서 이 집을 드나드는 일이 잦아졌다. 때로는 전에 전화로 말을 나눈 적이 있는 서생과 현관 옆에 붙은 서생의 방에서 세상 돌아가는 이야기를 나누기도 했다. 물론 안방에도 드나들 일이 생기기 시작했다. 부인의 부탁으로 집안일을 봐주는 경우도 있었다. 중학교에 올라가는 장남에게 영어 질문을 받고 난처해하는 일도 드물지 않았다. 이렇게 드나드는 횟수가 거듭됨에 따라 게이타로는 두 딸과 가까이할 기회도 자연히 많아졌지만, 나사가 풀린 듯한 그의 분위기와 비교적 단단히 죄어진 다구치 집안의 가풍이 워낙 다르기도 하고 마주 앉을 시간이 부족하기도 하여 쉽게 마음을 터놓지는 못하는 처지였다. 물론 형식을 중시하는 식으로 딱딱하게 대화하는 건 아니지만 대개는 그때그때 필요에 따라 오 분이 넘기 전에 대화가 끝나곤 했기 때문에 친밀감이 싹틀 여유가 없었다. 그들과 유례없이 밤늦도록 무릎을 맞대고 편하게 담소를 나눈 것은 정월 중순 카드놀이 때였다. 그때 게이타로는 치요코에게 꽤 둔하다는 소리를 들었다. 모모요코는 당신과 한편이 되는 건 싫다, 질 게 뻔하다며 화를 내었다.

그리고 다시 한 달 정도 지나 매화 소식이 신문에 실릴 무렵이었다. 어느 일요일 오후 오랜만에 게이타로는 스나가의 집 이층에서 보내려다 먼저 놀러 와 있던 치요코와 우연히 만났다. 셋이 시시한 이야기를 하던 중 마쓰모토의 평판이 치요코의 입에 올랐다.

"그 숙부님도 꽤 별나요. 비가 오면 한동안 손님을 거절한 적이 있거든요. 지금도 그럴까?"

2

"실은 저도 비 오는 날에 가서 거절당한 사람인데⋯⋯."

게이타로가 말을 꺼냈을 때 스나가와 치요코는 약속이나 한 것처럼 웃음을 터뜨렸다.

"자네도 꽤나 운이 나쁜 사람이군. 설마 그 지팡이를 가지고 간 건 아니겠지?"

스나가는 놀리기 시작했다.

"하지만 비 오는 날 지팡이 같은 걸 들고 가는 건 너무하잖아요. 그렇죠, 다가와 씨."

지극히 합당한 이 변호를 듣고 게이타로도 쓴웃음을 지었다.

"대체 다가와 씨의 지팡이란 건 어떤 지팡이? 나도 좀 보고 싶어요.

보여줘요, 네, 다가와 씨. 밑에 내려가서 보고 와도 되는데."

"오늘은 안 가져왔습니다."

"왜 안 가져왔어요? 오늘은 날씨가 좋은 편인데."

"소중한 지팡이라서 날씨가 좋아도 평소에는 안 들고 온다지 뭐야."

"정말?"

"뭐, 그런 편입니다."

"그럼 국기 다는 날에만 짚고 다니는 거예요?"

게이타로는 혼자서 둘을 상대하는 게 조금 괴로워졌다. 이 다음에 우치사이와이초에 갈 때는 꼭 가지고 가서 보여주겠다는 약속을 하고서야 겨우 치요코의 추궁에서 벗어났다. 그 대신 마쓰모토가 왜 비 오는 날엔 면회를 사절하는지를 듣기로 했다.

가을날인데 드물게도 날씨가 흐렸던 십일월의 어느 오후였다. 치요코는 어머니 심부름으로 마쓰모토가 좋아하는 성게를 가지고 야라이에 왔다. 오랜만에 놀다 갈 생각에 타고 온 인력거를 돌려보내고 느긋하게 앉았다. 마쓰모토에게는 열세 살 되는 딸과 그 밑으로 아들, 딸, 아들 순서대로 번갈아가며 태어난 네 아이가 있었다. 이 아이들은 두 살 터울로 태어나서 다들 평범하게 성장하고 있었다. 가정에 화사한 기운을 더하는 이 생기 넘치는 장식물 말고도 마쓰모토 부부에게는 올 들어 두 살 되는 요이코宵子라는 딸이 있었는데, 그들은 이 아이를 반지에 박힌 진주처럼 소중하게 품고 살았다. 진주처럼 투명하고 창백한 피부와 칠흑처럼 짙은 눈을 가진 그 아이는 작년 히나 명절3월 3일. 여자아이의 명절로, 딸이 있는 집에서는 딸의 행복을 빌며 인형을 장식한다. 소세키 부부에게는 실제로 히나 명절 전날인 3월 2일에 태어난 히나코라는 딸이 있었는데 두 살도 되기 전에 세상을 떠났다. 「비 오는 날」에는 히나코가 세상을 떠날 당시의 상황이 묘사되어 있다 전날 저녁에 마쓰모토 부부의 품에 들어왔다. 치요코는 이 아이를 가장 귀여워했다. 올 때마다 뭔가 장난감을 사주었다. 어떤 때는 너무 단 것을 많이 주어서 숙모가 화를 낸 적도 있었다. 그러면 치요코는 요이코를 소중히 품에 안고 마루로 나가서 이름을 부르며 일부러 친한 모습을 숙모에게 보여주었다. 숙모는 웃으면서 "뭐니, 싸우지도 않는구나"라고 했고 숙부는 "그렇게 그 애가 좋으면 축의금 대신 줄 테니까 시집 갈 때 데려가라"며 놀렸다.

그날도 치요코는 앉자마자 요이코와 같이 놀기 시작했다. 요이코는 태어나서 지금까지 한 번도 머리를 자르지 않아서 머리털이 매우 촘촘하고 부드럽게 자라 있었다. 그리고 피부가 창백해서인지 그 머리카락은 햇빛을 받으면 반짝반짝 윤이 나는 보랏빛을 띤 채 말려 올라가 있었다.

"요이코, 머리를 묶어줄게."

그러면서 치요코는 정성스레 그 곱슬머리를 빗질했다. 그리고 많지 않은 귀밑머리를 한 다발로 하여 그 뿌리 부분에 빨간 리본을 달았다. 요이코의 머리는 제사상에 올리는 떡처럼 동글납작하게 퍼져 있었다. 요이코는 조그만 손을 가까스로 그 떡의 한쪽 구석에 얹고 리본 끄트머리를 누르면서 어머니가 있는 곳까지 기우뚱기우뚱 걸어오더니 "이본, 이본"이라고 말했다. 어머니가 머리를 예쁘게 묶었다며 칭찬하자 치요코는 기쁜 듯 웃으면서 아이의 뒤에다 대고 이제 아버지한테 보여주고 오라고 시켰다. 요이코는 또 위태위태한 걸음걸이로 마쓰모토의 서재 입구까지 와서 납죽 엎드렸다. 요이코가 아버지에게 인사를 할 때는 꼭 네 발로 엎드리곤 했다. 엉덩이를 가능한 한 높이 쳐들고 제사상에 올리는 떡 모양의 머리를 문턱으로부터 두세 치 되는 높이까지 들어 올리더니 요이코는 또 "이본, 이본" 했다. 책을 읽다가 고개를 든 마쓰모토가 "예쁜 머리네, 누가 묶어줬니" 하고 물으면 요이코는 고개를 숙인 채 "지이지이"라고 대답했다. "지이지이"라는 건 혀가 잘 안 돌아가는 요이코가 평소에 치요코를 부를 때 쓰는 말이었다. 뒤에 서서 보고 있던 치요코는 조그만 입술에서 새어나온 제 이름을 듣고 기쁘다는 듯이 큰 소리로 웃었다.

3

그 사이에 아이들이 전부 학교에서 돌아왔기 때문에 이제까지 빨간 리본에 점령되어 있던 가정은 갑자기 몇 가지 색깔의 화사함이 더해졌다. 유치원에 다니는 일곱 살짜리 사내아이가 소용돌이 문양이 붙은 북 같은 것을 가져와서는 북을 칠 테니까 따라오라며 요이코를 데리고 갔다. 그때 치요코는 주머니 모양의 빨간 털버선이 복도를 지나가는 그림자를 쳐다보고 있었다. 자그만 발을 옮길 때마다 그 버선 끈 앞에 달린 동그란 술이 통통 튀었다.

"저 버선은 분명 네가 짜준 거였지?"

"네. 귀여워라."

치요코는 자리에 앉아서 잠시 숙부와 이야기를 나누었다. 그 동안 흐려진 하늘에서 쓸쓸하게 빗방울이 떨어지나 싶더니 순식간에 소리를 내며 민둥머리가 된 벽오동나무를 세차게 때리기 시작했다. 마쓰모토와 치요코는 약속이라도 한 것처럼 유리문 밖으로 내리는 비를 바라보며 손화로에 손을 쬐었다.

"파초가 있으니까 소리가 더 크네요."

"파초는 오래 가는 녀석이야. 지난번부터 오늘 시들까 내일 시들까 하고 매일 보고 있지만 좀체 시들질 않아. 애기동백이 지고 벽오동나무가 벌거벗을 때까지도 푸르니까 말이지."

"묘한 데 감탄하시네요. 그러니까 쓰네조는 한가한 사람이란 소리를 듣는 거죠."

"그 대신 네 아버지는 파초 연구 같은 건 죽을 때까지 못할걸."

"어쩔 수 없어요. 하지만 숙부님은 우리 아버지에 비하면 참말 학자셔. 나 정말 감동했지 뭐예요."

"건방진 소리 하시 말고."

"어머, 정말이에요. 그럴 수밖에 없는 게 뭘 물어봐도 다 아시는걸."

둘이 이런 이야기를 하고 있는데 하녀가 소개장 같은 것을 들고 와서 이런 분이 오셨다며 마쓰모토에게 건넸다. 마쓰모토는 웃으며 일어섰다.

"치요코, 기다리고 있어라. 당장 또 재미있는 걸 가르쳐줄 테니."

"싫어요, 또 지난번처럼 서양 담배 이름 같은 거나 잔뜩 외우게 하려고."

마쓰모토는 아무 대답 없이 응접실로 나갔다. 치요코도 거실로 되돌아갔다. 거실은 비에 가려진 햇빛을 보충하기 위해 벌써 전등이 켜져 있었다. 부엌에서는 저녁밥 준비를 시작했는지 가스풍로 두 개가 분주하게 푸른 불꽃을 토하고 있었다. 이윽고 아이들은 커다란 식탁에 둘씩 마주보고 앉았다. 요이코는 하녀가 옆에 앉아서 식사를 돌봐주곤 했는데 이날 저녁은 치요코가 그 역할을 맡았다. 그녀는 주칠朱漆을 한 작은 그릇과 접시에 생선살을 담아 쟁반에 옮긴 후 다다미 여섯 장짜리 옆방으로 요이코를 데리고 들어갔다. 그곳은 집안 식구들이 주로 옷을 갈아입기 위해 쓰는 방이라서 옷장 두 개와 큼직한 거울 하나가 벽에서 튀어나오게 놓여 있었다. 치요코는 그 거울 앞에 장난감 같은 그릇이랑 밥공기를 얹은 쟁반을 놓았다.

"자, 요이코, 맘마. 오래 기다렸지?"

치요코가 죽을 한 숟가락씩 떠서 입에 넣어줄 때마다 요이코는 '맛있다, 맛있다' 나 '줘, 줘' 같은 다양한 말재주를 보여주었다. 그러다 저 혼자 먹겠다며 치요코의 손에서 숟가락을 가져가는 요이코에게 치요코는 숟가락질하는 법을 세심하게 가르쳐주었다. 요이코는 짧은 단어만 말할 수 있었다. 그렇게 하는 게 아니라고 알려주면 제사상 위의 떡 같은 머리를 갸우뚱하며 "이렇게? 이렇게?" 하고 되물었다. 치요코가 그 모습이 재미있어서 몇 번이나 시켰더니 "이렇게?"라고 말하다가 커다란 눈을 살짝 옆으로 치켜떠서는 치요코를 올려다보더니 느닷없이 오른손에 들고 있던 숟가락을 떨어뜨리고 치요코의 무릎에 엎드렸다.

"왜 그러니?"

치요코는 영문을 몰라 요이코를 안아 일으켰다. 하지만 잠이 든 아이를 안았을 때처럼 아무 반응도 없이 축 처져 있었기 때문에 갑자기 큰 소리로 "요이코, 요이코" 하고 불렀다.

4

요이코는 꾸벅꾸벅 조는 사람처럼 눈을 반쯤 감고 입도 반쯤 벌린 채 치요코의 무릎에 기대 있었다. 치요코는 손바닥으로 등을 두세 번 두드렸지만 아무 소용이 없었다.

"숙모님, 큰일 났으니 어서 와보세요."

놀란 숙모는 젓가락과 밥공기를 내던지고 발소리를 내며 들어왔다.

왜 그러냐고 묻고는 전등 밑으로 요이코를 눕혀서 보니 입술에 보라색이 옅게 비쳐 있었다. 입에 손바닥을 대봐도 숨이 들고나는 소리는 나지 않았다. 어머니는 숨이 막힌 듯한 괴로운 음성으로 하녀에게 젖은 수건을 가져오게 했다. 그것을 요이코의 얼굴에 올리더니 치요코에게 맥이 있는지 물었다. 치요코는 요이코의 가느다란 손목을 쥐었지만 맥이 어디에 있는지 도통 알 수가 없었다.

"숙모님, 어떻게 하면 좋을까요?"

치요코는 새파란 얼굴로 울음을 터뜨렸다. 어머니는 망연히 서서 보고 있는 아이들에게 빨리 아버지를 불러오라고 했다. 네 아이들은 응접실 쪽으로 달려갔다. 그 발소리가 복도 끝에서 멈추는가 싶더니 마쓰모토가 심상찮은 얼굴로 나타났다. 무슨 일이냐고 물으면서 아내와 치요코 위에서 덮치듯이 요이코를 들여다보더니 갑자기 눈썹을 찌푸렸다.

"의사는……"

의사는 바로 달려왔다. 느낌이 이상하다고 하더니 주사를 놓았다. 하지만 아무 효험도 없었다. "가망이 없습니까?" 하는 고통스럽고 긴장된 질문이 주인의 굳게 닫힌 입술에서 새어나왔다. 그리고 절망을 두려워하는 듯한, 불안에 휩싸인 세 사람의 시선이 동시에 의사에게 고정되었다. 거울을 꺼내 동공을 관찰하던 의사는 요이코의 옷자락을 걷어 항문을 보았다.

"이래서는 어쩔 수 없겠습니다. 동공, 항문 다 열려버렸으니까요. 정말 안됐습니다."

의사는 이렇게 말하고 나서 다시 주사 한 대를 심장 부위에 놓아보았다. 물론 이것은 아무런 도움도 되지 않았다. 마쓰모토는 투명한 딸의 피부에 바늘이 들어갈 때 저절로 미간을 찡그렸다. 치요코는 무릎 위에 눈물을 뚝뚝 떨어뜨렸다.

"원인은 뭡니까?"

"아무래도 이상합니다. 그저 이상하다는 말밖에 드릴 말씀이 없습니다. 아무리 생각해도……."

의사는 고개를 갸우뚱했다.

"겨자 물이라도 써보면 어떻습니까?"

마쓰모토는 문외한의 소견으로 물었다.

"괜찮겠지요."

의사는 바로 대답했지만 권하는 기색은 아니었다.

곧 뜨거운 물을 대야에 떠놓고 김이 무럭무럭 오르는 가운데 겨자 한 주머니를 털어넣었다. 어머니와 치요코는 조용히 요이코의 옷을 치웠다. 의사는 열탕 속에 손을 넣어보더니 주의를 주었다.

"차가운 물을 좀 더 탑시다. 너무 뜨거워서 화상이라도 입으면 안 되니까."

의사는 요이코를 받아 안고 뜨거운 물속에 오 분쯤 담그고 있었다. 세 사람은 숨을 죽인 채 부드러운 피부의 색깔을 주시하고 있었다.

"이제 됐겠지요. 너무 길어지면……."

말하면서 의사는 요이코를 대야 밖으로 내놓았다. 어머니는 바로 받아 안고 수건으로 정성껏 닦은 뒤 입고 있던 옷을 다시 입혀주었지만 축 처진 요이코의 모습은 조금도 달라지지 않았기 때문에 원망스럽다는 듯이 마쓰모토의 얼굴을 보았다.

"잠시 이대로 뉘어둡시다."

마쓰모토는 그게 좋겠다고 대답한 채 또 응접실 쪽으로 되돌아가서 방문객을 현관까지 배웅했다.

"숙모님, 엄청난 짓을 저질렀어요……."

"꼭 치요코가 그런 건 아니니까……."

"하지만 내가 밥을 먹이고 있었으니까…… 숙부님이랑 숙모님에게 정말 죄송합니다."

치요코는 좀 전에 저녁밥 시중을 들어줄 때 평소와 다름없이 건강했던 모습을 몇 번이나 되풀이해서 들려주었다.

"암만해도 역시 이상해."

마쓰모토는 팔짱을 끼고 이렇게 말했지만 곧 부인을 재촉했다.

"오센お仙, 여기 뉘어두는 건 불쌍하니까 저쪽 방으로 데리고 가지."

치요코도 거들었다.

5

적당한 병풍이 없어서 아무 것도 둘러싸지 않은 채 괜찮은 위치를 골라 머리를 북쪽으로 눕혔다. 오늘 아침 무렵 가지고 놀던 종이풍선을 거실에서 가져와 머리맡에 놓아주었다. 얼굴에는 표백한 무명천을 덮었다. 치요코는 때때로 그것을 들춰보고는 울었다.

"이리 잠깐 와봐요, 당신."

오센이 마쓰모토를 돌아보고 코가 막힌 소리로 말했다.

"마치 관음보살처럼 귀여운 얼굴이네요."

마쓰모토는 그러냐며 앉아 있던 자리에서 요이코의 얼굴을 들여다보았다.

이윽고 칠을 하지 않은 나무로 만든 책상 위에 붓순나무와 흰 찹쌀떡이 나란히 놓이고 촛불이 약한 빛을 발하기 시작했을 때 비로소 잠에서 깨지 않는 요이코와 멀리 떨어졌다는 허전한 느낌이 세 사람을 사로잡았다. 그들은 차례로 향을 피웠다. 연기에서 나는 냄새가 두 시간 전과는 전혀 다른 세계로 불려온 그들의 코를 끊임없이 자극했다. 다른 아이들은 평소대로 일찍 재웠지만 열세 살짜리 장녀 사키코咲子만은 일어나서 향 옆을 떠나지 않았다.

"너도 자거라."

"아직 우치사이와이초나 간다에서는 아무도 안 오네."

"곧 오겠지. 괜찮으니까 어서 자렴."

사키코는 일어나서 복도로 나가더니 뒤돌아서 치요코를 손짓하여 불렀다. 치요코가 일어나 복도로 나갔더니, 무서우니까 변소에 같이 가 달라고 작은 목소리로 부탁했다. 변소에는 전등이 켜져 있지 않았다. 치요코는 성냥을 그어 초롱에 불을 붙여 들고 사키코와 함께 복도를 돌았다. 돌아오는 길에 하녀 방을 들여다보니 밥 짓는 하녀가 단골로 드나드는 인력거꾼과 화로를 사이에 두고 소곤소곤 이야기를 나누고 있었다. 치요코에게는 그 모습이 요이코의 불행에 대해 떠드는 것처럼 여겨졌다. 다른 하녀는 거실에서 손님 맞을 채비를 하느라 쟁반을 닦거나 찻잔을 차리고 있었다.

통지를 받은 친척들이 그새 두세 명 모여들었다. 일간 또 오겠다며 돌아간 이도 있었다. 치요코는 누가 올 때마다 요이코의 갑작스러운 최후에 대해 거듭거듭 이야기했다. 열두 시 넘어서부터 오센은 밤샘을 하는 사람들을 위해 이동용 화로를 준비해서 방에 넣었지만 아무도 불을 쬐는 이는 없었다. 주인 부부는 사람들의 권유에 떠밀려 침실로 물러났다. 그 뒤에 치요코는 몇 번인가 짧아진 향 연기를 새로 이었다. 비는 아직 그치지 않았다. 저녁 무렵 파초에 떨어지던 빗소리는 더 이상 들리지 않았고 대신 함석을 깐 차양지붕에 부딪치는 물방울이 쓸쓸하고 서글픈 울림을 끊임없이 그녀의 귀에 들려주었다. 이 빗속에서 치요코가 가끔 요이코의 얼굴을 덮은 하얀 무명을 걷고 흐느껴 우는 동안 날이 밝았다.

그날은 여자들이 다 같이 요이코의 수의를 지었다. 모모요코가 다시 우치사이와이초에서 오기도 하고 그 외에 가깝게 지내는 부인 두 명이 와주어서 작은 소매나 옷자락이 이 사람 저 사람의 손으로 옮겨다녔다. 치요코는 종이와 붓, 벼루를 들고 다니며 사람들에게 '나무아미타불'이라는 여섯 자를 한 장씩 써달라고 했다. 그리고 스나가에게 와서 말했다.

"이치도 써줘요."

"어떡하라고?"

스나가는 영문을 모르겠다는 듯이 붓과 종이를 받아 들고 물었다.

"촘촘한 글자로 한 면 가득 써줘요. 나중에 여섯 자씩 직사각형으로 잘라서 관 안에 뿌려 넣을 거니까."

모두 정좌해서 나무아미타불 여섯 자를 적었다. 사키코는 보면 안 된다며 소매로 가리고 고불고불한 글자를 썼다. 열한 살짜리 사내아이는 자신은 가나かな, 일본의 문자로 히라가나와 가타카나의 총칭로 쓰겠다고 양해를 구하더니 전보처럼 나무아미타불이라고 쓴 가타카나를 몇 개씩이나 죽 늘어놓았다. 오후에 입관할 때가 되자 마쓰모토는 치요코에게 요이코의 옷을 갈아 입혀주라고 말했다. 치요코는 대답 없이 울면서 차디찬 요이코를 발가벗겨 안아 올렸다. 등에는 온통 보라색 반점이 생겨 있었다. 옷을 다 갈아입히고 나자 오센이 손에 작은 염주를 걸어주었다. 작은 삿갓이랑 짚신도 관에 넣었다. 어제 저녁 때까지 신고 있던 빨간 털버

선도 넣었다. 이내 버선끈 앞에 달린 동그란 구슬을 대롱대롱 흔드는 모습이 치요코의 눈에 떠올랐다. 사람들이 준 다른 모든 장난감도 머리 나 발쪽으로 끼워 넣었다. 마지막으로 '나무아미타불'이라고 쓴 조붓한 종이를 눈처럼 흩뿌린 뒤에 뚜껑을 덮고 하얀 비단덮개를 씌웠다.

6

오센이 도모비키友引, 길흉을 점치는 기준이 되는 여섯 날 중 하나로, 이날 장례를 지내면 친구를 데려간다고 해서 식을 치르는 것을 꺼린다는 좋지 못하다고 하면서 장례식을 하루 미뤘기 때문에 집안은 음울한 분위기 속에서 평소보다는 떠들썩했다. 일곱 살의 가키치嘉吉라는 사내아이가 예전처럼 북을 두드리다가 꾸중을 듣자 치요코 옆으로 와서 이제 요이코는 돌아오지 않느냐고 물었다. 스나가가 내일은 가키치도 화장터에 데리고 가서 요이코랑 같이 태워 버릴 거라고 웃으면서 놀려댔다. 그러자 가키치는 그런 건 싫다면서 커다란 눈을 빙글빙글 굴리며 스나가를 보았다. 사키코는 내일 장례식에 데려가 달라고 오센을 졸랐다. "저도요" 하면서 아홉 살짜리 시게코重子도 졸랐다. 오센은 그제야 생각났다는 듯이 안쪽에서 다구치 부부와 이야기하고 있던 남편을 불러 물었다.

"당신, 내일 갈 건가요?"

"가야지. 당신도 가는 게 좋을 거야."

"네, 가기로 했어요. 아이들에게는 뭘 입히면 될까요?"

"가문家紋을 넣은 예복을 입히면 되지 않겠어?"

"하지만 무늬가 너무 야단스러우니까."

"하카마를 입히면 돼. 사내애들은 세일러복이면 족하고. 당신은 검은 예복이지. 검은 허리띠는 있어?"

"있어요."

"치요코, 너도 상복이 있으면 입고 같이 서 있어주렴."

이렇게 이것저것을 살펴준 뒤 마쓰모토는 다시 안으로 돌아갔다. 치요코 역시 향을 피우기 위해 일어섰다. 관 위를 보니 어느새 어여쁜 화환이 얹혀 있었다.

"언제 왔어?"

옆에 있는 여동생 모모요코에게 물었다. 모모요는 조그만 목소리로 "아까"라고 대답하더니 설명했다.

"숙모님이 어린애니까 흰 꽃만으로는 쓸쓸하다고 일부러 빨간 걸 섞게 했대."

언니와 동생은 잠시 동안 그 앞에 나란히 서 있었다. 십 분쯤 지나자 치요코는 모모요의 귀에 대고 물어보았다.

"모모요, 너 죽은 요이코 얼굴 봤니?"

모모요는 고개를 끄덕였다.

"언제?"

"저기, 아까 관에 넣을 때 봤잖아. 왜?"

치요코는 그것을 잊고 있었다. 동생이 못 보았다고 하면 관 덮개를 한 번 더 열려고 했던 것이다.

"그만둬. 무서우니까."

모모요는 이렇게 말하며 고개를 저었다.

밤에는 승려가 와서 경을 올렸다. 치요코가 옆에서 듣자니, 마쓰모토는 스님을 붙잡고 삼부경三部經, 불교에서 특히 중요시하는 세 경전이 어쩌고 찬가和讚-일본어로 된 불교 찬가.가 저쩌고 하는 이상한 이야기를 하고 있었다. 그 대화 가운데에는 신란親鸞, 가마쿠라 시대의 초기 정토 진종을 개설한 승려 큰스님과 렌뇨蓮如, 무로마치 시대에 정토 진종을 중흥한 승려 큰스님이라는 이름이 자주 나왔다. 열 시를 조금 넘었을 무렵 마쓰모토는 과자와 시주를 승려 앞에 놓고 아무렇지도 않은 얼굴로 말했다.

"스님도 빨리 주무시는 게 좋아요. 요이코도 경을 듣는 건 싫어하거든요."

치요코와 모모요코는 얼굴을 마주보며 미소 지었다.

다음 날 바람 없는 맑은 하늘 아래 자그만 관이 조용히 길을 떠났다. 길 가던 사람들은 희한한 물건이라도 되는 양 눈으로 배웅했다. 마쓰모토가 백지를 바른 장례식용 초롱이나 칠을 하지 않은 가마는 싫다며 요이코의 관을 영구차에 넣었기 때문이다. 영구차 주위에 늘어뜨린 검은 막이 흔들릴 때마다 하얀 비단을 덮은 작은 관 위의 장식 화환이 언뜻언뜻 보였다. 근방에서 놀고 있던 아이들이 달려와서 신기하다는 듯 차 안을 들여다보았다. 차와 마주쳤을 때 모자를 벗고 지나가는 사람도 있었다.

절에서는 형식대로 독경과 분향을 마쳤다. 치요코는 넓은 본당에 앉아 있는 동안 이상하게도 눈물 한 방울 나오지 않았다. 숙부와 숙모의 얼굴 역시 딱히 슬픔에 잠긴 표정을 보이지 않았다. 분향 때 시게코가 향을 집어 향로 안에 지핀다는 게 잘못해서 재를 집어 향 가루 속에 다져넣었을 때에는 웃음을 터뜨렸을 정도였다. 식이 끝나고 나서는 마쓰모토와 스나가 외에 두세 사람이 관을 따라 화장터에 갔기 때문에 치요코는 다른 이들과 함께 야라이로 돌아왔다. 인력거 위에 앉아 있으니 애절함이 잦아든 지금보다 괴로울 만큼 슬펐던 어제와 그제의 기분이 더욱 맑고 아름다웠던 것 같은 생각이 들면서 그때의 통렬한 비애가 오히려 그리워졌다.

7

오센과 스나가와 치요코 그리고 평소 요이코를 돌보던 기요淸라는 하녀, 이렇게 넷은 화장하고 남은 뼈를 수습하러 갔다. 가시와기栢木 역에서 내리면 이백 미터 남짓 되는 거리인 줄 모르고 집에서부터 인력거를 타고 왔기 때문에 오히려 시간이 더 걸렸다. 치요코는 생전 처음 와보는 화장터였다. 오랜만에 보는 교외의 경치도 잃어버린 물건을 찾았을 때처럼 기뻤다. 푸른 보리밭과 파란 무밭 그리고 상록수 가운데 빨간색이나 노란색, 갈색이 잡다하게 섞인 숲의 색깔이 눈에 들어왔다. 앞서 가는 스나가는 때때로 뒤를 돌아보며 이곳이 아나하치만穴八幡 신사니 저곳이 스와諏訪 숲이니 하며 가르쳐주었다. 인력거가 어둡고 완만한 고개에 들어서자 그는 또 치요코를 위해 높은 삼나무숲 한가운데 있는 길고 가느다란 탑을 가리켰다. 거기에는 '고보 대사弘法大師, 헤이안 초기의 승려 천오십 년 공양탑'이라 새겨져 있었다. 밑으로는 얼룩조릿대가 우거져 있었는데 근처에 우물을 파고 찻집이 한 채 서 있어서 다리 옆이 자못 시골길처럼 보였다. 이따금 벌거숭이가 다 된 높다란 나무의 가지에서 색깔이 독특한 작은 잎이 한 장씩 떨어졌다. 이파리가 공중에서 무척 빠른 속도로 뱅글뱅글 날아다니는 모습이 치요코의 눈을 자극했다. 잎사귀가 땅 위로 쉽게 떨어지지 않고 한참 동안 팔랑팔랑하는 것도 그녀에게는 색다른 경험이었다.

화장장은 햇볕이 잘 드는 평지에 남쪽을 향하고 있어 인력거가 문 안에 닿았을 때 생각보다 따뜻하고 밝은 그림자가 치요코의 가슴에 드리웠다. 오센이 사무소 앞에서 마쓰모토라고 말하자 우체국의 접수창구 같은 창문 안에 앉아 있던 남자가 "열쇠는 가지고 왔겠죠?"라고 물었다. 오센은 이상한 얼굴을 하고 갑자기 품속이랑 허리띠 사이를 뒤지기 시작했다.

"큰일이네. 열쇠를 응접실 장롱 위에 놔두고는……."

"안 가져왔어요? 낭패네. 아직 시간이 있으니까 서둘러서 이치한테 가지고 오라고 하는 게 좋겠어요."

뒤쪽에서 두 사람이 나누는 대화를 냉담하게 듣고 있던 스나가는 열쇠라면 내가 가지고 왔다며 차갑고 묵직한 물건을 소맷자락에서 꺼내 숙모에게 건넸다. 오센이 그것을 접수창구에 보여주고 있는 사이 치요코는 스나가를 나무랐다.

"이치, 정말 얄미워요. 갖고 있으면 빨리 꺼내드렸어야죠. 숙모님은 요이코 일로 머리가 멍해져 있으니까 잊어버리잖아요?"

스나가는 그저 미소를 지으면서 서 있었다.

"당신처럼 인정머리 없는 사람은 이럴 땐 안 오는 편이 낫겠어요. 요이코가 죽었는데 눈물 한 방울 안 흘리고."

"인정이 없는 게 아니야. 아직 애를 가진 적이 없으니까 부모 자식의 정을 잘 모를 뿐이야."

"어머나, 숙모님 앞에서 그런 태평스러운 말이 잘도 나오네요. 그럼 난 어떻게 된 거죠? 언제 애를 낳은 적 있나요?"

"있는지 없는지는 나도 모르지. 하지만 지요는 여자니까 아마 남자보다 아름다운 마음을 가지고 있겠지."

오센은 두 사람의 말다툼이 들리지 않는다는 듯 볼일을 끝내자 곧장 대기실 쪽으로 걸어가 앉더니 서 있는 치요코를 손짓으로 불렀다. 치요코는 바로 숙모 옆으로 와서 앉았다. 스나가도 따라 들어왔다. 그리고 두 사람의 맞은편에 있는 평상 같은 데에 걸터앉았다. 그러고는 기요도 앉으라며 제 자리를 나눠주었다.

　네 사람이 차를 마시며 기다리고 있는 동안 유골을 수습하러 온 사람들 두세 무리가 보였다. 처음에는 촌티 나는 할멈뿐이었는데 그는 오센과 치요코의 차림을 보고 조심이라도 하려는 듯 말이 별로 없었다. 다음에는 옷 뒷자락을 걷어 허리춤에 지른 부자父子가 왔다. 활발한 목소리로 항아리를 달라고 하더니 가장 싼 것을 십육 전 주고 사갔다. 세 번째로는 머리를 풀어헤치고 두 겹으로 된 남자용 허리띠를 맨 남자인지 여자인지 알 수 없는 맹인이 보라색 하카마를 입은 여자아이 손을 잡아끌면서 왔다. 그리고 아직 시간이 있는지 확인하더니 소맷자락에서 꺼낸 궐련을 피우기 시작했다. 스나가는 이 맹인의 얼굴을 보더니 휙 밖으로 나가서는 좀처럼 돌아오지 않았다. 그러던 중 사무소 사람이 오센 곁으로 와서 준비됐으니 어서 오라고 재촉했고 치요코는 스나가를 부르러 뒤편으로 나갔다.

8

아무개 님이라고 씌어진 놋쇠로 된 패가 걸린 중간급 정도의 아궁이들이 으스스하게 좌우로 늘어서 있는 모습을 보면서 뒤쪽으로 빠져나가자 널찍한 공터 구석에 소나무 장작이 산처럼 쌓여 있었다. 주위에는 어여쁜 죽순대 군락이 새파랗게 우거져 있었다. 그 아래는 보리밭이고 그 너머는 언덕이 높다랗게 구비치고 있어 북쪽 전망은 특히 훤했다. 스나가는 이 공터 가장자리에 서서 넓은 광경을 우두커니 내다보고 있었다.

"이치, 이제 준비가 다 됐대요."

스나가는 치요코의 목소리를 듣고 잠자코 돌아와서 말했다.

"저 대숲은 대단히 훌륭한데? 어쩐지 죽은 사람의 기름이 비료가 돼서 저렇게 싱싱하게 자란 듯한 느낌이네. 여기에서 나는 죽순은 분명 맛있을걸."

치요코는 "아아, 난 싫어"라고 내뱉고는 냉큼 아궁이 사이로 다시 빠져나갔다. 요이코의 아궁이는 상등인 일 호라서 문 위에 보라색 막이 쳐져 있었다. 그 앞에 놓인 대 위에는 조금 시들시들해진 어제의 그 화환이 가로놓여 있었다. 그 화환이 어젯밤 요이코의 살을 태운 열기의 기념품처럼 여겨져서 치요코는 갑자기 숨이 막혀왔다. 묘지기 세 명이 나왔다. 그 중 가장 나이 든 이가 "봉인을……" 하고 말하기에 스나가는 상관없으니까 열어달라고 했다. 묘지기는 황공해하며 제 손으로 봉인을 자르고 잘가닥 소리를 내면서 자물쇠를 뺐다. 검은 철문이 좌우로 열리자 어둠침침한 안쪽에 잿빛을 띤 둥근 것, 검은 것, 하얀 것들이 형태를 이루지 못한 덩어리처럼 어슴푸레하게 보였다. 묘지기가 "지금 꺼내죠"라고 먼저 말을 하고는 레일 두 줄을 앞쪽으로 이어놓고 관대에 쇠고리 같은 것을 두 개 걸었다. 그러는가 싶더니 갑자기 와그르르 소리를 내면서 형태 없는 한 덩어리의 타다 남은 뼈가 네 사람이 서 있는 앞으로 나왔다. 그 가운데 제사상에 올리는 떡같이 볼록하게 부푼 요이코의 두개골이 살아 있을 때 모습 그대로 남아 있는 것을 알아본 치요코는 갑자기 손수건을 입에 물었다. 묘지기는 이 두개골과 광대뼈 이외에도 두 세 개의 커다란 뼈를 남기고 말했다.

"나머지는 깨끗하게 체로 쳐서 가지고 오겠습니다."

네 사람은 각자 나무젓가락과 대젓가락을 하나씩 들고 대 위에 있는 백골을 제 나름대로 주워서는 하얀 항아리 속에 넣었다. 그리고 약속이라도 한 것처럼 울었다. 스나가만은 창백한 얼굴을 한 채 아무 말도 하지 않았고 코도 풀지 않았다.

"치아는 따로 두겠습니까?"

이렇게 물어본 묘지기가 치아를 찾아내기 위해 턱을 조각조각 부수고 그 안에서 두세 개 골라내는 것을 본 스나가는 혼잣말처럼 말했다.

"이러니까 도통 인간 같은 느낌이 안 드는군. 모래 안에서 작은 돌을 찾아서 줍는 것과 마찬가지야."

하녀가 바닥 위에 눈물을 뚝뚝 떨어뜨렸다. 오센과 치요코는 젓가락을 놓고 손수건을 얼굴에 댔다.

인력거에 탔을 때 치요코는 삼나무 상자에 넣은 하얀 항아리를 무릎 위에 얹고 안았다. 차가 달리기 시작하자 차가운 바람이 무릎담요와 삼나무 상자 사이로 스며들었다. 높은 느티나무가 길 양쪽에서 허옇게 바랜 줄기를 늘어뜨리고 그들을 배웅이라도 하듯 가느다란 가지를 흔들었다. 그 가느다란 가지들이 머리 위쪽 높은 데서 교차할 정도로 빽빽하게 뻗어 있는데도 자신이 지나가는 곳은 의외로 밝은 게 이상하다 싶어서 치요코는 이따금 고개를 들어 먼 하늘을 바라보곤 했다. 집에 도착해 유골을 불단 앞에 놓자 이내 아이들이 몰려와 뚜껑을 열어 보여달라고 했지만 그녀는 단연코 거절했다.

이윽고 온 집안 식구들이 한방에서 점심 밥상을 마주했다.

"이렇게 보면 애들이 많은 것 같아도 여기서 벌써 한 명이 빠졌군."

스나가가 말을 꺼냈다.

"살아 있는 동안에는 그렇게까지 생각하지 않았지만 보내고 나니 가장 아까운 것 같구나. 여기 있는 녀석들 중에 누군가가 대신 가면 좋겠다는 생각이 들 정도다."

마쓰모토가 말했다.

"너무하시네."

시게코가 사키코에게 소곤거렸다.

"숙모님, 다시 힘내서 요이코랑 쏙 빼닮은 아이를 낳아주세요. 귀여워해 줄 테니까요."

"요이코랑 똑같은 애면 안 돼. 요이코여야지. 밥공기나 모자와는 달라서 대신할 게 생긴다고 떠나보낸 걸 잊을 수는 없으니까."

"나는 비 오는 날에 소개장 들고 만나러 오는 녀석이 싫어졌다."

스나가의 이야기

ǂ

게이타로는 스나가의 집 앞에서 뒷모습의 여인을 본 뒤부터 이 두 사람을 연결하는 인연의 실을 늘 상상해 왔다. 그 실은 어쩐지 꿈같은 분위기를 풍겨서 눈앞에서 두 사람을 스나가와 치요코로 바라보고 있을 때에는 어디론가 사라져버리는 일이 많았다. 하지만 이따금 평범한 인간으로서 현실적인 자극을 부여하지 않을 때면 잃어버린 줄 알았던 실이 또다시 나타나 떼어놓아서는 안 될 운명처럼 두 사람 사이를 이었다. 다구치의 집에 드나들게 되고 나서도 스나가와 치요코의 관계에 대해서 누구에게도 들어본 적이 없었을 뿐더러, 두 사람의 분위기를 직접 관찰해 봐도 평범한 사촌형제를 넘어서는 그 무엇도 눈에 띄지 않았음은 분명하다. 하지만 처음부터 이런 연상에 지배되고 있는 만큼 그는 왠지 두 사람을 한 쌍의 남녀로 바라보는 경향이 있었다. 요컨대 여자와 함께 살지 않는 젊은 남자나 남자 손을 잡지 않는 젊은 여자는 게이타로가 보기에는 자연을 거스르는 불완전한 존재일 뿐이기 때문에 자신이 아는 그 두 사람을 머릿속으로 짝 지은 것은 아직 불완전한 입장에서 갈팡질팡하는 그들에게 하늘이 베풀어준 자격을 빨리 부여해 주고 싶다는 도의심에서 비롯됐는지도 몰랐다.

어떤 요구에서 비롯되었든 간에 이것은 다소 까다로운 논리기 때문에 게이타로를 위해 변명할 필요는 없지만, 요 근래 우연히 치요코의 혼담에 대한 말을 듣게 된 그가 머릿속 세계와 머리 밖의 사회 사이에 존재하는 모순에 잠시 납득하지 못하고 생각에 잠긴 것은 틀림없는 사실이었다. 그는 이 이야기를 서생인 사에키佐伯에게 들었다. 하기야 일이 매듭지어지기도 전이라 사에키 같은 이가 상세한 집안사정을 알 리는 없었다. 그는 그저 흐리멍덩한 얼굴 근육을 여느 때보다도 긴장시키면서 소문을 들어보니 이렇더라고 말할 뿐이었다. 치요코를 데려갈 사람 이름도 물론 몰랐지만 신분이 실업가라는 것만은 확실한 모양이었다.

"치요코 씨는 스나가한테 갈 줄 알았는데 그게 아니었나?"

"그렇게는 안 되겠죠."

"왜?"

"왜냐고 물으면 저도 분명한 대답은 못하겠지만 조금 생각해 봐도 어려울 것 같은데요."

"그럴까? 나는 딱 좋은 부부라고 생각하는데 말일세. 친척이기도 하고 나이도 대여섯 살 차이니까 이상할 것도 없지."

"모르는 사람이 보면 그렇게 보이겠지만요. 여러 가지 복잡한 속사정도 있는 모양이니까요."

게이타로는 사에키가 말하는 소위 '복잡한 속사정' 에 대해 꼬치꼬치 캐묻고 싶었지만 어쩐지 자신을 문외한으로 취급하는 듯한 그의 말이 거슬리기도 하고, 고작 현관 당번인 서생에게서 가정의 내막을 캐냈다는 소리라도 들으면 품위도 떨어지는 데다 자세한 사정까지 사에키가 알고 있을 리도 없을 것 같아 더 이상 그 이야기는 하지 않았다. 생각난 김에 안으로 가서 부인에게 인사하고 잠시 이야기를 했지만, 평소와 다름없는 분위기라서 축하한다고 말할 용기는 나지 않았다.

　이것은 게이타로가 야라이의 숙부님 댁에서 있었던 불행에 대해 스나가의 집에서 듣기 바로 이삼 일 전에 있었던 일이다. 그날 그가 오랜만에 스나가를 찾아온 것도 실은 그 결혼 문제에 관해 스나가가 어떻게 생각하는지를 알고 싶어서였다. 스나가가 어디 사는 누구와 결혼하고 치요코가 어디 사는 누구에게 시집가든 게이타로가 상관할 문제는 아니었다. 하지만 이 두 사람의 운명이 그렇게 아무런 미련 없이 좌우로 갈라질 수 있는지, 아니면 자신이 상상한 대로 환상 속의 실 같은 게 보이지 않는 인연이 되어 그 두 사람을 모르는 사이에 이어주고 있는지, 그도 아니면 꿈으로 엮은 띠라고 불러야 마땅할 아른아른한 그 무언가가 어느 때는 두 사람 눈에 뚜렷하게 보였다가 또 어느 때에는 완전히 끊어져서 그들을 고립시키고 있는지 게이타로는 알고 싶었다. 물론 이것은 단순한 호기심에 지나지 않았다. 그도 명백히 그렇다고 자각하고 있었다. 하지만 스나가에 대해서라면 이 호기심을 만족시켜도 결례가 아니리라는 생각이 들었다. 그뿐이랴, 자신은 이 호기심을 만족시킬 권리가 있다고까지 믿고 있었다.

2.

그날은 공교롭게도 치요코가 끼어든 데다 나중에는 스나가의 어머니까지 나왔기 때문에 꽤 오랫동안 앉아 있으면서도 자세한 이야기를 꺼낼 기회가 없었다. 단지 우연히 자기 앞에 앉아 있는 세 사람의 모습이 실제로도 잘 어울리는 부부와 시어머니 같다는 생각이 문득 들었다. 그때 게이타로는 남들처럼 평범한 형식으로 그들을 하나로 합치는 것은 간단한 일일지도 모른다고 생각하면서 돌아갔다.

다행스럽게도 다음 주 일요일에는 하늘이 일하는 모든 사람들에게 따뜻한 날씨를 베풀어주었기 때문에 게이타로도 아침 일찍부터 스나가를 찾아가 교외로 꾀어내려고 했다. 게으르고 제멋대로인 스나가는 현관 있는 데까지 나오고서도 외출하기 싫어 꿈지럭거리는데 어머니가 억지로 권하는 바람에 겨우 구두를 신었다. 일단 구두를 신으면 그는 게이타로가 가자는 대로 어디든 따라주는 사람이었다. 그 대신 아무리 의논을 해봐도 딱히 어디로 가자고 주장하는 남자는 아니었다. 그와 야라이의 마쓰모토가 함께 나가면 두 사람 다 목적지를 생각하지 않고 걷기 때문에 간혹 엉뚱한 곳에 와 있을 때도 있었다. 게이타로는 실제로 어머니에게 그 일화를 들은 적이 있다.

이날 그들은 료코쿠兩國에서 기차를 타고 고우노다이鴻の台 아래까지 가서 내렸다. 그리고 아름답고 넓은 강을 따라 제방 위를 어슬렁거렸다. 오랜만에 화창하고 좋은 기분을 느끼며 게이타로는 물과 언덕, 돛단배 따위를 둘러보았다. 스나가도 경치를 칭찬하기는 했지만 아직 바람이 불어대는 제방을 걸을 만한 계절은 아니라며 추운 날씨에 데리고 나온 게이타로를 원망했다. 게이타로는 빨리 걸으면 따뜻해진다고 우기며 냉큼 걷기 시작했다. 스나가는 어이 없다는 표정으로 따라갔다. 두 사람은 시바마타柴又의 다이샤쿠텐帝釋天, 가쓰시카구 시바마타에 있는 절 근처까지 가서 가와진川甚, 샤쿠텐 뒤에 위치한 민물고기 요리집이라는 집에 들어가 밥을 먹었다. 스나가는 주문한 장어구이가 너무 달아서 못 먹겠다며 또 언짢은 표정이었다. 아까부터 둘의 기분이 무르익지 않아서 차분히 이야기를 나눌 수 없는 게 고민스러웠던 게이타로는 스나가에게 물었다.

"에도 사람은 사치스럽군. 아내를 얻을 때에도 그렇게 사치스러운 소리를 할까?"

"말할 수만 있다면 누구든 하지. 유달리 에도 사람만 그런 건 아니야. 자네 같은 촌놈도 그럴 거야."

스나가는 이렇게 대답하고 태연한 표정을 지었다.

"에도 사람은 애교가 없군 그래."

게이타로는 어쩔 수 없이 이렇게 말하고 웃음을 터뜨렸다. 스나가도 우스워졌는지 웃음을 지었다. 그리고 난 뒤에는 두 사람의 기분과 같이 대화도 원만히 진행되었다. 스나가가 "자네도 요즘은 꽤 안정을 찾은 모양이야"라고 평을 해도 게이타로는 "그러게, 좀 성실해졌나?"라고 점잖게 받아쳤고, 게이타로가 "자네는 점점 더 괴팍해지지 않았나?"라고 놀려도 스나가는 "왠지 나도 나 자신이 싫어질 때가 있어" 하고 기분 좋게 제 약점을 인정할 뿐이었다.

이렇게 허물없는 마음으로 두 사람이 마주보고 앉아 서로의 눈을 쳐다보면서도 멋쩍지 않을 무렵 치요코 이야기가 나온 것은 그 속사정이 궁금하던 게이타로에게는 우연한 행운이었다. 그는 우선 일주일 전쯤 그녀가 곧 결혼한다는 소문을 들었다는 말을 꺼내 스나가를 공격했다. 그런데 스나가는 조금도 흥분한 기색을 보이지 않았다. 오히려 평소보다 가라앉은 어조로 대답했다.

"또 뭔가 혼담이 생기려는 모양이지. 이번에는 성사되면 좋을 텐데."

그러다가 갑자기 말투를 바꾸더니 자못 진부하다는 듯이 설명해 주었다.

"아니 뭐, 자네는 모르는 일이지만 지금까지 그런 일이 몇 번이나 있었거든."

"자네가 얻을 생각은 없는가?"

"내가 얻을 것처럼 보이는가?"

이런 식으로 이야기는 서로를 끌어당기듯이 하며 점차 앞으로 나아갔지만 결정적인 대목까지 털어놓거나 아니면 화제를 바꿀 수밖에 없는 지점까지 몰렸을 때 스나가는 쓴웃음을 지으며 게이타로에게 말했다.

"또 지팡이를 가지고 왔군."

게이타로도 웃으면서 마루로 나갔다. 그러고는 그 지팡이를 가지고 들어와서 스나가에게 뱀 머리를 보여주었다.

"보다시피."

3

스나가의 이야기는 게이타로가 예상했던 것보다 훨씬 길었다.

아버지는 세상을 빨리 떠났다. 내가 아버지와 자식 간의 정을 잘 알 수 없는 어린아이일 때 갑자기 돌아가셨다. 아직 아이가 없다 보니 자신과 피를 나눈 따뜻한 혈육에 대한 정은 잘 모르겠지만, 그 뒤로 자신을 낳아준 부모를 정겹게 여기는 마음은 꽤 깊어졌다. 지금의 이런 마음이 그 시절에도 있었더라면 하고 생각할 때가 드물지 않다. 한마디로 당시의 나는 아버지에게 지극히 냉담했던 것이다. 하긴 아버지도 응석을 잘 받아주는 분은 아니었다. 지금 내 가슴에 떠오르는 그의 얼굴은 뼈가 튀어나오고 혈색은 썩 좋지 않으며 친근감 없는 엄격한 표정으로 일관된 초상일 뿐이다. 나는 거울을 통해 나 자신의 얼굴을 볼 때마다 가슴속에 간직한 아버지의 용모와 꽤 닮았다는 생각에 불쾌해진다. 아버지처럼 나도 남들에게 기분 나쁜 인상을 주지는 않을까 하는 우려에 주눅이 들기 때문만은 아니다. 이런 음울한 눈썹이나 이마가 보여주는 것 이상의 따뜻한 정이 피 속에 흐르고 있는 지금의 나로 미루어볼 때 그렇게 냉혹해 보였던 아버지도 마음속 깊은 곳에서는 나보다 더 뜨거운 눈물을 간직하고 있었던 게 아닐까 하는 생각을 할 때면 아버지의 안 좋은 겉껍데기만을 그의 유품처럼 기억하고 있는 스스로가 자식으로서 너무나 무정하게 느껴지기 때문이다. 아버지는 죽기 이삼 일 전에 나를 머리맡으로 불러서 말했다.

"이치조, 내가 죽으면 어머니의 보살핌을 받아야 해. 알고 있느냐?"

태어날 때부터 어머니의 보살핌을 받아왔는데 새삼 그런 소리를 하는 게 이상했다. 잠자코 앉아 있었더니 아버지는 뼈만 앙상한 얼굴의 근육을 억지로 움직이듯이 말했다.

"지금처럼 개구쟁이면 어머니가 돌봐주지 않을 게다. 좀 더 어른스러워져야지."

지금까지 어머니가 돌봐주었으니까 지금 이대로면 족하다는 마음이었기 때문에 나는 아버지의 잔소리를 쓸데없는 참견처럼 느끼며 병실을 나갔다.

아버지가 죽었을 때 어머니는 무척이나 울었다. 장례를 치르기 직전에서야 옷을 갈아입은 나는 무료함을 느끼며 툇마루에 나가 목을 길게 빼고 파란 하늘을 올려다보고 있었다. 그때 소복을 입은 어머니가 불쑥 내 곁으로 왔다. 다구치나 마쓰모토를 비롯해서 함께 장례를 지키는 이들은 모두 떨어진 곳에서 북적거리고 있었기 때문에 곁에는 아무도 없었다. 어머니는 갑자기 내 까까머리에 손을 얹고는 부은 눈으로 나를 바라보았다. 그러고는 작은 소리로 말했다.

"아버지가 돌아가셔도 어머니가 지금까지 그랬던 것처럼 귀여워해

줄 테니 안심하렴."

　나는 아무 대답도 하지 않았다. 눈물도 흘리지 않았다. 그때는 그게 끝이었다. 하지만 성장한 뒤에도 부모님에 대한 기억의 먼 곳에 그늘을 드리우는 것은 이때 두 분이 했던 말 때문이라는 생각이 점점 더 강하고 뚜렷해졌다. 나는 왜 의미를 둘 필요도 없는 그들의 말에 수상쩍은 의혹을 느꼈는지 스스로에게 물어봤지만 도통 설명할 수가 없었다. 때로는 어머니에게 직접 따져보고 싶기도 했지만 어머니의 얼굴을 보는 순간 용기가 꺾이곤 했다. 그리고 마음속 어딘가에서는 이런 생각을 털어놓으면 친한 부모자식 관계가 멀어져서 다시는 지금과 같이 다정한 상태로 될 수 없을 거라는 속삭임이 있었다. 그게 아니더라도 어머니는 내 진지한 얼굴을 쳐다보다가 그런 적이 있었냐며 웃음으로 얼버무릴 것 같았기 때문에, 그러한 잔혹한 결과를 예상하면 도저히 입 밖에 낼 수 없다고 마음을 고쳐먹고는 입을 다물었다.

　나는 어머니에게 결코 유순한 아들이 아니었다. 아버지 죽기 전에 그의 머리맡에 불려가 훈계를 받을 만큼 어려서부터 어머니 말을 듣지 않았다. 좀 더 자랐을 때 어머니 혼자뿐이니 상냥하게 대해야겠다는 자각은 들었으나 역시 어머니가 시키는 대로 하지는 않았다. 최근 이삼 년은 특히 걱정만 끼쳤다. 하지만 아무리 내 입장만 내세우며 다투더라도 날 때부터 모자간인지라 이 고귀한 관계에 깊든 얕든 상처를 입은 기억은 아직 없다고 생각했다. 그래서 혹여 그런 문제를 끄집어내서 두 사람에게 다 후회라는 상처가 남을 부상을 당한다면 그야말로 돌이킬 수 없는 불행이라 여기고 있었다. 이 두려움은 신경질적으로 태어난 나 스스로 만들어낸 것일지도 모른다고 의심해 보기도 했다. 하지만 나에게는 그게 현재보다도 더 명확한 미래로 존재하고 있을 때가 많았다. 그래서 어릴 때 아버지와 어머니가 했던 그 말을 기억에서 완전히 지워버리지 못한 걸 나는 지금도 한심해하는 것이다.

4

아버지와 어머니 사이가 얼마나 원만했는지 나는 모른다. 나는 아직 아내를 얻어본 경험이 없으니까 이런 문제를 말할 자격이 없을지도 모르지만, 아무리 사이 좋은 부부라도 때로는 서로 어색할 수 있는 게 인간 불변의 법칙일 테니까 그들도 오랜 세월 부부로 함께 사는 동안 서로의 가슴속에서 달갑지 않은 오점을 발견하여 세상 사람들도 모르고 서로 간에도 입 밖에 내지 않는 불만을 혼자 쓰디쓰게 맛보며 인내했던 적도 있었으리라 생각한다. 물론 아버지는 버럭 화를 내는 버릇을 가진 것치고는 소극적인 사내였고 어머니는 시가를 읊을 때 외에는 큰소리를 못 내는 성미라서 나는 아버지가 돌아가시기까지 두 사람이 말다툼하는 현장을 본 적이 없었다. 요컨대 세상 사람들 눈에 우리 집만큼 조용하게 정돈된 가정은 보기 힘들 정도였다. 남에 대해 노골적으로 흠을 잡는 마쓰모토 숙부조차 지금껏 그렇게 믿고 있을 정도다.

　어머니는 돌아가신 아버지에 대해 이야기할 때마다 세상 모든 아버지 중에서 가장 완벽에 가까운 사람인 것처럼 설명한다. 이는 내 마음속 깊은 곳에 탁하게 가라앉아 있는 아버지에 대한 기억을 얼마간 씻어주기 위한 변호처럼 들리기도 한다. 또는 어머니 자신의 기억에 시간의 행주질을 하여 더욱 더 광택을 낼 작정이었는지도 모른다. 하지만 아버지를 자애에 넘치는 부모인 양 나에게 소개할 때 어머니의 태도는 완전히 달라진다. 평소에는 온화한 어머니가 왜 그토록 진지해지는지 놀랄 만큼 엄숙한 모습에 압도될 정도였다. 하지만 그것도 내가 중학교에서 고등학교로 올라가던 무렵의 일이다. 지금은 어머니를 졸라 그 이야기를 들어본들 그때와 같이 고귀한 기분이 들지 않는다. 그 무렵부터 학교를 졸업하기까지 내 정서는 요즘 소설에 나오는 주인공처럼 완전히 삭막해진 것 같다. 간혹 현대적인 분위기에 중독된 스스로가 혐오스러울 때면 단 한 번이라도 좋으니까 어머니 앞에서 다시금 숭고한 기분을 느껴보고 싶지만, 그와 동시에 그 바람이 이루어지지 못할 과거의 꿈이라는 슬픔도 솟는다.

어머니 성격은 우리가 옛날부터 익숙하게 써온 '자모慈母'라는 말 외에 덧붙일 표현이 없다. 내가 보기에 어머니는 이 두 글자를 위해 태어나 두 글자를 위해 죽는다고 해도 될 정도다. 참으로 딱한 노릇이기는 하지만 그래도 어머니는 모든 생활의 만족을 여기에 쏟고 있으니까 나만 효도를 하면 그녀에게 이보다 더 기쁜 일은 없을 것이다. 반면 내가 그녀의 뜻을 어기는 일이 많다면 그녀에게 이보다 더 큰 불안은 또 없는 셈이다. 그 생각을 하면 괴로운 일이 하나 있다.

생각난 김에 여기서 잠깐 말해 둔다면, 나는 날 때부터 외아들은 아니었다. 어릴 적에 다에妙라는 여동생과 놀던 것을 기억하고 있다. 여동생은 늘 커다란 무늬가 있는 덧옷을 입고 인형처럼 짤막하게 머리를 잘라 늘어뜨렸다. 나를 부를 때 '이치조, 이치조'라고 할 뿐 결코 오라버니라고는 하지 않았다. 이 여동생이 아버지가 세상을 떠나기 몇 년 전 디프테리아로 죽고 말았다. 그 시절에는 혈청 주사가 아직 발명되지 않았기 때문에 치료도 대단히 힘들었을 것이다. 나는 물론 디프테리아라는 병명조차 몰랐다. 집에 병문안을 온 마쓰모토가 '너도 디프테리아냐'고 놀려서 '그게 아니라 나는 군인'이라고 대답했던 것을 지금도 잊지 않고 있다. 여동생이 죽고 나자 한동안 어렵기만 했던 아버지가 꽤 상냥해졌다. 어머니에게 미안하다고 말하던 얼굴이 특히 온화했기 때문에 어린 나이였지만 그 말까지 작은 가슴에 새겨두었다. 어머니가 그에 대해 뭐라고 대답했는지는 전혀 모른다. 아무리 애를 써도 떠올릴 수 없는 것을 보면 처음부터 기억하지 않았던 모양이다. 이처럼 어릴 때부터 아버지를 관찰하는 데 예민한 능력을 가지고 있던 내가 어머니에 대한 주의력이 부족한 것은 희한한 노릇이다. 인간에게 자기보다 남을 더 알고 싶어하는 습성이 있다고 한다면, 나에게 아버지는 어머니보다 훨씬 더 남처럼 느껴졌는지도 모르겠다. 거꾸로 말하면 어머니는 관찰할 가치가 없을 만큼 나와 친했던 것이다. 어쨌든 여동생은 죽었다. 그리고 나는 아버지와 어머니에게 외아들이었다. 아버지가 죽고 난 지금 나는 어머니에게 외아들이다.

5

그러니까 나는 어머니를 소중히 생각하지 않으면 안 된다. 하지만 실제로는 이런 이유 때문에 나는 더 제멋대로가 된다. 작년에 학교를 졸업한 뒤부터 지금까지 나는 취직이란 문제로 고민한 적이 단 하루도 없다. 졸업할 때 성적은 좋은 편이었다. 석차를 기준으로 사람을 뽑는 지금의 풍조를 이용하려고 한다면 친구들이 꽤 부러워할 만한 자리에 앉을 기회도 없지 않았다. 실제로 한번은 어떤 분야에서 추천을 부탁받은 모 교수가 나를 불러 의향을 물어본 적도 있다. 그런데도 나는 마음이 동하지 않았다. 물론 자만심에서 이런 이야기를 하는 건 아니다. 속을 털어놓자면 자만은커녕 온전히 신념의 결핍에서 비롯된 소극성이라서 불쾌하기까지 하다. 하지만 아침부터 밤까지 온갖 노력을 쏟으며 생활하여 세상 사람들의 칭찬을 받은들 무슨 소용인가 하는 뻔들뻔들한 성격은 그 제의를 거절할 때부터 나를 따라다니고 있었다. 나는 두근거리기 위해 태어난 녀석이 아니라고 본다. 법률 따위를 익히지 않고 식물학이나 천문학이라도 했더라면 그나마 하늘이 성미에 맞는 일을 내려주었을지도 모른다는 생각도 든다. 나는 세상에 대해서는 몹시 소심한 주제에 웬만해선 자기 자신의 생각을 바꾸지 않을 만큼 고집 센 녀석이니까 이렇게 생각하는 거다.

이런 내가 계속 제멋대로 살 수 있는 것은 말할 것도 없이 아버지가 남겨준 근소한 재산 덕분이다. 그 재산이 없었다면 나는 아무리 괴로워도 법학사라는 직함을 이용하여 세상과 싸우지 않을 수 없었다. 그걸 생각하면 나는 죽은 아버지에게 새삼 감사의 뜻을 전하고 싶지만, 또 그와 동시에 이런 나의 방자함은 재산 덕분에 겨우 허용되는 것이니만큼 어느 정도는 불안정하고 얄팍할 게 틀림없다고 단정해 보기도 한다. 그러면 거기에 희생되고 있는 어머니가 더욱 딱해진다.

옛날에 다기찬 교육을 받은 여성이 그렇듯이 어머니는 가문의 이름을 떨치는 게 자식된 자의 첫째 의무라는 생각을 품고 있다. 하지만 가문의 이름을 떨친다는 게 명예라는 의미에선지, 재산이라는 의미에선지, 권력이나 덕망이라는 의미에선지 등의 문제에 대해서는 이렇다 할 분별이 없다. 그저 막연히 그 중 하나가 머리 위에 떨어지면 다른 모든 것이 뒤이어 문 앞에 모여들 거라는 식으로만 생각하신다. 하지만 나는 이런 문제에 대해 어떤 것도 어머니에게 설명해줄 용기가 없다. 그것은 우선 내 관점에서 지당하다고 인정할 만한 방식으로 가문의 이름을 떨치고 난 뒤에나 가능할 뿐 그 전에는 그럴 자격이 없기 때문이다. 나는 어떤 의미에서든 가문의 이름을 떨칠 만한 사내가 아니다. 오히려 가문의 이름을 더럽히지 않는 게 다행일 정도의 식견밖에 없다. 그리고 그 식견을 어머니에게 보여준다 한들 당신과는 완전히 동떨어지고 인연이 없는 것이므로 기뻐하기는커녕 도리어 불안하실 것이다. 나도 쓸쓸하다.

내가 어머니에게 끼치는 수많은 걱정 가운데서도 첫째로 꼽을 만한 게 바로 지금 이야기한 결점이다. 하지만 이 결점을 바로잡지 않고도 부족함 없이 함께 살아갈 수 있을 만큼 어머니는 나를 사랑해 주시니까 죄송한 마음을 지닌 채 이대로 지내지 못할 것도 없다. 하지만 이 방자함보다 더 크게 어머니를 실망시킬 것 같아 마음 아파하는 것은 결혼 문제이다. 결혼 문제라기보다 나와 치요코를 둘러싼 주위 사정이라고 하는 편이 적절한 말일 것이다. 이야기 순서상 이 문제를 설명하려면 우선 치요코가 태어나기 전으로 거슬러 올라갈 필요가 있다. 그 무렵 다구치는 결코 지금만큼 권세가도 아니었고 자산가도 아니었다. 그저 앞날이 창창한 사내라기에 아버지가 어머니의 여동생인 이모를 시집보내도록 주선했던 것이다. 다구치는 원래부터 내 아버지를 선배로서 존경하고 있었다. 무슨 일이 있을 때마다 상담을 하거나 신세를 졌다. 새롭게 성립된 두 집안의 이 친밀한 관계가 세월을 따라 점점 원만해지는 중에 치요코가 태어났다. 그때 어머니는 무슨 생각에선지 이 아이가 자라면 이치조의 신부로 보내달라고 다구치 부부에게 부탁했다고 한다. 어머니 말에 따르면 당시 그들은 흔쾌히 어머니의 부탁을 받아들였다고 한다. 물론 뒤이어 모모요도 태어나고 고이치름—라는 사내애도 생긴 데다 누구에게든 치요코를 시집보내려고만 하면 안 될 것은 없었는데 반드시 나에게 보내야만 할 만큼 약속을 단단히 한 것인지 어쩐지는 나도 모른다.

6

어쨌든 우리가 철들기 전부터 나와 치요코 사이에는 이미 이런 인연의 끈이 있었다. 하지만 그 끈은 우리 두 사람을 맺어주기에는 퍽 괴상한 끈이었다. 둘은 하늘로 오르는 종달새처럼 자유롭게 자랐고, 끈을 엮었던 이조차 자신이 그 끄트머리를 단단히 붙잡고 있다고 생각하지는 않았을 것이다. 여기서 어머니를 생각하면 '괴상한 끈'이라는 말을 기이한 인연이라는 의미로 쓸 수 없다는 사실이 나는 슬프다.

　내가 고등학교에 들어갈 무렵 어머니는 넌지시 치요코에 대해 말을 꺼냈다. 그 시절 나는 물론 이성에 관심이 있었다. 하지만 미래의 아내라는 개념은 전혀 없었다. 그런 이야기를 받아들일 만큼 차분하지도 않았다. 특히 어릴 때부터 같이 놀기도 하고 다투기도 하면서 거의 한집에서 자라난 것과 다름없을 만큼 친근한 소녀에 대해서는 지나치게 가까운 탓인지 무덤덤할 뿐 이성으로서 자극되기에는 부족했다. 나만 그런 게 아닐 것이다. 필시 치요코도 같은 마음이리라 생각했다. 그 증거로, 알고 지내온 오랜 기간을 통틀어 나는 그녀에게 남자 취급을 받은 경험을 떠올릴 수가 없다. 그녀가 본 나는 화를 내든 눈물을 흘리든, 애교를 부리든 추파를 던지든, 늘 변하지 않는 사촌 오라버니에 지나지 않는 것이다. 물론 이것도 약간은 순수하게 태어난 그녀의 성정 때문이고 그 점에서는 또 나만큼 그녀를 속속들이 아는 사람도 없지만, 그렇다고 해서 남녀간의 장벽이 간단히 없어지지는 않을 것이다.   단 한 번…… 하지만 그 이야기는 나중에 하는 편이 좋을 듯하다.

어머니는 당신의 말에 귀 기울이지 않는 내가 수줍음을 타기 때문이라고 생각했을 뿐 다시금 시기를 기다리는 사람처럼 이 문제를 품에 넣었다. 나라고 해서 부끄럽지 않았다고 할 용기는 없다. 하지만 치요코에게 마음이 있으니까 부끄러워한다고 받아들인 어머니는 사실을 완전히 반대로 해석한 셈이다. 요컨대 어머니는 미래를 준비하려는 뜻에서 우리 둘을 사이좋게 키우려고 노력한 나머지 오히려 남녀로서 차츰 멀어지게 해놓고 당신 스스로는 그것을 깨닫지 못하고 있었다. 그 사실을 어머니가 깨닫게끔 만드는 나는 정말 잔인했다.

　　그날 일을 이야기하는 게 나에게는 실제로 고통이다. 어머니는 고등학교 시절에 넌지시 비추었던 치요코 문제를 내가 대학 이학년이 되기까지 품에 꼭 안은 채 지펴왔던지 봄방학 즈음, 꽃이 피었다는 소식이 들리던 어느 날 밤 살짝 내 앞에 꺼내 보였다. 그때는 나도 꽤 어른스러워졌기 때문에 조용히 그 문제를 앞뒤로 진지하게 생각해볼 여유가 있었다. 그때는 어머니도 에둘러서 언질만 주는 게 아니라 당신의 희망에 정당성을 부여하는 것을 잊지 않았다. 나는 별다른 생각 없이 사촌동생은 혈속이라서 싫다고 대답했다. 그러자 어머니는 치요코가 태어났을 때 부탁해 두었으니까 맞아들이면 된다며 나를 놀라게 했다. 왜 그런 걸 부탁했는지 물었더니 이유가 무엇이건 간에 당신이 좋아하는 아이를 자식인 내가 싫어할 리 없어서라고, 당시 갓난아기였던 치요코 입장에서는 말도 안 되는 대꾸를 해서 나를 난처하게 만들었다. 그 점을 더 추궁해 봤더니 끝내는 눈물을 글썽이며 사실 나를 위해서가 아니라 전적으로 당신을 위해서 부탁한 거였다고 했다. 어째서 그게 어머니를 위한 일이 되는지를 물었으나 끝내 이야기해 주지 않았다. 그리고는 기어이 치요코가 싫은 거냐고 물었다. 나는 싫지도 좋지도 않다고 대답했다. 하지만 당사자도 나한테 올 마음이 없고 다구치 이모부나 이모도 나에게 보내고 싶지 않을 테니까 그런 제의는 그만두는 편이 낫다, 상대방을 귀찮게 할 뿐이라고 일깨워주었다. 어머니는 약속이니까 귀찮든 말든 상관없으며 귀찮아할 리도 없다는 주장과 함께, 옛날에 다구치가 아버지 신세를 지거나 폐를 끼친 예를 하나하나 나열했다. 나는 마지못해 이 문제는 졸업할 때까지 결론을 내지 말고 놔두자는 말을 꺼냈다. 어머니는 불안 속에 한 가닥 희망을 얻은 표정으로 한 번 더 신중히 생각해 보라고 부탁했다.

이런 사정으로 여태 어머니 혼자서 품고 있던 문제를 그 뒤로는 나도 같이 껴안을 수밖에 없게 되었다. 다구치 이모부 역시 이 문제를 자기 식으로 마음에 품고 있는 게 아닐까? 치요코를 다른 이에게 출가시키려 하는데 이러저러한 사정으로 이쪽의 승낙을 얻어야 한다면 이모부도 근심스러울 게 분명하다.

7

나는 불안해졌다. 어머니 얼굴을 볼 때마다 그녀를 속이며 그날그날을 고식적으로 보내고 있는 듯한 기분이 들어 죄송스러웠다. 할 수만 있다면 마음을 고쳐먹고 어머니 희망대로 치요코를 맞이하고 싶다고 생각한 때도 있었다. 그래서 볼일도 없이 다구치 이모부의 집에 놀러 가서 넌지시 이모부나 이모의 분위기를 살펴보았다. 그러나 그들의 말이나 행동 속에서 어머니의 다그침에 대응하기 위해 나를 멀리하려는 기색은 전혀 보이지 않았다. 그 정도로 천박하고 불친절한 인간은 아니었던 것이다. 하지만 딸의 남편감으로 생각할 때 내가 그들 눈에 얼마나 딱하게 보이는지 나는 오래 전부터 간파하고 있었다. 그런 경향은 조금도 변화하지 않을 뿐더러 요즘 들어 점점 더 두드러지는 듯했다. 무엇보다 내 가냘픈 체격과 창백한 안색이 사윗감으로 탐탁지 않은 모양이었다. 하기야 나는 신경이 예민한 탓에 사물을 과장되게 생각하거나 불필요한 오해를 하는 버릇이 있기 때문에 마음속으로 이모와 이모부에 대해 상세히 관찰한 결과를 함부로 늘어놓는 무례는 범하고 싶지 않다. 다만 한마디로 말한다면, 그들은 예전에 치요코를 나의 아내로 주겠다고 분명히 말했을 것이다. 적어도 그래도 되겠나고는 생각했을 게다. 하지만 그 후에 그들이 얻은 사회적 지위와 더불어 그들과는 어울리지 않는 방향으로 나아가는 내 성격으로 인해 우리를 결혼시킬 만한 이점을 찾지 못했으므로, 반쯤은 빛이 바래고 공허해져 빈껍데기만 남은 의리를 머릿속 어딘가에 버린 것이라고 생각하면 된다.

나와 그들은 결혼 문제에 대해서 많은 이야기를 나눌 기회도 갖지 못했다. 다만 언젠가 이모와 나는 이런 대화를 주고받았다.

"이치 너도 이제 슬슬 부인을 찾아야겠네. 언니는 벌써부터 걱정하고 있는 모양이야."

"좋은 사람이 있으면 어머니에게 알려주세요."

"이치한테는 얌전하고 상냥하고 친절한 간호사 같은 여자가 좋겠지."

"간호사 같은 신부를 찾아본들 와줄 사람이 없을 텐데요."

내가 쓴웃음을 지으며 자조하듯 이렇게 말했을 때 저쪽 구석에서 뭔가를 하고 있던 치요코가 불쑥 고개를 들었다.

"내가 가줄까요?"

나는 그녀의 눈 속을 깊이 쳐다보았다. 그녀도 내 얼굴을 보았다. 하지만 둘 다 거기서 아무 의미도 찾지 못했다. 이모는 치요코를 돌아보지도 않고 말했다.

"너같이 조심성도 없이 대놓고 말하는 애가 어떻게 이치 마음에 들겠니?"

나는 이모의 나지막한 목소리에서 어쩐지 타이르는 것 같으면서도 걱정하는 듯한 느낌을 받았다. 치요코는 그저 재미있다는 듯이 깔깔거리며 웃었을 뿐이었다. 그때 모모요코도 옆에 있었다. 그 아이는 미소를 지으며 자리에서 일어났다. 형식을 갖추지 않은 거절을 당했다고 해석한 나도 얼마 있다가 자리를 떠났다.

이 일이 있은 뒤로 나는 점점 더 이 문제와 관련해서 어머니를 만족시키기 위한 노력을 떳떳이 여기지 않게 되었다. 이런 점에서 자존심이 센 아버지의 아들로서 내 신경은 스스로도 놀랄 만큼 과민하다. 물론 나는 그때 숙모의 말에 결코 마음이 상하지는 않았다. 이쪽에서 아직 정식으로 제의하지 않은 이상 이모로서는 달리 의향을 내비칠 방법도 없었으리라고 생각한다. 치요코는 무슨 말을 하든 뭘 보고 웃든 거리낌 없는 자기 자신을 그대로 밖으로 내보인 것일 뿐이라고 생각한다. 그때 나는 치요코의 말이나 분위기로 미루어 그녀가 나에게 오고 싶어하지 않는다는 사실만은 예전처럼 확실히 인식했다. 하지만 한편으로는, 만약 우리 어머니와 마주보고 앉아서 차분히 이야기를 듣기라도 하는 날에는 '예, 그런 사연 때문이라면 시집을 오겠다'며 그 자리에서 바로 수락할 수도 있다는 생각에 은근히 염려가 되기도 했다. 그녀는 그러한 상황이라면 태연히 제 이해관계나 부모의 뜻을 희생할 수 있는 극히 순수한 여자라고 봐왔기 때문이다.

고집 센 나는 어머니를 기쁘게 하기보다는 내 자아가 상처입지 않기를 빌었다. 그 결과, 나 모르는 사이에 치요코가 어머니에게 설득 당할 것이 염려되어 그것을 몰래 막을 궁리를 했다. 어머니는 치요코가 갓 태어났을 때부터 내 아내로 결정했던 만큼 여러 조카들 중에서도 유난히 그녀를 귀여워했다. 치요코도 어릴 적부터 우리 집을 자기 집처럼 여겨서 사양하지 않고 자라 왔다. 그러다 보니 다구치 집과 우리 집이 옛날에 비하면 소원해진 요즈음도 치요코만은 이모님, 이모님 하며 낳아준 부모라도 만나러 오는 듯이 명랑한 얼굴로 드나들었다. 그녀는 단순해서 때때로 자신에게 생기는 혼담조차도 숨김없이 어머니에게 털어놓았다. 사람 좋은 어머니는 또 그것을 순순히 들어주기만 할 뿐 원망스러운 눈초리 한번 보이지 못했다. 이렇게 관계가 깊은 두 사람 사이에서 내가 걱정하는 대화가 이루어지지 않으리라 장담할 수 없었다.

궁리라고 해봤자, 당분간 이 점에 관해서는 어머니 입을 막아두려고 했을 뿐이다. 막상 정색을 하고 어머니에게 말을 꺼내려 하다가도, 나 자신의 뜻을 밀고 나가기 위해 약한 부모의 자유를 빼앗는 건 잔인한 자식이나 하는 일이라는 생각에 관두고 말 때가 많았다. 물론 나이 든 사람을 언짢게 만드는 게 한심하다는 이유만으로 그만두었다고 할 수는 없다. 이토록 친하면서도 아직까지 치요코에게 속 시원히 마음을 털어놓지 못한 어머니 일이니까 당분간 놔두더라도 안전하리라는 생각이 나를 억제하게 했던 것이다.

그래서 나는 치요코에 관해 이렇다 할 확실한 조처를 하지 않고 넘어갔다. 물론 이렇게 불안한 나날을 보내는 시기에도 다구치의 집과 왕래가 끊이진 않았기 때문에 가끔은 어머니의 기뻐하는 표정을 보기 위해 우치사이와이초까지 전차를 타고 간 기억조차 있었다. 그런 어느 날 밤 치요코가 새로 배운 진기한 요리를 대접하겠다며 붙잡아서 오랜만에 저녁 밥상에 앉았다. 언제나 집을 비우기 일쑤인 이모부도 마침 그날은 집에 계셨기에 식탁에 앉아 소탈한 이야기를 나누는 젊은 사람들의 쾌활한 웃음소리가 장지문에 울릴 만큼 집안이 들썩거렸다. 식사가 끝난 뒤 숙부는 웬일인지 "이치, 오랜만에 한판 둘까?" 하였다. 나는 그다지 내키지 않았지만 오랜만이니까 그러겠다고 하고는 이모부와 함께 별실로 물러났다. 우리는 그 방에서 바둑을 두세 판 두었다. 하수와 하수의 승부라서 시간이 그다지 걸리지 않았으므로 바둑알을 정리하고 났는데도 밤이 깊지는 않았다. 두 사람은 담배를 피우면서 이야기를 시작했다. 그때 나는 적당한 기회를 골라 짐짓 숙부에게 물었다.

"치요코의 혼담은 아직 성사되지 않았습니까?"

이 말을 한 이유는 물론 내가 치요코에게 별 뜻이 없다는 것을 보여주기 위해서였다. 또 한편으로는 하루라도 빨리 이 문제가 해결되면 나도 안심이고 치요코도 행복하리라고 생각했기 때문이다. 그랬더니 이모부는 사나이답게 주저 없이 이렇게 말했다.

"아니, 잘 풀릴 것 같지 않아. 그런 일로 찾아오는 사람은 여기저기 있지만 어쨌든 어려운 문제라서 말이다. 게다가 알아보면 볼수록 귀찮아질 뿐이고, 뭐 대충 가닥이 잡히면 확 정리해 버릴까 싶네. 혼담이라는 건 묘한 거라서. 지금이니까 너한테 말하지만 실은 치요코가 태어났을 때 네 어머니가 그 애를 이치조 신부로 달라고 했지. 갓 태어난 아기를 말이야."

이모부는 이때 웃으면서 내 얼굴을 봤다.

"어머니는 진심으로 그렇게 말했다고 합니다."

"진심이지. 처형은 또 솔직한 사람이니까. 정말로 좋은 사람이야. 지금도 때때로 정색을 하고 네 이모한테 그 이야기를 하는 모양이다."

이모부는 다시금 큰 소리로 웃었다. 나는 이모부가 진심으로 이 일을 가볍게 해석하고 있다면 어머니를 위해 변명이라도 할까 싶었다. 하지만 세상물정에 밝은 사람이 내게 알아들으라고 해주는 말이라면 이 상황에서 입을 여는 건 어리석은 짓이라고 생각하여 마음을 접었다. 이모부는 친절한 사람이고 또 매우 현실적인 사람이기도 하다. 그의 말을 어떤 쪽으로 해석해야 좋을지 나는 아직도 모르겠다. 다만 그때 이후로 내가 한층 더 치요코를 맞이하지 않는 쪽으로 기울었던 것은 사실이다.

9

그러고 나서 두 달 정도 다구치 이모부의 집에 얼씬하지도 않았다. 어머니가 걱정하지 않았다면 그 후로 다시는 우치사이와이초를 찾지 않았을 것이다. 그런데 어머니에 대한 염려 때문만이었다면, 어머니가 걱정하더라도 내 맘대로 밀고 나갔을지도 모른다. 나는 날 때부터 이렇게 생겨먹은 녀석이다. 그런데 두 달이 지나갈 무렵 내 고집을 꺾지 않으면 상황이 난처해진다는 사실을 깨달았다. 말하자면, 내가 이모부와 소원해지면 소원해질수록 어머니는 치요코와 만나기 위해 여러 가지로 기회를 동원하기 시작한 것이다. 그리고 언제 어느 때 내가 가장 우려하는 일을 하실지, 즉 직접 담판을 지으러 나설 것처럼 형세가 절박해졌다. 나는 과감하게 이 위기를 다음으로 넘겨야겠다고 판단했다. 그런 결심으로 인해 다시 다구치 이모부 집 문턱을 드나들기 시작했다.

나를 대하는 그들의 태도에 변화는 없었다. 그들을 대하는 내 모습도 두 달 전 그대로였다. 나와 그들은 원래대로 웃고, 장난치고, 서로의 말꼬리를 잡으려 경쟁했다. 요컨대 내가 다구치 가에서 보낸 시간은 떠들썩할 정도로 쾌활했다. 사실 말하면 나로서는 좀 지나치게 쾌활했다. 이러한 공허한 노력으로 마음은 늘 지쳐 있었다. 날카로운 눈으로 주의해서 보면 어딘가 거짓된 그림자가 드리워져 본래의 나를 흉하게 채색하고 있었을 것이다. 그런 와중에도 내 기분과 말이 종이의 앞뒤처럼 딱 맞는 유쾌함을 느꼈던 기억이 단 한 번 있었다. 일 년에 한 번이나 두 번 다구치 가족은 관례처럼 다 함께 놀러 가곤 했다. 그 사실을 모르고 집 안으로 들어갔다가 치요코 혼자 조용히 앉아 있는 걸 보고 나는 깜짝 놀랐다. 그녀는 감기에 걸렸다며 목에 찜질을 하고 있었다. 평상시에는 못 보던 새파란 안색도 쓸쓸해 보였다. 그녀가 웃어 보이며 말했다.

"오늘은 나 혼자 집을 봐요."

이때서야 비로소 다들 나갔다는 사실을 알아챘다.

그날 그녀는 아파서인지 평소보다도 침울하고 차분했다. 나만 보면 야유를 늘어놓고 서로 험담을 주고받지 않으면 직성이 풀리지 않는 그녀가 묘하게 가라앉아 있는 모습을 봤을 때 나는 문득 가련한 마음이 들었다. 그래서 자리에 앉자마자 나도 모르게 다정한 위로의 말이 절로 나왔다. 그러자 치요코는 어쩐지 이상한 표정을 지으며 말했다.

"오늘은 참 다정하네요. 부인을 얻으면 그렇게 다정하게 해줘야 해요."

지금껏 거리낌 없이 가까운 사이라고 믿어왔기 때문에 무의식적으로 치요코에게 무뚝뚝하게 굴어도 괜찮다고 생각해왔음을 그제야 깨달았다. 그리고 치요코의 눈빛에서 희미하게나마 기뻐하는 듯한 기색을 확인하고 나의 무심함을 후회했다.

우리 두 사람은 함께 성장해 왔다고 할 수 있는 과거를 돌아보았다. 지나간 일들을 짚어보는 말이 서로의 입술에서 새어나오자 당시의 기억이 되살아났다. 나는 치요코의 기억력이 나보다 훨씬 뛰어나서 세세한 부분까지 선명하게 꿰고 있는 데 놀랐다. 그녀는 지금으로부터 사년 전 내가 현관에 선 채 하카마 타진 곳을 그녀에게 꿰매게 했던 일까지 기억하고 있었다. 그때 썼던 실이 무명실이 아니라 비단실이었다는 사실까지 기억하고 있었다.

"당신이 그려준 그림 아직도 갖고 있어요."

그 말을 듣고 나니 치요코에게 그림을 그려준 기억이 났다. 하지만 그건 그녀가 열두세 살일 때 다구치 이모부가 사준 물감과 종이를 내 앞에 밀어놓고 억지로 그리게 한 것이다. 그 일 이후 오늘에 이르기까지 한 번도 붓을 쥔 적이 없다는 데서도 그림에 대한 나의 소양을 알 수 있는 바, 빨간색이나 초록색이 주는 단순한 자극이 한 차례 그녀의 눈길을 끈 뒤 바로 흥미를 잃었을 게 분명했다. 그 그림을 보관하고 있다는 말에 나는 성가시다는 듯이 쓴웃음을 지을 수밖에 없었다.

"보여줄까?"

나는 안 봐도 된다고 거절했다. 하지만 그녀는 개의치 않고 일어나더니 자기 방에서 그림이 담긴 문갑을 가지고 왔다.

10

치요코는 그 안에서 내가 그린 그림을 대여섯 장 꺼내 보여주었다. 그림은 붉은 동백꽃이니 보라색 과꽃이니 특이한 색깔의 달리아 따위였는데, 하나같이 단순히 화초를 사생寫生한 데 지나지 않았다. 하지만 필요 없는 부분에 공을 들이느라 시간을 들여 세심하고 예쁘게 색칠한 솜씨는 지금 보기에 놀라울 정도였다. 나는 이렇게 면밀했던 옛날의 나 자신에게 감탄했다.

"당신, 이걸 그려줄 무렵에는 지금보다 훨씬 더 친절했어요."

치요코는 갑자기 이렇게 말했다. 나는 그 의미를 도통 알 수 없었다. 그림에서 시선을 떼어 그녀를 보자 그녀의 검고 커다란 눈동자도 나에게 가만히 고정되어 있었다. 나는 무슨 까닭으로 그런 말을 하는지 물었다. 그래도 그녀는 대답 없이 내 얼굴을 바라볼 뿐이었다. 이윽고 여느 때보다 자그마한 목소리로 말했다.

"하지만 이제는 부탁해도 그렇게 애써서 그려주지는 않겠지요."

나는 그려준다고도 그려주지 않겠다고도 말할 수 없었다. 그저 마음속으로 그녀 말이 옳다고 수긍했다.

"그래도 이런 걸 정성껏 간수해 두었네."

"시집 갈 때도 가지고 갈 작정이에요."

이 말에 나는 이상하게 슬퍼졌다. 그리고 그 슬픈 기분이 바로 치요코의 가슴에도 전해질 것 같아서 두려웠다. 나는 이미 눈물이 쏟아질 듯한 검고 커다란 눈동자를 상상했던 것이다.

"그렇게 시시한 건 안 가져가는 게 좋아."

"괜찮아요, 가지고 간들 내 거니까."

그녀는 이렇게 말하면서 붉은 동백꽃이나 보라색 과꽃을 포개서 문갑 안에 넣었다. 나는 기분을 바꾸기 위해 짐짓 그녀에게 언제쯤 시집을 갈 생각인지 물었다. 그녀는 이제 곧 갈 거라고 대답했다.

"하지만 아직 정해지지는 않았잖아?"

"아니, 이제 정해졌어요."

그녀는 분명히 대답했다. 지금까지 스스로를 안심시키기 위한 최후의 수단이라 생각하고 하루 빨리 그녀의 혼담이 성사되면 좋겠다고 빌고 있던 내 심장에서는 철썩 하고 파도가 쳤다. 그리고 불현듯 모공에서 기어 나오는 듯한 진땀이 등줄기와 겨드랑이 밑을 습격했다. 치요코는 문갑을 끌어안고 일어섰다. 그러더니 장지를 열 때 나를 내려다보며 "거짓말이에요"라고 내뱉고는 제 방으로 갔다.

나는 움직일 생각도 없이 그 자리에 앉아 있었다. 내 가슴에는 아무런 불길한 생각도 깃들지 않았다. 치요코가 시집을 가느냐 마느냐가 어떤 영향을 줄지 그제야 비로소 실감할 수 있었던 나로서는 그녀가 그 사실을 농락으로써 일깨워준 데 감사했다. 나는 지금까지 깨닫지 못한 채로 그녀를 사랑하고 있었는지도 모른다. 또 어쩌면 모르는 사이에 그녀가 나를 사랑하고 있었을 수도 있다. 나는 자기 마음을 아는 게 이렇게나 힘들고 무시무시한 것일까 생각하며 잠시 망연자실해 있었다. 그러자 저쪽에서 전화가 찌릉찌릉 울렸다. 치요코가 마루를 따라 총총걸음으로 다가와서 같이 전화를 걸어달라고 부탁했다. 나는 '같이 건다'는 말을 이해할 수 없었지만 곧 일어나서 그녀와 함께 전화 쪽으로 갔다.

"벌써 불러놓았거든. 나, 목소리가 쉬고 목이 아파서 이야기를 못 하겠으니까 네가 대리를 해줘. 듣는 건 내가 할 테니까."

나는 상대방 이름도 모르고 또 상대방의 이야기도 들을 없는 통화를 하기 위해 몸을 구부리고 준비했다. 치요코는 벌써 수화기를 귀에 대고 있었다. 수화기를 통해 그녀의 머리로 전달되는 말은 그녀 혼자만 들을 뿐이고 나는 그저 그녀가 작게 말하는 인사를 상대방에게 큰 소리로 전달했다. 그래도 처음 얼마간은 우스꽝스러운 것도 개의치 않고 시간이 걸리는 것도 마다하지 않았지만, 점차 호기심을 유발하는 대답이나 질문이 치요코의 입에서 나오기 시작했다. 나는 숙인 채 "어이, 잠깐 그거 줘봐"라고 말하면서 왼손을 치요코 쪽으로 내밀었다. 치요코는 웃으면서 고개를 도리도리 저어 보였다. 나는 자세를 바로 하고 다시금 그녀 손에서 수화기를 뺏으려 했다. 그녀는 결코 놓지 않았다. 둘이서 실랑이를 하게 되자 그녀는 재빨리 전화를 끊었다. 그리고 큰 소리로 웃기 시작했다.

11

그 뒤로 나는 이런 광경이 일 년 전에 벌어졌더라면 하는 생각을 몇 번이나 되풀이했다. 그럴 때마다 이젠 너무 늦었다, 때는 지났다는 운명의 선고를 받는 느낌이었다. 이제부터라도 이런 광경을 두 번 세 번 되풀이할 기회를 가질 수 있지 않겠냐며 선고를 내린 바로 그 운명이 슬쩍 나를 부추기는 날도 있었다. 사실 수단 방법 가리지 않고 둘의 애정을 서로에게 비추는 데만 힘썼더라면 그날을 기점으로 하여 지금쯤 치요코와 나는 인간의 이해관계로는 갈라놓을 수 없는 사랑에 빠졌을지도 모르겠다. 단지 나는 그와는 반대되는 방침을 취했을 뿐이다.

다구치 부부의 생각이나 어머니가 가지고 있는 희망은 남들이 귀띔하는 책략과 마찬가지로 별 의미가 없다 치더라도, 그녀와 내가 지닌 천성만을 놓고 볼 때 우리는 도저히 함께할 가망이 없다고 나는 믿고 있었다. 누가 왜냐고 물으면 명쾌하게 대답하지 못할는지도 모른다. 남에게 설명하기 위해 그렇게 믿는 게 아니므로. 나는 예전에 문학을 좋아하는 어느 친구에게서 다눈치오 Gabiriele D'Annunzio, 19세기 이탈리아의 탐미주의 문학가와 한 소녀에 대한 이야기를 들은 적이 있다. 다눈치오란 사람은 현재 이탈리아에서 가장 유명한 소설가라고 하니까 친구는 그의 세력이 얼마나 대단한지를 소개해줄 생각이었겠지만, 나는 인용된 소녀에게 더 흥미가 있었다. 그 이야기는 이렇다.

어느 날 다눈치오가 어느 모임에 초대를 받았다. 문학가를 나라의 장식처럼 추켜세우는 서양이니만큼 다눈치오는 그의 곁에 몰려든 사람들의 다대한 존경과 아첨을 받으며 위인 대접을 받았다. 그가 그곳에 모인 모든 사람들의 주의를 한 몸에 모으며 여기저기 돌아다니던 중 어쩌다가 손수건을 떨어뜨렸다. 혼잡한 탓인지 본인은 물론 곁에 있던 이들도 그 사실을 눈치 채지 못했다. 그때 나이 어린 아리따운 여자가 손수건을 주워 다눈치오에게 가져왔다. 그녀는 그것을 다눈치오에게 건네주려고 "이거 당신 거죠?"라고 물었다. 다눈치오는 고맙다고 대답했다. 그러고는 그녀의 아름다운 용모에 대해 칭찬의 말을 해주고 싶었는지, 여자가 당연히 기뻐할 거라는 듯이 "당신 거라 생각하고 가져가십시오, 드릴 테니까요"라고 했다. 여자는 대답 없이 잠자코 손가락 끝으로 그 손수건을 집어서는 난로 옆으로 가더니 그것을 불 속에 던져넣었다. 다눈치오를 제외한 모든 사람들은 웃음을 참지 못했다.

나는 이 이야기를 들었을 때 다갈색 머리털의 젊은 이탈리아 미인을 떠올리는 대신 바로 치요코의 눈과 눈썹을 상상했다. 그리고 그 여인이 만일 치요코가 아니라 동생인 모모요코였다면 속마음은 다를지언정 일단 그 자리에서는 감사 인사를 하고 기분 좋게 손수건을 받았을 것이라고 생각했다. 다만 치요코는 그럴 수가 없는 사람이다.

입이 험한 마쓰모토 숙부는 이 자매에게 별명을 붙여서 늘 큰 두꺼비와 작은 두꺼비라 부른다. 입술은 얇은데 입이 길어서 꼭 동전을 넣는 두꺼비 지갑 같다며 둘을 웃기거나 화나게 하곤 한다. 이건 성격과 관계없이 얼굴을 두고 한 말이지만, 이 숙부가 자매를 평할 때 작은 두꺼비는 얌전해서 좋은데 큰 두꺼비는 너무 거칠다고 할 때마다 나는 이모부가 치요코를 어떻게 보는 걸까 하는 생각에 그의 안목이 의심스러워진다. 치요코의 말이나 행동이 때로 거칠어 보이는 이유는 그녀 안에 여자답지 못하고 조야한 면이 있어서가 아니라 오히려 여자답고 상냥한 감정으로 인해 앞뒤를 잊고 자기 자신을 내던지기 때문이라고 나는 믿어 의심치 않는다. 그녀가 선악을 판단하는 기준은 거의 학문이나 경험과는 무관하다. 그저 직관적으로 상대방을 가늠하여 불타오를 뿐이다. 그러다 보니 상대방은 때에 따라서는 벼락이라도 맞은 것처럼 된다. 그녀가 강하고 세찬 반응을 보이는 것은 가슴속에서 순수한 덩어리가 한꺼번에 다량으로 비어져 나온다는 의미이지 가시나 독, 부식제 같은 것을 내뿜거나 퍼붓는 것과는 전혀 다르다. 그 증거로, 그녀가 아무리 격하게 화를 낼 때에도 나는 그녀가 깨끗한 무언가로 나의 몸 속을 씻어주는 듯한 기분일 때가 몇 번이나 있었다. 드물게는 고귀한 사람과 만났다는 느낌조차 들었을 정도이다. 나는 홀로 온 세상을 앞에 두고 서서 그녀는 모든 여자들 중에서 가장 여자다운 여자라고 변호하고 싶을 정도였다.

12

이렇게 좋게 생각하는 치요코를 아내로 맞이하면 안 될 무슨 문제가 있는가. 실은 스스로 내 가슴에게 이렇게 물어본 적이 있다. 하지만 이유고 뭐고 생각하기도 전에 나는 두려워졌다. 그리고 부부가 된 두 사람을 눈앞에서 오래 상상하는 것도 견딜 수 없었다. 이런 사실을 어머니에게 말하면 틀림없이 놀랄 것이다. 어쩌면 또래 친구에게 이야기해 봤자 이해받지 못할 것이다. 하지만 구태여 기억을 침묵 속에 묻어둘 필요는 없으니까 혼자만의 감상으로 놔두지 않고 여기서 고백하겠는데, 한마디로 말하면 치요코는 두려움을 모르는 여자다. 그리고 나는 두려움만을 알아버린 남자다. 그러니까 어울리지 않을 뿐만 아니라 부부가 되려면 두 사람이 완전히 반대로 돼야 하는 것이다.

나는 늘 생각하곤 한다. '순수한 감정만큼 아름다운 것은 없다. 아름다운 것만큼 강한 것은 없다'라고. 강한 사람이 두려워하지 않는 것은 당연하다. 내가 만일 치요코를 아내로 삼는다면 아내 눈에서 나오는 강렬한 빛을 견뎌야만 할 것이다. 그 빛은 꼭 노여움을 뜻하는 건 아니다. 정情에서 나오는 빛이나 사랑에서 나오는 빛 혹은 깊은 사모의 빛이라 해도 마찬가지다. 나는 분명 그 빛 때문에 꼼짝 못할 게 뻔하다. 그것과 똑같은 정도, 아니 어쩌면 그 이상의 무언가를 그녀에게 돌려주기에는 내가 가진 감정이 너무 빈약하기 때문이다. 지금까지 나는 향기 짙은 한 통의 청주를 받고도 그것을 끝까지 맛볼 자격이 없는, 술을 못 마시는 사람으로서 세상의 교육을 받아왔다.

치요코가 나에게 시집오면 반드시 잔인한 실망을 느끼게 될 것이다. 그녀는 하늘이 부여해준 아름다운 감정을 아낌 없이 전부 남편에게 쏟겠지만, 남편이 그것을 정신적인 자양분으로 받아들여 세상 속에서 활약을 하는 게 자신에 대한 유일한 보답이라고 생각할 것이다. 나이 어리고 공부도 부족하고 식견이 좁다는 면에서 딱하다고 할 그녀는 머리와 가슴을 모조리 실제 세상에 던져넣어 눈으로 볼 수 있는 권력이나 재력을 얻지 않으면 사내가 아니라고 생각하고 있다. 단순한 그녀는 나에게 시집오더라도 내가 그렇게 일하기를 요구할 것이고 또 요구하기만 하면 내가 그럴 수 있으리라고 고집스럽게 믿을 것이다. 두 사람

사이에 가로놓인 근본적인 불행은 이 때문이라고 해도 틀리지 않다. 지금 말했듯이 나는 그녀가 아내로서 보여줄 아름다운 감정을 가득 받아들일 수 없는 지극히 찌든 성격이지만, 불에 달군 돌에 물을 뿌렸을 때처럼 그것을 죄다 빨아들일 수 있다고 해도 그녀가 원하는 만큼 이용하지는 못한다. 만약 순수한 그녀에게 내가 어떤 영향을 받는다면, 그것은 아무리 설명해 줘도 그녀는 이해할 수 없을 부분에 짐작도 못할 형태로 나타나게 될 것이다. 만에 하나 그녀 눈에 보인다 하더라도 그녀는 그것을 화장품을 바른 내 머리나 반짝이는 비단 버선으로 감싼 내 발보다도 달가워하지 않을 것이다. 요컨대 그녀 입장에서는 아름다운 감정을 나에게 영원히 낭비한 결과 차츰차츰 결혼의 불행을 한탄하게 될 뿐이다.

나는 나와 치요코를 비교할 때마다 두려워하지 않는 여자와 두려워하는 남자라는 말을 되풀이하고 싶어진다. 나중에는 그게 내가 만든 말이 아니라 서양인이 쓴 소설에 나오는 구절이라는 생각까지 든다. 요전에 강론을 좋아하는 마쓰모토 숙부가 시와 철학의 구별에 대해 이야기해준 적이 있는데, 그 뒤로는 두려워하지 않는 여자와 두려워하는 남자라고 하면 바로 나오는 거리가 먼 시와 철학을 떠올리곤 한다. 숙부는 전문적인 학식은 없어도 흥미는 가지고 있는 만큼 이런저런 재미있는 이야기를 해주었다. 하지만 그가 나를 두고 '너처럼 감성적인 사람은' 이라고 슬쩍 나를 시인처럼 평한 것은 틀린 말이다. 내가 보기에는 두려워하지 않는 게 시인의 특색이고 두려워하는 게 철학자의 운명이다. 내가 과감한 행동을 못하고 우물쭈물하는 이유는 무엇보다 결과를 먼저 생각하며 생각정을 하기 때문이다. 치요코가 바람처럼 자유롭게 행동하는 이유는 앞이 보이지 않을 정도로 강한 감정이 한꺼번에 가슴에서 솟아오르기 때문이다. 그녀는 내가 알고 있는 사람 중에서 가장 두려움 없는 사람이다. 그래서 두려워하는 나를 경멸한다. 나는 또 감정이라는 자신의 무게 때문에 발끝이 걸려 넘어질 것 같은 그녀를, 운명의 아이러니를 이해하지 못하는 시인이라고 깊이 동정한다. 아니, 때에 따라서는 그녀를 위해 전율하기까지 한다.

13

스나가가 들려준 이야기의 마지막 부분은 게이타로의 이해력을 괴롭혔다. 사실 게이타로는 나름대로 시인이라고도 철학자라고도 할 수 있는 사람일 것이다. 하지만 그것은 곁에서 지켜보는 사람들이 하는 말이고 게이타로 자신은 결코 어느 쪽이라고도 생각지 않았다. 따라서 시니 철학이니 하는 말도 달세계에서나 도움이 되는 꿈같은 것일 뿐 거의 고려할 가치가 없다고 생각했다. 더욱이 그는 이론을 몹시 싫어했다. 오른쪽이나 왼쪽으로 몸을 움직일 수 없는 이론은 아무리 잘 만들어진 것이라 해도 그에게는 쓸모없는 위조지폐와 같았다. 그러니 두려워하는 남자니 두려워하지 않는 여자니 하는 점괘 같은 표현을 잠자코 듣고만 있을 수는 없었다. 하지만 촉촉하게 젖은 신변 이야기가 이어지면서 감상이 흘러들어 게이타로 역시 잘 모르긴 해도 순순히 귀를 기울이지 않을 수 없었다.

스나가도 그것을 눈치 챘다.

"얘기가 이론만 파고들어서 까다로워졌군. 너무 신나서 혼자 떠들다 보니."

"아니, 상관없어. 아주 재미있어."

"지팡이의 효과가 있는 거 아닌가?"

"신기하게도 있는 것 같아. 하는 김에 좀 더 뒤쪽까지 이야기해 주지 않겠나?"

"이제 없어."

스나가는 그렇게 잘라 말하고 조용한 물 위로 시선을 옮겼다. 게이타로도 잠깐 입을 다물고 있었다. 희한하게도 지금 들은 스나가의 시인지 철학인지 모를 이야기는 불분명한 모양의 뭉게구름처럼 머릿속에 치솟아서 간단히 사라지려 하지 않았다. 아무 말 없이 앞에 앉아 있는 스나가도 평소와 달리 어딘가 기이하게 보였다. 암만해도 아직 사연이 더 있는 게 분명하다고 생각한 게이타로는, 지금 마지막으로 한 이야기가 언제쯤 있었던 일인지를 물었다. 스나가는 삼학년 때쯤에 일어난 일이라고 대답했다. 게이타로는 그 관계가 일 년 남짓 되는 동안 어떤 경로를 따라 어떻게 진행되었고, 지금은 어떻게 해결되었는지 물어보았다. 스나가는 쓴웃음을 짓고 일단 밖으로 나가자고 말했다. 두 사람은 계산을 마치고 밖으로 나왔다. 스나가는 앞에 선 게이타로가 의기양양하게 흔드는 지팡이의 그림자를 보고 또 쓴웃음을 지었다.

시바마타 다이샤쿠텐의 경내에 들어간 그들은 평범한 사당에 의리상 참배했다는 표정으로 이내 문을 나섰다. 그리고 두 사람은 기차를 타고 곧장 도쿄로 돌아가고 싶어졌다. 역에 도착하니 굼뜬 시골기차가 출발하려면 시간이 아직 멀었다. 두 사람은 곧 근처에 있는 찻집에 들어가 쉬었다. 게이타로는 아까의 약속을 내세워 스나가로 하여금 다음과 같은 이야기를 들었다.

내가 대학 삼학년에서 사학년으로 올라가던 해 여름방학에 있었던 일이다. 우리 집 이층에 틀어박혀서 더운 여름을 어떻게 보낼까 궁리하고 있는데, 아래층에서 어머니가 올라와 한가해지면 가마쿠라鎌倉에 좀 다녀오는 게 어떻겠냐고 물었다. 일주일쯤 전에 다구치의 식구들은 가마쿠라로 피서를 가서 지내고 있었다. 원래 이모부는 해변을 그다지 좋아하지 않는 성격이라서 가족들은 매년 가루이자와輕井澤, 나가노 현 동부에 있는 피서지. 메이지 말기 외국인들이 별장을 짓기 시작하면서 급속히 발전한 곳에 있는 별장에 가곤 했지만, 그 해에는 꼭 해수욕을 하고 싶다는 딸들의 희망을 받아들여 자이모쿠자材木座에 있는 어떤 사람의 저택을 빌렸다. 가마쿠라로 가기 전 치요코는 작별인사를 겸해 찾아왔고, 아직 가보지는 않았지만 산그늘 밑 서늘한 벼랑에 이삼층으로 지은 제법 널찍한 집이라니까 꼭 놀러 오시라고 어머니에게 권하는 말을 옆에서 듣고 있었다. 그래서 나는 어머니야말로 가서 놀다 오면 기분전환도 되고 좋지 않겠냐고 조언했다.

어머니는 품에서 치요코의 편지를 꺼내 보여주었다. 치요코와 모모요코가 같이 쓴 그 편지는 나와 어머니가 함께 와주길 바란다는 이모의 말을 전하고 있었다. 어머니가 가시겠다고 하면 나이 든 사람을 혼자 기차에 태우는 게 걱정이니 내가 따라가야 했다. 편벽한 나는 폐가 되지 않는다 해도 그렇게 혼잡한 곳에 둘이 들이닥치는 게 미안해서 싫었다. 하지만 어머니는 가고 싶은 눈치였다. 그리고 그게 마치 나를 위한 것처럼 보여서 더 싫어졌다. 하지만 결론부터 말하자면 결국 가기로 했다. 이런 말이 어떤 이에게는 안 통하겠지만 나는 고집이 세면서도 또 고집이 약한 사내인 것이다.

14

어머니는 내성적인 성격이라 평소 여행을 별로 좋아하지 않았다. 고풍스러운 방식을 중시하는 엄격한 아버지가 살아 계실 때에는 바깥출입도 별로 많지 않은 듯했다. 사실 나의 기억에는 아버지와 어머니가 놀러 가기 위해 집을 비운 적이 없다. 아버지가 돌아가고 자유로워진 뒤에도 어머니에게는 마음이 내킬 때 좋아하는 곳에 갈 기회가 거의 없었다. 혼자 멀리 가거나 오래 집을 비울 수가 없었던 그녀는 아들과 둘만이 사는 가정에서 이렇게 해마다 늙어왔다.

가마쿠라에 가기로 마음먹은 날 나는 어머니를 위해 가방을 하나 들고 직행기차에 탔다. 기차가 움직이기 시작하자 어머니는 옆에 걸터앉은 나에게 기차도 오랜만이라고 웃으면서 말했다. 그 말을 듣는 나 역시 자주 하는 경험은 아니었다. 새로운 기분에 들떠서 두 사람의 대화는 평소보다 활발했다. 무슨 이야기를 했는지 전혀 기억도 나지 않는 화젯거리를 듣기도 하고 말하기도 하는 사이에 기차는 목적지에 닿았다. 미리 알리지 않았기 때문에 아무도 역에 데리러 나오지는 않았지만 인력거를 탈 때 아무개 씨 별장이라고 귀띔했더니 인력거꾼은 곧 알아듣고 끌기 시작했다. 나는 한동안 못 와본 사이에 갑자기 새 집이 많아진 모랫길을 지나면서 소나무 틈으로 멀리 보이는 밭과 그 한가운데에 아름답게 핀 노란 꽃을 바라보았다. 언뜻 유채꽃과 비슷한 분위기의 진기한 꽃이었다. 나는 인력거 위에서 이 반짝반짝하는 색깔의 정체는 뭘까 곰곰이 생각하다가 문득 호박이라는 사실을 깨닫고 혼자 우스워졌다.

인력거가 별장 앞에 도착하자 미닫이문을 떼어낸 방 안에서 움직이는 그림자가 길에서도 잘 보였다. 나는 그 중에 하얀 유카타를 입은 어떤 남자가 있는 것을 보고 어제쯤 이모부가 도쿄에서 왔나 생각했다.

그런데 우리를 맞이하러 모두 현관에 나왔는데도 그 남자는 얼굴을 보이지 않았다. 물론 이모부라면 그럴 수도 있다고 생각하면서 방 안으로 들어가보니 거기에도 그의 모습은 보이지 않았다. 내가 두리번거리는 동안 이모와 어머니는 기차 안이 덥지 않았냐는 둥 전망 좋은 곳으로 잡아서 좋다는 둥 나이 든 여자답게 수다스러운 인사를 주고받기 시작했다. 치요코와 모모요코는 어머니를 위해 유카타를 권하기도 하고 우리가 벗어둔 옷을 바람에 내다 말려주기도 했다. 나는 하녀에게 목욕탕으로 안내해 달라고 한 뒤 얼굴과 머리를 씻었다. 해안으로부터 꽤 떨어져 있는 고지대이지만 생각보다 물이 좋지 않았다. 수건을 짠 뒤 쇠대야의 바닥을 보니까 순식간에 모래 같은 앙금이 가라앉았다.

"이걸 써요."

돌연 치요코의 목소리가 뒤에서 들렸다. 돌아보니 흰 마른 수건을 들고 있었다. 나는 수건을 받아 들고 일어섰다. 치요코는 또 옆에 있는 경대 서랍에서 빗을 꺼내주었다. 내가 거울 앞에 앉아 머리를 빗는 동안 그녀는 목욕탕 입구에 있는 기둥에 몸을 기대고 서서 내 젖은 머리를 쳐다보고 있다가, 내가 아무 말도 하지 않으니까 물었다.

"물이 나쁘죠?"

나는 여전히 거울을 쳐다보면서 "왜 이런 색이 나는 걸까"라고 말했다. 물에 대한 이야기가 끝나자 나는 빗을 경대 위에 놓고 수건을 어깨에 건 채 일어났다. 치요코는 나보다 먼저 기둥에서 떨어져 방으로 가려 했다. 나는 불쑥 그녀를 불러 이모부는 어디에 계신지 물었다. 그녀는 멈춰 서서 돌아보았다.

"아버지는 사오 일 전에 잠깐 오셨다가 그저께 또 볼일이 생겼다면서 도쿄로 돌아가셨는데요."

"여기엔 안 계셔?"

"네. 왜요? 어쩌면 오늘 저녁에 고이치를 데리고 다시 오실지도 모르지만."

치요코는 내일 날씨가 좋으면 다 같이 고기를 잡으러 가기로 했기 때문에 이모부가 일정을 조정해서라도 오늘 저녁에 돌아오지 않으면 곤란해진다고 말했다. 그리고 나에게도 꼭 같이 가자고 권했다. 나는 고기보다도 아까 본 유카타 차림의 사내가 어디 있는지가 알고 싶었다.

15

"아까 누군지 몰라도 방에 남자 한 명 있었잖아?"

"그 사람은 다카기高木 씨에요. 왜, 아키코秋子의 오라버니 있잖아요. 알죠?"

나는 안다고도 모른다고도 대답하지 않았다. 하지만 속으로는 다카기라 불리는 사람이 누구인지 이내 알아차렸다. 모모요코의 학교 친구 중 다카기 아키코라는 소녀가 있다는 사실은 전부터 알고 있었다. 모모요코와 함께 찍은 사진에서 그 아이의 얼굴도 본 적이 있었다. 그림엽서에서 글씨체도 보았다. 오라버니가 미국에 가 있다는 둥 이제 막 돌아왔다는 둥 하는 이야기도 그 무렵에 들었다. 가정형편은 어렵지 않을 테니까 그 사람이 가마쿠라에 놀러 와 있다는 것쯤 수상히 여길 일은 아니었다. 여기에 별장을 가지고 있다 해도 이상하지 않았다. 하지만 나는 그 다카기라는 사내가 살고 있는 집을 치요코에게 물어보고 싶었다.

"바로 요 밑이에요."

그녀는 이 말뿐이었다.

"별장이야?"

나는 거듭해서 물었다.

"네."

우리 둘은 더 이상 다른 이야기는 하지 않고 방으로 돌아갔다. 방에서는 어머니와 이모가 아직도 바다색이 어떻다는 둥 대불大佛이 어느 쪽 방향에 있느냐는 둥 별것도 아닌 이야기를 큰 문제라도 되는 것처럼 주거니 받거니 하고 있었다. 모모요코는 아버지가 저녁때까지 오겠다고 연락해온 사실을 치요코에게 알려주었다. 둘은 벌써부터 내일 고기를 잡으러 가면 얼마나 즐거울지를 눈앞에 그리면서 그 즐거움을 손에 넣은 사람들처럼 이야기를 나누었다.

"다카기 씨도 가시는 거지?"

"이치도 같이 가요."

나는 안 간다고 대답했다. 그 이유로 집에 볼일이 있어서 오늘 밤 도쿄에 돌아가야만 한다는 설명을 덧붙였다. 하지만 속으로는 그러잖아도 혼잡한 이곳에 다구치 이모부가 고이치를 데리고 오면 내가 잘 자리가 없겠다는 걱정이 들었기 때문이다. 게다가 나는 자매와 아는 사이인 다카기라는 사내와 만나는 게 싫었다. 그는 아까까지 두 사람과 내 이야기를 하고 있다가 내가 온 걸 보고 예의를 차리느라 뒷문으로 돌아갔다고 한다. 모모요코에게 그 이야기를 들었을 때 나는 우선 거북한 순간을 모면하게 되어 다행이라고 생각했다. 나는 그 정도로 모르는 사람을 겁내는 성미였다.

돌아가겠다는 나의 말에 두 사람은 놀란 얼굴로 나를 말리려 했다. 특히 치요코는 기를 썼다. 그녀는 나를 두고 이상한 사람이라고 했다.

어머니를 혼자 남겨두고 바로 돌아가는 법은 없다고까지 했다. 돌아간다고 해도 돌려보내지 않겠다고 했다. 그녀는 여동생인 모모요코나 남동생인 고이치보다 나와 이야기할 때 훨씬 더 자유롭게 말할 수 있는 특권이 있었다. 그녀가 나를 대할 때처럼 대담하고 솔직하고 (어떤 때에는 선의이기는 하지만) 위압적으로 처신할 수만 있다면 결점이 많은 나 같은 사람도 세상을 유쾌하게 살아갈 수 있을 거라는 생각에 나는 이 조그만 폭군을 항상 부러워하고 있었다.

"서슬이 퍼렇구먼."

"당신은 불효자예요."

"그럼 이모님께 여쭤보고 올 테니까 이모님이 자고 가는 게 좋다고 하시면 묵어요, 알았죠?"

모모요코는 우리 사이를 중재하려는 말투로 이렇게 말하고는 나이든 사람들이 대화하고 있는 방으로 갔다. 어머니 의향은 물론 물어볼 것도 없었다. 그러니 모모요코가 나이 든 두 사람에게서 들은 대답도 더 말해 봤자 사족일 뿐이다. 요컨대 나는 치요코의 포로가 된 것이다.

잠시 후 나는 잠깐 마을에 갔다 오겠다는 핑계를 대고 오후의 뜨거운 햇살을 박쥐우산으로 가리며 별장 부근을 두서없이 배회했다. 오랜만에 찾아온 이곳의 옛 모습을 기리기 위해서라고 핑계 댈 수도 있지만, 그런 예스러운 기분을 즐길 만한 풍류를 갖고 있었다 한들 지금으로선 거기에 빠져 있을 만큼 안정되어 있지도 않고 여유도 없었다. 나는 그저 어슬렁어슬렁 근처의 문패를 읽고 다녔다. 그리고 비교적 훌륭한 단층건물의 문기둥에서 다카기高木라는 두 자를 확인하고는 여기로군 하고 잠시 문 앞에 우두커니 서 있었다. 그러고 난 뒤에는 다시 아무런 목적도 없이 십오 분쯤을 느릿느릿 걸어다녔다. 하지만 그것은 내가 다카기의 집을 보기 위해 일부러 밖에 나온 게 아님을 스스로에게 확인한 것일 뿐이었다. 나는 얼른 되돌아갔다.

16

사실 나는 이 다카기라는 사내에 대해 거의 아는 게 없었다. 단 한 번 그가 적당한 배우자를 찾고 있다는 사정을 모모요코에게서 전해 들었을 뿐이다. 그때 언니가 어떻겠냐며 상남이라도 하듯이 모모요코가 내 얼굴색을 살폈던 것을 기억하고 있다. 나는 여느 때처럼 냉담한 투로, 좋을지도 모르겠으니 어머니나 아버지에게 얘기해 보라고 했던 기억이 난다. 그 뒤로 내가 다구치 이모부 댁을 몇 번이나 찾아갔는지는 모르겠지만, 적어도 내가 있는 자리에서는 다카기라는 이름을 아무도 꺼내지 않았다. 무슨 흥미가 있어서 친하지도 않고 얼굴조차 본 적 없는 사내의 집을 찾아 모래알이 바짝바짝 타는 더위를 무릅쓰고 외출했을까? 나는 오늘까지 그 이유를 아무에게도 이야기하지 않았다. 그때는 스스로도 잘 납득할 수 없었다. 그저 아득한 불안 같은 것이 내 몸을 움직이게 했다는 막연한 느낌만 가슴에 번질 뿐이었다. 하지만 가마쿠라에서 보낸 이틀 동안 그 불안이 명확한 형태를 띠고 발전한 결과, 바로 그 힘이 또 나를 산책길로 꾀어낸 게 틀림없다고 지금에서야 생각하는 것이다.

별장으로 돌아간 지 한 시간이 안 되어 내가 예의주시하던 문패와 같은 이름을 가진 사내가 홀연히 내 앞에 나타났다. 다구치 이모는 다카기 씨라면서 친절하게 나에게 소개했다. 그는 한눈에도 몸이 다부지고 혈색이 좋은 청년이었다. 나이는 어쩌면 나보다 많을지도 모른다고 생각했지만 그 시원시원한 얼굴을 형용하려면 '청년'이라는 글자가 꼭 필요할 정도로 그는 생기에 넘치고 있었다. 이 사내를 처음 봤을 때 나는 하늘이 서로 정반대인 두 사람을 비교하기 위해서 일부러 우리를 같은 방에 나란히 세운 건 아닐까 싶었다. 물론 불리한 쪽은 나였으므로 새삼스레 소개를 받는다는 건 재미없는 농담처럼 느껴질 뿐이었다.

우리 둘의 외관은 이미 심술궂은 대조를 보였다. 하지만 분위기나 사람을 대하는 태도를 보면 나는 더욱 심한 차이를 느끼지 않을 수 없었다. 내 앞에는 어머니, 이모, 사촌 모두 친밀한 혈속만 있는데도 이들에게 둘러싸여 있는 내가 손님으로 느껴질 만큼 그는 사양하지 않고 자유롭게, 게다가 자신의 품위를 떨어뜨리지 않는 기술을 터득하고 있었다. 모르는 사람을 두려워하는 나로서는, 이 사내는 태어나자마자 사교 클럽 뒤에 버려져 거기서 어른으로 성장했을 거라 평하고 싶을 정도였다. 그는 십 분도 지나기 전에 나에게서 모든 대화를 빼앗았다. 그리고 그것을 죄다 제 한 몸으로 모아버렸다. 그 대신 나를 소외시키지 않으려 신경을 써서 때때로 나에게 한두 마디쯤 말을 던졌다. 그게 또 공교롭게도 나에게는 흥미 없는 화제였기 때문에 나는 모두를 상대로 이야기할 수도 없고 다카기 한 사람을 상대로 이야기할 수도 없었다. 그는 이모를 친근하게 '어머니'라고 불렀다. 치요코에게는 나와 마찬가지로 소꿉친구끼리 쓰는 '지요'라는 이름을 꽤 자연스럽게 사용했다. 그는 내가 도착했을 때 마침 지요와 나에 대한 이야기를 하고 있던 참이라고 말했다.

나는 처음 그의 외모를 보았을 때부터 그가 부러웠다. 대화하는 것을 보고서는 나는 그에게 미치지 못한다고 생각했다. 이런 경우 그것만으로도 그는 나를 불쾌하게 만들기에 충분했을 것이다. 하지만 관찰하는 동안 어쩌면 그가 스스로의 자신 있는 면을 열등한 나에게 보란 듯이 뽐내는 게 아닐까 하는 의심이 들었다. 그때부터 나는 갑자기 그를 미워하기 시작했다. 그리고 내가 입을 열 기회가 돌아와도 일부러 침묵을 지켰다.

지금 차분한 기분으로 그때 일을 돌아보면 그런 해석은 비뚤어진 마음 때문이었을 것이다. 나는 사람을 의심할 때 의심하는 자기 자신도 동시에 의심하지 않고는 못 배기는 성미라서 결국 다른 사람과 이야기를 할 때에도 확실한 말을 하기가 어렵다. 하지만 정말로 내 근성이 비뚤어진 탓이라면 그 이면에는 아직 어떤 형태로도 응결된 적 없는 질투가 숨어 있는 것이다.

17

남자로서 나 자신이 질투심이 강한 편인지 어쩐지 잘 모른다. 경쟁자가 없는 외아들로 애지중지 자라온 나는 적어도 가정 내에서 질투를 느낄 일은 없었다. 소학교나 중학교에서도 다행히 나보다 성적 좋은 학생이 별로 없었던 탓에 극히 태평하게 통과한 것 같다. 고등학교에서 대학까지는 석차를 그다지 중시하지 않는 게 관습인 데다가 해마다 식견이라는 것이 늘어나 자신을 더 높게 평가하기 마련이라 점수가 높고 낮은 것은 대수로운 걱정거리가 아니었다. 그 외에도 나는 아직 애절한 사랑에 빠진 경험이 없다. 여자 하나를 두고 둘이서 다툰 기억은 더욱 없다. 고백하자면 나는 젊은 여자, 특히 아름답고 젊은 여자에 대해 보통 이상의 세심한 주의를 기울일 수 있는 사람이다. 길을 걷다가 아리따운 얼굴과 아리따운 옷을 보면 구름 사이로 선명한 햇살이 비칠 때처럼 마음이 환해진다. 가끔씩은 소유하고 싶다는 생각도 든다. 하지만 이내 그 얼굴이나 옷이 얼마나 덧없이 변화될 것인지를 생각하면 취기가 걷힌 뒤 갑자기 오싹해지는 비참함을 느낀다. 내가 미인을 끈질기게 따라다니지 않는 이유는 바로 술에 버림받은 듯한 이 쓸쓸함이 훼방을 하기 때문일 뿐이다. 나는 이런 기분에 사로잡힐 때마다 젊은 내가 갑자기 노인이나 중으로 변한 건 아닐까 하는 생각이 들어서 매우 불쾌해진다. 하지만 어쩌면 그 덕분에 사랑의 질투란 것을 모르고 살아올 수 있었는지도 모른다.

나는 평범한 인간이고 싶다는 희망을 가지고 있으므로 질투심 없는 것을 뽐내고 싶지는 않지만, 지금까지 이야기한 바대로 다카기라는 사내를 직접 보기 전에는 그런 이름의 감정에 강하게 마음을 빼앗긴 적이 없었다. 나는 그때 다카기에게서 받은 알 수 없는 불쾌감을 뚜렷이 기억하고 있다. 그리고 내 소유도 아니고 또 소유할 마음도 없는 치요코 때문에 이 질투심이 불같이 타올랐다고 생각하자 어떻게 해서든 질투심을 억제하지 않으면 나의 인격이 구겨질 것 같았다. 나는 권리를 상실한 질투심을 끌어안고 누구에게도 보이지 않는 마음속에서 고민하기 시작했다. 다행히 치요코와 모모요코가 햇볕이 약해졌으니 바다에 나가보겠다는 말을 꺼냈기 때문에 다카기도 그들을 따라갈 게 분명하다고 생각했고, 나는 어서 빨리 혼자가 되기를 원했다. 예상대로 그들은 다카기를 꾀었다. 그런데 의외로 그는 뭐라고 변명을 하면서 쉽게 일어서려 하지 않았다. 그가 나를 배려한 것임을 짐작한 나는 점점 더 눈썹을 찌푸렸다. 그 다음에 그들은 나를 꾀었다. 나는 두말할 것도 없이 응하지 않았다. 다카기의 면전에서 한시라도 빨리 달아날 기회가 주어지지 않는다면 손을 뻗어서 뺏고 싶을 정도였지만, 지금 이 기분으로는 두 사람과 해변까지 가려는 노력조차 하기 싫었다. 어머니는 실망한 표정으로 같이 갔다 오라고 말했다. 나는 입을 다물고 멀리 바다 위를 바라보고 있었다. 자매는 웃으면서 일어났다.

"변함없이 괴팍해, 당신은. 마치 개구쟁이 꼬마 같지 뭐예요."

치요코에게 비난을 받은 나는 누구에게도 어엿한 개구쟁이 꼬마로 보였으리라. 나 스스로도 개구쟁이 꼬마 같은 마음이었다. 눈치 빠른 다카기는 두 사람을 위해 삿갓처럼 커다란 밀짚모자를 마루에서 가져다주면서 다녀오라고 인사했다.

둘의 뒷모습이 별장 문을 나간 뒤 다카기는 한동안 나이 든 사람들을 상대로 이야기를 나누었다. 그는 이렇게 피서를 와 있으면 마음이 편하고 좋지만 어떻게 날을 보내야 할지 몰라서 도리어 고통스럽다고 했는데, 실제로도 더위와 따분함으로 인해 활기찬 몸을 주체하지 못하는 듯했다. 잠시 뒤 "이제부터 밤이 될 때까지 뭘 하며 보낼까"라고 혼잣말처럼 말하더니 문득 생각났다는 듯이 나에게 당구는 어떻겠느냐고 물었다. 다행히 나는 태어나서 지금까지 당구라는 유희를 시도해본 적이 없었기에 바로 거절했다. 다카기는 마침 좋은 상대가 생겼다고 생각했는데 아쉽게 됐다며 돌아갔다. 활발하게 움직이는 그의 뒷모습을 눈으로 배웅하고 있자니 그는 이제부터 자매가 있는 해변 쪽으로 갈 게 분명하다는 생각이 들었다. 하지만 나는 앉은 자리를 떠나지 않았다.

18

다카기가 떠난 후 어머니와 이모는 잠시 그에 대해 이야기했다. 처음 만나는 사람인 만큼 어머니는 한층 인상 깊은 모양이었다. 허물없고 무척

자상하게 마음을 쓰는 사람 같다며 칭찬하였다. 이모는 또 어머니가 내린 평가를 하나하나 실제로 있었던 예에 비추어 확인하는 듯했다. 이때 나는 다카기에 대해 내가 가진 극히 빈약한 지식을 거의 대부분 정정해야 한다는 사실을 깨달았다. 모모요코에게 듣기로 그는 미국에서 돌아왔다는데 이모 말에 따르면 온전히 영국에서 교육을 받은 사내였다. 이모는 '영국 신사'라는 말을 어디서 듣고 왔는지 두세 번 그 말을 써서 아무 것도 모르는 어머니를 놀라게 했을 뿐 아니라, 그래서 그런지 왠지 품위가 있다고 설명해 주기까지 했다. 어머니는 그저 입을 벌린 채 감탄할 뿐이었다.

두 사람이 이런 이야기를 하고 있는 동안 나는 거의 한 마디도 하지 않았다. 다만 겉으로는 평소와 다름없어 보이는 어머니가 이 순간 마음속으로 다카기와 나를 비교하며 어떻게 생각하고 있을지를 헤아려보면, 어머니가 딱하기도 하고 원망스럽기도 했다. 치요코와 나라는 오래된 관계를 한쪽에 두고 또 치요코와 다카기라는 새로운 관계를 다른 쪽에 놓고 상상할 때 어머니의 심정이 어떠할지를 생각하니, 아무리 작은 불안이라 해도 피하려면 피할 수 있었던 것을 일부러 안겨주기 위해 이곳으로 모셔온 것과 마찬가지였기 때문에 나로서는 그러잖아도 불쾌한 기분에 어머니에 대한 미안함이라는 고통까지 더해야 했다.

앞뒤 분위기로 짐작할 뿐 사실로 드러나지는 않았으니 뭐라 말하기 거북하지만, 이모는 인연이 있다면 치요코를 다카기에게 보낼 생각이라며 이 자리를 빌려 상담인지 선언인지 모를 형태로 우리 모자에게 고백하려 했는지도 모르겠다. 온갖 일을 다 알아채면서 이럴 때에는 나보다 둔한 어머니는 무슨 생각을 하셨는지 몰라도 나는 이모가 나와 치요코를 영원히 떼어놓을 담판을 시작하리라고 예상했다. 하지만 다행인지 불행인지 이모가 그러한 말을 꺼내기 전에 밀짚모자의 넓은 챙을 팔랑거리면서 자매가 바닷가에서 돌아왔다. 어머니를 생각할 때 내 예상이 적중하지 않은 것은 기뻤다. 하지만 이 일이 나를 초조하게 만든 것 또한 사실이다.

저녁때가 되자 도쿄에서 올 이모부를 마중하러 자매와 함께 역에 다녀오라는 어머니의 말에 나는 집을 나섰다. 그들은 똑같은 유카타와 하얀 버선을 신고 있었다. 그 모습을 뒤에서 보고 있는 그들 어머니의 눈에는 얼마나 자랑스러워 보였을까. 또 치요코와 나란히 걷는 내 모습이 내 어머니에게는 얼마나 값어치 있는 그림이었을까. 하늘이 나를 이용해서 어머니를 속이는 것을 괴롭게 생각하면서 문을 나올 때 돌아봤더니 어머니와 이모는 아직 이쪽을 보고 있었다.

중간쯤 왔을 무렵 치요코는 생각났다는 듯이 갑자기 멈춰 서서 말했다.

"앗, 다카기 씨 불러내는 걸 잊어버렸다."

모모요코는 내 얼굴을 보았다. 나는 발길을 멈추었지만 입은 열지 않았다.

"이제 어쩔 수 없잖아? 여기까지 왔는데."

모모코가 말했다.

"하지만 아까 불러달라는 부탁을 받았단 말이야."

치요코가 말했다. 모모요코는 내 얼굴을 보며 주저했다.

"이치 씨, 시계 가지고 있죠? 지금 몇 시?"

나는 시계를 꺼내 모모요코에게 보여주며 말했다.

"아직 늦지 않았어. 불러올 거면 불러와도 돼. 난 먼저 가서 기다리고 있을 테니까."

"이미 늦었어 언니. 다카기 씨가 오실 작정이면 분명 혼자서라도 오실 거야. 나중에 깜박했다고 사과하면 되잖아?"

자매는 두세 번 옥신각신한 끝에 결국 되돌아가지 않기로 했다. 모모 요코가 예언했듯이 다카기는 기차가 도착하기 전에 종종걸음으로 역 구내에 들어와서는 그렇게 부탁해 두었는데 너무하다고 했다. 그리고 어머니는 어쩌고 계신지 물었다. 마지막으로 나를 보더니 아까는 실례 했다며 사근사근하게 인사했다.

19

그날 밤에는 이모부와 사촌동생이 온 데다 우리 모자까지 새로 식탁에 가세했기 때문에 식사시간이 여느 때보다 늦어졌을 뿐만 아니라 은근 히 걱정했던 것처럼 젓가락과 밥공기가 혼잡하게 움직이는 광경을 볼 수 있었다.

"이치, 마치 화재 현장 같지? 가끔씩 이렇게 법석을 떨며 밥을 먹는 것도 재미있어."

이모부는 이렇게 간접적으로 변명했다. 한가한 밥상에 익숙한 어머 니는 떠들썩한 분위기 속에서 이모부가 말한 것처럼 유쾌하다는 표정 이었다. 어머니는 내성적인 성격인데도 이런 쾌활한 자리를 좋아하는 편이다. 그녀는 우연히 화제에 오른 소금에 살짝 절인 전갱이 구이가 맛있다며 자꾸 칭찬했다.

"어부에게 부탁해 두면 얼마든지 마련해 줄 겁니다. 뭣하면 가는 길 에 가지고 가세요. 처형이 좋아하니까 드리고 싶다고 생각했는데 기회 가 없다 보니. 게다가 바로 상해 버려서 말이죠."

"나도 언젠가 오이소大磯에서 주문해서 일부러 도쿄까지 가지고 돌아간 적이 있는데 어지간히 조심하지 않으면 도중에서."

"썩어요?"

치요코가 물었다.

"이모, 오키쓰興津 도미는 싫어하세요? 전 이것보다 오키쓰 도미가 맛있던데."

모모요코가 말했다.

"오키쓰 도미는 또 그 나름으로 좋지."

어머니는 점잖게 대답했다.

이런 장황하고 번거로운 대화를 내가 왜 기억하고 있는가 하면 그때 어머니 얼굴에 나타난 만족스러워하는 표정에 주의하고 있었기 때문이지만, 또 다른 하나는 나 역시 어머니처럼 소금에 살짝 절인 전갱이를 좋아했기 때문이기도 하다.

말이 나온 김에 여기서 말하겠다. 취향이나 성격 면에서 나는 어머니를 닮은 면도 많지만 전혀 다른 면도 있다. 이 이야기는 누구에게도 말하지 않은 비밀이지만, 나는 내가 알아야 할 사항이라고 생각해서 어머니와 내가 어디가 어떻게 다르고 닮았는지에 대한 소상한 연구를 과거 몇 년간 은밀히 해왔다. 왜 그런 짓을 했는지 어머니가 묻는다면 차마 말할 수 없다. 내가 나 자신에게 물어봐도 확실히 대답할 수 없기 때문인 것이다. 하지만 결론부터 말하자면 이렇다. 결점이라도 어머니와 함께 가진 것이라면 나는 기뻤다. 장점이라도 어머니에겐 없고 나에게만 있으면 불쾌해졌다. 그 중에서 가장 내 마음에 걸리는 것은 내 이목구비가 아버지만 닮고 어머니와는 딴판이라는 사실이었다. 나는 지금도 거울을 볼 때마다 외모가 좀 떨어지더라도 어머니의 인상을 더 많이 물려받았다면 어머니의 아들다워서 얼마나 기분 좋았을까 생각한다.

식사가 늦어지다 보니 잠 잘 시간도 미루어져 꽤 시간이 늦어졌다. 게다가 갑자기 인원이 늘어나 이모는 이부자리 위치나 방 배정을 정하느라 고심했다. 남자 셋은 한데 모여 같은 방에서 잤다. 이모부는 살찐 몸을 주체 못하고 부채를 연신 팔락팔락 부쳐댔다.

"이치, 어떠냐, 덥지 않냐? 이래서야 도쿄가 훨씬 더 편하겠구나."

나와 내 옆에 있는 고이치도 도쿄 쪽이 편하다고 했다. 그런데 왜 가마쿠라까지 내려와 좁은 모기장에서 엎치락뒤치락하면서 고생을 하는지 이모부도 고이치도 나도 설명할 도리가 없었다.

"이것도 그 나름 재미다."

이모부의 이 한마디로 의문은 순식간에 해결되었지만 더위는 좀처럼 가시지 않아서 모두들 금세 잠들지 못했다. 고이치는 젊은이 아니랄까 봐 자꾸 내일 고기 잡을 것에 대해 아버지에게 질문했다. 또 이모부는 장난인지 진심인지 배에 타기만 하면 물고기가 소문만 듣고도 알아서 잡혀준다는 둥 듣기 좋은 이야기를 들려주었다. 자기 아들만을 상대로 이야기하는 게 아니라 때로는 "응, 이치?" 하고 그런 화제에 냉담한 나까지 끌어들이는 게 조금 이상했다. 하지만 그에 부응하는 대답을 해야 했기에 이야기가 끝날 때까지는 당연히 같이 갈 것처럼 응수하게 됐다. 나는 물론 갈 생각이 전혀 없었으므로 이런 변화는 나에게 뜻밖이라는 느낌을 주었다. 속 편해 보이던 이모부는 그새 큰 소리로 코를 골기 시작했다. 고이치도 새근새근 잠들었다. 단지 나만 뜬눈을 억지로 감고서는 밤 깊도록 이런저런 생각을 했다.

20

다음 날 눈을 떴더니 옆에서 잠들었던 고이치의 모습이 보이지 않았다. 나는 잠이 덜 깬 머리를 베개 위에 얹은 채 꿈인지 사색인지 모를 길을 떠돌면서 다른 부류의 인간을 훔쳐보는 듯한 호기심으로 잠든 이모부의 얼굴을 바라보았다. 그리고 자고 있을 때의 내 모습도 곁에서 보면 이와 같이 걱정 없는 얼굴일까 생각해 봤다. 그때 고이치가 들어와서 날씨가 어떤지 봐달라고 했다. 잠깐 일어나보라는 재촉에 마루로 나가 보니 바다 쪽은 온통 부드러운 안개의 막이 드리워져 가까운 곳의 나무 숲조차 평상시의 색깔로 보이지 않았다. 나는 "비가 오나" 하고 물었다. 고이치는 바로 마당으로 뛰어 내려가서 하늘을 바라보기 시작하더니 조금 내린다고 대답했다.

그는 오늘의 뱃놀이가 취소될까 봐 걱정인 듯 두 누나까지 마당으로 끌어내서 어떨까, 어떨까를 되풀이했다. 끝내는 최종 심판자인 아버지 의견을 들을 필요가 있다고 생각했는지 결국 자고 있는 이모부를 깨웠다. 이모부는 날씨 따위는 어떻게 되든 상관없다는 듯 졸린 눈으로 하늘과 바다를 한번 내다본 뒤에 이 정도면 이제 곧 갤 거라고 했다. 고이치는 그 말에 안심한 모양이었지만 치요코는 믿을 수 없는 무책임한 일기예보라서 걱정이라며 나를 보았다. 나는 뭐라고 말할 수 없었다. 이모부는 "뭘, 괜찮아, 괜찮아"라고 장담하면서 목욕탕 쪽으로 갔다.

식사를 마칠 즈음 안개 같은 비가 내리기 시작했다. 그래도 바람이 없어서 바다 위는 평소보다 평온해 보였다. 공교롭게도 날씨가 흐려지자 사람 좋은 어머니는 모두를 동정했다. 이모는 좀 있으면 비가 본격적으로 내릴 테니 오늘은 그만두는 게 낫겠다고 충고했다. 하지만 젊은 사람들은 모두 가겠다고 주장했다. 이모부는 그럼 할머니들만 남겨두고 젊은 사람들끼리 나가자고 했다. 그러자 이모가, 그러면 할아버지는 어떻게 할 거냐고 이모부에게 물어서 모두를 웃겼다.

"오늘은 이래봬도 젊은 사람들 팀이야."

그 증거를 대기 위해서인지 이모부는 냉큼 일어서더니 유카타 옷자락을 걷어 허리춤에 지르고 아래로 내려갔다. 세 명의 형제자매도 입고 있던 차림 그대로 마루에서 내려갔다.

"너희들도 옷을 걷는 게 좋아."

"싫어요."

나는 마루 위에 서서 산적같이 털이 무성한 정강이를 드러낸 숙부와 시즈카고젠靜御前, 헤이안 말기의 무장인 미나모토노 요시쓰네의 애첩의 삿갓과 비슷하게 생긴 밀짚모자를 쓴 두 여자 그리고 검은 허리띠를 동여맨 남동생을 도시에서 벗어난 희한한 집단인 듯 내려다보았다.

"이치 씨가 또 뭔가 흉보려는지 우릴 보고 있어."

모모요코가 엷은 웃음을 지으며 내 얼굴을 보았다.

"빨리 내려와요."

치요코가 꾸짖듯이 말했다.

"이치 씨한테 못 쓰는 나막신을 빌려주는 게 좋겠어."

나는 이러니저러니 말하지 않고 내려갔지만 약속한 다카기가 오지 않는다는 게 또 문제가 되었다. 날씨가 이렇다 보니 그도 보류하고 있을 거라는 모두의 의견에 따라 우리가 슬슬 걸어가고 있는 동안 고이치가 뛰어가서 데려오기로 했다.

이모부는 평소처럼 내게 자꾸 말을 걸었다. 나도 대꾸를 하며 보조를 맞추었다. 그 사이에 남자 걸음이다 보니 어느새 자매를 추월했다. 나는 한번 돌아보았지만 그 둘은 뒤에 처진 것을 괘념치 않는 모양인지 우리를 따라잡으려 하지 않았다. 나에게는 뒤에 올 다카기를 기다리기 위해서 일부러 그러는 것으로밖에 보이지 않았다. 그것은 초대한 사람에 대한 예의로 그들이 마땅히 해야 할 행동이었을 것이다. 하지만 그때 나는 그렇게 생각할 수 없었다. 그렇게 생각할 여지가 있었어도 그렇게 느낄 수 없었다. 빨리 오라는 신호를 보내려고 돌아보았다가 그만두고 다시 이모부와 걷기 시작했다. 그리고 그대로 고쓰보小坪에 들어가는 입구가 되는 곳까지 왔다. 바다 쪽으로 튀어나온 산자락을 사람이 다닐 수 있을 만한 좁은 폭으로 깎아서 반대편으로 빙 둘러갈 수 있도록 만든 언덕길이 있었다. 이모부는 가장 높은 언덕 모서리까지 와서 멈추었다.

21

이모부는 체격에 걸맞은 커다란 목소리로 자매를 불렀다. 고백하건대, 그때까지 나는 몇 번이나 뒤돌아보려고 했다. 하지만 마음이 켕긴다고 할지 자존심이 상한다고 할지, 돌아보려고 할 때마다 목이 멧돼지처럼 뻣뻣해져서 뒤로 돌아가지 않았다.

　보니까 두 여자는 아직 백 미터쯤 뒤에 있었다. 그리고 그 바로 뒤에 다카기와 고이치가 따라오고 있었다. 이모부가 사정없이 큰 소리로 "어이" 하고 불렀을 때 자매는 동시에 우리를 올려다보았다. 하지만 치요코는 곧 뒤에 있는 다카기 쪽으로 고개를 돌렸다. 그러자 다카기는 쓰고 있던 밀짚모자를 오른손에 들고 우리를 향해 흔들어 보였다. 하지만 넷 중에서 소리를 내어 이모부에게 대답한 사람은 고이치뿐이었다. 그는 학교에서 구령 붙이는 연습이라도 했는지 바다와 벼랑에 메아리 칠 듯한 목소리로 대답을 하면서 양손을 머리 위로 쳐들었다.

이모부와 나는 벼랑 끄트머리에 서서 그들이 다가오기를 기다렸다. 그들은 이모부가 부른 뒤에도 전과 같이 느릿한 걸음걸이로 무슨 이야기를 하면서 올라왔다. 나에게는 그게 예사롭게 보이지 않고 꽤 시시덕거리는 모습처럼 보였다. 다카기는 헐렁헐렁한 갈색 외투 비슷한 것을 입고 때때로 주머니에 손을 넣었다. 설마 이 더운 날에 외투는 아니겠지 싶어서 이상하게 바라보고 있었는데 점점 가까워지자 얇은 우비임을 알게 되었다. 그때 이모부가 불쑥 말했다.

"이치, 요트 타고 근방을 놀러 다니는 것도 재미있겠지?"

그 말에 비로소 나는 정신을 차리고 다카기에게서 시선을 거두어 발밑을 보았다. 그랬더니 물가 어귀에 하얗게 칠한 배 한 척이 조용한 파도 위에 떠 있었다. 이슬비라고도 할 수 없는 가느다란 비가 여전히 내리고 있어서 바다는 온통 부옇고, 평소라면 손에 잡힐 듯이 보이는 건너편 절벽 위의 나무나 바위도 한 가지 색깔로 보였다. 그 사이에 네 사람은 근처까지 왔다.

"이거, 기다리게 했습니다. 실은 수염을 깎다 보니까 도중에 그만두지도 못하고……."

다카기는 이모부의 얼굴을 보자마자 변명을 했다.

"그렇게 엄청난 걸 껴입고 덥지 않아요?"

이모부가 물었다.

"더워도 벗을 수가 없어요. 위는 하이칼라라도 밑은 야만 칼라니까."

치요코가 웃었다. 다카기는 비옷 안에 얇은 반팔 셔츠를 입고 이상한 반바지 밑으로는 정강이를 다 드러낸 데다 검은 버선과 큼직한 나막신을 신고 있었다. 그는 형편이 이렇다면서 비옷 안을 우리에게 보여준

뒤 일본에 돌아오면 복장이 자유롭고 '레이디' 앞에서 신경 쓰지 않아
도 돼서 좋다고 했다.

일행은 도로 폭이 여섯 자쯤 되는 누추한 어촌으로 줄지어 들어갔는
데 웬 불쾌한 냄새가 모두의 코를 찔렀다. 다카기는 주머니에서 하얀
손수건을 꺼내 짤막한 머리카락 위에 덮었다. 갑자기 이모부는 우리를
바라보던 아이에게 남쪽에서 양자로 온 서쪽 출신 사람의 집이 어디냐
는 괴상한 질문을 던졌다. 아이는 모른다고 했다. 나는 치요코에게 왜
저런 질문을 했는지 물었다. 어젯밤에 물어보려고 사람을 보냈는데 그
집 주인이 가르쳐주기를, 이름은 잊어버렸지만 이런저런 사내라고 하
며 찾아다니면 될 거라고 했다는 것이다. 이 태평스러운 정보나 태평스
러운 태도를 좀스럽게 구는 나 자신과 비교해 보고 왠지 부러운 생각이
들었다.

"그렇게 해서 알 수 있을까요?"

다카기가 이상하다는 표정을 지었다.

"알게 되면 어지간히 괴상할 거예요."

치요코가 웃었다.

"뭘, 괜찮아, 알게 될 거다."

이모부가 장담했다.

고이치는 반쯤 재미 삼아 만나는 사람마다 서쪽 출신이며 남쪽에서
양자로 온 사람 집이 어디냐고 묻곤 해서 모두를 웃겼다. 맨 마지막에
짚으로 엮은 삿갓을 쓰고 흰 토시랑 각반을 낀 월금月琴, 에도 시대에 중국에서
전해진 현악기로 메이지 중기부터 다이쇼 시대에 걸쳐서 유행했다 켜는 젊은 여자가 쉬고 있
는 지저분한 주막의 할머니에게 물어봤더니, 할머니는 뜻밖에도 바로
저기라고 간단하게 가르쳐주었다. 그래서 모두는 또 손뼉을 치며 웃었

다. 할머니가 가리킨 곳은 길에서 산쪽으로 세 단쯤 되게 구획한 돌계단 끝에서 더 높은 곳에 지어진 작은 초가집이었다.

22

제각각으로 차려 입은 여섯 사람이 이 좁은 계단을 줄줄이 올라가는 모습은 옆에서 보기에 이상할 것이다. 게다가 여섯 사람 중에 이제부터 무엇을 해야 할지 확실히 아는 이는 아무도 없으니까 참으로 태평한 노릇이었다. 이모부조차도 배에 탈 것이라는 사실만 알고 있을 뿐 그물인지 낚시인지 어디까지 저어갈 건지 도통 모르는 것 같았다. 발길에 닳아서 군데군데 파인 돌계단을 밟으며 모모요코 뒤를 따라 가던 나는 이런 무의미한 행동에 스스로를 내맡기고도 후회하지 않는 게 늦여름의 낭만이라는 걸까 하고 생각했다. 동시에 이런 무의미한 행동 가운데서도 어느 남자와 어느 여자 사이에는 의미 있는 연극의 중요한 한 막이 암암리에 연출되고 있는 건 아닐지 의심했다. 그리고 그 한 막 중에서 내가 수행해야 하는 역할이 있다면 온화한 얼굴을 한 운명에 가볍게 농락당하는 역할 말고는 없으리라. 마지막으로 아무런 계산도 하지 않고 수월하게 일을 해치우는 이모부가 남모르게 이 연극을 완성한다면 이모부야말로 비할 데 없이 교묘한 재주를 가진 작가로 불러야 할 것이다. 이런 그림자가 머릿속에 드리워질 때 바로 뒤따라 올라오던 다카기가 더 이상은 더워서 못 참겠으니 실례를 무릅쓰고 비옷을 벗겠다고 말했다.

집은 밑에서 봤을 때보다 더 작고 지저분했다. 입구에 국자가 하나 박혀 있었는데 거기에 '백일 감기百日風邪 요시노 헤이키치吉野平吉 일가 일동' 이라고 적혀 있어서 겨우 주인 이름을 알았다. 그 국자를 발견하고 모두가 들을 수 있도록 읽은 것은 눈치 빠른 고이치의 공적이었다. 안을 들여다보니 천장이나 벽은 죄다 검게 빛나고 있었다. 사람이라고 는 할머니 한 명이 앉아 있을 뿐이었다. 그 할머니는 오늘은 날씨가 좋 지 않아서 아마 안 오실 거라며, 일찍 바다로 나갔지만 지금 바닷가로 내려가 불러오겠다고 양해를 구했다. 배를 타고 나갔느냐고 이모부가 묻자 할머니는 아마 저 배일 거라고 대답하면서 손으로 바다 위를 가리 켰다. 안개는 아직 걷히지 않았지만 아까보다는 하늘이 꽤 밝아졌기 때 문에 잎바다 쪽은 비교적 뚜렷했는데 할머니가 가리킨 배는 먼 곳에 작 게 누워 있었다.

"그렇다면 큰일인데."

다카기는 가지고 온 쌍안경으로 들여다보면서 말했다.

"꽤나 태평스럽네. 데리러 간다니, 어떻게 저런 데까지 데리러 갈 수 있을까요?"

치요코는 웃으며 다카기의 손에서 쌍안경을 받아 들었다.

할머니는 "뭘 금방인데요"라고 대답하고는 짚신을 신은 채 돌계단 을 뛰어 내려갔다. 시골 사람은 속이 편하다며 이모부는 웃고 있었다. 고이치는 할머니 뒤를 쫓아갔다. 모모요코는 멍하니 지저분한 마루에 앉았다. 나는 마당을 둘러보았다. 마당이라는 말이 아까울 것 같은 마 루 앞의 땅은 다섯 평도 되지 않았다. 구석에 무화과나무 한 그루가 비 린내 나는 공기 속에 파란 잎을 살짝 드리우고 있었다. 나뭇가지에는 아직 익지 않은 열매가 몇 개 달려 있고 그 중 하나에는 텅 빈 벌레우리 가 걸려 있었다. 그 밑에는 여윈 닭 두세 마리가 무턱대고 발톱으로 땅 을 움켜쥔 채 그 속을 굶주린 부리로 쪼아대고 있었다. 나는 그 옆에 엎 어놓은 새집 비슷한 철망을 바라보다가 그 모양이 꼭 불수감나무처럼 불규칙적으로 일그러져 있는 게 우스꽝스럽다고 여겼다. 그때 갑자기 이모부가 무슨 냄새가 난다고 말했다. 모모요코는 이제 물고기 같은 건 됐으니까 빨리 돌아가고 싶어졌다고 불안한 목소리로 말했다. 그때까지 쌍안경으로 바다 쪽을 보면서 끊임없이 치요코와 이야기를 나누고 있던 다카기가 바로 뒤를 돌아보았다.

"뭘 하고 있는 거지? 잠깐 가서 보고 옵시다."

그는 이렇게 말하면서 손에 든 비옷과 쌍안경을 놓기 위해 뒤쪽 마루를 돌아보았다. 옆에 서 있던 치요코는 다카기가 움직이기 전에 손을 내밀었다.

"나한테 줘요. 갖고 있을 테니까."

그리고 다카기에게서 두 가지 물건을 받아들었을 때 그녀는 새삼스럽게 그의 반팔 차림을 보고 웃으면서 평했다.

"결국 야만 칼라가 됐네."

다카기는 그저 쓴웃음을 지었을 뿐 곧장 바닷가 쪽으로 내려갔다. 나는 그가 서둘러 돌계단을 내려가느라 팔을 흔들 때마다 운동을 즐기는 사람답게 발달한 어깨 근육이 움직이는 모습을 유심히 바라보았다.

23

배에 타기 위해 다같이 바닷가에 내려간 것은 그로부터 약 한 시간이 지난 후였다. 바닷가에는 무슨 축제 전인지 후인지 높다란 막대기 두 개가 모래 속에 깊숙이 묻혀 있어서 시선을 끌었다. 고이치는 물가 쪽으로 밀려온 마른 가지를 주워오더니 넓은 모래 위에 커다란 글자와 커다란 얼굴을 몇 개씩이나 그렸다.

"자, 타십쇼."

머리를 빡빡 깎은 뱃사공 말에 따라 여섯 사람은 순서 없이 어수선하게 뱃전으로 기어올랐다. 치요코와 나는 뒷사람에게 밀려서 구획 지어진 이물 쪽에 무릎을 맞대고 앉게 되었다. 이모부는 가장답게 선실이라고 할 만한 앞쪽 한가운데의 널찍한 곳에 양반다리를 하고 앉았다. 그리고 그날의 손님으로 대접할 뜻에선지 다카기를 오라고 불렀기 때문에 그는 좋든 싫든 이모부 옆에 자리를 잡았다. 모모요코와 고이치는 다음 칸쯤 되는 곳에 뱃사공과 함께 들어갔다.

"어떻습니까, 이쪽이 비었는데 안 오시겠어요?"

다카기는 바로 뒤에 있는 모모요코를 돌아보았다. 모모요코는 고맙다는 말만 하고 자리를 옮기지 않았다. 나는 처음부터 치요코와 같은 돗자리에 앉게 된 것을 기분 좋게 여기지 않았다. 내가 다카기에게 질투를 느꼈음은 이미 분명히 고백해 두었다. 그 질투의 정도는 어제나 오늘이나 똑같을지 모르지만 경쟁심은 털끝만치도 싹트지 않았다. 나도 남자인데 앞으로 언제 어떤 여자를 향한 격렬한 사랑에 빠지지 않으리란 법은 없다. 하지만 나는 단언하겠다. 굳이 그 사랑과 똑같은 정도로 치열한 경쟁을 해야만 원하는 사람을 얻을 수 있다면, 나는 어떤 고통과 희생을 견디더라도 초연히 손을 주머니에 넣고 연인을 버릴 것이다. 남자답지 못하다고, 용기가 없다고, 의지가 약하다고, 비난하고 싶으면 얼마든지 비난해도 좋다. 하지만 그렇게 애절한 경쟁을 하지 않으면 내 것이 되기 힘들 만큼 어디로든 갈 수 있는 여자라면 경쟁할 가치는 없다고 볼수밖에 없다. 나에게 마음을 주지 않는 여자를 무리해서 안는 기쁨보다는 상대방의 사랑을 자유로운 벌판에 놓아주었다는 남자다운 기분으로 내 실연의 상처를 쓸쓸히 지켜보는 편이 내 양심에는 훨씬 더 만족스러울 것이다.

나는 치요코에게 이렇게 말했다.

"치요, 가면 어때? 저쪽이 넓고 편한 모양인데."

"왜, 여기에 있으면 방해 돼요?"

치요코는 그렇게 말하고 움직이려 들지 않았다. 노골적으로 듣거나 비아냥대는 것으로 보든 말든, 다카기가 있으니까 저쪽으로 가라는 거라고 말할 용기는 나지 않았다. 다만 그녀의 이 말에 내 가슴에는 기쁨 같은 감정이 번뜩였다. 그것은 말과 마음이 얼마나 다른지를 폭로하는 좋은 증거였기 때문에 스스로 자신의 약한 성정을 깨닫지 못하고 있던 나에게는 뼈아픈 타격이었다.

기분 탓인지 어제 만났을 때보다 조금 겸손해진 듯한 다카기는 치요코와 나 사이의 이런 대화를 들으면서도 모르는 척했다. 배가 물가를 떠날 때 그는 이모부에게 이런 이야기를 하기도 했다.

"하늘 모양이 좋게 바뀌기 시작하는데요. 해가 쨍쨍 내리쬐는 것보다 오히려 좋습니다. 뱃놀이에는 안성맞춤인 날씨예요."

이모부는 돌연 큰 소리로 물었다.

"선장, 대체 뭘 잡는 건가?"

이모부나 다른 사람들은 이때까지도 뭘 잡는지 전혀 모르고 있었다. 머리를 빡빡 깎은 뱃사공은 거친 말투로 문어를 잡는다고 답했다. 이 기발한 대꾸에 모모요코와 치요코도 놀라기보다는 우스웠는지 갑자기 소리를 내어 웃었다.

"문어는 어디에 있는가?"

이모부가 또 물었다.

"이 근방에 있습니다."

뱃사공은 또 답했다.

그리고 대중목욕탕에서 쓰는 나무바가지보다 좀 더 깊숙하게 만든 타원형 나무통 바닥에 유리를 끼운 도구를 물에 엎어놓고, 그 안에 얼굴을 처박듯이 밀어 넣으면서 물 밑을 들여다보기 시작했다. 뱃사공은 이 묘한 도구를 거울이라 부르면서 여분으로 가져온 두세 개를 우리에게 빌려주었다. 맨 처음 그것을 이용한 사람은 뱃사공 옆에 자리를 잡은 고이치와 모모요코였다.

24

거울이 이 사람 손에서 저 사람 손으로 차례차례 돌아가고 있을 때 이모부는 무척 감탄했다.

"이거 선명한데, 뭐든지 다 보여."

이모부는 대개 인간 세상의 일들에 정통한 편이라 만사를 대수롭지 않게 여기는 사람이면서도 이런 자연계의 현상을 맞닥뜨리면 바로 놀라는 성격이다. 나는 마지막으로 치요코에게 건네받은 거울을 들고 한 장의 유리 너머로 바다 밑을 바라보았지만, 전부터 상상하고 있던 모습과 조금도 다르지 않았고 극히 평범한 바다 속 광경이 눈에 들어왔을 뿐이었다. 거기에는 작은 바위가 울퉁불퉁하게 일대에 늘어서 있고 그 사이사이에 검푸른 해초가 한없이 퍼져 있었다. 흡사 뜨뜻미지근한 바람이 지분대기라도 하는 양 그 해초는 굽이치는 파도를 따라 조용히 또 오래도록 가늘고 긴 줄기를 앞뒤로 흔들었다.

"이치, 문어 보여요?"

"안 보여."

나는 얼굴을 들었다. 치요코는 또 머리를 집어넣었다. 그녀가 쓰고 있던 흐늘흐늘한 밀짚모자 가장자리가 물에 잠겨 뱃사공이 조종하고 있는 배의 움직임을 거스를 때마다 가련한 파도가 찰랑찰랑 일었다. 나는 그녀의 검은 머리카락과 하얀 목덜미가 그 얼굴보다 아리땁기라도 한 양 바라보고 있었다.

"치요는 찾았어?"

"안 되겠어요. 문어 같은 건 어디에도 헤엄치고 있지 않은걸."

"웬만큼 익숙해지지 않으면 찾기 힘들다고 하네요."

다카기가 치요코를 위해 설명해 주었다. 그녀는 양손으로 통을 누른 채 뱃전에서 내밀고 있던 몸을 다카기 쪽으로 구부리고 말했다.

"어쩐지 안 보이더라."

하지만 그 자세 그대로 물과 장난이라도 치듯이 양손으로 누른 통을 부글부글 움직이고 있었다. 모모요코가 저쪽에서 언니를 불렀다. 고이치는 어디 있는지도 모를 문어를 무턱대고 찔러댔다. 찌를 때는 삼사 미터쯤 되는 길고 가느다란 대나무 끝에 이삭을 매단 이상한 물건을 이용한다. 뱃사공은 배가 움직여가는 동안 통을 입에 물고 한 손으로 장대를 쓰면서 문어가 있는 곳을 찾아내자마자 그 기다란 대나무로 흐물흐물한 괴물을 능숙하게 꿰찔렀다.

뱃사공 혼자 잡은 문어가 몇 마리나 배 위에 올라왔는데 모두 비슷비슷한 크기라서 놀랄 정도는 아니었다. 처음 한동안은 모두 진기해하면서 잡힐 때마다 법석을 떨었지만 나중에는 활기찬 이모부도 질리기 시작했는지 이렇게 말했다.

"이렇게 문어만 잡은들 별 수 없구나."

다카기는 담배를 피우면서 배 바닥에 뭉쳐 있는 어획물을 바라보기 시작했다.

"치요, 문어가 헤엄치고 있는 걸 본 적이 있습니까? 잠깐 와서 보십시오. 참 묘합니다."

다카기는 이렇게 말하며 치요코를 부르다가 옆에 앉아 있는 내 얼굴을 보더니 덧붙였다.

"스나가 씨, 어떻습니까, 문어가 헤엄치고 있어요."

"그렇습니까? 재미있겠네요."

나는 이렇게 대답했을 뿐 자리에서 일어나려고도 하지 않았다. 치요코는 어디 보자면서 다카기 옆으로 가서 새로 자리를 잡았다. 나는 앉은 곳에서 문어가 아직 헤엄치고 있는지 그녀에게 물었다.

"응, 재미있어요. 빨리 와서 봐요."

문어는 다리 여덟 개를 똑바로 모으고 움직임을 쓱쓱 끊어가면서 길고 가느다란 몸이 배 바닥에 부딪칠 때까지 단숨에 물속을 일직선으로 나아가곤 했다. 개중에는 오징어처럼 검은 먹물을 뿜는 것도 있었다. 나는 엉거주춤한 자세로 잠깐 그 광경을 들여다보고는 원래 자리로 돌아갔지만 치요코는 그 뒤로도 다카기 옆을 떠나지 않았다.

이모부는 뱃사공을 향해 문어는 이제 됐다고 말했다. 뱃사공은 돌아갈 거냐고 물었다. 저쪽에 커다란 대나무 바구니 같은 것이 두어 개 떠 있었기 때문에 문어만으로는 섭섭하다고 생각한 이모부는 배를 그 중 하나의 옆에 대게 했다. 약속이라도 한 듯이 일제히 일어서서 바구니 안을 들여다봤더니 일고여덟 치는 될 법한 물고기가 좁은 물속을 가로세로로 헤엄쳐 다니고 있었다. 어떤 건 비늘에 물색과 별로 다르지 않은 파란 빛을 띠고 저 스스로 일으킨 파도가 몸을 통과하는 것처럼 반짝거렸다.

"하나 떠서 보십시오."

다카기는 커다란 뜰채 손잡이를 치요코에게 쥐어주었다. 치요코는 재미삼아 받아 들고 물속에서 휘저으려 했지만 뜰채는 꼼짝도 하지 않았다. 그러자 다카기는 제 손을 갖다 대어 둘이 같이 바구니 속을 이리저리 휘저었다. 하지만 고기가 잡힐 것 같지 않자 치요코는 뜰채를 뱃사공에게 돌려주었다. 뱃사공은 이모부가 시키는 대로 그 뜰채로 몇 마리든 물 위로 골라냈다. 우리는 기괴한 문어잡이의 단조로움을 깨뜨려준 벤자리, 농어, 감성돔이라는 변화를 기뻐하면서 또다시 벼랑을 올라갔다.

25

나는 그날 밤에 혼자 도쿄로 돌아갔다. 어머니는 모두가 붙잡았기 때문에 돌아갈 때 고이치나 다른 누군가가 바래다준다는 조건으로 이삼 일더 가마쿠라에 머무는 데 동의했다. 나는 예민해진 신경으로 왜 어머니가 그들이 권하는 대로 속 편하게 있는 걸까 추측하면서 너무 느긋한 어머니를 답답하게 여겼다.

다카기와는 그 뒤로 끝내 얼굴을 마주한 적이 없었다. 치요코와 나사이에 다카기가 더해진 삼각관계가 이후로 더 발전하지 않고 패배자에 해당하는 내가 미래의 운명을 예견하기라도 한 듯한 태도로 중간에 소용돌이 바깥으로 도망쳤다는 사실은 분명 이 이야기를 듣는 이에게는 탐탁지 않을 것이다. 나 역시 불길이 어느 정도 잡히기도 전에 서둘러 불끄기를 중지한 듯한 심정이다. 이렇게 말하면 내가 처음부터 어떤의도를 가지고 가마쿠라에 간 것으로 받아들일지 모르겠지만, 질투심만 있고 경쟁심은 없는 내 음침한 가슴속에도 그에 상응하는 자만심은 때때로 언뜻언뜻 고개를 내밀었던 것이다. 나는 내 모순에 대해 곰곰이 생각해 보았다. 그리고 어디까지나 치요코에 대한 내 자만심을 적극적으로 이용하지 못하게 하려고 다른 사상이나 감정 따위가 번갈아가면서 내 마음을 뺏으려 몰려드는 게 성가시고 괴로웠다.

때로 그녀는 나를 사랑해 주는 세상의 단 한 사람처럼 보였다. 나는 그래도 앞으로 나아갈 수가 없었다. 미래에 대해서는 눈 딱 감고 과감한 태도로 나가볼까 생각하고 있는 사이에 그녀는 홀연히 내 손에서 달아나 생판 남과 같은 얼굴을 하는 게 예사였다. 내가 가마쿠라에서 보낸 이틀 동안에도 두세 번 이렇게 조수가 밀려왔다 나갔다. 어떤 때에는 그녀가 자신의 의지로 이 변화를 지배하면서 일부러 다가오기도 하고 뒤로 물러나기도 하는 게 아닐까 하는 희미한 의심조차 가슴에 피어올랐다. 그뿐이 아니다. 그녀의 행동이나 말을 한 가지 의미로 해석하고 난 뒤에 똑같은 말을 정반대의 의미로 다시 해석하고는, 실제로는 어느 쪽이 옳은지 모르겠다는 데 공연히 부아가 치미는 경우도 적지 않았다.

나는 요 이틀 동안 장가 들 생각이 없는 여자에게 끌려들어갈 뻔했다. 그리고 다카기라는 사내가 눈앞에 출몰하는 한 싫어도 끝까지 끌려들어갈 것 같았다. 나는 다카기에게 경쟁심을 느끼지 않는다고 미리 말해 두었지만, 오해를 막기 위해 한 번 더 같은 말을 되풀이하고 싶다. 치요코와 다카기와 나, 세 사람이 삼각관계 속에서 연애인지 사랑인지 인정情인지 모를 회오리바람 속에서 빙빙 돌게 된다면 그때 나를 움직이는 힘은 다카기를 이기려는 경쟁심이 아니라고 장담한다. 그리고 그것은 높은 탑 위에서 아래를 봤을 때 무서워지면서도 뛰어내리지 않고

서는 못 배기는 신경작용과 같다고 단언하겠다. 그래서 다카기에게 이기거나 지거나 둘 중 하나라는 표면적인 결과만 보면 경쟁으로 보일지도 모르지만 거기에는 전혀 다른 동력이 작용하고 있다. 게다가 그 동력은 다카기만 없으면 결코 나를 덮쳐오지 않는다. 나는 그 이틀 동안 이 괴상한 힘이 번뜩이는 것을 느꼈다. 그리고 굳은 결심과 함께 곧장 가마쿠라를 떠났다.

나는 강한 자극으로 가득 찬 소설 읽기를 못 견딜 만큼 약한 남자이다. 강한 자극으로 가득한 소설을 실행하는 것은 더욱 불가능한 남자이다. 나는 내 기분이 소설이 되려는 찰나 놀라서 도쿄로 돌아갔다. 그러니까 기차에 앉아 있는 나는 반쯤은 우수한 사람이고 반쯤은 열등한 사람이었다. 비교적 승객이 적은 이등열차 안에서 나는 스스로 쓰기 시작해서 스스로 찢어버린 듯한 이 소설의 뒷부분을 이리저리 상상해 보았다. 거기에는 바다가 있고 달이 있고 물가가 있었다. 젊은 남자의 그림자와 젊은 여자의 그림자가 있었다. 처음에는 남자가 격해져서 여자가 울었다. 나중에는 여자가 격해져서 남자가 달랬다. 결국에는 둘이 서로 손을 잡고 소리 없는 모래 위를 걸었다. 혹은 액자가 있고, 다다미가 있고, 서늘한 바람이 불었다. 젊은 남자 두 사람이 거기서 의미 없는 말다툼을 했다. 그로 인해 점점 피가 뜨겁게 달아올라 얼굴이 붉어진 두 사람은 결국 자신들의 인격을 더럽힐 만한 말을 쓰지 않고서는 해결을 볼 수 없게 되었다. 끝내는 일어서서 주먹을 휘둘렀다. 혹은……. 연극과 비슷한 광경이 몇 장면씩이나 눈앞에 그려졌다. 나는 그 중 어떤 것도 맛볼 기회를 잃어버린 게 나 자신에게는 잘된 일이라고 오히려 기뻐했다. 사람들은 나를 노인 같다고 비웃으리라. 만일 시詩에만 호소할 뿐 세상을 살아가지 않는 사람을 노인이라고 한다면 나는 비웃음을 받아도 족하다. 하지만 시가 고갈된 메마른 사람이 노인이라면 나는 이러한 평가를 감수하고 싶지 않다. 나는 처음부터 끝까지 시를 바라며 몸부림치고 있는 것이다.

26

나는 도쿄에 돌아간 뒤의 기분을 상상해 보고, 어쩌면 바로 눈앞에서 지극을 받는 가마쿠라에 있을 때보다 더 조바심치게 되지 않을까 걱정했다. 그리고 상대도 없이 혼자 조바심을 내는 격심한 고통을 헛되이 그려보았다. 결과는 우연하게도 다른 쪽으로 비껴갔다. 나는 바라던 대로 비교적 수월하게 평소와 다름없는 침착과 냉정과 무관심을 쓸쓸한 내 이층 방으로 가져올 수 있었다. 나는 새로운 냄새가 나는 모기장을 방 안에 가득 치고 처마에 달린 풍경이 울리는 소리에 즐거워하면서 잠이 들었다. 초저녁에는 마을에 나갔다가 꽃 화분을 안고 격자문을 열기도 했다. 어머니가 없어서 사쿠作라는 하녀가 모든 시중을 들었다. 가마쿠라에서 돌아와 처음으로 집에서 밥상을 받았을 때 식사 시중을 들기 위해 검고 둥근 쟁반을 무릎 위에 놓고 정좌한 사쿠의 모습을 보고 나는 새삼스럽게 그녀와 가마쿠라에 있는 자매의 차이를 느꼈다. 사쿠는 물론 인물이 좋은 여자도 아니었다. 하지만 내 앞에서 정좌하는 것 말고는 아무 것도 모르는 그녀의 모습이 나에게는 얼마나 얌전하고 겸양스러우며 또 얼마나 여자로서 가련해 보였는지. 그녀는 사랑이 뭔지를 생각하는 것조차 제 신분으로는 건방지다고 마음먹은 사람처럼 얌전히 앉아 있었다. 나는 드물게 그녀에게 다정한 말을 건넸다. 그리고 나이는 몇 살인지 물었다. 그녀는 열아홉이라고 대답했다. 나는 또 갑자기 시집가고 싶지 않냐고 물었다. 그녀가 얼굴이 빨개져서 고개를 숙여버리는 바람에 노골적으로 물어본 게 미안해졌다. 나는 그때까지 볼일이 있을 때 외에는 사쿠와 말을 나눈 적이 거의 없었다. 가마쿠라에서 새로운 기억을 갖고 돌아온 반향으로 그때 처음 내 집에서 일하는 하녀가 가지고 있는 여자다운 면을 알아보았다. 사랑이란 물론 그녀와 나 사이에서 쓸 수 있는 말이 아니다. 나는 그저 그녀 몸 주위에서 풍기는 침착하고 편안하며 유순한 분위기를 사랑했을 뿐이다.

내가 사쿠 덕분에 위안을 얻었다고 말하면 스스로 생각해도 우습게 들린다. 하지만 지금 생각해 봐도 그 외에 다른 원인은 생각나지 않으니까 역시 사쿠, 아니 그보다는 사쿠가 대표로 보여준 여성의 어떤 성질이 상상 속에 존재하는 자극을 향해 조바심 치던 내 머리를 진정시켜준 것이리라 싶다. 고백하자면 가마쿠라의 경치는 이따금씩 떠올랐다. 그 경치 속에서는 물론 인간들이 활동하고 있었다. 단지 그것은 다행히도 내게서 멀고 또 나와는 이해관계가 일치할 수 없는 인간의 활동처럼 보였다.

나는 이층에 올라가서 책장을 정리하기 시작했다. 깔끔한 걸 좋아하는 어머니가 늘 신경 써서 청소를 하였음에도 불구하고 일일이 책을 다시 늘어세우고 있자니 눈에 띄지 않는 구석에서 생각지도 못한 먼지가 나오곤 했기 때문에 남김없이 정돈하기까지는 꽤 품이 들었다. 여름에 어울리는 한가한 작업인 만큼, 되도록 시간이 걸리게끔 내키는 대로 손에 잡힌 책을 탐독해 보자는 홀가분한 방침을 정하고는 달팽이처럼 일을 진행했다. 사쿠는 때 아닌 먼지떨이 소리를 듣고 좌우로 갈라 틀어 올린 머리를 계단 위로 내밀었다. 나는 그녀에게 책장 일부분을 걸레로 닦아달라고 했다. 하지만 얼마나 걸릴지 모를 일을 끝날 때까지 도와달라고 하기는 미안해서 곧 일층으로 내려 보냈다. 한 시간쯤 책을 엎었다 세웠다 하느라고 조금 지쳐서 담배를 피우며 쉬고 있었더니 사쿠가 또다시 계단에서 얼굴을 내밀었다. 그리고 자신이 도울 일이 없는지 물었다. 나는 사쿠에게 뭔가 일을 시켜주고 싶었다. 하지만 불행히도 서양 글자를 못 읽는 그녀로서는 손댈 수 없는 책정리였기에 나는 괜찮다고 하며 내려 보냈다.

사쿠에 대해 이렇게 일일이 말할 필요는 없지만, 조금 전까지 하던 이야기의 앞뒤 관계상 그녀의 당시 행동을 기억하고 있었기 때문에 말이 길어졌다. 나는 담배 한 대를 다 피운 뒤 또 정리에 들어갔다. 이번에는 사쿠로 인해 나만의 세계를 방해받을 걱정 없이 단숨에 두 단째 책장을 정리했다. 그러다가 오래전에 친구에게 빌렸다가 돌려주지 못한 묘한 책을 책꽂이 뒤에서 발견했다. 그 책은 얇고 작았기 때문에 다른 책 뒤쪽으로 떨어져 먼지투성이가 된 채 오늘까지 내 눈에 띄지 않고 있었다.

2.7

나에게 이 책을 빌려준 이는 문학을 좋아하는 어떤 친구였다. 나는 예전에 이 친구와 소설 이야기를 하면서, 사려 깊은 사람은 만사 생각에 잠기기만 할 뿐 화려한 행동을 할 용기가 없으니까 소설로 써도 따분하지 않겠냐고 말했다. 내가 평소에 별로 소설을 애독하지 않는 이유는 나 스스로 소설 속 인물이 될 자격이 부족하기 때문이고, 자격이 부족한 이유는 생각에 생각을 거듭하며 우물쭈물하기 때문일 거라는 견해 때문에 이런 질문을 던져보고 싶어진 것이다. 그때 그는 책상 위에 있던 이 책을 가리키더니 여기에 나오는 주인공은 놀랄 만큼 사려 깊으면서도 굉장히 과감한 행동을 한다고 일러주었다. 나는 대체 어떤 내용이 담겨 있냐고 물었다. 그는 일단 한번 읽어보라며 그 책을 나에게 건넸다. 표지 제목은 독일어로 '게당케' Gedanke, 러시아 작가 안드레예프가 쓴 소설의 독일어 번역본라고 되어 있었다. 그는 러시아 책을 번역한 것이라고 가르쳐주었다. 나는 얇은 책을 손에 들고 이번에는 줄거리를 그에게 물어보았다. 그는 줄거리 같은 건 상관없다고 대답했다. 그리고 안에 적힌 내용이 질투인지, 복수인지, 심각한 장난인지, 색다른 계략인지, 진지한 동작인지, 미치광이의 추리인지, 보통 사람의 타산인지 잘 모르겠지만 하여튼 화려한 행동이 똑같이 화려한 사려를 동반하고 있으니까 어쨌든 읽어보라고 말했다. 나는 책을 빌려서 돌아왔다. 하지만 읽고 싶지 않았다. 나는 소설을 탐독하지도 않으면서 소설가들을 전부 바보 취급했을 뿐 아니라, 친구의 말에서 마음이 동할 만한 흥미를 느끼지 못했기 때문이다.

그 일을 잊어버리고 있던 나는 아무 생각 없이 『게당케』를 책장 뒤에서 끄집어내어 두터운 먼지를 털어냈다. 그리고 예전에 본 기억이 있는 독일어로 된 제목에 눈길을 던지자마자 문학을 좋아했던 친구와 그가 했던 말이 떠올랐다. 그러자 갑자기 어디에서 발동했는지 호기심에 사로잡혀 곧장 첫 페이지를 열고 읽기 시작했다. 안에는 무시무시한 이야기가 씌어 있었다.

한 여자에게 마음을 빼앗긴 한 남자가 있었다. 하지만 그 여성은 상대해 주지 않을 뿐만 아니라 자기가 아는 사람에게 시집을 간다는 데 원한을 품은 그는 신혼의 남편을 죽이려는 계획을 세웠다. 단, 그냥 죽이는 게 아니다. 아내가 보는 앞에서 죽이지 않으면 재미가 없다. 게다가 아내는 그가 남편을 죽이는 줄 알면서도 손가락 물고 바라볼 뿐 손쓸 도리가 없도록 복잡한 방법으로 죽이지 않으면 직성이 풀리지 않을 정도였다. 그는 그 수단으로 한 가지 방법을 고안해 냈다. 어느 만찬 자리에 초대된 기회를 이용하여 그는 갑자기 격렬한 발작을 일으킨 척했다. 그 자리에서 미친 사람처럼 거동을 함으로써 동석한 사람들은 모두들 그가 완전히 미쳤다고 생각했고, 그것을 확인한 그는 자신의 계략이 예상대로 들어맞은 것을 자축했다. 그는 사람 눈에 띄기 좋은 파티장 안에서 같은 행위를 두세 번 되풀이한 후 발작 때문에 정신이 이상해지곤 하는 위험한 사람이라는 평판을 얻어내었다. 그는 이 수고스러운 준비 위에 손댈 수 없는 살인죄를 쌓아올릴 생각이었던 것이다. 그가 자주 발작을 일으킴에 따라 화려했던 사교생활이 점차 어두워지기 시작하자 그 동안 친하게 지내며 왕래했던 사람들이 그를 향해 문을 걸어 잠그게 되었다. 하지만 그는 전혀 걱정하지 않았다. 그에게는 여전히 자유롭게 드나들 수 있는 집이 한 군데 있었다. 그곳은 바로 그가 바야흐로 죽음의 나라로 차서 떨어뜨리려고 하는 벗과 그 부인이 사는 집이었다. 어느 날 그는 아무렇지 않은 얼굴로 벗의 집을 두드렸다. 그곳에서 세상 돌아가는 이야기로 시간을 보내는 척하면서 몰래 눈앞에 있는 친구에게 달려들 기회를 노렸다. 그는 책상 위에 있던 무거운 문진을 들고는 이것으로 사람을 죽일 수 있을까 하고 불쑥 물었다. 친구는 물론 그의 물음을 진지하게 받아들이지 않았다. 그는 개의치 않고 자신이 낼 수 있는 최대의 힘을 문진에 담아 부인이 보고 있는 상황에서 남편을 때려죽었다. 그리고 광인이라는 이름표를 달고 정신병원에 보내졌다. 그는 놀랄 만한 분별과 추리력을 발휘하여 위와 같은 경위를 바탕으로 자신은 결코 미치지 않았다며 변명한다. 그런가 하면 그 변명을 또다시 의심한다. 뿐만 아니라 그 의심을 또 변명하려고 한다. 그는 결국 제정신일까, 광인일까? 나는 책을 손에 든 채 오싹할 정도로 두려워졌다.

28

내 머리는 가슴을 억제하기 위해서 만들어졌다. 행동의 결과라는 면에서 극심한 후회를 남긴 적 없는 과거를 되돌아볼 때 이것이 인간으로서 정상적인 상태라고 본다. 하지만 가슴이 뜨거워질 때마다 엄숙한 머리의 힘을 억지로 가하는 것은 누구나 경험하듯 극심한 고통이다. 나는 고집불통이라는 점에서는 오히려 음침하고 화를 잘 내는 쪽이다. 그렇기 때문에 자동차의 빠른 속력을 순식간에 줄일 때처럼 마음의 발작을 일으킨 사람이 순간적으로 이성의 힘을 발휘하며 그것을 참을 때 느끼곤 하는 고통은 거의 맛본 적이 없다. 그런데도 어떤 경우에는 생명의 중심축이 억지로 비틀렸다고밖에는 설명할 도리가 없는, 속에서 활력이 연소되는 듯한 느낌이 들 때도 있었다. 머리와 가슴이 싸울 때마다 늘 머리의 명령대로 굴복해 온 나는 어떤 때에는 내 머리가 강하니까 가능한 거라고 생각하고, 또 어떤 때에는 내 가슴이 약하니까 그러하다고도 생각했다. 하지만 아무래도 이 싸움은 생활을 위한 싸움인 동시에 남 모르게 내 생명을 깎아먹는 싸움이기도 하다는 두려운 마음을 떨칠 수가 없었다.

그래서 나는 『게당케』의 주인공을 보고 놀랐다. 친구의 생명을 벌레 목숨처럼 가볍게 여기는 그는 이성과 감정 사이에 아무런 모순이나 거부감을 느끼지 않았다. 그가 가지고 있는 모든 지적 능력은 복수를 위한 연료가 되고 잔인무도한 범행을 능란하게 저지르는 방편으로 이용되었지만 그는 조금도 뉘우치지 않았다. 그는 주도면밀한 사려를 통솔하여 온몸의 독혈을 상대방 머리에 끼얹을 수 있는 위대한 배우였다. 아니면 보통 이상의 두뇌와 정열을 겸비한 광인이었다. 평소의 나 자신과 비교할 때 이처럼 마음 가는 대로 거침없이 행동할 수 있는 『게당케』의 주인공이 대단히 부러웠다. 동시에 진땀이 흐를 정도로 무서웠다. 할 수만 있다면 오죽 통쾌하랴 싶었다. 저지르고 난 뒤에는 분명 견디기 힘든 양심의 고문을 받게 되겠지 싶었다.

　다카기에 대한 나의 질투심이 알 수 없는 과정을 거쳐 지금보다 수십 배 더 격렬하게 타오르게 된다면 어떨지 생각해 보았다. 하지만 나는 그때의 나를 상상할 수가 없었다. 처음에는 애초에 생겨먹은 게 다르니까 절대 그런 짓을 할 수 없다는 생각에 곧장 이 문제를 기각하려 했다. 다음에는 나라도 이 정도의 복수쯤은 충분히 해치울 수 있을 거라는 기분이 되었다. 마지막에는 나처럼 평소에는 머리와 가슴의 싸움에 괴로워하고 우물쭈물하는 사람이야말로 이러한 맹렬하고 흉악한 범행을 냉정하고 타산적이며 조직적으로 해낼 수 있는 법이라는 생각이 들기 시작했다. 마지막에 내가 왜 이렇게 생각했는지는 나도 모른다. 단지 이렇게 생각했을 때 갑자기 이상한 느낌이 덮쳐왔다. 그 느낌은 순전한 공포심이나 불안이 아니라 그보다 훨씬 복잡한 것처럼 보였다. 말하자면 이 심정은 얌전한 사람이 술 때문에 대담해져서 뭐든지 할 수 있겠다는 만족을 느끼지만 그와 동시에 자신이 타락했음을 깨닫고, 술로 인해 타락해 버렸으니 어디로 어떻게 피하더라도 헤어날 수 없을 거라고 침통하게 체념하는 것과 같은 이상한 마음이다. 나는 이런 이상한 느낌과 함께 치요코가 보고 있는 앞에서 무거운 문진을 다카기의 정수리에 깊이 박아넣는 꿈을 눈을 크게 뜬 채로 꾸고는 놀라서 일어섰다.

밑으로 내려가자마자 다짜고짜 목욕탕에 가서 물을 머리에 끼얹었다. 거실 시계를 보니 벌써 오후였기 때문에 내려간 김에 밥을 해결하기로 했다. 평소처럼 사쿠가 시중을 들러 나왔다. 나는 말없이 밥 덩어리를 두세 번 입 안 가득 집어넣다가 불쑥 그녀에게 내 얼굴색이 이상하냐고 물었다. 사쿠는 놀랐는지 눈을 크게 뜨고 아니라고 대답했다. 여기서 대화가 끊기자 이번에는 사쿠 쪽에서 무슨 일이 있냐고 질문했다.

"아니, 별로 아무렇지도 않아."

"갑자기 더워졌으니까요."

나는 잠자코 밥 두 그릇을 다 먹었다. 차를 따르게 해서 마시고 있을 때 나는 또 불쑥 사쿠에게 가마쿠라 같은 데 가서 북적대기보다는 집에 있는 편이 조용하고 좋다고 말했다. "하지만 그쪽이 더 시원하죠"라고 사쿠는 말했다. 나는 거기는 도쿄보다 덥고 그런 데 있으면 기분만 초조하고 안 좋다고 설명해 주었다. 사쿠는 어머니가 당분간 거기 계실 건지 물었다. 나는 곧 돌아올 거라고 대답했다.

29

나는 앞에 앉아 있는 사쿠의 모습을 보면서 붓을 떼지 않고 그린 나팔꽃처럼 청초하다는 느낌을 받았다. 단지 귀한 명인의 손에 그려지지 않은 게 유감이지만 마음은 그런 그림과 같이 간략하게 완성되었다고 평가할 수밖에 없었다. 사쿠의 인품을 그림에 비유해서 무슨 소용이 있느냐고 할지도 모르겠다. 거기에 깊은 의미가 있는 것은 아니지만, 실은 그녀의 시중을 받으며 밥을 먹는 동안 검정 칠을 한 쟁반을 들고 앉아

있는 그녀와 방금 전에 막 『게당케』를 읽은 나 자신을 비교해 보니 나
는 왜 칙칙한 유화처럼 마음이 복잡한가 하고 질려버렸기 때문이다. 고
백하건대 나는 오늘까지만 해도 고등교육을 받은 증거로 내 머리가 남
보다 복잡하게 작동하는 것을 자만해 왔다. 그런데 언제부턴가 그 작동
에 지쳐 있다. 무슨 업보로 이렇게까지 모든 일을 자잘하게 쪼개어 생
각하지 않고서는 살아갈 수 없는가 생각하면 한심했다. 나는 밥공기를
상에 내려놓으면서 사쿠의 얼굴이 고귀하다는 느낌을 받았다.

"사쿠, 너도 여러 가지로 생각을 할 때가 있느냐?"

"저 같은 건 딱히 생각할 만한 일이 없으니까요."

"생각하지 않는다고. 그게 좋아. 생각할 게 없는 게 제일이다."

"있어도 지혜가 없으니까 갈피를 못 잡죠. 정말 아무 짝에도 쓸모가
없어요."

"행복하구나."

나는 무심코 이렇게 말해서 사쿠를 놀라게 했다. 사쿠는 갑자기 나에
게 놀림을 받았다고 생각했으리라. 미안한 일을 했다.

그날 해질녘, 짐작도 못했는데 어머니가 가마쿠라에서 돌아왔다. 그
때 나는 해가 저물어가는 이층 마루에 등의자를 내놓고 앉아 사쿠가 맨
발로 마당에 물을 뿌리는 소리를 듣고 있었다. 밑으로 내려가 현관을
열었더니 어머니를 바래다주기로 했던 고이치 대신 치요코가 현관으
로 올라오는 것을 보고 깜짝 놀랐다. 등의자에 앉아 있을 때 치요코를
전혀 생각하지 않고 있었기 때문이다. 생각해 봤자 그녀와 다카기를 떼
어놓을 수는 없었다. 그리고 두 사람은 당분간 가마쿠라를 떠나지 못할
거라고 믿었다. 나는 볕에 타서 피부색이 검어진 듯한 어머니에게 인사
하기 전에 우선 치요코에게 왜 왔는지를 묻고 싶었다. 실제로 나는 그

말을 맨 먼저 했다.

"이모님을 데려다 주려고 왔어요. 왜요? 놀랐어요?"

"그거 고맙군."

나는 대답했다. 치요코에 대한 내 감정은 가마쿠라에 가기 전과 많이 달라졌다. 그리고 가마쿠라에 있을 때와 돌아온 뒤 역시 달라져 있었다. 다카기와 한 묶음이 된 그녀를 대할 때와 이렇게 혼자 따로 떨어진 그녀를 대할 때가 또 달랐다. 그녀는 나이 드신 어머니를 고이치에게 맡기려니 안심이 되지 않아서 직접 따라왔다고 했다. 그러고는 사쿠가 발을 씻고 있는 동안 그녀는 늘 하던 것처럼 장롱에서 어머니의 홑옷을 꺼내어 여행 때 입었던 옷을 갈아입히기도 하면서 바지런히 움직였다. 나는 어머니에게 그 뒤로 재미있는 일이 있었냐고 물었다. 어머니는 만족스러운 얼굴을 하면서 딱히 이렇다 할 특이한 일은 없었다고 대답했다.

"그래도 오랜만에 좋은 기분전환을 했어. 덕분에."

나에게는 그 말이 옆에 있는 치요코에 대한 감사 인사로 들렸다. 나는 치요코에게 오늘 가마쿠라로 다시 돌아가는지 물었다.

"자고 갈래요."

"어디서?"

"글쎄요. 우치사이와이초에 가도 되지만 너무 넓어서 쓸쓸하니까. 오랜만에 여기서 잘까? 그렇게 할까요, 이모님?"

나에게는 치요코가 올 때부터 우리 집에서 잘 생각이었다고 생각했다. 고백하자면 나는 그 자리에 앉아 십 분도 지나기 전에 또다시 그녀가 눈앞에서 하는 말과 행동을 한 가지 입장에서 관찰하고 평가하고 해석하고 있었던 것이다. 나는 그 사실을 깨달았을 때 심한 불쾌감을 느졌다. 또 그런 노력을 하기에는 내 신경이 완전히 지쳐 있는 것도 느꼈다. 내 마음은 나 자신을 거부하고 이렇게 움직일 수밖에 없는 걸까? 아니면 싫다는 나를 치요코가 억지로 이렇게 만드는 걸까? 어느 쪽이건 나는 화가 치밀었다.

"치요 대신 고이치가 와도 괜찮았을 텐데."

"하지만 난 책임이 있어요. 이모님을 초대한 건 나잖아요?"

30

"그럼 나도 초대를 받았으니까 데려다 달라고 할 걸 그랬다."

"그러니까 사람 말을 듣고 더 있었으면 좋았죠."

"아니, 내가 돌아올 때 말이야."

"그건 꼭 간호사 같네요. 좋아요, 간호사라도. 따라와 줄 수 있죠. 왜 그때 그렇게 말하지 그랬어요?"

"말해도 거절당할 것 같았으니까."

"나야말로 거절당할 것 같았어요. 그렇죠, 이모님? 어쩌다 한번 초대에 응해놓고는 이상하게 언짢은 얼굴만 하고 있었던 걸요. 정말 당신은 병이에요."

"그러니까 치요코가 따라와 줬으면 싶었던 거겠지."

어머니가 웃으면서 말했다.

나는 어머니가 돌아오기 한 시간 전까지만 해도 치요코가 오리라고 예상하지 못했다. 그 말을 지금 새삼스럽게 되풀이할 필요도 없지만, 그와 동시에 나는 어머니가 다카기에 대한 소식을 가지고 돌아오리라는 것을 확실한 미래처럼 예견하고 있었다. 온화한 어머니 얼굴이 불안과 실망으로 흐려질 때 얼마나 죄송스러울지도 예상하고 있었다. 나는 지금 그 예상과 반대되는 결과를 눈앞에서 보고 있다. 그들은 둘 다 평소와 다름없이 친한 이모와 조카였다. 그들은 여느 때처럼 특유의 따뜻함과 시원시원함을 서로에게 또 나에게도 기분 좋게 나눠주었다.

　그날 저녁에는 산책할 시간을 아껴서 두 여자와 이층으로 올라가 더위를 식히며 이야기를 나누었다. 나는 어머니가 시키는 대로 처마 끝에 일곱 가지 풀을 그린 기후岐阜 초롱기후 지방의 특산물로, 가느다란 뼈대에 종이를 얇게 붙이고 거기에 꽃이나 새, 풀, 나무 등을 그린다. 여름밤에 처마 끝에 걸곤 한다을 걸고 그 안에 가느다란 촛불을 켰다. 치요코는 뜨거우니까 전등을 끄자고 하더니 거침없이 다다미 위를 어둡게 했다. 바람은 없고 달은 높이 떠 있었다. 기둥에 기대고 있던 어머니는 가마쿠라가 생각난다고 말했다. 예전부터 해변에 익숙한 치요코는 전차 소리가 들리는 데서 달을 보는 건 어쩐지 이상한 느낌이 든다고 평했다. 나는 낮에 앉아 있던 등의자 위에서 부채를 부치고 있었다. 사쿠가 두 번쯤 올라왔다. 한 번은 담배합의 불을 바꿔 넣은 뒤 내 발밑에 놓고 갔다. 두 번째 왔을 때에는 근처에다 주문한 아이스크림을 쟁반에 담아 갖고 왔다. 나는 그럴 때마다 계급제도가 엄중한 봉건시대에 태어나기라도 한 양 비천한 하인의 위치가 평생의 분수인 줄만 알고 있을 사쿠를, 누구 앞에서건 통용될 만한 숙녀의 기품을 갖춘 치요코와 비교하지 않을 수 없었다. 치요코는 사쿠가 와도, 사쿠가 아닌 다른 여자가 왔을 때와 마찬가지로 아무런 신경도 쓰지 않았다. 사쿠는 일어나 계단 쪽으로 가서 내려가려다 고개를 돌려 치요코의 뒷모습을 보았다. 나는 내가 가마쿠라에서 다카기를 보며 지낸 이틀간을 떠올렸다. 그리고 생각할 거리가 없으니까 아무 생각도 하지 않는다고 밝힌 사쿠에게 치요코라는, 하이칼라에 유독하기까지 한 대상이 주어진 것을 가엾게 여겼다.

다카기는 어떻게 하고 있냐는 물음이 몇 번이나 목구멍까지 올라왔다. 하지만 단순히 소식을 알고 싶다는 흥미가 아닌 뭔가 의도적이고 불순한 감정에 떠밀린 것이기 때문에 저 멀리 비겁하다는 비난의 소리가 들리는 것 같아 그런 물음이 떳떳지 못하게 느껴졌다. 게다가 치요코가 돌아가고 나면 어머니와 그에 대한 이야기를 얼마든지 할 수 있다는 생각도 들었다. 하지만 사실은 치요코 입으로 직접 다카기 이야기를 듣고 싶었다. 그리고 그녀가 그를 이렇게 생각하는지를 확실히 가슴에 새겨두고 싶었다. 이것은 질투의 작용일까? 이 이야기를 듣는 누군가가 질투라고 말한다면 나는 이견이 없다. 내 견해로도 어쩐지 다른 이름을 붙이기는 어려울 듯하다. 그렇다면 내가 그만큼 치요코를 사랑하고 있었던 것일까? 문제가 이렇게 바뀌면 나도 대답이 궁해질 수밖에 없었다. 사실 그녀에 대해 그토록 열렬한 사랑을 맥박으로 느끼고 있지는 않았기 때문이다. 그러면 나는 남보다 두 배 세 배나 질투심이 많은 셈이 되지만, 어쩌면 그럴지도 모른다. 하지만 좀 더 적절하게 평가한다면 분명 제멋대로로 타고난 성격이 원인일 것이다. 단지 나는 한마디 덧붙여두고 싶다. 가마쿠라를 떠나왔는데도 여전히 다카기에 대한 질투심이 이처럼 불탄다면 그것은 내 성격의 결함뿐만 아니라 치요코에게도 적지 않은 책임이 있다는 것이다. 상대가 치요코이기 때문에 내 약점이 이렇게까지 가슴을 저미는 거라고 나는 주저 없이 주장하겠다. 그럼 치요코의 어떤 부분이 내 인격을 타락시켰을까? 그것은 도저히 모르겠다. 어쩌면 그녀의 친절이 아닐까 하는 생각도 든다.

31

치요코는 여느 때처럼 활짝 열려 있었다. 어떤 화제가 나와도 그녀는 수월하게 이야기했다. 그것은 필경 속으로 아무 생각도 하지 않고 있다는 증거인 셈이다. 그녀는 가마쿠라에 가서 혼자 수영을 연습하기 시작해서 지금은 키보다 깊은 곳까지 헤엄치는 게 즐겁다고 했다. 하지만 그럴 때마다 조심성 많은 모모요코가 위험하다면서 사과라도 하듯 슬픈 목소리로 말리는 게 재미있었다고도 했다. 그러자 어머니가 반쯤 걱정스럽고 반쯤 어처구니없다는 얼굴로 부탁을 했다.

"아니, 여자가 그렇게 경망스러운 행동을 하다니. 이제부터는 제발 부탁이니까 이모를 봐서라도 위험한 장난은 그만두려무나."

치요코는 그저 웃으면서 괜찮다고 대답했을 뿐이지만 문득 마루에서 의자에 앉아 있는 나를 돌아보더니 "이치도 이런 말괄량이는 싫죠?" 하고 물었다. 나는 별로 좋아하지 않는다고만 대답하고 달빛이 구석구석 떨어지는 바깥 풍경을 바라보고 있었다. 만약 내가 내 품위에 존경을 표하는 것을 잊었다면 반드시 이렇게 덧붙였을 것이다.

'하지만 다카기 씨 마음에는 들겠지.'

그 지경까지 이르지 않은 것은 체면상 그나마 다행이었다.

치요코는 이처럼 열려 있었다. 하지만 밤이 깊어 어머니가 이제 자겠다는 말을 꺼낼 때까지 그녀는 다카기에 대해 끝내 한마디도 화제 삼지 않았다. 나는 거기에는 꽤 고의가 담겨 있다고 판단했다. 하얀 종이 위에 한 점의 어두운 잉크가 떨어진 듯한 느낌이었다. 가마쿠라에 가기 전에는 치요코가 세상 여자들 중에서 가장 순수한 사람 중 하나라고 믿었지만 가마쿠라에서 보낸 고작 이틀 사이에 비로소 그녀의 기교를 의심하기 시작했다. 이제야 그런 의심이 내 가슴에 뿌리를 내리려고 했다.

'왜 다카기 이야기를 하지 않는 걸까?

나는 자면서도 이 생각을 하며 괴로워했다. 동시에 이런 문제에 잠잘 시간을 뺏기는 게 얼마나 어리석은지 잘 알고 있었다. 그러니까 괴로워하는 게 바보 같아서 더욱 신경질이 났다. 나는 평소처럼 이층에서 혼자 자고 있었다. 어머니와 치요코는 아랫방에 이불을 나란히 깔고 한 모기장 안에 누워 있었다. 나는 바로 밑에서 새근새근 잠들어 있는 치요코를 상상하고, 결국 몸을 뒤척이며 괴로워하는 내가 진 것이라고 생각하지 않을 수 없었다. 나는 몸을 뒤척이는 것조차 싫어졌다. 내가 아직 잠들지 못하고 있다는 약점을 아래층에까지 울리게 해서 그 소리가 마치 승전보처럼 치요코의 가슴에 전해지는 것은 치욕이라고 생각했기 때문이다.

이렇게 같은 문제를 여러 모로 고민하고 있는 동안 나에게는 그 문제가 다양한 방식으로 보였다. 다카기 이름을 입 밖에 내지 않는 것은 순전히 나에 대한 그녀의 호의일 뿐이다. 내 기분을 상하게 하지 않으려는 친절한 마음에서 조심한 것이다. 이렇게 해석하면 그토록 단순한 그녀가 내 앞에서 다카기라는 두 자를 꺼내지 못할 만큼 내가 가마쿠라에서 심기 불편한 행동을 했던 셈이다. 만일 그렇다면 나는 사람의 기분을 상하게 하려고 사람들 속으로 들어간 불쾌한 동물이다. 집에 틀어박힌 채 사교생활만 하지 않으면 그만이다. 하지만 만일 친절이 포함되지 않은 기교가 그녀의 본뜻이라면……. 나는 '기교'라는 두 글자를 쪼개서 생각했다. 다카기를 미끼로 나를 낚을 작정인가? 나를 낚으려는 건 궁극적인 목적 없이 단지 자기에 대한 내 애정을 일시적으로 자극하며 즐기기 위해선가? 혹은 나에게 어떤 의미에서 다카기처럼 되라는 뜻을 전할 셈인가? 그렇다면 나를 사랑할 수도 있다는 말인가? 혹은 다카기와 내가 싸우는 걸 보며 재미있었다는 뜻인가? 또는 다카기를 내 앞에 내놓고 이런 사람이 있으니 빨리 단념하라는 속셈인가? 나는 기교라는 두 자를 계속해서 쪼개어 생각했다. 그리고 기교라면 전쟁이라고 생각했다. 전쟁이라면 어떻게 해서든 승부를 지어야 한다고 생각했다.

잠을 이루지 못하고 지고 있는 나 자신이 분했다. 전등은 모기장을 칠 때 꺼버렸기에 방 안에 빈틈없이 퍼져 있는 어둠이 질식할 것처럼 답답하게 느껴졌다. 나는 보이지 않는 데서 눈을 뜨고 머리만 굴리는 고통이 견딜 수 없었다. 뒤척이지도 않고 참고 있던 나는 갑자기 일어나서 방을 밝혔다. 그 김에 마루에 나가 덧문 한 장을 조금 열었다. 달이 기운 하늘 아래서는 바람도 불지 않았다. 단지 비교적 싸늘한 공기를 피부와 목에 받았을 뿐이었다.

32

다음 날은 혼자 잘 때보다 한 시간 반이나 일찍 눈이 떠졌다. 바로 일어나 아래로 내려갔더니 머리를 좌우로 갈라서 틀어 올리고 그 위에 흰 손수건을 뒤집어쓴 사쿠가 부엌 화로의 재를 체치고 있다가, 벌써 깼셨냐고 하면서 얼굴 씻을 도구를 목욕탕에 나란히 놓아주었다. 씻고 나서는 발뒤꿈치를 들고 먼지투성이 거실을 지나 현관으로 나갔다. 지나치는 길에 두 사람이 자고 있는 방을 모기장 너머로 들여다봤다. 잠귀가 밝은 어머니도 어제의 기차여행으로 인한 피로 때문인지 조용한 잠에 빠져 있었다. 치요코는 물론 꿈의 바닥에 파묻힌 사람처럼 베개 위에 목이 얹혀 있었다. 나는 목적도 없이 밖으로 나갔다. 아침 산책의 즐거움을 오랫동안 잊고 있었던 내 눈에는 늘 변함없는 거리 분위기가 더위와 혼잡에 물들지 않은 안식일처럼 평온해 보였다. 맑고 깨끗한 빛을 발하는 전차 노선이 지면 위에 똑바로 뻗어 있는 것도 안정된 느낌이었다. 하지만 나는 산책하고 싶어서 나온 게 아니었다. 그저 너무 일찍 눈이 떠져서 어중간하게 늘어난 생명의 단편을 운동으로라도 때울 작정으로 걷고 있었기 때문에 하늘이나 땅 또는 거리에서도 별다른 흥미를 느낄 수는 없었다.

한 시간쯤 지나 돌아왔을 때 나는 오히려 어머니와 치요코가 이상하게 여길 만큼 지친 표정이었다. 어머니가 어디 다녀왔냐고 묻더니 다시 또 낯빛이 안 좋다며 왜 그런지를 물었다.

"어젯밤에 잠을 잘 못 잤나 봐요?"

치요코의 이 말에 나는 무어라 대답해야 할지 몰랐다. 사실은 의기양양하게 "아니, 잘 잤어"라고 대답하고 싶었다. 불행히도 나는 그 정도로 기교가 좋지는 못했다. 그렇다고 해서 잠을 못 잤다고 솔직히 자백하기에는 자존심이 강했다. 나는 끝내 아무 대답도 하지 않았다.

세 사람이 한 식탁에서 아침을 다 먹자, 어제 어머니가 선선할 때 와달라고 말해둔 미용사가 왔다. 금방 씻은 하얀 천을 가슴에 걸치고 문지방에 손을 짚고 절을 한 그녀는 잘 다녀오셨느냐며 친근하게 인사했다. 그녀는 이 직업의 공통적인 사교적인 말씨를 지니고 있었다. 그런 말씨를 능숙하게 구사하여 내성적인 어머니에게 피서를 자랑할 기회를 틈틈이 만들어주었다. 어머니는 만족스러워 보이긴 했지만 수다스럽게 떠들지는 않았다. 머리 만지는 사람은 더 효과 있는 상대로 나이 젊은 치요코를 선택했다. 치요코는 원래 사람 가리지 않고 한결같이 허물없이 대할 수 있는 여자였기 때문에 '아가씨'라고 불릴 때마다 걸맞은 응수를 해주어 이야기에 탄력을 붙였다. 치요코가 수영했던 이야기가 나오자 머리 만지는 사람은 활달해서 좋다는 둥 요즘 아가씨들은 모두 수영 연습을 하신다는 둥 누가 들어도 꾸며댄 듯한 아첨을 했다.

이상한 소리를 하는 것 같아 우습지만, 나는 여자가 머리 올리는 모습을 보는 게 좋다. 어머니가 모자라는 머리카락을 애써 변통하여 간신히 틀어 올리는 모습은 솜씨 좋은 사람이 한다 해도 그다지 보기 좋은 그림은 아니지만 무료함을 달래기에는 딱 좋은 위안거리였다. 나는 머리 만지는 사람의 손이 움직이는 동안 완성되어가는 어머니의 작은 올림머리를 바라보고 있었다. 그리고 마음속으로 치요코 머리를 일본식으로 다듬으면 꽤 훌륭하겠다는 생각을 했다. 치요코는 색이 아름답고 구불거리지 않고 숱이 많으면서 긴 머리카락을 지니고 있기 때문이다. 다른 때였으면 이런 경우 분명히 치요도 해보라고 권했을 것이다. 하지만 지금 나는 그녀에게 그다지 친밀한 요구를 하고 싶은 마음이 아니었다. 그때 우연히 치요코가 자기도 한번 틀어 올리고 싶다는 말을 꺼냈다. 어머니도 오랜만에 해보라며 꾀었다. 머리 만지는 사람은 자기도 해주고 싶다는 듯이 말했다.

"꼭 올려보십시오. 저는 처음 봤을 때부터 한데 모아서 묶고 계시기에는 아깝다고 생각했답니다."

치요코는 결국 경대 앞에 앉았다.

"뭘로 할까?"

머리 만지는 사람은 시마다島田, 주로 미혼 여성이 머리를 트는 방식 중 하나로, 혼례 때 묶는 풍습이 있다를 권했다.

"당신은 뭐가 좋아요?"

"서방님도 분명 시마다가 좋다고 하실 겁니다."

나는 움찔했다. 치요코는 아무렇지도 않은 듯이 보였다. 짐짓 내 쪽을 돌아보고 웃었다.

"그럼 시마다로 틀어서 보여줄까요?"

"좋겠네."

대답하는 나의 목소리는 너무 둔하게 들렸다.

33

나는 치요코의 머리가 완성되기 전에 이층으로 올라갔다. 나처럼 신경
질적인 사람은 뭔가에 구애 받을 일이 생기면 남들 눈에는 어린애처럼
보일 만한 행동을 하고 만다. 도중에 경대 곁을 떠난 나는 아름답게 시
마다로 머리를 올린 여자가 남자에게서 강탈해가는 감탄이라는 세금
을 물지 않게 되었다고 생각했다. 그때의 내게는 이 여자의 허영심에
아첨할 만한 호의가 없었다.

나는 스스로를 이래저래 꾸며서 듣기 좋게 이야기하고 싶지는 않다.
하지만 나 같은 사람이라도 부엌 화로 옆에서 벌어지는 이런 전략 전
술보다는 좀 더 고상한 일에 머리를 쓸 수 있다고 생각한다. 단지 한번
이런 문제에 신경 쓰기 시작하면 웬만해선 빠져나올 마음을 먹지 못하
는 게 약점이었다. 그게 얼마나 시시한 일인지를 스스로도 잘 알고 있
었기 때문에 나는 그렇게 행동하는 자신을 더욱 미워하고 채찍질했다.

나는 허세를 비열함과 똑같은 정도로 싫어하는 인간이므로 아무리
작고 보잘것없더라도 자기다운 자기를 말하는 게 명예라고 믿고, 웬만
하면 그런 점을 감추지 않는다. 하지만 세상이 인정하는 훌륭한 사람이
나 고귀한 사람들은 모두 화로나 부엌에서 일어나는 비천한 인생의 갈
등을 초월하고 있을까? 나는 아직 학교를 갓 졸업했을 뿐인 풋내기지

만 내 지혜와 상상력에 기대어 생각해 보면 그런 훌륭한 사람, 고귀한 사람은 어느 시대에도 존재하지 않는다고 본다. 나는 마쓰모토 숙부를 존경하고 있다. 하지만 노골적으로 말하면 그 숙부는 훌륭해 보이는 사람, 고귀하게 보이려는 사람이라고 말할 수 있다. 나는 경애하는 숙부에게 가짜나 위조품이라는 이름을 붙이는 무례와 편견을 삼가고 싶다. 하지만 사실 그는 세속에 구애받지 않는다는 표정이면서도 속으로는 구애되고 있는 것이다. 작은 일에 아등바등하지 않는 것처럼 손은 팔짱을 낀 채 머릿속으로는 아등바등하고 있는 것이다. 밖으로 내보이지 않는 것만으로도 보통 사람보다는 품위 있다고 한껏 찬사를 보내고 싶다. 그리고 밖으로 내보이지 않는 것은 재산, 나이, 학문과 식견과 수양 덕분이다. 하지만 그것은 무엇보다도 그와 가족의 균형이 잘 잡혀 있기 때문이기도 하고, 사회와의 관계가 보기보다는 순조롭게 진행되고 있기 때문이기도 하다. 이야기가 그만 옆으로 샜다. 내 좀스러운 면을 너무 길게 변명했는지도 모르겠다.

나는 방금 전에 말한 대로 이층으로 올라가버렸다. 이층은 해가 가까워서 아래층보다 더위를 견디기 힘들지만 평소에도 계속 머물렀다는 이유로 하루의 대부분을 여기서 보내기로 했다. 나는 늘 하듯이 책상 앞에 앉아서는 턱을 괴고 멍하니 있었다. 오늘 아침 담뱃재를 떤 마졸리카 재떨이가 깨끗이 비워진 채 내 팔꿈치 앞에 놓여 있는 걸 깨달은 나는 그 안에 그려져 있는 거위 두 마리를 바라보면서 재를 비워내는 사쿠의 손을 머리 속에 그려보았다. 그러자 밑에서 계단을 밟는 소리가 나더니 누군가가 올라왔다. 나는 그 발소리를 듣자마자 바로 그게 사쿠가 아니라는 사실을 알았다. 나는 이렇게 멍청히 지겨워하고 있는 모습을 치요코에게 들키는 게 굴욕처럼 느껴졌다. 그렇다고 옆에 있던 책을

펴서 아까부터 읽고 있었던 척할 만큼 약삭빠른 재치를 부리고 싶지도
않았다.

"다 됐으니까 봐줘요."

이렇게 말하며 내 앞에 앉는 그녀를 보았다.

"이상하죠? 오랜만에 틀어 올리니까."

"아주 아름답게 됐어. 이제부터 언제든 시마다로 묶으면 되겠다."

"두세 번 풀었다가 틀고, 풀었다가 틀고 하지 않으면 안 돼요. 머리카
락이 길들지 않아서."

이런 식으로 묻고 대답하기를 서너 번 반복하는 사이에 나는 어느새
옛날과 같이 아름답고 유순하며 악의 없는 치요코를 눈앞에 보는 듯한
느낌이었다. 어쩌다 보니 내 마음이 누그러졌는지, 아니면 나에 대한
치요코의 태도가 어느 순간 각도를 달리했는지 분명히 말하기 어렵다.
둘 다 이렇다 할 만한 점은 없었다고 기억한다. 만일 이렇게 허물없는
상태가 한두 시간 길게 이어졌다면 과거로 거슬러 올라가서 아예 처음
부터 그녀에게 품었던 이상한 의혹에 대해 오해로써 지워버릴 수 있었
을지도 모른다. 그런데 나는 그만 실수를 하고 말았다.

34

그 실수란 다른 게 아니다. 잠시 치요코와 이야기를 나누던 중 그녀가
단지 머리를 보여주러 올라온 게 아니라 이제 가마쿠라에 돌아가므로
작별인사를 하러 온 것이라는 사실을 깨달았을 때 나는 조심성 없이 걸
려 넘어진 것이다.

"빨리 가네. 벌써 돌아가는 건가?"

"빠르지 않아요, 벌써 하룻밤 묵었으니까. 그치만 이런 머리를 하고 돌아가면 어쩐지 우습겠죠. 시집이라도 가는 것 같아서."

치요코가 말했다.

"아직 다들 가마쿠라에 있어?"

내가 물었다.

"네. 왜요?"

치요코가 되물었다.

"다카기 씨도?"

내가 또 물었다.

지금까지 치요코는 다카기라는 이름을 입 밖에 내지 않았고 나도 화제 삼지 않으려고 조심해 왔다. 하지만 어떤 계기가 있었는지 평소처럼 삼가지 않고 마음을 터놓는 분위기가 다시 살아났기 때문에 거기에 빠져든 순간 무심코 말을 꺼내고 말았다. 나는 얼떨결에 이 물음을 던진 후 그녀의 얼굴을 보자마자 바로 후회했다.

내가 미적지근하고 또 확실치 못한 남자라서 그녀에게 일종의 경멸을 받고 있다는 사실은 이미 이야기한 대로고, 사실대로 말하면 우리 두 사람은 이것을 서로 묵인함으로써 겨우 친밀하게 지내는 것에 지나지 않았다. 대신 다행히도 치요코가 나에 대해 늘 경외심을 품는 것 하나가 있었다. 그것은 내가 과묵하다는 점이다. 그녀처럼 모든 것을 숨기지 않고 뱃속을 드러내지 않으면 직성이 풀리지 않는 사람이 보기에 언제나 뚱하고 시무룩한 나 같은 사람의 태도가 마음에 들 리가 없다. 하지만 묘하게도 그 이면에는 꿰뚫어볼 수 없는 마음이 존재하는 것처럼 비쳤기 때문에 그녀는 옛날부터 나를 속속들이 다 알 수 없었고, 따라서 어떤 의미에서는 경멸하면서도 어딘가 함부로 할 수 없는 구석이 있는 남자로서 나를 존경하고 있었던 것이다. 드러내놓고 말하지는 않았지만 이것은 그쪽에서도 마음속 깊이 정식으로 인정하고 있고, 나 역시 부지불식간에 내 권리로서 그녀에게 요구하고 있었던 사실이다.

그런데 우연히 다카기의 이름을 입에 담았을 때 나는 순간 치요코가 이 존경을 영원히 빼앗긴 것을 느꼈다. 왜냐하면 "다카기 씨도"라는 내 질문에 치요코의 표정이 갑자기 변했기 때문이다. 나는 그것을 꼭 승리의 표정이라고 인정하고 싶지는 않다. 하지만 그녀의 눈 속에서 지금껏 한 번도 발견한 적이 없는 일종의 모멸감이 반짝했음은 의심할 여지 없는 사실이었다. 나는 예기치 못한 순간에 따귀라도 얻어맞은 사람처럼 딱 멈추었다.

"그 정도로 다카기 씨가 신경 쓰여요?"

그녀는 이렇게 말하고 난 뒤 두 손으로 귀를 막고 싶을 만큼 큰 소리로 웃었다. 나는 그때 날카로운 모욕감을 느꼈다. 하지만 순간 아무런 대답도 할 수 없었다.

"당신은 비겁해요."

그녀가 다시 말했다. 이 갑작스러운 형용사에도 나는 완전히 놀랐다. 나는 '너야말로 비겁해, 안 불러도 될 곳에 일부러 사람을 불러들이다니'라고 말하고 싶었다. 하지만 젊은 여자에게 똑같이 심한 말을 하기에는 너무 이르다는 생각에 참았다. 치요코도 그 뒤로는 입을 다물었다. 나는 가까스로 '왜'라는 겨우 한 글자의 질문을 던졌다. 그러자 치요코의 짙은 눈썹이 움직였다. 그녀는 비겁하다는 말의 뜻을 내가 충분히 깨닫고 있으면서도 어쩌다 지적을 받자 약점을 숨기기 위해 시침을 뗀 것이라 판단한 모양이다.

"왜냐고요? 스스로 잘 알고 있잖아요?"

"모르니까 가르쳐줘."

내가 말했다. 아래층에는 어머니가 대기하고 있는 데다 감정에 호소하는 젊은 여자의 기질도 잘 알고 있다고 생각했으므로 될 수 있으면 상대방의 긴장을 늦추고 분위기를 진정시키기 위해 애써 나지막하고 느슨한 어조로 대했지만, 그게 오히려 치요코의 마음에 들지 않았나 보다.

"그걸 모른다면 당신은 바보예요."

나는 분명 평소보다 파리한 얼굴이었을 것이다. 그저 나는 치요코를 가만히 응시하고 있었던 것만을 기억하고 있다. 그때 아무 것도 두려워하지 않는 치요코의 눈이 내 눈과 말없이 교차하여 서로 얼마 동안 멈춰 있었던 것도 기억하고 있다.

35

"치요처럼 활발한 사람이 보면 나처럼 늘 소극적인 사람은 물론 비겁해 보이겠지. 나는 생각한 것을 바로 입 밖에 내거나 행동으로 드러낼 용기가 없는 우유부단한 사내니까. 그 점에서 비겁하다고 한다면 그런 말을 들어도 도리가 없지만……."

"누가 그런 걸 비겁하다고 한대요?"

"하지만 경멸은 하고 있잖아? 난 다 알고 있어."

"당신이야말로 나를 경멸하고 있지 않나요? 내가 훨씬 더 잘 알고 있어요."

나는 그녀가 한 이 말을 새삼 긍정할 필요가 없다고 판단했기 때문에 일부러 대답을 보류했다.

"당신은 나를 학문이 없고 이치를 모르는 하잘것없는 여자라고 생각하면서 완전히 바보 취급하고 있다구요."

"그건 네가 나를 굼뜨다고 얕보는 것이나 마찬가지야. 나는 너에게 비겁하다는 소리를 들어도 개의치 않겠지만, 혹시라도 도의적인 의미에서 비겁하다는 거라면 그건 네가 틀렸어. 적어도 치요와 관계된 일에 대해서 내가 도덕적으로 비겁한 행동을 한 기억은 없는걸. 굼뜨다든지 미적지근하다고 해야 할 일에 비겁하다는 말을 들으면 도의적인 용기가 결여된, 아니 그보다 도의를 모르는 야비한 인물처럼 들려서 무척 기분이 좋지 않으니까 정정해 주었으면 해. 그게 아니라 지금 말한 의미에서 내가 치요에게 뭔가 잘못한 게 있다면 사양하지 말고 이야기해 봐."

"그럼 비겁하다는 뜻을 말해 줄게요."

이렇게 말하고 치요코는 울음을 터뜨렸다. 나는 이제까지 치요코를 나보다 강한 여자라고 생각했다. 하지만 그녀의 강인함은 상냥한 외곬에서 나오는 여자다운 마음씨가 엉겨서 굳어진 것인 줄만 알았다. 그런데 지금 내 앞에 있는 그녀는 단지 오기로 가득 찬, 세상에 차고 넘치는 저속한 여성으로밖에 보이지 않았다. 나는 전혀 마음이 움직이지 않았고 그녀의 눈물 사이로 어떠한 설명이 나올지를 기다렸다. 그녀의 입술에서 새어나올 말은 자기 체면을 장식할 변명 외에는 없을 거라고 굳게 믿고 있었기 때문이다. 그녀는 젖은 속눈썹을 두세 번 깜빡거렸다.

"당신은 나를 말괄량이 바보라고 생각하며 항상 비웃고 있어요. 당신은 나를…… 사랑하지 않아요. 요컨대 나와 결혼할 마음이……."

"그건 치요도……."

"끝까지 들어봐요. 그런 건 둘 다 마찬가지라고 말하려는 거죠? 그러면 그걸로 좋아요. 굳이 받아달라고는 안 해요. 단지 왜 사랑하지도 않고 아내로 삼을 생각도 없는 나에 대해……."

그녀는 여기에 와서 갑자기 머뭇거렸다. 불민한 나는 그 뒤에 뭐가 나올지 아직 알아채지 못했다.

"너에 대해……?"

반쯤 그녀를 재촉하듯 물음을 던졌다. 그녀는 돌연 무언가를 뚫고 나온 사람처럼 잘라 말했다.

"왜 질투하는 거죠?"

그리고 전보다 더 격하게 울기 시작했다. 나는 얼굴에 피가 확 몰리면서 양쪽 뺨이 달아오르는 것을 느꼈다. 그녀는 그런 나에 대해서는 신경을 쓰지 않는 듯했다.

"당신은 비겁해요, 도의적으로 비겁해요. 내가 이모님과 당신을 가마쿠라에 초대한 의도조차 의심하고 있어요. 그게 이미 비겁해요. 하지만 그건 문제가 아니에요. 당신은 남의 초대에 응해놓고도 왜 평소처럼 유쾌하게 지내지 못하는 거죠? 난 당신을 초대했기 때문에 창피한 상황이에요. 당신은 우리 집 손님에게 모욕을 준 결과 나한테까지 모욕을 주었어요."

"모욕을 준 기억은 없어."

"있어요. 말이나 행동은 어떻든 상관없어요. 당신 태도가 모욕을 준 거예요. 태도가 아니라도 당신 마음이 준 거죠."

"그렇게 구구절절한 비난을 들을 의무는 나한테 없어."

"남자는 비겁하니까 그런 하찮은 대꾸를 할 수가 있겠죠. 다카기 씨는 신사니까 당신을 받아들일 아량이 얼마든지 있는데, 당신은 결코 다카기 씨를 받아들일 수 없어요. 비겁하니까."

마쓰모토의 이야기

1

그 뒤로 이치조와 치요코의 사이가 어떻게 됐는지 나는 모르네. 어떻게 되지도 않았을 걸세. 적어도 곁에서 볼 때 두 사람 관계는 오늘에 이르기까지 전혀 달라지지 않은 것 같으니까. 두 사람에게 물어보면 이런저런 말을 하겠지만, 그것도 다 그때그때의 기분에 좌우되어 앞뒤도 안 맞는 그럴싸한 거짓말을 영원한 가치라도 있는 듯 말하는 거라고 보면 틀림없을 걸세. 나는 그렇게 믿고 있네.

그 사건이라면 그 당시에 나도 들었네. 더욱이 양쪽으로부터 들었지. 그것은 사실 오해도 아니야. 양쪽에서 그렇다고 믿고 있는 데다 또 양쪽 다 그렇게 믿기에 무리가 없으니까 지극히 당연한 충돌이라고 할 수 있지. 따라서 부부가 되든 친구로 지내든 도저히 피할 수 없는 그런 충돌은 이를테면 두 사람의 업보라고 보는 수밖에 도리가 없어. 그런데 불행하게도 어떤 의미에서 두 사람은 밀접하게 끌리고 있네. 게다가 끌리는 방식 또한 주변 사람은 어떻게 할 수조차 없는 운명의 힘에 지배되고 있으니 무시무시하지. 시침 떼고 경구警句를 써보자면, 그들은 헤어지기 위해 만나고 만나기 위해 헤어지는 가엾은 한 쌍일세. 이렇게 말하면 자네게이타로를 뜻함. 이 장掌은 마쓰모토가 게이타로에게 이야기를 들려주는 형식으로 구성되었다가 알아들을지 모르겠지만, 그들이 부부가 되면 불행을 빚어낼 목적으로 맺어진 것 같은 결과에 빠질 것이고, 또 부부가 되지 않으면 불행을 지속하겠다는 마음으로 맺은 것과 같은 불만을 느끼겠지. 그러니까 두 사람 운명은 그저 흘러가는 대로 놔두고 운명이 해결하게끔 두는 편이 상책이지 싶어. 자네나 내가 이런저런 도움을 주려 해도 당사자들에겐 좋지 않을 게야. 알다시피 나는 이치조 입장에서나 치요코 입장에서나 타인이 아닐세. 특히 지금까지 두 사람 일로 스나가 누님의 부탁을 받거나 상담을 한 적이 몇 번이나 있지. 하지만 하늘의 재주로 잘 되지 않는 걸 어찌 내 힘으로 매듭지을 수 있을까. 결국 누님은 무리한 꿈을 혼자서 꾸고 있는 셈이야.

스나가 누님도 다구치 누님도 나와 이치조의 성격이 너무 닮았다는 데 놀랐네. 나 자신도 어째서 일가친척 중에 이런 괴짜가 둘씩이나 짝을 지어 나왔나 싶어서 이상하게 여기곤 하네. 스나가 누님 생각에 따르면, 오늘의 이치조가 있게 된 것은 전적으로 나에게서 감화를 받은 덕분이지. 누님이 나를 못마땅해하는 몇 가지가 있지만, 그 중에서도 그녀를 가장 불쾌하게 하는 건 내가 조카에게 나쁜 영향을 끼쳤다는 그 점일세. 이치조에 대한 지금까지의 내 태도를 돌아보면 나는 이런 비난이 지당하다고 생각하네. 그 때문에 이치조를 다구치 가에서 멀어지게 했다는 불만에 대해서도 더불어 인정하고. 다만 두 누님이 나와 이치조를 같은 틀에서 나온 괴팍한 사람으로 간주하고 우리를 향해 똑같이 눈썹을 찌푸리는 것은 말할 나위 없이 잘못된 일이야.

이치조라는 녀석은 세상과 접촉할 때마다 안으로 똬리를 감는 성격이지. 그러니까 한 가지 자극을 받으면 그 자극이 꼬리에 꼬리를 물고 회전하여 점점 깊고 촘촘하게 마음 깊숙이 파고 들어가지. 그렇게 한없이 파고 들어가는 게 계속되면 그에게 고통을 줄 뿐이야. 끝내는 어떻게 해서든 이러한 내면의 움직임에서 벗어나고자 기원할 만큼 괴로워하지만, 결국 자기 힘으로는 풀 수 없는 저주처럼 끌려 들어가지. 그리고 언젠가 이 노력으로 인해 쓰러질 수밖에 없다, 혼자서 쓰러질 수밖에 없다 하는 두려움에 사로잡히지. 그러면서 미치광이처럼 지치겠지. 이게 이치조의 존재의 근원에 가로놓인 커다란 불행이야. 이 불행을 행복으로 바꾸려면 안으로 안으로 향하는 삶의 방향을 반대로 돌려서 바깥으로 똬리를 풀게 하는 수밖에 없네. 밖에 있는 사물을 머릿속에 집어넣기 위해 사용하는 대신 머리를 통해 밖에 있는 사물을 바라본다는 식으로 눈을 사용하게끔 해야만 해. 세상에 단 한 가지라도 좋으니까 그의 마음을 훔칠 만한 훌륭한 사람이나 아름다운 사람이나 상냥한 사람을 찾아내야만 하는 거네. 한마디로 말하자면 더욱 변덕스러워져야만 한다네. 이치조는 애초부터 변덕스러움을 경멸하려 들었지. 지금은 그 변덕스러움을 갈망하고 있지만. 그는 자신의 행복을 위해 어떻게 해서든 가볍게 날아다니는 경박한 인간이 되고 싶다고 신에게 빌고 있네. 경박하게 떠다니는 것 말고 자신을 구할 방도는 세상에 없다는 사실을 그는 내가 충고하기 전부터 이미 잘 알고 있었어. 하지만 여전히 실행하지 못한 채 발버둥치고 있을 뿐이지.

2

나는 이런 이치조를 길러낸 책임자로서 친척들에게 은근히 원망을 사고 있지만, 나 자신도 그 점에 대해서는 켕기는 구석이 없지 않으니 하는 수 없지. 말하자면 나는 성격에 맞게 사람을 이끄는 재주를 터득하지 못했네. 그저 내 취미를 가능한 한 이치조에게 전해 주면 좋겠다는 무분별함으로 젊은 이치조의 말랑말랑한 정신을 내 멋대로 움직여 온 게 모든 재앙의 근원이 된 듯하네. 내가 이러한 과실을 깨달은 것은 지금으로부터 이삼 년 전일세. 하지만 깨달았을 때는 이미 늦었지. 나는 아무 것도 할 수 없이 그저 팔짱을 낀 채 속으로 탄식하면서 바라볼 뿐이었네.

한마디로 설명하면 내가 살아온 생활은 나에게는 적당하지만 이치조에게는 결코 어울리지 않는 것이네. 나는 본디 마음이 변하기 쉬운 성격이고, 값싼 평을 하자면 날 때부터 변덕쟁이였을 뿐이니까. 내 마음은 끊임없이 바깥을 향해 흐르고 있네. 그러니까 외부에서 오는 자극에 따라 어떻게든 변하거든. 이런 말로는 이해가 안 되겠지만, 이치조는 재래적인 사회를 교육하기 위해 태어난 사내이고 나는 통속적인 세속에서 교육을 받으러 나온 인간이네. 내가 이만큼이나 나이를 먹고도 꽤 젊은 구석을 지닌 것과는 반대로 이치조는 고등학생 때부터 조숙했네. 그는 사회를 생각하는 재료로 쓰지만 나는 스스로 사회의 생각으로 옮겨 탈 뿐이지. 거기에 그의 장점이 있고 더불어 불행이 숨어 있지. 거기에 내 단점이 있고 또 행복이 깃들어 있고. 나는 다도茶道를 하면 조용한 기분이 들고 골동품을 만지작거리면 예스러운 기분을 받네. 그 외에 흥행장, 연극, 씨름 전부 그때그때 어울리는 기분이 될 수 있지. 그 결과 지나치게 눈앞의 사물에 마음을 뺏기기 때문에 자연히 자기 자신이 없다는 공허한 느낌을 받을 수밖에 없네. 따라서 이런 초연한 생활을 영위하며 억지로 자아를 내세우려고 하지. 그런데 이치조는 자아 외에는 처음부터 아무 것도 가지고 있지 않은 사내야. 그의 결점을 보충하는, 아니 그의 불행을 줄이는 생활방식이란 그저 안으로 숨어드는 대신 바깥에 응답하는 것 말고는 없지. 그런데도 그를 행복하게 할 수 있는 그 유일한 방도를 간접적으로 내가 빼앗고 말았네. 친척들이 원망하는 건 지당해. 나는 본인의 원망을 사지 않은 게 그나마 다행이라고 생각할 정도야.

지금으로부터 일 년 전쯤에 있었던 일이지. 이치조가 학교를 졸업하기 전의 이야기인데, 어느 날 우연히 찾아왔는데 잠깐 인사를 하고는 금세 어디로 가버렸는지 보이지 않더군. 그때 나는 어떤 사람의 부탁을 받고 서재에서 일본 꽃꽂이의 역사를 조사하고 있었지. 나는 그 일에 정신이 팔려서 이치조가 얼굴을 내밀었을 때 '여' 하고 돌아보기만 했는데, 그의 혈색이 안 좋았던 게 걱정되어 일을 바로 마무리하고 나와 그를 찾았네. 그는 아내와도 사이가 좋았기 때문에 거실에서 둘이 이야기하고 있을 줄 알았는데 보이지 않더군. 아내에게 물었더니 아이들 방에 있을 거라고 해서 마루로 나가 문을 열었는데, 그는 사키코의 책상 앞에 앉아 여성 잡지의 표지로 박힌 어느 미인의 얼굴을 들여다보고 있었네. 그는 고개를 돌려 나를 보더니, 이러한 미인을 발견하고 십 분쯤 바라보던 중이라고 하더군. 그는 그 사진을 보는 동안에는 머릿속의 고통을 잊고 절로 유쾌해진다고 했지. 나는 당장 어디 사는 누구네 집 처자인지 물었네. 그런데 희한하게도 그는 사진 밑에 씌어 있는 여자의 이름을 읽지 않은 상태였네. 가끔 내가 이치조는 얼뜨다고 말했지. 그 정도로 마음에 드는데 왜 이름부터 먼저 기억해 두지 않았는지 물었네. 때와 경우에 따라서는 아내로 맞이하는 것도 불가능하지 않다고 생각했기 때문이지. 그런데 그는 성명이나 주소를 기억하는 게 무슨 필요가 있느냐는 눈빛으로 나의 말을 이상하게 생각하더군.

나는 사진을 실물의 대표로 보지만, 그는 사진을 그냥 사진으로 보고 있었던 것이야. 사진 배후에 실제 주소나 신분이나 교육이나 성격이 더해져서 종이 위에 찍힌 초상에 생동감을 더하려 했다면, 그는 도리어 마음에 들었던 그 얼굴까지 같이 팽개쳐버렸을지도 모르지. 이게 이치조와 내가 근본적으로 다른 점일세.

3

이치조가 졸업하기 두어 달 전, 그러니까 사월쯤이었을 게야. 나는 그의 어머니를 만나서 전에 없이 오랫동안 그의 결혼에 관해 상담을 나누었네. 누님의 뜻은 물론 다구치의 큰딸을 며느리로 맞고 싶다는 단순하면서도 완고한 것이었지. 나는 여자에게 이론을 가르치는 것을 사내의 수치로 생각하는 버릇이 있어서 어려운 이야기는 되도록 삼갔지만, 어쨌든 이런 문제에 대해 본인의 자유를 허락하지 않는다면 그것은 부모의 의무에 반하는 것과 같다는 내용을 고전적인 그녀가 납득할 수 있게끔 상세히 설명했네. 알다시피 누님은 지극히 온후한 여자지만 여차하면 똑같은 의견을 몇 번이나 되풀이하길 주저하지 않는, 여성들의 공통적인 특성을 남들 이상으로 지니고 있네. 나는 그녀의 집요한 면을 미워하기보다는 그토록 끈기가 넘친다는 데 오히려 어떤 연민을 갖고 있네. 그래서 지금 친척 중에서 이치조가 존경하는 사람은 나밖에 없으니까 하여튼 한번 불러들여서 찬찬히 이야기해 주지 않겠느냐는 그녀의 청을 흔쾌히 수락했네.

이 임무를 완수하기 위해 이치조와 이 방에서 회견을 한 것은 그로부터 사흘째 되는 일요일 아침으로 기억하네. 그는 졸업시험이 임박해 분주한 상황이었지만 자리에 앉아서 "뭐, 시험 따위 어떻게 되든 개의치 않습니다" 하면서 쓴웃음을 짓더군. 그의 설명에 따르면 전부터 어머니에게 몇 번이나 그 이야기를 들었고 몇 번이나 확답을 미뤄온 진부한 것이라더군. 하기는 이 문제에 대한 그의 태도는 문제의 진부함과 반비례해서 무척 절절해 보였네. 그는 마지막으로 어머니가 설득하려 들었을 때 졸업하고 나면 어떻게든 해결할 테니까 그때까지 기다려달라고 부탁해 두었다더군. 그랬는데 아직 시험도 마치기 전에 나에게 호출당해 성가시게 되었을 뿐 아니라, 늙은이는 성미가 급해서 곤란하다는 말까지 써가며 호소하였다네. 나도 지당한 말이라고 생각했네.

　내 추측으로는 그가 학교를 나올 때까지 이래저래 대답을 미룬 건 그 사이에 치요코가 자기보다 적당한 후보자를 찾아 그 혼담에 안착할 것이라고 예상했기 때문이었다네. 그것은 직접 어머니를 실망시키는 대신 어쩔 수 없는 주위 사정으로 인해 어머니가 스스로 뜻을 바꾸도록, 또 그녀에 대한 압박의 결과를 기다리려는 일종의 도피수단일 뿐이라고 생각했지. 나는 이치조에게 그렇지 않냐고 물었네. 이치조는 그렇다고 하더군. 나는 그에게 아무래도 어머니를 기쁘게 해드릴 마음은 없는지 물었네. 그는 무슨 일이든지 어머니를 기쁘게 해드리고 싶은 마음은 태산 같다고 대답했네. 하지만 치요코를 데려가겠다고는 결코 말하지 않더라구. 오기 때문이냐고 물었더니 어쩌면 그럴지도 모르겠다고 잘라 말하더군. 만약 다구치가 데려가도 좋다고 하고 치요코가 오겠다고 하면 어떠냐고 확인을 했더니, 이치조는 대꾸를 하지 않고 잠자코 내 얼굴을 쳐다보았네. 나는 그의 그런 표정에 이야기를 계속 진행할 마음이 생기지 않았다네. 두렵다고 하면 과장이겠고 동정이라고 하면 처량하게 들릴 테니 그 표정에서 받은 느낌을 뭐라고 하면 좋을지 잘 모르겠지만, 영원히 상대방을 단념하지 않으면 안 된다는 절망에 어떤 무서움과 상냥함이 더해진 듯한 알 수 없는 표정이었네.

이치조는 잠시 후 '사람들은 왜 이렇게 자기를 싫어할까' 하며 의외의 넋두리를 내뱉더군. 나는 난데없는 말인데다가 평소의 이치조와 어울리지 않기도 해서 놀랐지. 왜 그런 푸념을 하느냐고 나무라듯이 반문했네.

"푸념이 아닙니다. 사실이니까 말하는 겁니다."

"그럼 누가 너를 싫어하느냐?"

"실제로 그런 말을 하시는 숙부님부터 나를 싫어하지 않습니까?"

나는 다시금 놀랐네. 너무 뜬금없어 두세 번 입씨름을 한 끝에 얻은 추측은, 내가 그의 특유의 표정에 눌려서 이야기를 잠시 멈추었던 태도가 자신에 대한 혐오에서 비롯된 것이라고 받아들인 모양이었다. 나는 온 힘을 다해 그의 오해를 타파하려 들었지.

"내가 너를 미워할 일이 뭐가 있겠어. 어릴 때부터 맺어온 관계만 봐도 알지 않느냐? 바보 같은 소리 하지 마라."

꾸지람을 들은 이치조는 격해진 기색도 없이 한층 더 파리한 얼굴로 나를 주시했네. 나는 도깨비불 앞에 앉아 있는 듯한 심정이었지.

4

"나는 네 숙부야. 어느 나라에 조카를 미워하는 숙부가 있겠어?"

이치조는 이 말을 듣자마자 얇은 입술을 젖히며 쓸쓸하게 웃더군. 나는 그 쓸쓸함 뒤에 깊은 경멸이 비치는 것을 보았네. 고백하건대, 그는 이해하는 면에서 나보다 뛰어난 머리를 가지고 있지. 나는 그것을 충분히 알고 있었고. 그러니까 그와 접촉할 때에는 되도록 그에게 바보 취급당할 만한 어리석음을 감추고 밖으로 드러내지 않으려 주의했다네. 하지만 때로는 연장자라는 거만한 마음에 친근하게 구는 그를 얕보거나, 천박한 줄 알면서도 사뭇 젠체하며 그때뿐인 무의미한 훈계를 늘어놓을 때도 없지는 않았네. 영리한 그는 내게 창피를 주기 위해 자신의 우월함을 이용할 만큼 품위 없이 행동하지는 않았지만, 나로서는 그럴 때마다 그에 대한 내 시세가 하락하는 듯한 굴욕을 느끼곤 했다네. 나는 바로 내 말을 정정하려 했지.

"그야 넓은 세상이니까 원수지간 같은 부모자식도 있을 게고, 서로의 목숨을 위협하는 부부도 없지는 않겠지. 허지만 뭐 일반적으로 말하면 형제나 숙부 조카라는 이름으로 이어져 있는 이상 그만큼의 친밀함은 어딘가 있지 않겠어? 너는 꽤 교육도 받았고 머리도 좋으면서 어쩐지 이상하게 비뚤어진 데가 있어. 그게 네 약점이다. 반드시 고치지 않으면 안 돼. 곁에서 봐도 유쾌하지 않아."

"그러니까 숙부님까지 저를 싫어한다고 하는 겁니다."

나는 대답이 궁해졌네. 스스로 깨닫지 못했던 자신의 모순을 지금 이 치조에게 지적당한 듯한 기분이었네.

"비뚤어진 생각만 말끔히 버리면 아무 것도 아니지 않느냐?"

나는 자못 태연하게 우겼지.

"제게 비뚤어진 데가 있습니까?"

"있지."

나는 생각하지 않고 대답했네.

"어떤 곳이 비뚤어져 있는지요? 확실하게 말씀해 주십시오."

"어떤 곳이라니, 있어. 있으니까 있다고 하는 거다."

"그럼 그런 약점이 있다고 치고, 그 약점은 어디에서 나왔을까요?"

"그야 자기 일이니까 스스로 잘 생각해 보면 되겠지."

"당신은 불친절해요."

이치조가 단념했다는 듯이 침통한 어조로 말하더군. 나는 우선 그 어조에 당황했네. 다음에는 그 눈빛에 위축되었지. 그 눈은 정말로 원망스럽다는 듯이 내 얼굴을 주시하고 있더군. 나는 그 앞에서 한마디도 대꾸할 용기를 낼 수 없었다네.

"저는 당신한테 듣기 전부터 생각하고 있었습니다. 말씀하실 필요도 없이 제 일이니까 생각하고 있었습니다. 누구도 가르쳐줄 사람이 없으니까 혼자서 생각하고 있었습니다. 저는 매일 밤낮으로 생각했습니다. 너무 지나치게 생각해서 머리도 몸도 완전히 지쳐버릴 때까지 생각했어요. 그래도 모르니까 당신에게 물어본 겁니다. 당신은 직접 제 숙부라고 분명히 말씀하십니다. 그리고 숙부니까 남보다 친절하다고도 하십니다. 하지만 지금 말씀은 당신 입에서 나왔음에도 불구하고 남보다 냉혹하게밖에 들리지 않았습니다."

나는 그의 뺨을 타고 흐르는 눈물을 보았네. 어렸을 때부터 오늘에 이르기까지 정이 든 그와 나 사이에 이런 광경은 일찍이 한 번도 없었다는 사실을 나는 자네에게 분명히 말해 두고 싶네. 따라서 이 흥분한 청년을 어떻게 다루면 좋을지 나로서는 알 수 없었다는 것도 미리 밝혀 두겠네. 나는 그저 망연히 팔짱만 끼고 있었지. 이치조는 내 태도 같은 것을 감안하면서 자신의 말을 조절할 여유가 없었다네.

"저는 비뚤어져 있는 걸까요? 확실히 비뚤어져 있겠지요. 당신이 말씀하시지 않아도 잘 알고 있다 생각합니다. 저는 비뚤어져 있습니다. 저는 당신에게 그런 주의를 받지 않아도 잘 알고 있습니다. 저는 그저 어째서 이렇게 됐는지 그 까닭을 알고 싶은 겁니다. 아뇨. 어머니도, 다구치 이모님도, 당신도 모두 그 까닭을 잘 알고 있습니다. 저만이 모릅니다. 단지 저에게만 알려주지 않는 겁니다. 저는 세상 사람들 중에서 당신을 가장 신뢰하고 있으니까 물었습니다. 당신은 그걸 잔혹하게 거절했어요. 저는 이제부터 평생 당신을 적으로 저주할 겁니다."

이치조는 일어서더군. 나는 그 순간 결심했지. 그리고 그를 불러세웠어.

5

나는 예전에 어느 학자의 강연을 들은 적이 있네. 그 학자는 현대의 개화된 일본을 분석하면서 이러한 개화의 영향을 받은 우리는 피상적으로 되거나 아니면 신경쇠약에 빠질 게 분명하다며 그 이유를 배짱 좋게 청중 앞에 폭로하였네. 그리고 사물의 진상은 그것을 모르고 있을 때는 알고 싶은 법이지만 정작 알고 나면 도리어 모르는 게 약이었던 옛날이 부러워져서 지금의 자신을 후회하는 경우도 적지 않은데, 자신의 결론이라는 것도 어쩌면 그것과 비슷할지 모르겠다고 하더니 쓴웃음을 지으며 강단에서 물러났다네. 나는 그때 이치조를 떠올렸네. 그리고 이런 쓰디쓴 진리를 받아들여야만 하는 우리 일본인도 대단히 딱하지만, 이치조처럼 혼자만의 비밀을 붙잡으려다가는 두려워하고, 두려워하다가는 또 붙잡으려고 하는 청년은 한층 더 비참할 게 틀림없으리라 생각하면서 마음속으로 그를 위한 동정의 눈물을 흘렸네.

이것은 내 일가친척 내부의 문제이고 자네와는 전혀 이해관계가 없는 이야기니까 전부터 이치조를 걱정해온 자네의 친절만 아니었다면 털어놓지 않았겠지만, 사실대로 말하면 이치조의 태양은 그가 태어나던 날부터 흐려져 있었다네.

누구에게도 거리끼지 않고 분명히 말할 수 있는데, 나는 모든 비밀은 그것을 폭로한 뒤에야 비로소 자연으로 돌아갈 수 있다는 가치관을 가지고 있기 때문에 원만하다든지 현상 유지라든지 하는 말에는 별로 비중을 두지 않네. 따라서 오늘날까지 자진해서 이치조가 태어나던 당시로 되돌아가 그의 운명을 거꾸로 비쳐주지 않았던 것은 나로서는 오히려 이해할 수 없는 실수라고 해야 할 테지. 지금 생각하면 이치조에게 저주를 받기 직전까지 왜 이 사건을 비밀로 해왔는지 나 역시 알 수가 없네. 이 비밀에 바람을 불어넣는다고 해서 그들 모자 관계가 나빠질 거라고는 상상조차 할 수 없기 때문이지.

그와 관계가 깊은 자네에게는 '이치조의 태양은 그가 태어나던 날부터 흐려 있었다' 는 말이 구체적으로 들려서, 그 이면에 어떤 사실이 숨겨 있는지 벌써 알아챘을지도 모르겠네. 한마디로 그들은 진짜 모자간이 아닐세. 또한 오해가 없도록 덧붙이자면, 진짜 모자간보다도 훨씬 사이가 좋은 계모와 의붓아들이지. 그들은 피를 나눔으로써 비로소 성립하는 통속적인 모자 관계를 경멸해도 될 만큼 하늘이 준 애정의 실로 단단히 묶여 있네. 어떤 악마의 도끼날로도 이 실을 끊을 수는 없을 테니 어떤 비밀을 털어놓든 무서워할 필요는 전혀 없는 것이었다네. 그런데도 누님은 무척 두려워하고 있었지. 이치조도 두려워하고 있었고. 누님은 비밀을 손에 쥔 채, 이치조는 비밀을 손에 쥐게 될 것을 기다리면서 서로 두려워하고 있었던 것이지. 나는 끝내 그가 두려워하는 것의 정체를 끄집어내어 그의 앞에 별 생각 없이 늘어놓고 말았네.

나는 지금 그때 나누었던 문답을 일일이 되풀이해서 자네에게 설명할 용기가 없네. 물론 나는 처음부터 큰 사건이라 생각지도 않았지만 웬만하면 태연한 척할 필요도 있었기 때문에 결국 아무 것도 아닌 것처럼 이야기했는데, 이치조는 필사적으로 긴장하면서 그 사실을 생사가 달린 통지처럼 받아들이더군. 앞에서 하던 이야기가 있으니까 사실만을 간단히 말하자면, 그는 누님이 낳은 아이가 아니라 몸종의 배에서 태어났네. 나 자신의 집에서 일어난 일이 아닌 데다가 이십오 년이 넘는 옛날이야기니까 나도 자세한 전말을 알 도리가 없지만, 어쨌든 그 몸종이 스나가의 씨를 뱄을 때 누님은 큰돈을 주어 그녀를 내보냈다고 하네. 그리고 집에 내려간 임부가 사내아이를 낳았다는 통지를 기다렸다가 아이만 거둬들인 뒤 표면상 자기 아이처럼 길러낸 거지. 이것은 남편에 대한 아내의 의리이기도 하겠지만, 자신에게 아이가 생기지 않아 걱정하고 있던 터라서 진심으로 제 아들 삼아 보살피겠다는 생각도 있었던 게지. 실제로도 그들은 자네가 보다시피 또 우리가 보다시피 가장 친한 모자지간으로 오늘까지 살아왔으니까, 서로에게 사정을 밝힌다고 해서 지장은 없을 것이네. 내가 한마디 하자면, 세간의 사이 안 좋은 부모자식보다 얼마나 떳떳한지 모르네. 두 사람이 그 사실을 알고 난 뒤에도 지금까지 정다운 것을 돌아보면 또 얼마나 더 유쾌하겠나. 적어도 나라면 그렇다네. 그래서 나는 이치조를 위해 특히 이 아름다운 면을 힘껏 채색하고자 했다네.

6

"나는 그렇게 생각한다. 그러니까 조금도 감출 필요를 느끼지 않아. 너도 건전한 정신을 가지고 있다면 나와 똑같이 생각할 게 아니냐? 그렇게 생각할 수 없다면 그게 바로 너의 비뚤어진 점이야. 알았느냐?"

"알았습니다. 잘 알았습니다."

이치조가 대답했다. 나는 말했다.

"알았으면 그걸로 됐다, 이제 그 문제에 대해 이러쿵저러쿵하는 건 그만두도록 하자."

"이제 그만두겠습니다. 이제 절대로 이 일로 숙부를 성가시게 할 일은 없습니다. 과연 숙부가 말씀하신 대로 저는 비뚤어진 해석만 하고 있었습니다. 저는 그 이야기를 듣기까지 매우 무서웠습니다. 가슴의 살이 오그라들 정도로 무서웠습니다. 하지만 이야기를 듣고 모든 것이 명백해지니 도리어 안심이 되고 마음이 편해졌습니다. 이제 무서운 것도 불안한 것도 없습니다. 그 대신 어쩐지 갑자기 허전해졌습니다. 쓸쓸합니다. 세상에 혼자 서 있는 듯한 느낌이 듭니다."

"하지만 어머니는 원래대로의 어머니란다. 나도 지금까지의 나야. 아무도 너에 대해서 달라질 사람은 없어. 신경을 곤두세우면 안 돼."

"신경을 곤두세우지 않아도 쓸쓸하니까 어쩔 수 없습니다. 저는 이제 집에 돌아가서 어머니의 얼굴을 보면 울지도 모릅니다. 그때 눈물 흘릴 것을 생각하면 지금도 쓸쓸해서 견딜 수 없어요."

"어머니에게는 잠자코 있는 편이 좋겠지."

"물론 이야기는 안 합니다. 이야기하면 어머니가 얼마나 괴로운 얼굴을 하겠습니까."

우리 둘은 묵묵히 마주보고 있었네. 나는 어찌할 줄 몰라서 담배합의 재떨이를 두드렸지. 이치조는 고개를 숙이고 하카마의 무릎을 쳐다볼 뿐이었고. 이윽고 그는 쓸쓸한 얼굴을 들고 말했네.

"하나 더 여쭤두고 싶은 게 있습니다만, 들어주시겠습니까?"

"내가 알고 있는 일이라면 뭐든지 이야기해 주마."

"저를 낳은 어머니는 지금 어디에 있습니까?"

그의 생모는 그를 낳고 얼마 안 되어 죽어버렸다네. 그것은 산후의 회복이 나빴던 탓이라고도 하고 다른 병 때문이라고도 했지만, 자세한 이야기를 해줄 재료가 없는 내 기억으로는 그의 굶주린 눈을 가라앉히기에 부족했지. 그를 낳은 생모의 마지막 운명에 관한 내 이야기는 고작 이삼 분 만에 바닥나고 말았네. 그는 유감스러운 표정으로 그녀의 이름을 물었지. 다행히 나는 오유미ぉゅみ라는 고풍스러운 이름을 잊지 않고 있었어. 그러자 죽을 때 그녀가 몇 살이었는지를 묻더군. 그 전에 관해 나는 말해줄 만한 확실한 정보가 없었네. 그는 마지막으로 자기의 집에서 고용살이하고 있었을 무렵 그녀와 만난 적이 있는지 묻더군. 나는 있다고 대답했네. 그는 어떤 여자냐고 되물었지. 딱하게도 내 기억은 몹시 몽롱했어. 당시 나는 열대여섯의 소년일 뿐이었거든.

"확실히는 모르겠지만 시마다로 틀고 있었던 적이 있지."

이것밖에는 쓸 만한 대답을 줄 수 없어서 나도 무척 안타까웠다네. 이치조는 가까스로 체념했다는 눈빛을 하고 마지막으로 말하더군.

"그럼 하다못해 절만이라도 가르쳐주지 않겠습니까? 어머니가 어디에 묻혀 있는지 그것만이라도 알아두고 싶으니까요."

하지만 오유미의 위패를 안치한 절을 내가 알 도리가 없지. 나는 신음하면서 알고 싶다면 부득이하게 누님에게 물어보는 수밖에 없을 거라고 대답했네.

"어머니 외에 알고 있는 사람은 없는지요?"

"아마 없겠지."

"그럼 몰라도 됩니다."

나는 이치조에 대해 딱하고 미안한 기분이었다네. 그는 고개를 돌려

화창한 햇살 속에 피어 있는 커다란 동백을 바라보고 있었지만 곧 시선을 거두어들이더군.

"어머니가 꼭 치요를 얻으려고 하는 건, 역시 혈통을 생각해서 혈연지간의 사람을 제 신부로 삼고 싶다는 의미겠지요."

"바로 그거다. 그 외에는 아무 것도 없어."

이치조는 그러면 얻겠다고 하지 않았네. 나도 그렇다면 얻겠느냐고 묻지 않았지.

7

이 회견은 나에게는 아름다운 경험 중 하나였다네. 서로 숨김없이 모든 것을 털어놓을 수 있었다는 점에서 이제껏 내 빈곤한 과거를 장식해 주었네. 상대인 이치조가 보기에도 어쩌면 태어나서 처음 받은 위로가 아니었을까 싶고. 하여튼 그가 돌아간 뒤 내게는 좋은 공덕을 베풀었다는 유쾌한 느낌이 남아 있었네.

"모든 것을 내가 맡아줄 테니까 걱정하지 않아도 된다."

나는 현관에서 배웅하면서 마지막으로 그의 등 뒤로 이런 말을 따뜻하게 던져주었네. 대신 누님에게 회견의 결과를 보고할 때에는 꽤 난처했지. 하는 수 없이 졸업해서 정신적 여유가 생기면 어떻게든지 결말을 짓는다고 하니까 그때까지 기다리는 게 좋겠다, 지금 이것저것 찔러대면 시험에 방해가 될 뿐이라며 누님이 듣기에 무리 없는 말로 일단 달래놓았을 뿐이네.

동시에 나는 다구치에게도 사정을 이야기해서 되도록 이치조가 졸업하기 전에 치요코의 혼담이 추진되게끔 손을 썼다네. 자세한 이야기를 들은 다구치의 말투는 평소대로 싹싹하고 시원하더군. 그는 내가 주의를 주지 않아도 잘 이해하고 있다고 말했네.

"하지만 결국 시집은 본인을 위해 보내는 것이니(이렇게 말하면 껄끄러워지겠지만) 처형이나 이치조의 편의를 위해 억지로 치요코의 결혼을 앞당기거나 연기할 수는 없는 일이지."

"그렇고말고."

나는 인정하지 않을 수 없었지. 나는 원래 다구치 가와 친척으로서 교류는 했지만 그 딸의 혼담 문제에 나서서 참견을 한 적도 없거니와 또 그쪽에서 상담을 해온 예도 없었거든. 그래서 지금까지 치요코에게 어떤 후보자가 있었는지 간접적으로도 거의 소문을 듣지 못했다네. 그저 작년에 가마쿠라의 피서지에선가 만나 이치조의 기분을 상하게 했다는 다카기만은 이치조와 치요코에게 들어서 기억하고 있지. 나는 갑작스럽지만 그 사내는 어떻게 됐는지 다구치에게 물었네. 다구치는 장난스럽게 웃고는 다카기는 처음부터 후보자로 나선 것은 아니라고 하더군. 하지만 신분도 좋고 교육도 높은 독신 남자라면 누구든 후보자가 될 권리는 있으니까 후보자가 아니라고 단언할 수는 없다고 하더라구. 이 애매한 사내에 대해 나는 더 상세하게 들어보고, 그가 지금 상하이에 있다는 사실을 확인했다네. 상하이에 있지만 언제 돌아올지 모른다는 사실도 확인했고. 그와 치요코 사이는 그 후 아무런 발전도 없었지만 편지는 계속 주고받고 있으며, 편지는 꼭 부모의 눈을 먼저 거친다는 조건 아래 전달된다는 것까지 확인했다네. 나는 치요코에게는 그 남자가 적당하지 않겠냐고 했네. 다구치는 무슨 욕심이 있는지 아니면 달리 생각하는 게 있는지 그럴 작정이라고 명확히 말하지는 않더군. 다카기가 어떠한 인물인지 잘 모르는 나로서는 더 이상 권할 권리가 없으므로 그대로 물러날 수밖에 없었네.

나와 이치조는 그 후로 오랫동안 만나지 않았지. 오랫동안이라고 해
봤자 겨우 한 달 반쯤 되는 기간에 불과하지만, 나는 졸업시험을 눈앞
에 두고도 가족 문제로 걱정하지 않으면 안 되는 그가 마음에 걸렸어.
그래서 살짝 누님을 찾아가서 넌지시 그의 근황을 알아보았지.

"아무래도 꽤 바빠 보여. 졸업하는 상황이라 그렇겠지."

누님은 태연한 얼굴로 아무렇지도 않게 말하더군. 나는 그래도 안심
이 안 되어 다음 날 이치조에게 저녁을 같이하자며 한 시간을 비우게
한 뒤, 그의 집 근처 양식집에서 밥을 먹으며 눈치를 살폈지. 그는 평소
대로 침착하더군.

"뭐, 시험 같은 건 그럭저럭 해치우지요."

이렇게 장담하는 모습이 꼭 허세로 보이지는 않더군. 괜찮으냐고 다
짐을 받았을 때 그는 갑자기 한심하다는 표정으로 말했네.

"인간의 머리는 생각보다 견고하게 만들어져 있더군요. 실은 저 자
신도 무서워서 못 견디겠지만 이상하게도 아직 고장 나지 않았습니다.
이런 상태라면 당분간은 쓸 수 있겠지요."

농담 같기도 하고 진지하기도 한 듯한 이 말이 나에겐 측은한 느낌을
주더군.

8

신록의 계절이 지나, 목욕 후 홑옷 앞섶에 부채바람을 넣고 싶어지는 어
느 날 이치조가 훌쩍 찾아왔네. 그의 얼굴을 보자마자 처음으로 던진 말
은 시험이 어떻게 됐느냐 였지. 그는 어제 겨우 끝났다고 하더니, 내일

부터 잠시 여행을 다녀올 생각이라서 작별인사를 하러 왔다더군. 나는 성적도 아직 모르는데 멀리 달아나는 그의 심리상태가 의심스럽기도 하고 또 다소 불안해 보였어. 그는 교토京都 부근에서 스마須磨와 아카시明石를 거쳐 경우에 따라서는 히로시마廣島 언저리까지 가보고 싶다는 포부를 밝히더군. 나는 그 여행이 비교적 야단스럽다는 데 놀랐지.

"수석이라고 결정이라도 났다면 그래도 괜찮겠지만……."

간접적으로 찬성하지 않는다는 뜻을 비추었더니 그는 뜻밖에도 시험의 결과 따위에는 냉담한 듯 대꾸하더군.

"그런 데에 신경을 쓰는 숙부님이야말로 평소답지 않은 게 아닌가요?"

그러면서 나의 반대는 거의 상대를 않더군. 이야기하고 있는 사이에 나는 그의 결심이 붙고 떨어지는 성적과는 무관한 다른 동기에서 싹텄음을 알아차렸다네.

"실은 그 사건 이후 이상하게 골치를 썩다 보니 요즘은 서재에 가만히 앉아 있기도 힘들어져서요. 아무래도 여행이 필요하니까, 뭐 시험을 도중에 그만두지 않았다는 데 감탄했다는 정도로 칭찬하시고 허락해 주세요."

"그야 네 돈으로 네가 가고 싶은 데 가는 거니까 문제는 없지. 생각해 보면 조금은 여기저기 돌아다니면서 기분을 바꿔보는 것도 좋을 게다. 갔다 오너라."

"네."

대답하면서 이치조는 만족스러운 표정을 지었지만 곧 이렇게 덧붙이더군.

"실은 큰소리로 이야기하기에도 죄송하고 불경스럽지만, 숙부님에게 그 이야기를 듣고 난 이후로는 어머니의 얼굴을 볼 때마다 이상한 기분이 들어서 견딜 수 없습니다."

"불쾌해지느냐?"

내가 엄숙하게 물었더니

"아뇨, 그저 죄송합니다. 처음에는 쓸쓸해서 어찌할 수가 없었던 마음이 차츰 죄송한 마음으로 변했습니다. 실은 여기서만 하는 이야기인데, 요즘에는 어머니 얼굴을 아침저녁으로 보는 게 고통입니다. 전부터 졸업하면 어머니에게 교토, 오사카와 미야지마宮島를 구경시켜드려야겠다고 생각했기 때문에 예전의 저였다면 이번 여행도 같이 갈 작정으로 숙부님께 집 좀 봐달라고 부탁했을 겁니다. 하지만 지금 말씀 드린 것처럼 관계가 완전히 정반대로 되어버렸기 때문에 잠시라도 어머니 곁에서 떨어졌으면 하는 마음만 드네요."

"낭패구나, 그렇게 이상해진다니."

"저는 떨어져 있으면 또 분명 어머니가 그리워질 거라고 생각하는데, 어떻습니까? 왜 잘 풀리지 않는 걸까요?"

이치조는 염려스럽다는 듯 이런 질문을 하더군. 이치조보다 경험 많은 연장자를 자임하는 나도 이 점에 관해서는 그의 앞날을 상상할 수 없었다네. 신념이 없어 자기 마음을 남에게 물어보아서 안심하려는 그의 마음이 측은할 따름이었네. 겉보기로는 상냥해 보이지만 실제로는 고집이 센 그가 이처럼 약한 말을 하는 경우는 거의 없었기 때문일세. 나는 힘닿는 한 그의 마음에 보증을 해주었지.

"그런 걱정은 하면 할수록 손해다. 내가 보장하지. 괜찮으니 놀다 오는 게 좋아. 네 어머니는 내 누이다. 게다가 나보다 학식은 없어도 어지간히 양순하고 또 누구에게서나 경애 받아 마땅한 여성이야. 괜찮으니까 안심하거라."

이치조는 내 말을 듣고 실제로 안심한 듯하더군. 나도 다소 안심이 되었지. 하지만 한편으로는 이런 근거 없는 위로의 말이 명석한 두뇌를 가진 이치조에게 이만큼 영향을 주었다면 그것은 그의 신경 어딘가가 균형을 상실한 탓이 아닐까 하는 의심이 들었다네. 나는 갑자기 극단적인 일이 벌어질까 하는 상상과 함께 그의 단독 여행이 걱정되더군.

"나도 같이 갈까?"

"숙부님이 같이 가시면……."

이치조는 쓴웃음을 지었네.

"안 되냐?"

"평소 같으면 제가 꾀어서라도 모셔가고 싶지만 언제 어디로 출발할지 모르고, 말하자면 마음 내키는 대로 예정이 틀어지는 여행이라 죄송해서요. 게다가 저도 숙부가 계시면 속박 받는 것 같아서 재미도 없고……."

"그럼 그만두자."

나는 곧 제안을 철회했다네.

9

이치조가 돌아간 뒤에도 한동안 그가 마음에 걸리더군. 어두운 비밀을 그에게 새겨 넣은 이상 그로 인한 모든 책임은 당연히 내가 지지 않으면 안 된다고 생각했기 때문이지. 나는 누님을 만나 그녀의 눈치도 살피고 이치조의 근황에 대해서도 물어보고 싶더군. 거실에 있는 아내를 불러 상담도 할 겸 사정을 들려주었더니, 아내는 별로 놀라지도 않으면서 당신이 쓸데없는 소리를 하니까 그렇다며 신통치 않은 반응이었다네. 그러다가 나중에는 이렇게 확신을 하더라구.

"왜 이치에게 사고가 생기겠어요? 이치는 나이는 젊지만 당신보다 훨씬 분별이 있는 사람인걸요."

"그러면 이치조가 도리어 나를 걱정하고 있는 셈이 되겠군."

"그렇고말고요. 누구든 당신이 팔짱 끼고 외제 파이프를 물고 있는 걸 보면 걱정이 될 겁니다."

그 사이 아이들이 학교에서 돌아와 집이 떠들썩해졌기 때문에 이치조에 대해서는 잊어버리고 그 뒤로는 저녁때까지 떠올릴 틈이 없었네. 그러던 중 누님이 갑자기 찾아왔을 때에는 무심코 마음이 덜컹하더군.

누님은 여느 때처럼 가족이 모여 있는 한가운데에 앉아 지금까지 격조했던 것을 장황하게 사과하기도 했고 계절 인사 따위를 나누기도 했네. 자리를 잡고 앉은 나는 일어날 기회가 없었지.

"이치조가 내일부터 여행을 한다던데?"

나는 어중간한 시기에 질문을 꺼냈네.

"안 그래도 그 문제로……."

누님은 진지한 표정으로 나를 보더군.

"뭐, 가고 싶다면 가게 해줘요. 시험 때문에 실컷 머리를 썼으니. 조금 편안하게 해주지 않으면 몸에 독이 되니까."

누님의 말을 다 듣기도 전에 나는 이치조의 행동을 변호하듯이 말했네. 누님 역시 나와 같은 의견이라고 대답했지. 단지 그의 건강 상태가 여행을 견딜 수 있을지 어떨지 걱정될 뿐이라고도 말했지. 그리고 내가 보기에 괜찮겠냐고 묻더군. 나는 괜찮다고 했지. 아내도 괜찮다고 했고. 누님은 안심했다기보다 오히려 허전한 표정이었다네. 나는 누님이 표현한 '건강'이 몸이 아니라 정신을 의미하는 게 확실하다는 생각에 이르자 어떤 고통을 느꼈다네. 누님은 내 표정에서 즉각 영향을 받은 듯한 불안감을 얼굴에 띠며 물었네.

"쓰네恒, 아까 이치조가 왔을 때 보통 때와 다르지 않았니?"

"그런 게 있을 리가. 평범한 이치조지. 그렇지, 오센?"

"네, 조금도 다르지 않았습니다."

"나도 그런가 싶지만 어쩐지 요전부터 분위기가 이상해서."

"어떤 게?"

"어떤 거냐고 물어보면 어떻게 설명해야 할지 모르겠지만……."

"다 시험 때문이야."

나는 곧 부정했다네.

"형님이 너무 신경을 쓰는 거예요."

아내도 끼어들었네.

우리는 부부같이 누님을 위로해 주었네. 누님은 결국 조금 납득한 듯한 표정으로 저녁밥을 먹을 때까지 대화에 열중하더군. 돌아갈 때는 산책도 할 겸 아이들을 데리고 전차까지 배웅을 나갔다네. 그래도 마음이 편치 않아서 아이들을 먼저 돌려보낸 뒤 극구 거절하는 누님 옆에 자리를 잡고 앉아 그녀의 집까지 갔지.

나는 마침 이층에 있던 이치조를 누님 앞에 불러냈어. 어머니가 너를 몹시 걱정해서 일부러 야라이까지 왔기에 내가 이런저런 이야기를 해서 겨우 안심시킨 참이라고 했네. 그러니 여행을 보내는 것은 곧 내 책임이니까 늙은이에게 걱정 끼치지 않게끔 도착하면 도착한 데서, 떠나면 떠나는 데서, 또 머무는 곳에선 머무는 곳에서 연락하는 것을 게을리하지 말 것이며, 언제든 볼일이 생기면 바로 불러들일 수 있게끔 주의하는 게 좋겠다는 말도 해주었다네. 이치조는 그 정도 수고쯤은 내가 일러주지 않아도 이미 잘 알고 있다고 하며 제 어머니를 보면서 미소 짓더군.

이것으로 얼마간 누님의 마음을 누그러뜨렸다고 믿고서 열한 시쯤 다시 전차를 타고 야라이로 돌아왔네.

나를 맞으러 현관에 나온 아내는 이제나저제나 하고 기다렸던 듯 어땠냐고 묻더군. 나는 안심해도 될 거라고 했지. 실제로도 나는 안심한 기분이었고. 그래서 다음 날에는 신바시로 배웅하러 가지 않았네.

IO

약속한 연락은 도처에서 오더군. 셈을 해보면 하루에 한 번쯤 온 꼴이었지. 대신 대부분 여행지에서 산 그림엽서에 두세 줄 문구를 적은 간략한 것이었다네. 나는 그 엽서가 도착할 때마다 일단 안심했다는 표정을 지어 곧잘 아내의 웃음을 샀네.

"이런 상태라면 괜찮겠어. 아무래도 당신 예언이 적중한 모양이야."

한번은 아내에게 이렇게 말했더니 아내는 무뚝뚝하게 대답했다.

"당연하죠, 삼면기사신문의 발행 면수가 사면이었을 때 삼면에서 다루던 사회 기사나 소설 같은 일이 마구 생겨서 될 말입니까?"

내 처는 소설과 삼면기사가 똑같은 줄 아는 여자라네. 그리고 양쪽 다 거짓말이라 믿어 의심치 않을 정도로 로맨스와는 인연이 먼 여자지.

엽서에 만족하던 나도 봉투에 담긴 서한을 받았을 때에는 마음이 더 밝아졌다. 왜냐하면 내가 염려하던 것, 즉 그의 손이 음울한 색깔로 두루마리를 물들인 흔적이 그 어디에도 보이지 않았기 때문일세. 그가 봉투 안에 말아 넣은 글이 엽서보다 그의 변화된 기분을 얼마나 더 선명하게 보여주는지 실제로 읽어보지 않고서는 모를 거야. 여기에 두세 통 빼두었네.

그의 기분을 변화시키는 데 특히 효험이 있었던 것은 교토의 공기나 우지宇治의 물 등 여러 가지 있었지만, 그 중에서도 가미가타上方 메이지 유신 이전에 교토에 천황이 거처하는 곳이 있었기 때문에 교토나 그 부근을 가리키게 된 말 지방 사람들이 쓰는 말이 도쿄에서 자란 그에게는 가장 흥미로운 자극을 준 모양이네. 몇 번씩 그 근처를 가본 사람에게는 바보 같아 보이겠지만, 당시 이치조의 신경에는 그런 매끈하고 조용한 말투가 진정제 이상으로 온화한 영향을 주었던 게 아닌가 싶더군. 뭐, 젊은 여자의? 그건 모르지. 물론 젊은 여자 입에서 나오면 더 효력이 있겠지. 이치조도 젊은 사내니까 자진해서 그런 곳에 다가갔는지도. 하지만 여기에 씌어 있는 것은 이상하게도 할머니의 경우였네.

"저는 이 부근 사람들이 하는 말을 들으면 흐릿한 취기에 몸을 맡긴 기분이 됩니다. 어떤 사람은 끈적거려서 싫다고 합니다만 저는 정반대입니다. 싫은 것은 도쿄 말입니다. 무턱대고 각이 많은 별사탕 같은 말투를 우쭐대며 내놓습니다. 그리고 듣는 사람 마음을 거칠게 만들면서 으스댑니다. 저는 어제 교토에서 오사카로 왔습니다. 오늘 아사히신문사에 있는 벗을 찾아갔더니 그 벗이 미노오箕面라는 단풍의 명소로 안내해 주었습니다. 계절이 계절이라서 단풍잎은 물론 보지 못했지만, 계곡물이 있고 산이 있고 산 속 깊이 들어간 곳에는 폭포가 있는 대단히 좋은 곳이었습니다. 벗은 저를 쉬게 하기 위해 회사의 클럽인지 하는 이층 건물 안으로 안내했습니다. 들어가보니 폭이 넓고 긴 봉당이 집 정면 폭을 세로로 꿰뚫고 있었습니다. 바닥에는 온통 납작한 기와가 깔려 있는 게 어쩐지 중국 절에 온 듯한 가라앉은 기분이었습니다. 이 집은 누군가 별장으로 꾸몄던 것을 아사히신문에서 클럽으로 쓰려고 사들였다고 합니다만, 설사 별장이라 한들 기와를 겹겹이 쌓아서 만든 이 널찍한 봉당은 무엇을 위한 걸까요? 저는 너무 신기해서 벗에게 물어 봤습니다. 벗은 모른다고 합니다. 하기야 그것은 아무래도 상관없는 일입니다. 그저 숙부님이 이런 일에 밝으니까 어쩌면 알고 계실지도 모른다는 생각에 사족을 덧붙였을 뿐입니다. 제가 보고하고 싶은 건 사실 이 넓은 봉당이 아니었습니다. 봉당 위에 내려와 있던 할머니가 문제였던 겁니다. 할머니는 두 분이었습니다. 한 분은 서고 한 분은 의자에 걸터앉아 있었습니다. 다만 양쪽 다 까까머리입니다. 서 있던 분이 우리가 들어가자마자 벗에게 인사를 했습니다. 그리고 '이런, 실례합니다. 지금 여든여섯 살 할머니의 머리를 깎고 있는 참이오. 할머니, 가만히 있으세요, 곧 끝나니까. 자알 깎아서 머리털은 하나도 없으니까 아무 걱정 없습니다' 하고 교토 사투리로 말했습니다. 의자에 걸터앉아 있던 할머니는 머리를 쓰다듬고 사투리로 고맙다는 인사를 했지요. 벗은 저를 돌아보며 소박한 정취가 있다면서 웃었습니다. 저도 웃었지요. 그저 웃기만 한 게 아닙니다. 백년이나 옛날 사람으로 태어난 듯한 한가로운 기분이 들었습니다. 저는 이런 기분을 선물로 들고 도쿄에 돌아가고 싶습니다."

　나도 이치조가 이런 기분을 누님에게 선물로 들고 와주면 좋겠다고 생각했네.

‖

다음 편지는 아카시에서 온 것이었는데 앞의 편지와 비교하면 다소 복잡하여 이치조의 성격을 뚜렷이 보여준다네.

"오늘 밤 여기에 왔습니다. 달이 떠서 뜰은 밝지만, 제 방은 그늘이 져서 어두운 느낌입니다. 밥을 먹고 담배를 피우면서 바다 쪽을 바라보고 있었습니다. 바다는 뜰 바로 앞에 있습니다. 잔물결도 일지 않는 조용한 밤이라서 강변인지 시냇가인지도 구분이 안 되는 바닷가 경치인데, 바람을 쐬던 배가 한 척 흘러왔습니다. 밤이라서 모양은 잘 모르겠지만 폭이 넓고 바닥이 평평한 게 아무래도 바다에 뜰 것 같지 않은 평탄한 형태였습니다. 지붕은 있었던 것으로 기억합니다. 처마에는 물감으로 물을 들인 초롱이 몇 개나 매달려 있었습니다. 옅은 빛 속에는 물론 사람이 앉아 있는 듯했습니다. 샤미센 소리도 들렸지요. 하지만 전체 분위기는 차분한 가운데 미끄러지듯이 제 앞을 흘러갔습니다. 저는 조용히 그 그림자를 배웅하면서 젊은 시절의 할아버지 이야기를 떠올렸습니다. 숙부님은 물론 알고 계시겠지요, 옛날 화류계에서 놀던 사람들이 하던 달맞이 뱃놀이를 할아버지가 실제로 해보았을 때의 이야기를. 저는 어머니에게 두세 번 들은 적이 있습니다. 지붕이 있는 배를 아야세綾瀨 강까지 저어 올라간 뒤 조용한 달과 조용한 파도가 서로를 비추는 가운데에 서서 준비해둔 은박 부채를 펴서 멀리 밤빛 속에 던졌다고 하지 않습니까. 부채 사북이 빙글빙글 돌다 종이에 칠한 은가루를 반짝이면서 물에 떨어지는 풍경은 꽤 멋들어졌을 거라 생각합니다. 그것도 하나가 아니라 배에 탄 사람들이 모두 동원돼서 팔랑팔랑하는 빛을 앞다투어 던지는 광경은 상상만 해도 기막히게 아름답겠지요. 할아버지는 구리 단지 안에 가득한 술을 술병에 넣어 데운 뒤 나머지를 전부 버리게 했을 정도로 호사스러운 사람이었다고 하니까, 은박 부채 백 개쯤 한 번에 물에 흘려보내도 태연했겠지요. 그러고 보면 유전인지 어쩐지, 이렇게 말하면 실례가 되겠지만 숙부님도 가난한 것치고는 어딘지 사치스러운 데가 있는 듯하고, 그렇게 내성적인 어머니도 왠지 떠들썩한 걸 좋아하는 면이 예전부터 있었습니다. 단지 저만은, 이렇게 말하면 또 그 문제를 꺼내는구나 하고 넘겨짚으실지 모르겠지만, 이제 그일에 대해 숙부님이 걱정할 만큼 신경을 쓰고 있지는 않으니까 안심해 주십시오. 단지 '저만은'이라고 말하는 것은 결코 언짢은 뜻으로 하는 말이 아닙니다. 저는 이 점에서 숙부님이나 어머니와는 천성이 다르다고 말씀드리고 싶은 겁니다. 저는 비교적 편안하게 자랐고 물질적으로도 행복한 아이니까 사치인 줄 모르고 사치를 하면서도 태연했었습니다. 옷 같은 것도 어머니가 신경 써주셔서 남 앞에 부끄럽지 않을 만한 것을 걸치면서도 그게 당연한 줄 알고 아무렇지 않게 여겼습니다. 하지만 그것은 오랜 습관에 익숙해진 결과 스스로는 깨닫지 못하는 불민함에서 비롯된 것이기 때문에 일단 그러한 사실을 깨닫고 나면 갑자기 불안해집니다. 옷이나 식사는 뭐 아무래도 좋다고 해도, 저는 요전에 어느 부호가 무턱대고 돈을 쓰는 모양에 대해 듣고 겁이 난 적이 있습니다. 그 사내는 기생이나 술자리 흥을 돋우는 남자들을 여럿 모은 다음 가방 안에서 돈다발을 꺼내어 사방에 흩어놓고 그걸 품삯이라며 나눠준답니다. 그리고 훌륭한 옷을 입은 채 목욕물에 들어가서는 그 옷을 목욕탕 일꾼에게 준다고 하더군요. 그 밖에도 그의 난행은 많지만 어느 것이나 하늘 무서운 줄 모르는 지극히 사납고 거만한 것뿐이었습니다. 저는 그 이야기를 들었을 때 물론 그를 미워했습니다. 하지만 기개가 부족한 저는 미워하기보다 오히려 두려워했지요. 제 입장에서 그의 소행이란 강도가 칼집에서 칼을 빼어 바닥에 꽂고 양민을 협박하는 것과 같은 느낌입니다. 사실 저는 하늘이나 인간의 도리 혹은 신불神佛에 대해 면목이 없다는 종교적인 의미에서 두려워했습니다. 저는 이 정도로 겁 많은 인간입니다. 사치에 다가가기도 전부터 사치의 절정에 달해 미쳐 날뛰는 사람이 훗날 어찌 될지를 상상하니 두려워서 견딜 수 없는 겁니다. 저는 이런 생각을 하며 조용한 파도 위를 흘러가는 배를 배웅하면서 이 정도쯤의 위안이 인간에게는 딱 적당하겠지 싶었습니다. 저도 숙부님이 귀띔해 주었듯이 점점 변덕스러워져갑니다. 칭찬해 주십시오. 달빛이 드는 이층의 손님은 고베神戶에서 놀러 왔다고 하는데, 제가 싫어하는 도쿄 말만 쓰면서 이따금 시를 읊거나 합니다. 그 가운데는 요염한 여자 목소리도 섞여 있었지만 이삼십 분 전부터 갑자기 얌전해졌습니다. 하녀에게 물어보니 벌써 고베로 돌아갔다고 하는군요. 이제 밤도 꽤 깊어 저도 자겠습니다."

12

"어젯밤에도 편지를 썼지만 오늘은 또 오늘 아침 이후에 생긴 일을 보고하겠습니다. 이렇게 연달아서 숙부님께만 편지를 드리면 숙부님은 분명 비꼬는 듯한 엷은 웃음을 지으며 '녀석, 어디에도 글을 띄울 곳이 없으니까 할 수 없이 누님과 나에게만 시간 들여 연락하는구만' 하고 속으로 말씀하시겠지요. 저도 붓을 들면서 그런 생각이 조금 들었습니다. 하지만 저에게 그런 연인이 생긴다면 숙부님은 제게서 편지를 받지 못하더라도 기뻐해 주시겠지요. 숙부님께 소식 전하는 걸 게을리하게 되더라도 저도 그편이 행복하다고 생각합니다. 실은 오늘 아침 일어나서 이층에 올라가 바다를 바라보고 있는데 그런 행복한 두 사람이 물가를 따라 서쪽으로 갔습니다. 이 사람들은 어쩌면 저와 같은 여관에 묵고 있는 손님일지도 모르겠습니다. 크림색 양산을 들고 옷자락을 조금 걸어 올린 맨발의 여자가 얕은 물속을 남자와 나란히 걸어가는 뒷모습을 부럽게 바라보았습니다. 물은 맑으니까 높은 데서 내려다보면 뭍 가까운 곳은 햇볕이 내리쬐는 공기 속과 다름없이 뭐든 다 들여다보입니다. 헤엄치고 있는 해파리까지 확실히 보입니다. 여관 손님 둘이 나와서 헤엄을 치고 있는데, 그들이 물속에서 하는 동작이 일거수일투족 손에 잡힐 듯이 보여서 수영의 기술적인 가치가 꽤나 낮아 보입니다. (오전 일곱 시 반)"

"이번에는 서양인 한 사람이 물에 잠겨 있습니다. 뒤에 젊은 여자가 나왔습니다. 그 여자가 파도 속에 서서 이층에 남아 있는 또 다른 서양인을 부릅니다. '유 컴 히어'라고 영어를 씁니다. '잇 이즈 베리 나이스 인 워터'라는 말을 자꾸 합니다. 그 영어는 상당히 능숙하고 유창해서 부러울 정도로 술술 나옵니다. 저는 못 미치겠다는 생각을 하며 감탄하며 듣고 있었습니다. 여자는 헤엄을 못 치는지 치고 싶지 않은 건지 가슴 아래를 물에 담근 채 파도 속에 서 있었습니다. 그러자 먼저 내려가 있던 서양인이 여자 손을 잡고 깊은 곳으로 데려가려고 했습니다. 여자는 몸을 움츠리듯이 하며 거부했지요. 서양인은 끝내 바다 속에서 여자를 옆으로 안았습니다. 여자가 뛰어오르면서 물을 차는 소리, 그리고 웃으면서 깍깍 떠드는 그 목소리가 멀리까지 울렸습니다. (오전 열 시)"

"이번에는 기생 둘을 데리고 묵고 있던 아래층 손님이 보트를 저으러 나왔습니다. 그 보트를 어디에서 가져왔는지 모르지만 극히 작고 수상쩍은 물건입니다. 손님은 저어주겠다며 기생을 태우려 하는데 기생은 무섭다고 거절하면서 좀처럼 타질 않는군요. 하지만 드디어 손님 뜻대로 되었습니다. 그때 젊은 기생의 짐짓 놀란 척하는 교태가 어지간히 바보스러웠습니다. 보트가 그 근방을 젓고 다니다 돌아왔더니 나이 많은 기생이 여관 바로 뒤에 매어놓은 재래식 배를 보고 '사공님, 그 배 비어 있나요?' 라고 큰 소리로 물었습니다. 이번에는 재래식 배 안에 음식을 싣고 바다 위로 나갈 상담을 하는 모양입니다. 보고 있자니 기생이 여관 하녀를 시켜서 맥주니 과일이니 샤미센이니 하는 것들을 배 안에 옮겨 싣고 마지막으로 자신들도 탔습니다. 그런데 중요한 손님은 어지간히 기운 좋은 사내인지 저 멀리서 아직 보트를 젓고 있었습니다. 태울 사람이 없었는지 이번에는 해변의 검게 탄 벌거숭이 꼬맹이를 한 명 사로잡았습니다. 기생은 어이 없다는 얼굴로 잠시 그쪽을 바라보고 있었지만, 이윽고 힘을 다해 큰 소리로 '바보' 라고 불렀습니다. 그러자 '바보' 라 불린 손님이 보트를 저어 이쪽으로 돌아왔습니다. 저는 재미있는 기생과 재미있는 손님이라 생각했습니다. (오전 열한 시)"

"제가 이런 장황한 이야기를 신기하다는 듯이 보고하면 숙부님은 별난 취미라고 하시며 쓴웃음을 지으시겠지요. 하지만 이건 여행 덕분에 제가 나아진 증거입니다. 저는 자유로운 공기와 함께 오가는 법을 비로소 배웠습니다. 이런 시시한 이야기를 일일이 쓰는 번거로움을 마다하지 않게 된 것도 결국은 생각하지 않고 보기 때문이 아닐까요? 생각하지 않고 보는 게 지금의 저에게는 가장 편하다고 생각합니다. 사소한 여행으로 제 신경이든 버릇이든 고쳐졌다고 하면 그 방식이 너무 값싸보여서 부끄러울 지경입니다. 하지만 저는 지금보다 열 배나 더 값싸게 어머니가 저를 낳아주었기를 간절히 바라 마지않습니다. 흰 돛이 구름처럼 떼 지어서 아와지시마淡路島 앞을 지나갑니다. 반대편에 있는 마쓰야마松山 위에 히토마루 신사人丸の社, 『만요슈』에 등장하는 대표적인 가인 중 한 사람인 가키모토노 히토마루를 모신 신사가 있다고 합니다. 히토마루라는 사람은 잘 모르지만, 짬이 있으면 이 기회에 가보려고 합니다."

결말

게이타로의 모험은 이야기로 시작해서 이야기로 끝났다. 그가 알고자 하는 세상은 처음에는 멀어 보였다. 요즘에는 눈앞에 보인다. 하지만 그는 결국 그 안에 들어가서도 아무 것도 연기하지 못하는 외부자와 같았다. 그의 역할은 끊임없이 수화기를 귀에 대고 '세상'을 듣는 일종의 탐방에 지나지 않았다.

그는 모리모토의 입을 통해 방랑생활의 단편을 들었다. 하지만 그 단편은 윤곽과 표면으로만 이루어진 극히 얕은 것이었다. 따라서 야성의 호기심이 가득한 그의 머리에 죄 없는 재미를 불어넣어 주었을 뿐이다. 하지만 그의 머릿속에 있던 빈틈이 가스와 같은 모험담으로 팽창했을 때 그 속에서 그는 인간 모리모토의 모습을 비몽사몽처럼 볼 수가 있었다. 그리고 그것은 같은 인간으로서 지식 이외의 동정심과 반감을 안겨 주었다.

그는 다구치라는 실리적인 사람의 입을 통해 그가 사회를 어떻게 바라보고 있는지를 조금 알았다. 동시에 고등 유민이라 자칭하는 마쓰모토라는 사내에게서 그의 인생관의 일부를 듣기도 했다. 그는 친밀한 사회적 관계에 의해 이어져 있으면서도 전혀 성격이 다른 두 사람의 대조를 가슴에 간직하고 자신의 세상 경험이 얼마간 넓어진 듯한 기분이 들었다. 하지만 그 경험은 단지 면적상으로 넓게 퍼졌을 뿐 깊이가 생겼다고는 생각되지 않았다.

그는 치요코라는 여성의 입을 통해 어린아이의 죽음에 대해 들었다. 치요코가 서술한 '죽음'은 그가 평범하게 상상하고 있었던 것과는 달리 아름다운 그림을 보는 듯하다는 점에서 그에게 어떤 쾌감을 주었다. 하지만 그 쾌감 속에는 눈물이 섞여 있었다. 고통에서 벗어나기 위해 어쩔 수 없이 눈물을 흘리기보다는 비애를 가능한 한 오래 품고 싶다는 의미의 눈물이 섞여 있었다. 그는 독신이었다. 어린아이에 대한 동정심은 극히 적었다. 그래도 아름다운 것이 아름답게 죽어서 아름답게 묻히는 모습은 애처로웠다. 그는 하나 명절 전날 밤에 태어난 여자아이의 운명을 흡사 하나 인형의 그것처럼 가련하게 들었다.

그는 스나가의 입을 통해 일반적이지 않은 모자 관계를 듣고 놀랐다. 그도 고향에 어머니가 있는 몸이었다. 하지만 그와 그의 어머니의 관계는 스나가만큼 친하지 않은 대신 스나가만큼 업보에 얽혀 있지도 않았다. 그 자신도 자식인 만큼 부모자식의 관계를 이해했다고 믿어 의심치 않았다. 동시에 부모자식간은 평범한 것이라고 체념하고 있었다. 얽히고설킨 부모자식간은 상상할 수는 있어도 마음속에 절실히 와 닿지는 않았다. 그것이 스나가로 인해 깊이 파헤쳐진 듯한 느낌이 들었다.

그는 또 스나가로부터 그와 치요코의 관계에 대해 들었다. 그리고 그들은 부부로 엮인 것인지, 친구로 존재해야 하는지, 아니면 원수로 대립해야 하는지를 의심했다. 그 의심의 결과는 반은 호기심을 또 반은 호의를 자극해서 그를 마쓰모토에게로 내몰았다. 그는 뜻밖에도 마쓰모토가 그저 외제 파이프나 물고 세상을 방관하는 사내가 아님을 발견했다. 그는 마쓰모토가 스나가에게 무슨 생각으로 어떠한 조처를 취했는지를 상세하게 들었다. 그리고 마쓰모토가 그런 조처를 취하지 않을 수 없었던 사정도 소상히 밝혀냈다.

되돌아보면, 학교를 나와서 실제 세상과 접촉해 보고 싶다는 뜻을 정한 이후 오늘에 이르기까지 그의 경력이란 남의 이야기를 여기저기서 듣고 돌아다닌 게 다였다. 지식이나 감정을 귀로 전해 듣지 않은 경우라곤, 오가와마치 정류소에서 지팡이를 소중하게 짚고 있다가 희끗희끗한 무늬의 외투를 입은 남자가 전차에서 내려 젊은 여자와 함께 양식집에 들어가는 것을 미행한 정도이다. 그것도 지금에 와서 기억의 책장에 얹고 볼 때 거의 모험이나 탐험이라 이름 붙일 여지가 없는 애들 장난이었다. 그는 그 덕분에 자리를 얻을 수는 있었다. 하지만 인간의 경험으로 보기에는 우스꽝스러울 뿐인, 단지 자기 자신에게만 진지한 행동에 지나지 않았다.

요컨대 사람 사는 세상에 대해 그가 얻은 최근의 지식과 감정은 전부 고막의 활동에서 비롯되었다. 모리모토에서 시작하여 마쓰모토로 끝나는 몇 자리에 걸친 긴 이야기는 처음에 그를 넓고 얇게 움직이다가 점차 그를 깊고 좁게 움직이기에 이르더니, 별안간 멎어버렸다. 하지만 그는 결국 그 속에 들어갈 수 없었다. 그게 그에게는 아쉬운 점인 동시에 행복한 점이다. 그는 아쉽다는 의미에서 뱀 머리를 저주하고 행복하다는 의미에서 뱀 머리를 축복했다. 그리고 넓은 하늘을 올려다보며 그의 앞에서 별안간 멈추어버린 듯한 이 드라마가 이제부터는 어디로 영원히 흘러갈지를 생각했다.

'자기 같으면서 남 같고 긴 듯하면서 짧고 나올 듯하면서 들어갈 듯' 한 삶의 이야기

『피안 지날 때까지』는 나쓰메 소세키의 후기 장편 가운데 하나로 『행인』『마음』과 함께 소위 '후기 삼부작'으로 묶이는 작품이다. 제목에 등장하는 '피안'은 춘분이나 추분을 전후한 일주일간을 의미하는데, 해가 정동쪽에서 떠서 정서쪽으로 지는 춘·추분은 서쪽에 있다는 극락정토로서의 저세상, 즉 피안과 무관하지 않은 듯하다. 소세키는 서문에서 피안 지날 때까지 연재할 예정이라서 이런 제목을 붙였다고 밝히고 있지만 등장인물 게이타로가 세상의 여러 가지 일들 즉 이 세상을 관찰한 결과물로 구성되어 있는 이 소설이 바라보는 곳 또한 강 저편— 피안이다.

소세키는 1910년에 지병인 위염이 크게 악화되는 바람에 많은 양의 피를 토하는 등 거의 빈사 상태에 이르는데 흔히 '슈젠지의 대환大患'

이라 불리는 이때의 경험이나, 소설의 내용에도 반영되어 있는 다섯째
딸 히나코의 갑작스러운 죽음 역시 이 제목이 단순히 달력상의 절기만
을 의미해서 붙여진 것은 아니라는 인상을 주기도 한다.

　문예 평론가 가라타니 고진은 이 작품에 대한 해설에서 서문의 문장
하나하나에서 소세키의 결의를 읽어낼 수 있다며, 『피안 지날 때까지』
를 여러 가지 의미에서 '죽음'을 통과한 소세키의 새로운 출발을 알리
는 작품으로 평가하고 있기도 하다.

　대학 졸업 후 일자리를 찾아다니던 청년 게이타로는 같은 하숙집에
기거하는 모리모토의 이야기를 들으면서 모험에 대한 자신의 욕구를
충족시킨다. 그리고 물려받은 재산 덕분에 일을 하지 않고 지내는 친
구 스나가를 통해 그의 이모부 다구치로부터 사적인 일을 의뢰받게 되
는데, 그것은 정류장에서 어떤 남자의 거동을 관찰해서 보고하는 것이
었다. 이렇게 해서 게이타로는 스나가와 그의 사촌인 치요코, 스나가
와 그의 어머니를 둘러싼 갈등에 점점 더 가까이 들어가게 된다. 그리
고 처음에는 뒷모습밖에 보지 못하고 이런저런 상상을 해보던 치요코
와 알게 되고, 다구치의 집도 드나들면서 이야기의 진상을 향해 다가
서는 게이타로와 함께 독자도 점점 뚜렷하게 소설 속 세계로 들어가게
된다. 이 작품의 구성 또한 처음에는 게이타로의 시선을 따라 전개되
다가 진상이 조금씩 밝혀짐에 따라 스나가의 이야기, 마쓰모토의 이야
기로 시점이 옮아가는데, 그러한 과정을 통해 인물의 성격 또한 점차
명확해진다.

　이 소설은 이렇듯 탐정 소설의 형태를 띠고 있고, 그것은 게이타로가
탐정이라는 직업에 흥미를 보이는 것과도 상통한다. 소설이 진행되는

동안 게이타로가 스나가의 주변 인물들을 관찰하는 큰 틀에서는 시간 순서가 역으로 진행되면서, 등장하는 인물들의 성격이나 처지가 점점 더 뚜렷해지거나 앞부분의 서술이 뒷부분의 크고 작은 사건들에 대한 실마리를 제공하고 있기 때문에 크고 자극적인 사건은 없더라도 탐정소설의 기법을 취하고 있음은 분명하다. 한편 후반부의 '스나가의 이야기'나 '마쓰모토의 이야기'가 보여주듯이 이 소설은 결국 복잡다단한 인간의 내면에 대한 탐구라고 할 수 있다. 물론 게이타로가 전차나 도보, 혹은 인력거로 도시 여기저기를 이동하는 동안 실새했던 건물에 대한 묘사나 실제 지명이 등장하는 등 메이지 시대의 도쿄를 상상하게 하는 내용 또한 풍부하게 등장하고 있다.

스나가의 이모부인 다가와와 숙부인 마쓰모토의 대조적인 성격, 혈연관계를 맺음으로써 완벽한 모자간을 완성하려 하는 스나가 어머니의 노력(가라타니 고진은 이를 『산시로』에 등장하는 '무의식적인 위선'이라는 말로 설명하고 있다), 스나가와 치요코의 복잡한 관계, 작품 전체에서 게이타로가 수행하는 역할 등에 대해서도 다양한 읽기가 가능할 것이다. 가령, 이 작품에서 게이타로는 이야기의 중심에 아주 가깝게 다가섰을 때조차도, 소설의 결론에서도 언급되듯이 "아무 것도 연기하지 못하는 외부자"로서 "끊임없이 수화기를 귀에 대고 '세상'을 듣는" 역할밖에 할 수 없다. 하지만 그의 관찰이나 그가 전해들은 이야기를 통해 스나가를 둘러싼 세상이나 스나가의 풀리지 않는 고뇌에 대해서 알면서도 그 안에서 아무런 역할도 할 수 없는 독자들 또한 오로지 들을 뿐이다. 그리고 나는 게이타로가 그랬던 것과 마찬가지로 이 이야기 속에 내가 들어가 있지 않다는 데 아쉬움을 느끼는 한편 다행스럽게도 느낀다. 아니, 그런데 이게 바로 게이타로가 소중히 들고 다니는 그 대나무 지팡이 이야기 아닌가? 우리가 잊지 말아야 하는 "자기 같으면서도 남 같고 긴 듯하면서도 짧으며 나올 듯도 하고 들어갈 듯도 한 물건" 말이다.

스나가와 같은 경우에 처해서 그와 똑같이 치요코나 어머니와의 관계를 의심하지는 않더라도, 자신의 존재의 근원을 둘러싼 이유도 알 수 없고 완전한 해답도 없는 갈등─숨겨진 비밀을 알고 난 뒤에도 스나가가 자신이 겪고 있는 갈등을 완전히 떨쳐버릴 수 없었음은 게이타로가 전해 주는 스나가의 현재를 보아도 짐작할 수 있다─은 스나가만의 것이 아니다. 그러니 이것을 그저 소세키가 자주 다루는 '두려워하는 남자와 두려워하지 않는 여자'가 변주된 것이나 어렸을 때 양자로 키워진 바 있는 소세키 개인의 경험이 반영된 갈등으로 읽어낼 수는 없을 것이다.

스나가가 치요코나 어머니와 맺는 관계는 입에 물고 있는 듯하면서도 뱉는 듯도 한 양가적인 성격을 띠고 있지만, 우리의 존재가 근본적으로 타자에 의지하고 있다는 점을 생각하면 과연 어떤 관계에 대해서 우리가 완전히 놓아버리거나 완전히 자기 안에 가둬둘 수 있겠는가. 게다가 나 자신 또한 나 자신의 타자일 때가 있는데 말이다. 그렇게 생각하면 이 소설은, 아니 모든 소설은 짧은 듯하면서도 길다. 거기에 등장하는 이들의 삶이 그렇고, 소설을 다 읽어버리는 것으로 이야기가 끝나지 않는다는 점에서도 그렇다.

게이타로를 사건의 핵심으로 이끌어주는 듯한 대나무 지팡이는 사실 소설 그 자체를 의미하는 것 같기도 하다. 잊지 말아야 하는, 그리고 게이타로나 독자들 앞에서 별안간 멎은 듯이 보이는 이 드라마는 소세키의 다른 작품들 속에서도 소설 밖 실제 세상에서도 영원히 흘러가고 있다.

　마지막으로 나는 스나가가 마쓰모토에게 보냈다는 편지의 내용을 다시 한 번 들추어본다. 그 내용은 정말로 특별할 것 없이 스나가의 눈에 비친 잔잔한 풍경들이지만, 마쓰모토가 그를 여행 보내기 전에 자신이 품었던 걱정을 이야기할 때 내가 느낀 불안을 없애준다. 물론 "세상에 해결된다는 게 있을 리가 없다. 한번 일어난 일은 언제까지나 계속되는 법이거든. 그저 여러 가지로 바뀌니까 남이 봐도 제가 봐도 알 수 없을 뿐이야"라는 『미치쿠사』의 켄조의 말처럼, 시산은 다시 영원한 갈등을 끌어안은 현재로 돌아온다. 하지만 스나가가 아카시에 와서 바다 건너편(!) 아와지시마 앞을 지나는 흰 구름을 보고 돌아온 현재는 아마 이전과 온전히 같은 것도 아닐 것이다. 책을 읽는다는 경험도 어쩌면 이와 비슷한 면이 있는지도 모르겠다.

2009년 여름
심정명